U0121253

Norman Mailer

诺曼·梅勒作品

裸者与死者 下

The Naked and the Dead

〔美〕诺曼·梅勒 著 蔡慧 译

上海译文出版社

第三部　草木与幻影

你们中间第一等的贤者，也不过是草木与幻影两者杂糅、混而不和的产物。可是我又何尝要你们成为单纯的幻影？又何尝要你们成为单纯的草木？

——尼采①

一

第二天下午，侦察排就出发执行任务了。队伍在天黑前几小时上了突击登陆艇，过不多久，登陆艇便绕过半岛，一路晃晃荡荡的，直向安诺波佩岛的西端驶去。海浪很大。虽然驾驶员尽量在近海行驶，跟海岸的距离始终保持在一英里以内，登陆艇还是上下左右颠簸不定，激起的浪花不断飞过前跳板，哗啦啦地冲上甲板，弄得艇里老是有水。那是一条小型登陆艇，跟大军登陆那天他们上岸时乘的一艘完全一样，今天因为要载他们绕过半个岛子，算是配了些简陋的设备。那些侦察兵都把雨披往身上一盖，在帆布床上蜷作一团，心知坐这一趟船肯定是有他们受的。

侯恩少尉在艇尾的驾驶舱内站了一阵，居高临下，呆呆地望着载兵舱里。他有点累了。达尔生少校通知他调到侦察排以后只过了一两个钟点，他就接到了这个侦察任务，于是，检查部下的装备，领取路上用的干粮，仔细研究达尔生交给他的地图和命令，就足足让他忙了一天。当时他也不假思索，就干练地把事情办了起来，直到办完以后，才有工夫细细体会调出了将军身边班子后的那种亦奇亦喜的滋味。

他点上了一支烟，又盯着下面载兵舱里攒攒簇簇的部下看了起来。载兵舱像个长方形的箱子，充其量不过三十英尺长、八英尺

535

宽，这么一点地方就挤着全排一十三个人，都带上了全副配备：背包、枪支、子弹带、水壶，还在地下摆开了军用帆布床。那天他本来想去物色一艘两壁设有固定铺位的登陆艇，可是怎么也搞不到。结果只好摆上这么些帆布床，把舱里的空处倒占去了一大半。那些士兵都坐在床上，遇上水漫甲板，便只好把脚高高缩起。每当一阵浪花翻过前跳板打进船来，他们蜷在雨披里的身子总由不得要打个闪缩。

侯恩细细打量着他们的脸。他一到队伍，先就用心记住各人的名姓，然而知道了他们的名姓不等于就了解了他们的情况，所以迅速掌握各人的特点，显然是他的当务之急。他也跟其中的三两个人随便搭过几句话，打过两个哈哈，不过他不太喜欢这种做法，他知道自己的性格并不适宜于干这样的事。还是冷眼观察，倒可以多摸到些情况。伤脑筋的就是冷眼观察只能慢慢儿来，可明天早上就要上岸侦察了。因此一定要抓紧时机，哪怕能了解到一点一滴也是好的。

看着他们的面色，侯恩心里隐隐感到不安起来。自己这种悚然戒备的感觉，这种微微内疚，也许应该说是微微抱愧的心情，倒有点像以前走过贫民窟、发现人们在用敌意的眼光看他走过似的。当然，只要舱里一有谁拿眼瞅着他，他也就不好意思再看下去了。他们的脸多半是铁板的，眼睛是没有表情的，神气中有一种拒人于千里之外的冷淡的味道。他们聚在一起，自有一股森然的峻厉之气，仿佛身上已只是勉强剩下些干瘪的筋肉，内心也已挤不出一点多余的感情。个个皮色苍白，近于发黄了，脸上、臂上、腿上，花花点点的"丛林疮"比比皆是。尽管出发前差不多人人都刮了脸，可是

---

① 尼采（1844—1900）：德国唯心主义哲学家。这一句话出自尼采所著《查拉图斯特拉如是说》。

看去仍然仪容不整，衣服也都邋里邋遢的。

　　他瞧了瞧克洛夫特。克洛夫特算是换上了一套干净的军用工装，坐在帆布床上，正用口袋里掏出来的一块小磨石，在那里磨他的短刀。在这些人里侯恩最熟的恐怕就数克洛夫特了——其实认真说起来，也不过是今天上午跟他一起研究任务，相处的时间多些而已，对克洛夫特他实在并没有什么了解可言。克洛夫特当时就只是听他说，时而点点头，偶尔侧过脸去吐口唾沫，非答话不可的时候才干巴巴地回上三言两语，声音低沉而含混，毫无感情。克洛夫特显然把这支队伍带得很得法，这人有能耐，不好惹，侯恩有充分的理由相信克洛夫特内心一定恨透了他。今后这个关系倒是很难相处，因为目前他的带兵经验还比不上克洛夫特，要不多加注意，很快就会让部下看出来。侯恩冷眼瞧着克洛夫特磨刀，一时简直瞧得出了神。看他闷着头儿干得那样专心：刀在石头上来回地磨，那张冷冷的瘦尖脸儿也盯住了双手来回地看。他的眉宇之间总像有一股凛若冰霜的气息，那抿紧了嘴的神态，那目不转睛的模样，像是带着一股死死的劲儿。侯恩心想：错不了，这个克洛夫特是不好惹的。

　　船身顶着海浪渐渐倾斜，登陆艇在打弯了。一个惊涛打来，小艇猛地一震，侯恩连忙一把抓住了船上的铁杆子。

　　有个布朗中士，他还不是怎么熟悉。那个狮子鼻、雀斑脸、淡棕色头发、孩子气十足的，就是他。这是个典型的美国大兵形象——征兵宣传大会上烟雾酒意里孵化出来的那个讨人喜欢的想象的产物，正是这样一副长相。布朗活脱儿就是征兵广告上的笑眯眯的大兵，只是个子恐怕略微小了点，体形又太丰满了点，笑眯眯的脸上也不应该有这么多的愁云。侯恩觉得，布朗此刻的脸色有些特别。仔细一看，皮肤上一片片"丛林疮"，两眼茫然无神，脸上也起了皱纹——一副老态简直叫人吃惊。

不过话说回来，凡是老兵无不有这样一副老态，一眼就可以把他们都指认出来，比如那个加拉赫就是。加拉赫那副老腔老态很可能是一向就有的，但是他在侦察排里待的日子也不会短。还有马丁内兹也是个老兵。马丁内兹似乎比别人体质弱些，脸皮也薄些，今天上午跟他说话的时候，那张细皮嫩脸显得好不紧张，眼睛眨个不停。你要找个突破口打进这圈子的话，一眼就会挑上他，不过其实他倒很可能是个精明人。墨西哥佬要当好个军士，不精明哪儿行呢。

威尔逊也是一个。还有一个，大家都管他叫雷德。侯恩的眼光落到了他的身上。此人姓梵尔生，疙疙瘩瘩的脸上老是带着一副愤激的神气，越发衬出一对眸子蓝得惹眼。他笑起来声音沙哑，自有一种冷峭尖刻的味道，仿佛觉得事事都不出他的所料，果然是那么可气！这个梵尔生或许还可以一谈，不过看那样子却很难接近。

这些人聚集在一块儿，好像彼此都能互为奥援，助长了一种什么力量，显得比孤身独处时更偃、更别扭。他们靠在帆布床上，整个载兵舱里似乎只有他们那脸儿才透出了一点生意。他们身上的军用工装都是旧的，早已褪成了淡绿色，舱壁也锈得发了黄。除了各人面颊上那两小堆肉以外，所余就是暗淡无光、死气沉沉的一片了。侯恩把香烟一扔。

左边是岛子，相距至多不过半英里之遥。这一带的海滩局促得很，椰子树几乎一直长到了海边；椰子树背后榛莽丛杂，毛茸茸一大片尽是草木藤蔓、深林密菁。往里还有一片重重叠叠的冈峦，上有林木覆盖，也看不出那山埂的来龙去脉。有的地方却又露出了光秃秃的山石，依稀如夏日脱毛的野牛，一派残缺、零落之状，难看极了。见到这样的地形，侯恩不由得心头沉重，感到棘手。假如明

538

天上岸的地点也是如此地形的话，要过这一关是够呛的。他突然觉得，谁想出来要搞这样一次侦察，实在有点荒谬。

他回过神来：登陆艇的机器声还在耳边嘎嘎地响个不停。这趟差使，分明是将军打发他来干的，所以他觉得这个侦察任务大有可疑，将军出这个主意动机何在也大有可疑。把他调离身边，看来似乎不大可能是将军的一时失策，将军肯定知道他正巴不得能调走。

那么，调动他的职务会不会是出于达尔生的决定呢？有没有这种万一的可能呢？侯恩不大相信会有这样的可能。他简直连将军怎样向达尔生授意都可以一下子猜出个八九分。这次派他去侦察，很可能又是将军调他到侦察排的用意的进一步发挥。

不过这样说好像又有点过甚其词。虽说他早就看出将军恨起人来可以毒如蛇蝎，可是为了要报个小小的私仇，就平白浪费一个排的兵力达一周之久，他觉得这样的事将军是做不出来的。将军尽可以采取其他途径，使用更容易的办法；再说，他是军事上的行家，总不至于干这种浪费兵力的蠢事。他思想上一定还以为派兵到后岛侦察是条妙计。侯恩怕就怕将军也许根本就没有意识到自己背后还有个动机。

行军三四十英里，越过榛莽未开的丛林和冈峦，穿过高山峻岭中的一个隘口，潜入日军的后方进行侦察，然后再原路折回——看来要完成这样的任务实在有点渺茫；他愈是往细处想，就愈觉得难办。固然他阅历有限，任务实际执行起来或许倒比他估计的容易也未可知，可事情总不免有点儿玄！

他当上排长后的一团兴致，这一下顿时就有点泄气了。不过不管将军派他这个差使原因何在，侯恩还是别的差使都可以不要，而宁要这个差使。他也估计到会遇上烦恼，会遇上危险，估计到幻想终究要破灭，但是至少这工作实在。沉寂了好几个月的内心，重又萌发了一些真诚的希望。要是他能够把这工作对付下来，要是天从人愿，一切如意，他就可以跟士兵搞好关系，就可以把队伍带好。

想到这里他有些吃惊了，自己竟会有这种想法，未免有点过于天真，过于不切实际了吧？头脑冷下来再一想，觉得简直可笑了。带好了队伍……干吗呢？是为了给自己所鄙夷的社会再多卖点力气？这个社会里各种势力的相互勾结，将军不是都给他亮过底儿了吗？还是因为他觉得这是他的队伍，属他所有呢？有没有这种私有财产观念呢？检查起来，这方面的因素自己确是有一些的。想来做当家的！他暗暗笑了。说实在话，他对将军心目中那个什么都发给你，却又什么都不归你的新型社会①是并不乐意的。

自己的动机究竟何在，反正日后自会明白。眼前他却从直觉上感到自己还是到侦察排来为好。对侦察排里的多数士兵，他不知不觉地很快就都喜欢上了，而且使他大为惊奇的是，他竟也很希望他们能喜欢他。他甚至还花了不少心思，特意做出些小小的暗示，来表明他是个好心人，平日从一些军官那里、从自己的父亲那里耳濡目染而来的手法，这一下就都用上了。跟美国人打交道，自有一种亲近而不至于有冒昧之嫌的特殊手法可用；可以做到接近而不致引起危险，而且能保持进退自如，绝不会弄到无法收拾。运用这种手法，仍可基本上保持原来那种挨骂的身份②。不过他却不愿到此为止，他还想再略进一步。

这样做到底是为了什么呢？是为了要证明将军错了？侯恩琢磨了一会儿，也就不去多想了。得了，他才不想作自我检查呢。先

---

① 前文提到卡明斯曾经对侯恩说过一句话："军队的现在就是世界的将来。"这里所说的"那个什么都发给你，却又什么都不归你的新型社会"即源出于此。

② 指军官在背后挨士兵的骂。

掌握情况，多想没有好处，他来侦察排才这两天，一切都不忙下定论。

看下面载兵舱里，离他最近的雷德和威尔逊靠在相邻的两张帆布床上，在那里说话呢。他心里一动，情不自禁地就下了舱面，来到舱里。

他向威尔逊点了点头，问他说："肠胃好点了吗？"个把钟头以前威尔逊憋不住，在大伙儿的哄笑声中爬上过小艇的舷墙，朝大海里拉过屎。

威尔逊叹了口气说："噢，这会儿倒还可以，少尉。我真是求天拜地，但愿到明天这病就好。"

雷德哼了一声："你这个病！我就不信灌上一加仑'拔力高'①还治不了。"

威尔逊摇了摇头，和悦的脸色登时蒙上了一层忧思，还带着点焦虑，一副表情同他可人的相貌实在很不和谐。"但愿那个混账大夫是看错了病，我要能不用动手术就好了。"

"怎么回事？"侯恩问他。

"嘻，我这肚子里毛病大啦，少尉。都化了脓啦，那位大夫说他没有别的法子，只能开刀割掉。"威尔逊说着直摇头。他长叹一声，又接着说："我真不明白，要说淋病我以前也发过好多次，都很快就好了嘛。"

登陆艇接连穿过好几个大浪，浪船相搏，砰砰啪啪之声不绝。威尔逊突然一阵肚子痛，痛得直咬牙。

雷德点上了一支烟。"哎呀，庸医的话你怎么信得……"他一探身，一口痰吐在舷墙外，眼看船后的浪花飞沫一下子就把痰卷走

---

① 即复方樟脑酊，内含阿片（吗啡），治非细菌性腹泻用。

了。"医生有什么？给你点小药丸，拍拍你的背，总共就是这样两个看家本领。部队里养着的医生更不济，到了他们手上就只剩小药丸一个法宝了。"

侯恩笑了起来，"经验之谈吧，梵尔生？"

雷德却没搭腔，过了会儿威尔逊又叹息一声："偏偏就会挑上今天派我们出来，要是能换个日子有多好呢。有事要我们干，我没有意见，派我出来执行任务，这也没啥可说的，可我的病发得这样厉害，也实在太不巧了。"

"不怕，会好起来的。"侯恩不很在意地说。

"但愿如此啊，少尉。"威尔逊点点头说，"我向来不是个吊儿郎当的人，这弟兄们谁都可以证明，我情愿干活，决不肯稀里糊涂地混日子，不过近来病闹得一凶，我觉得自己好像不大顶用了，往常干得了的事现在似乎都干不了了。"说着还伸出一个粗长的指头冲侯恩一晃，侯恩见他手腕上有金棕色的汗毛，在阳光下亮晶晶的。"上个星期我实在撑不住了，可能是松了点劲儿，可克洛夫特就死盯着我不放。在一个排里同事都两年了，还疑心你存心在他手下偷懒，可不是活活气死人吗？"

雷德鼻子里哼了一声，"你别着急，威尔逊，我去叫开船的那位工兵大爷把船开稳点儿。"今天这艘登陆艇的驾驶员是从工兵连调来的。"我让他一定安安稳稳送你上岸。"雷德的口气在讥讽里带着一丝厌恶。

侯恩发觉，他下舱跟他们聊了好一阵，这个梵尔生却始终没有跟他直接说过一句话。可威尔逊又为什么要跟他说这些呢？是拿这个来打掩护？侯恩觉得未必。威尔逊说话的时候口气总有点恍惚，像在自辩自解似的。威尔逊心目中并没有他，梵尔生看来还恨他。

算了，管他呢，他也不是非要跟他们接近不可。他伸了伸懒腰，轻轻打了个呵欠，说："大家要沉住气。"

"是，少尉。"威尔逊小声应道。

雷德却没有搭腔。他依然是一脸气鼓鼓窝着火的神气，两道冷冷的目光盯着侯恩，看他回上舱面，又去站在驾驶舱里。

克洛夫特的短刀已经磨好了，趁侯恩还在跟威尔逊说话，他就慢慢往船头挤去，去躲在前跳板的后边。史坦利看到机会来了，也去挨在他的身边。在这儿谈谈还是不错的，因为地下虽然潮湿，幸得船头微微翘起，打进船里来的水花都流向船尾，前边是积不起水的。

史坦利说个不停："真是，硬是把个军官安在咱们头上，也太不像话了。咱们这个排，谁带起来也比不上你，他们也早该委你当个官儿啦，你看如今这不成天下奇谈了吗？"

克洛夫特耸耸肩膀。侯恩调来排里，对他是个打击，打击之重，连他自己都不好意思承认了。他带领侦察排都这么多时了，现在突然说排里还有他的上级，他思想上实在有点扭不过来。今天侯恩都到了排里了，克洛夫特还是几次差点儿就要发号施令，亏得马上想起自己已经不是带队的了，这才没有贸然出口。

侯恩是他的死对头。克洛夫特虽然心里并没有起过这样的想法，可是从他的一举一动却分明可以看出他这种态度。他不假思索地认为侯恩调来是侯恩的过错，因而也就自然而然地对侯恩恨入骨髓。可是问题的复杂还不止于此。他又不能承认自己怀有敌意，因为多少年来军令早已成了他的命根子。对命令心怀不满，对命令拒不执行，在克洛夫特看来都是大逆不道的。再说，他就是有意见也没法可想。"没法可想就干脆别想。"是他仅有的几条处世原则之一。

他当下并没有接史坦利的话茬，不过心里还是乐滋滋的。

"我对人的性格还是有点研究的，"史坦利说，"我有百分之百的把握敢说，这一趟侦察任务按说还是你来指挥的好，这个硬派给我们的什么少尉，他哪儿行呢？"

克洛夫特啐了一口。心想：史坦利真是个精灵鬼。当然他这都是存心拍马，不过一个人假如其他还可以，就只这么一点小毛病，那也不能说他坏。当时克洛夫特就应了一句："嗯，难说。"

"就拿这一趟侦察任务来说吧，可不简单哪。不是个有些招数的老手，挑不起这带队的担子。"

"你觉得这趟任务怎么样？"克洛夫特轻轻地问。一阵浪花朝他们身上打来，他急忙把头一低。

史坦利估计自己只要表示愿意去干，并不埋怨，就能招克洛夫特的喜欢。不过他又知道回话必须非常谨慎。要是表现得太积极了，克洛夫特会不相信他，因为队伍里别的弟兄没有一个起劲的。史坦利抹了抹小胡子——他的小胡子还是稀稀拉拉的，尽管经常修呀理的，还是不太整齐。"这叫我怎么说呢，反正任务总得有人去完成吧？让咱们去干也好嘛。跟你说实在的，山姆，"他壮起了胆子说，"这话从我嘴里说出来也许会让你笑话，不过我觉得咱们给派上了也没有什么可懊恼的。闲荡久了也挺腻味的，是想弄点正经事儿干干了。"

克洛夫特摸摸下巴，"你是这样想的，嗯？"

"这话呢，我也不是碰上谁都愿意说的，不过我心里确实是这样想的。"

"唔，唔。"史坦利这是不无故意地摸着了克洛夫特的一个痒处。一个月来上面尽派他们筑路搬运，放几次警戒哨也都是区区小

544

差，克洛夫特心里只盼着大干，早已把眼睛都盼红了。他觉得只要是大的行动，什么样的行动他都愿意去干。而现在派上的这个任务……想象起来要比他原先盼望的还伟大。他不露声色，其实内心急不可耐，只恨不能快些熬过这船上的几个钟头。他一下午都在心里反复琢磨后岛的地形，考虑上岸以后有哪几条路线可走。后岛荒僻，只有一张航测地图，不过他已经在心里都记熟了。

可是一想起队伍不再由他来带了，行动也不是由他来指挥了，他又觉得像是挨了一闷棍。

"对，是应该这样，"克洛夫特又接着说，"说真格的，卡明斯将军到底高明，想出了这条妙计。"

史坦利点点头，"大家伙儿总是嘀嘀咕咕，说自己要是当这司令的话就可以干得如何如何高明，他们哪里知道这当司令的难处哟。"

"我看就是这话。"克洛夫特转过脸去看了看别处，突然用胳膊肘捅了一下史坦利，"看哪！"他是在瞧威尔逊跟侯恩说话，瞧得心里有点儿妒忌。

史坦利不知不觉也学着克洛夫特的用语了。"你看，威尔逊老兄会不会在灌他迷汤？"

克洛夫特轻轻一声冷笑："嘿，谁知道，他最近懒得很。"

"不知是不是真的有病？"史坦利是怀疑的口气。

克洛夫特摇了摇头。"这大个子你一分一毫推他不动，也一分一毫信他不得。"

"平时我冷眼注意他，我也有这样的感觉。"史坦利心情愉快。布朗老是说谁也别想跟克洛夫特合得来，看来他是不懂这个诀窍。克洛夫特人还是不错的，只是跟他接近方法一定要对头。能够跟自己的上级士官交上知心朋友，可好着咧。

不过史坦利跟克洛夫特说话的时候内心始终十分紧张。他刚来侦察排的那阵子，跟布朗说起话来也是这样的心情，但是现在这种紧张的心情却换了对象。史坦利对克洛夫特说的话没有一句不是有其用意的，可又句句都是自然而然顺口而出。他从来没有转过念头，说是对克洛夫特随声附和是上策。倒是话儿出口的时候他相信自己说的都很在理。史坦利的脑子转得比舌头更灵、更快，所以他有时候话一出口，自己听了也差点儿一愣。"嗯，威尔逊这人是有点儿怪。"他临了还咕哝了一句。

"唔，唔。"

可是史坦利忽然觉得心头一沉。他现在再跟克洛夫特好上，恐怕已经为时太晚了。排长都派下来了，跟克洛夫特好还有什么用？他之所以看着侯恩觉得可恨，原因之一就是他本来希望上头会提拔克洛夫特当少尉排长，这样自己也许就有机会可以补上他的空缺。他不信马丁内兹和布朗有谁当得了排里的当家上士。不过他这个当上士的想头其实也是朦朦胧胧的，因为他的胃口还大着哩。史坦利心目中并没有一个专一的目标；他的愿望总是模模糊糊的。

克洛夫特和史坦利俩说着说着，双方感到有点同病相怜，彼此觉得距离接近了。克洛夫特对他还有了些好感，心想：史坦利这小子倒还不坏。

登陆艇接连受到几个浪头的冲击，脚下的甲板一阵抖动。太阳已快沉到水平线下，当空浓云密布。天有一点点冷了，他俩就凑近点儿，点支烟抽抽。

加拉赫也挤到船头上来了。他悄悄地站在他们旁边，那瘦了不少的筋筋节节的身子在微微哆嗦。他们一起听着船底海水的搏击。加拉赫嘀咕了一声："刚才还觉得挺热的，一下子就冷了。"

史坦利对他笑笑。加拉赫死了妻子以后，史坦利觉得对他必须注意些态度，这可是件麻烦事儿。论他的本心，他对加拉赫是只有瞧不起的份儿，只觉得这人讨厌，看见了就感到浑身的不自在。不过他还是招呼着说："觉得怎么样，伙计？"

"没什么。"其实加拉赫心中是闷闷不乐。这阴暗的天色使他心情凄楚：马莉一死，他对气候的变化就特别敏感，他现在往往会突然心头一沉，无端一阵轻微的伤感，眼泪就忍不住要夺眶而出。他已经不觉得内心还有什么意愿，奇怪的是他也已经不觉得有什么辛酸；从外表上看他火性还是不减，有时还会发作，把人骂个狗血喷头，不过雷德、威尔逊，还有另外一两个弟兄，却早已看出了他的变化。他紧接着又是轻轻的一声："没什么，我很好。"史坦利的慰问叫他有气，他看得出那是虚情假意。加拉赫的眼睛现在亮得多了。

他自己也莫名其妙：挤到他们身边来干什么呢？想要回到自己的床位上去，却又觉得还是这里暖和。船头颠啊晃的，脚下起伏动荡，他的牢骚又上来了。"挤得像他妈的沙丁鱼似的，要在船里待多久啊？"他愤愤地骂道。

克洛夫特和史坦利停了一会儿以后，又谈起这趟侦察任务来了，加拉赫听得反感，冲口说道："这一趟去会撞上点啥鬼名堂你们就知道啦？咱们能保住吃饭的家伙回来，这鬼运气就算蛮不错了。"话一出口马上又后悔了，而且还有些害怕，心想：这骂人的脾气我一定得改一改。加拉赫收到妻子的最后一封信已经有一个多星期了，这一个多星期来他一直想要痛改前非。他相信骂人是罪过的，他怕再有报应临头。

一听克洛夫特他们谈起任务，他本来就吓坏了，骂了两句粗话，心里又添上了后悔。加拉赫恍惚又看见了自己被打死在战场上，他顿时感到背上火辣辣的一阵灼热，针刺般的生疼。眼前还出现了给克洛夫特一枪打死的那个日本兵，依稀还躺在那青青的小山沟里。

史坦利没理他。"假如山口过不去，依你看那就怎么办好呢？"史坦利觉得这一切他心里都应该有个底，说不定这侦察排到头来还得由他来指挥呢。此去什么样的不测都保不定会发生。不过他巧妙地绕过了这个问题，只是抽象地假定遇上了不测，至于会死了谁，那就尽力回避，不去想了。

"我倒有句话想教教你。"克洛夫特说。这话从他嘴里吐出来觉得好陌生，开导人的事他可是从来不干的。"在部队里，一个办法行不通，千万千万换一个办法干。"

"那你的意思是说，要翻过大山咯？"

"我不是带队官。少尉才是带队官。"

史坦利做了个鬼脸："嗬！"跟克洛夫特在一起他就觉得自己还嫩得很，不过他也并不想掩饰这种感觉。不知道什么道理，他总觉得只要自己能够别太自命不凡，克洛夫特对他还会更喜欢些。

"不过假如这队伍由我来带的话，我就会这么办。"克洛夫特又接着补上了一句。

他们的话加拉赫听得并不真切，他根本没有仔细在听。他们谈起这趟任务，叫他听着觉得很不受用。他向来迷信，头脑里忌讳很多，认为谈论打仗有招来不幸的危险。他心中依然闷闷不乐，感到这一去前途黯淡，等待着他们的不外是奔波劳累、艰危磨难。他内心像一锅沸水，愈想愈觉得自己可怜，眼角都有些湿润了。为了把眼泪忍住，他故意气呼呼地对史坦利说："你以为这趟去你就可以看好看的啦？你脑袋瓜儿不搬家，就算是上上大吉了。"粗话差点儿又要骂出来了，他赶紧住嘴。

这一回可不能再只当没听见了。史坦利骤然想起米尼塔就是横祸飞来，莫名其妙受的伤，自己当时感触万千，如今一想起来又乱了心曲。信心顿时就打了折扣。"你的话也太多了。"他对加拉赫说。

"话多你又拿我怎么样？"

史坦利脚都已经跨了出去，可又猛地收住了。论个儿加拉赫比他小多了，跟这么个人打架赢了也不算什么光彩。再说，在史坦利心目中看来，打他总有点像打了个残废人似的。所以他就只是说："你小心点儿，加拉赫，小心我把你一撕两半。"他压根儿就没有想到，其实登陆那天早上雷德对他说的也正是这样一句话。

加拉赫"呸"了一声，却丝毫不动。他怕史坦利。

克洛夫特冷冷地看着他们。加拉赫的话也触动了他的心事。他一直忘不了那天日军渡河夜袭的情景，他有时做梦，还会梦见一阵滔天巨浪劈头盖脑冲他砸来，而他却仿佛身居其下，眼睁睁地只能束手待毙。他虽没有把这样的梦同日军的夜袭联系在一起，不过直觉上总感到这样的梦就表明了自己还不够坚强。如今加拉赫一句话就惹得他不自在起来，他一时竟也牵动了心思，想起了自己的死。他也想到，脑子里老装着个"死"字未免太傻。可是想要摆脱却又一下子摆脱不掉。克洛夫特一向认为死并不是偶然的。排里或连里有弟兄牺牲了，他每次总是硬了硬心肠，暗暗松一口气，好像觉得没话可说，是该轮到这位弟兄了。现在想起死亡的命运也许就要临到自己头上，他不禁添了心事。克洛夫特不像雷德和布朗，他们那种悲观加宿命的人生观在他头脑里是没有的。克洛夫特不信他仗打得时间愈长，活下来的可能性就愈小。一个人是不是死于战争，是命中所定，这一点他也相信，可他总不假思索地认为自己当然不在此列。不过现在他却不是那么自信了。心头似乎还掠过了一种不祥的预感。

架总算没有打起来，他们就都默默地靠在跳板后边，感受着薄薄的金属甲板下愤愤的大海无力地发威。雷德也过来了，大家站在那儿不作一声，都弓起了背避着浪花，不时还会打个冷战。史坦利和克洛夫特又谈起这趟侦察任务来了，雷德听得隐隐有些反感。他背上作疼，容易冒火。登陆艇砰砰啪啪闹个不停，舱内又是床挨床、人挤人，没一点回旋的余地，连史坦利的那个声气听起来都是那么可气。

"不瞒你说，"史坦利在跟克洛夫特说体己话，"对于这趟任务，乐意我自然说不上，不过我总觉得这是一次增长经验的机会。我这个士官虽说是最末一级的士官，职责总还是有一些的，没有经验就尽不了职。"他是一副谦虚的口气，雷德觉得他谦虚得未免有点肉麻，鼻子里透出了一声鄙夷的冷笑。

"你只要提防着点就行，"克洛夫特说，"咱们排里这班弟兄大多有个毛病，走起路来就像一群糊涂羊羔子，眼睛尽望着地。"

雷德暗暗叹了口气。史坦利野心还不小哩，他感到不齿，可是这轻蔑却并不理直气壮，他自己也有些省觉。他心里竟觉得有那么点儿妒忌！内心的矛盾，勾起了一肚子的不快。不过再一想：算了吧，苦恼忧伤谁也免不了，搁在心里又有什么好？史坦利今后会步步高升，这是可想而知的，可是史坦利肯定也快活不了。我们这些人，只要肚子上不吃枪子儿就算是万幸了。想到这儿，他觉得背上的皮肤似乎一紧，不由自主地就回过身去看了看那光秃秃铁壁一般的前跳板。自从那天他倒在地上，尝到了眼睁睁只等吃日本兵一刀的滋味以后，他老是会感到提心吊胆。晚上常常会一惊而醒，在毯子里翻来覆去再也睡不着，莫名其妙地浑身发抖。

他反问自己：我要当士官干啥呢？带了个班以后，班里有弟兄牺牲了，心上还得多一件事。我不想接受谁的命令，也不要谁来指挥我。他瞧了瞧站在后船的侯恩，嗓子眼里觉得又隐隐冒起火来。暗暗骂了一声：这班臭当官的！念了几年大学的娃娃，打仗只当去打橄榄球！那个杂种崽子可是巴不得跑这趟差使哩。他心底深处渐渐燃起了一股强烈的仇恨，这部队里凡是让他去冒生命危险的人，他个个都恨。我们掉了脑袋，将军又损失个屁？只当个试验出了点毛病罢了。拿我们当大白鼠。

他看着史坦利觉得好笑，心里真想挖苦他一下。终于感情一激动，话就出了口："嗨，史坦利，你大概以为上面还会奖给你一枚银星勋章吧？"

史坦利瞅了他一眼，神情顿时紧张起来。"去你的，雷德。"

"你等着吧，老弟，"雷德说完呵呵一阵大笑，扭过头去对加拉赫说，"上面奖给他的八成儿是紫鸟勋章①。"

"你给我听着，雷德……"史坦利有意识地露出了几分威胁的口气。他知道克洛夫特正瞅着他。

雷德冲着他"呸"了一声。他其实根本不想打架。他平时就是背疼不发作，身上也软绵绵地没一点力气。他猛然理会到登上安诺波佩岛这几个月来，他和史坦利俩都变了：史坦利看上去胖了，血色好多了，神气之间也更自信了，而且趋势还在看好；自己呢，却只感到筋疲力尽，人也瘦了。由于一下子冒出了这些感受，而且又觉得不可理解，结果自尊心把他一逼，逼得他豁了出去："史坦利，小心你吃不了兜着走。"

"怎么，跟加拉赫结成同盟啦？"

加拉赫听了又是一惊，按他的心意他是不想卷进去的。这几个星期来他一直缩着脑袋，懒得跟人接触。就是偶尔发过几次火，火

---

① 美国军队中有紫心勋章，授予作战受伤人员。雷德有意换了个粗字，表示轻蔑。

过之后也就淡漠如前。不过这一回他却不能退缩了：雷德可是他最要好的弟兄之一。他就嘟囔了一句："雷德跟我也用不着结成同盟。"

"好哇，比我早来了几天，你们就自以为腰杆子硬了。"

"恐怕是有那么点儿。"加拉赫说。

史坦利知道，他要博得克洛夫特的器重，就必须把雷德臭骂一顿。可是他觉得自己的气壮不起来。谈到打仗给雷德这么一奚落，自己的信心早已又打了个折扣。他不能不感到心头突然有了个疙瘩，想起雷德的话就一阵心寒。他深深地吸了口气。"雷德你听着，现在不是算账的时候，等回去再跟你好好算。"

"行啊，到时候别忘了送封信来。"

史坦利紧咬着牙，一时还不上嘴来。他望了望克洛夫特，克洛夫特的脸上一无表情。"哼，你们不在我的班里，算是便宜了你们！"史坦利最后对雷德和加拉赫说了这么一句，遭到两人一阵哄笑。

克洛夫特恼火了。本来他是又想看他们打一架，又顾虑到打起架来对部队影响不好，心中有些两难。现在听史坦利说出这种话来，内心就只有对他的轻蔑了。当一名士官，应该懂得怎样叫手下弟兄守自己的本分，史坦利干得太蠢了。克洛夫特往舷墙外啐了一口唾沫，冷冷地说："怎么，已经都摩拳擦掌啦？"磨嘴皮子叫他听了生气。

大家又都不作声了。好像一页薄纸着水自破一样，紧张的空气也顷刻都消散了。除了克洛夫特谁都暗暗松了一口气。不过摆在面前的任务终究使他们心头笼罩着一片阴影。各人都默默地愁着各自的心事。夜色就像个不祥的先兆，在一步步逼近了。

远远望去，他们看见了穴河山矗立在岛上。只见那主峰冷漠而孤高的身影挣出了莽莽的丛林，以雄伟的气势冲天而起，刺破了天上低垂的云层。在薄暮冥冥中看起来犹如一头其大无比的灰色老象，正老大不高兴地用前脚抵着地撑起身来，后腰以下都隐没在它老窝的青枝绿叶丛中。这座大山似乎有一种灵性，有一种威势，那巍峨之状真是动心骇目。加拉赫呆呆地看得出了神，只觉得有一种说不出的壮丽之感把他迷住了。他本来总怨自己成天处在乱糟糟的环境里，老是做梦也想看看清雅的景色、秀丽的风光，这一下他的看法动摇了，他激动得几乎要赞叹起来。他真想吐露吐露自己此刻的感受，一时差点儿就开了口，可是这种激情转眼就消失了，剩下的只是几分不安的喜悦，一丝心醉神迷的回味。他舔了舔嘴唇，又怀念起妻子来了。

克洛夫特可是深深地给打动了，心灵上留下的印象就像打桥墩时埋进河泥的沉箱那么根深蒂固。穴河山把他吸引住了：如此巍巍高山使他激动，也像是对他的耻笑。他以前从来也没有把穴河山看得这么真切。以前是四面丛林，幡舞山脉的百丈高崖把主峰遮住了。如今他对着大山看得目不转睛，打量过山梁的来龙去脉，心头油然升起一种本能的欲望：他恨不得爬上山去，站在顶峰，把这座顶天立地的大山踩在脚下。他心潮汹涌，感到又是肃然起敬，又是急不可耐，并且又一次体会到了他在汉奈西阵亡之后、在杀死日本俘虏之时都曾有过的那种奇异独特的美滋滋的感觉。他盯着大山看，看得眼睛简直要喷火，忘了身边还有许多弟兄。一会儿醒悟了过来，才说了句："这座大山可真够劲儿啊。"

雷德却只觉得发闷，隐隐还有点烦恼。克洛夫特的话使他感到有一种难以捉摸的不安。他淡淡地，几乎是冷冷地把穴河山打量了一下。可是打量完把眼光收回来，心里却添了一重忧虑——那天侦察排里的弟兄或迟或早都感到了这样的忧虑。雷德也像大家一样担心起来：厄运降临，会不会就是在这一遭呢？

戈尔斯坦和马丁内兹在那里谈论美国。他们挑选的床位碰巧挨在一起，两个人把雨披往身上一盖，在帆布床上一直躺到现在。戈尔斯坦此刻觉得倒也愉快。过去他跟马丁内兹的关系一向不是太密切，但是今天两人一聊就是几个钟点，而且知己话愈谈愈贴心了。能够跟人友好相处，戈尔斯坦是没有不乐意的；他性格纯真，对人总是信而不疑。他在侦察排所以处境这样可怜，一条极重要的原因就是人家对他的友谊似乎总长不了。上一天还跟他谈得挺畅、挺亲的弟兄，第二天就说不定会拿话来伤他，或者对他不理不睬，弄得他莫名其妙。在戈尔斯坦看来，人和人要么是朋友，要么就不是朋友；对朋友变心、对朋友不忠实，这些他都感到不可理解。正因为他觉得老是被朋友背弃，所以心情一直很苦恼。

不过他并没有完全灰心丧气。他的个性基本上还是进取的、积极的。假如他的感情受到了伤害，假如又有朋友翻脸不认人了，戈尔斯坦也自会对心灵上的创伤加意调治，通常总能创平伤愈，重新再来周旋。他在侦察排里碰到的一连串钉子，使他学乖了，说话做事也都谨慎了。不过戈尔斯坦毕竟太重感情，真要说到防人之心，他的胸怀里是安不下的；只要对方稍一显出友好的明确表示，他就甘愿把心底的委屈统统抛在脑后，报之以一腔热肠、一片诚心了。此刻他就觉得他很了解马丁内兹。他的看法要是用言语来表达的话，那么他在心里暗暗念叨的就是：马丁内兹这人倒挺不错，虽然不大爱讲话，人还是不坏的。这样没有架子的中士可是不多见的。

"其实在美国，要出头有的是机会。"这时候马丁内兹对他说了这么一句。

"可不，"戈尔斯坦点了点头，好像心中挺有数似的，"我就有一套计划，开个工场自信是有把握的，因为我考虑再三，总觉得一个人要出人头地，就得自己去打天下。按月挣工资，有保障，说起来当然好处不少，不过我倒还是宁愿自己只服自己管。"

马丁内兹点点头。"你这工场办起来一定很能赚钱吧？"

"估计有时候可以赚俩钱儿。"

马丁内兹凝神想了想。钱！他掌心里沁出了一层薄汗。他猛地想起自己小时候老是对一个名叫伊锡德罗·胡安尼奈兹的人看得很眼红，这人是个妓院老板，手里常常攥着厚厚一沓"块头"钞票，如今马丁内兹回想起来还是禁不住一震。"等打完了仗，我也想离开部队。"

"你是应该离开部队，"戈尔斯坦说，"我是说，你头脑机灵，人又踏实，很有前途。"

马丁内兹叹了口气，"可……"他不知道这话该怎么说。一到要提起自己是墨西哥裔的时候，他的心里总会局促不安起来。他总觉得这样说似有责怪对方之意，是不礼貌的，仿佛言下之意就是说，像样的工作没有"我"的份，这都该由"你"负责似的。再说，他总还抱着个幻想，巴望人家会当他是纯粹的西班牙人血统。

"可我没受过教育啊。"他终于改了口。

戈尔斯坦深表同情，摇了摇头。"这倒确实是个难处。我一直想读大学没有读成，也时常体会到没上过大学的苦恼。不过办个工场开爿店什么的，只要头脑机灵点儿也就能对付了。说实在的，我认为做买卖要紧的倒是诚实不欺；真正伟大的人物，从来也没有一个是靠邪门歪道获得成功的。"

马丁内兹点点头。他在想一个大富翁不知要有多大的屋子才放得下自己的钱。他脑海里掠过了许多淡淡的影子。有豪华的服饰，有光亮耀眼的皮鞋和手工描花的领带，还有一个个窈窕而冷漠、无情而动人的高个儿白皮肤金发女郎。他不胜艳羡地说："一个人有了钱，就可以想干啥就干啥。"

"可我要是有了钱的话，我就要多做好事。再说……我其实也只想日子能过得比较宽裕些，只想有一座漂亮的住宅，生活有一定的保障……你去过纽约吗？"

"没有。"

"纽约有一处郊区，我就很想住在那儿，"戈尔斯坦点点头说，"那真是个好地方，居民都是高尚人家，有教养，又风雅。我可不愿意自己的儿子还像他老子那样长大。"

马丁内兹一本正经地把头点了两点。他心里从来没有抱着什么明确的信念或志向，碰到说话的对方是胸有成竹、自有一套周密打算的，他总是自惭形秽。"美国可是个好国家啊。"他说这话的口气是真诚的。慷慨激昂的爱国热情一时在他心头熊熊燃烧；他迷迷糊糊想起了小时候课堂里全班学生齐声高唱"归功您，我的祖国"的情景。他多少年来第一次想起自己还曾有志当个飞行员呢，这一下倒弄得他有些三心二意了。后来他就说："我在小学里学习成绩倒还不错，老师还夸我聪明呢。"

"老师当然要夸你聪明啦！"戈尔斯坦完全是一副肯定的口气。

风浪小些了，浪花也不大打进船里来了。马丁内兹往四下看看，零零落落有些说话声，他听了一阵，又耸耸肩膀，说道："路真远啊。"

加拉赫又回到自己的床位上来了，他的床位就在马丁内兹隔壁。只见他一声不响，往床上一躺。戈尔斯坦有点不自在，他已经有一个多月没跟加拉赫搭话了。过了好一会儿，他才找了句话儿说："奇怪！倒也没有人晕船，乘这种登陆艇是不大好受的。"

556

"罗思，怀曼，都晕船了呢。"马丁内兹说。

戈尔斯坦耸耸肩膀，不无得意："我就不在乎，我是坐惯了船的。我有个朋友，在长岛有一艘帆船，到了夏天我就常常跟他一块儿驾起帆船出海去玩儿。我太喜欢出海去玩儿了。"他想起了海峡①，想起了海峡两岸的白灰灰的沙丘。"长岛外的那一带真美。说真的，比美国还美的国家是世上难找的了。"

"你这话说对了，兄弟。"加拉赫突然鼻子一哼，开了口。

他说话就是这么个腔调——戈尔斯坦心想——不是存心来找我麻烦。因此戈尔斯坦就把语气放得很温和的，问他说："加拉赫，你以前也驾船出海去玩儿过？"

加拉赫用胳膊肘一撑，支起身来。"哪儿呀，我只是偶尔划只小船到查尔士河上去玩玩，过了西洛克斯伯雷也就打住了。我总是跟我老婆一块儿去的。"他话出了口才怔怔地想了起来，骤然变了脸色，呆呆地不胜伤感。

"真对不起。"戈尔斯坦轻得有气无声地说。

"没有什么，"加拉赫觉得受到一个犹太人的同情未免有点可气，于是又添上了一句有些多余的话，"好了，甭提了。"不过他的心情终于又渐渐平复了，一时不觉沉浸在自伤自怜和可意的淡淡的哀愁里。过了会儿他冷不丁问道："嗨，你不是有个娃娃吗？"

戈尔斯坦点点头，忙不迭地答道："有啊，我儿子今年都三岁啦。等等，我给你看张照片。"他在床上使劲背过身去，从后裤袋里抽出个皮夹子来。"可惜这张照片拍得不怎么好，"他带点遗憾的口气说，"其实我儿子长得真是要多漂亮有多漂亮。我们家里还有他的一张大照片，是请一位摄影师拍的，说心里话，这样好的娃

---

① 指长岛（纽约）和康涅狄格之间的长岛海峡。由此往东，可通大西洋。

娃照是再也没处找的了。真有资格得个奖呢。"

加拉赫两眼望着照片。"唔……唔，是个漂亮娃娃，没错儿。"连句夸奖的话都说得这样拙嘴笨舌，他心里很不自在，有点不知所措。他定了定神，这才把照片看了个真切，看完叹了口气。马莉去世以后他总共只写过一封信回国，为的就是想要一张自己孩子的照片。信寄出以后他就一直巴巴地等着，心里愈等愈焦急，好像得不到孩子的照片他的生活就少了个主心骨似的。他有时会一连几个钟头什么事儿也不干，痴呆呆地只顾想他的孩子，猜猜孩子长得是怎么个模样儿。他虽然还没有得到准信，可心目中总认为自己的孩子是男的。"真是个漂亮娃娃。"他当下又粗声粗气说了这么一句，手一个劲儿地在帆布床边上揉啊搓的。为了掩饰自己的窘态，他突然冲口说道："嗨，有了娃娃是怎么个味道啊？"

戈尔斯坦思忖了一下，俨然是一副准备做出权威性答复的样子。"喔，那可是个很大的……是个很大的乐趣。"他差点儿说出了一个意第绪字来。"不过也有不少苦恼，有了孩子就得操很大的心啦，在经济上也难免会遇到一些困难。"

"是这话。"加拉赫连连点头称是。

戈尔斯坦又继续说下去。他总不免有点拘束，因为在侦察排里加拉赫本来是他最讨厌的一个人。他自己也不明白这会儿怎么会对加拉赫这样亲切、这样友好。实则戈尔斯坦在跟人攀谈的时候，只要一意识到这是个犹太人在跟外族人说话，他的心情就会不自然起来；于是那种想要给人一个好印象的心理就会在很大程度上影响到他的每一个动作、每一句话。人家喜欢他，他当然高兴，可是他高兴还另有个原因，就是看见人家喜欢了一个犹太人。所以现在他也就只拣会使加拉赫听了开心的话说。

但是，谈起了自己的妻儿，戈尔斯坦又不知不觉地产生了无限怀念的惘然之感。脑海里浮现起伉俪情深的幸福生活的种种情景，使他感到不胜依依。他特别记得有一天夜里，小两口在漆黑一片之中听小娃娃像模像样地打着古怪的呼噜，听着听着乐得搂在一起格格直笑。"有了孩子，生活才叫有意思呐。"他这的确是发自肺腑的话。

马丁内兹猛地一惊，他忽然想起自己也早已做了爸爸了。他多年来第一次想起了罗莎莉泰肚子里有过个孩子。他耸了耸肩膀。已经七年了吧？还是八年啦？他记不清了。他在心里直骂浑蛋。他把姑娘一旦甩掉以后，想起她来就只觉得那是个苦恼和麻烦的根源。

想起自己也生过孩子，他得意了。心里说：嗨，老子不含糊哪！他真忍不住想笑。马丁内兹生了个崽，拍拍屁股溜了！他看人倒霉一阵开心，就像个小孩子拿只狗折腾取乐似的。她有屁个能耐？呸！她的肚子还不是我叫大起来的？他好比得了气臌病，一肚子的狂妄自大一个劲儿地膨胀。他怀着天真的喜悦暗暗寻思：老子这样的伟男子，就是招女人的喜欢！他更感到自负的是他生的还是个私生子；不知根据哪门子的道理，他总觉得这一来他的地位就更高不可攀了，身份就更尊贵了。

他抱着大度优容以至近乎是屈尊俯就的心理，对戈尔斯坦产生了好感。在今天下午谈上这一通话之前，他本来见了戈尔斯坦是有些害怕的，心里总是很不自在。原因是他们俩有一天为了一件事争执起来，戈尔斯坦不同意他的意见。马丁内兹碰到这种事，他的反应总是像胆小的小学生受了老师的责罚似的。他觉得当了中士从来也没个舒坦时候。可是今天戈尔斯坦一番友好的情意却使他感到热乎乎的，他再也不觉得戈尔斯坦那天是看不起他了。他心里暗暗说：戈尔斯坦这人不错。

他渐渐感觉到了登陆艇在摇晃，在一起一伏地缓缓破浪前进。天色已经快黑了，他打了个呵欠，把身子再蜷拢点儿，往雨披里缩了缩。肚子有点饿了。心里迷迷糊糊地盘算：是打开一盒干粮吃好呢，还是躺着别起来的好？他想起了这趟侦察任务，顿时感到一阵不寒而栗，头脑也清醒了过来。唉！他嘘出了一口气，心里连声对自己说：别想了！别想了！

他突然发觉加拉赫和戈尔斯坦已经没在说话了。他仰脸一看，见船上的人十之八九不是站在床上，就是趴在右舷的舱壁上。他听见加拉赫问了一句："他们在看什么呀？"

"大概在看落日吧。"戈尔斯坦说。

"落日？"马丁内兹望望天上。天上几乎已是一片乌黑，布满了一团团怕人的浓浓的积雨云。"哪儿有落日呀？"他在床上站了起来，又开两脚踩在床架两边，遥望西天。

好一派瑰丽的落日景象！这样浓艳、这样灿烂的色彩，也只有在热带地方才能见到吧。夜雨将至，满天昏黑，唯独天边还有这样窄窄的一条。太阳早已不见，就剩这些残霞给压成一根彩带嵌在水天相接之处。余光在水面上化出一道弧形，像是一个三面环抱的港湾，可这真是个奇而又幻的港湾，染得那样五彩缤纷：有鲜红，有金黄，也有那么鲜嫩的青翠。附近一抹微云形如一串鼓鼓囊囊的小香肠，却是一片麻麻点点的深紫红色。大家看着看着，只觉得像是在看一座只应在梦幻中才有的仙岛。看着看着，各个细部似乎都豁然一亮，悠悠荡荡地化成了现实。他们仿佛看到了一片海滩，遍地是晶亮的金沙，仿佛看到海边的树林子在暮色中抹上了一层紫青，无限优美。这片海滩跟他们见过的什么海滩都不一样；这里也有凛冽荒凉的海边那种礁岩嶙峋、沙丘起伏的景色，可是这里却是热气腾腾，一片生机。青莲色的树林子背后，地势渐渐隆起，淡红和深紫层层相间，最后就融入了港湾上空密布的阴云里。落日的余晖似乎也把他们眼前的海水照亮了，一派清澈的湛蓝，宛如夏晚的晴空。

令人销魂荡魄的小岛呵，简直就是《圣经》上红酒翠树、金沙铺地的国土！大家瞪圆了眼睛看了又看。他们见了这个仙岛，就像东方古国的帝王见了心目中的天堂，按捺不住胸中火燎一般的热烈向往。他们恍惚看到了他们所一向憧憬的光明，看到了他们所一向追求的欢乐。他们暂时忘却了他们如何在丛林里庸庸碌碌、浑浑噩噩，默默度过了这凄凉难挨的几个月。要不是旁边有人的话，他们真会伸开了双臂扑过去！

幻景总是长不了的。慢慢地慢慢地，这片海滩终于渐渐消失在茫茫的夜色里。金沙先是暗淡下去，变得绿幽幽的，最后终于成了黑乎乎的一片。仙岛沉没了，黑夜的巨浪漫过了红的紫的高地。不一会儿四外就只剩了黑魆魆的海洋，阴暗的天空，以及船后拖着的那一道邪祟似的灰白的旋涡。飞沫起处，还闪现出点点磷光。黑沉沉幽魂一般的大海看去就像是无边夜色的一个倒影，海上散发出一股寒意，饱含着恐怖和死亡的气息。大家只觉得大海感染给他们一阵默默的透心的悚惧。他们回到自己的床铺上，躺下来准备过夜了。虽然盖着毯子，还是打了好一会儿冷战。

天下起雨来了。登陆艇翻浪卷沫、颠簸不定地在黑暗里驶去，跟岸上始终只有百来码的距离。大家马上又都忧心忡忡地想起了摆在面前的侦察任务。海浪一阵阵冲击着船身，有如呜咽。

二

次日一清早，侦察排就在安诺波佩岛的背后一侧上了岸。雨没下到天亮就停了，黎明的空气清新凉爽，海滩上阳光宜人。大家在沙地上随意自在了一阵，看登陆艇打着倒车退到海上，掉头返航。才五分钟，登陆艇就已经驶出半英里远了，可是看起来却还像近在眼前，仿佛只要跳下这亮灿灿的热带大海，在水里奋臂划上那么几下便可以赶上似的。这班侦察兵都以不胜向往的眼光看着小艇远去：艇上的人员到黄昏时候就可以返回安全的后方营地，吃上热腾腾的饭了，怎么不叫他们羡慕呢！米尼塔心里暗暗寻思：当差就要当这样的差！

这时的朝阳仍像一枚刚出厂的铜币，焕发出一派耀眼的新辉。大家虽然都意识到这一带海岸从来人迹不至，可内心的恐怖倒也不算太厉害。背后的丛林看去基本上还是有点面熟的。海滩上遍地是精致美丽的贝壳，一片荒无人烟的景象，等太阳再爬高点儿，这里管保就会烤得直冒烟，不过眼下看去这片海滩似乎也跟他们到过的那许多海滩都差不多。他们就在四下里一躺，抽支烟，打上两个哈哈，等着出发去执行任务。让太阳把溅湿的衣服烤烤干也蛮好嘛。

侯恩的心情却有点紧张。再过一会儿部队就要开始行军了：四十英里，都是情况不明的荒山野林，最后十英里还得打日军的后方穿过。一张航测地图摊在沙上，他跟克洛夫特正在一起研究，他回过头来又把地图一指："上士啊，我看咱们最好的办法还是沿着这条河走，"——他手指的地方是一条小河的河口，顺着这儿的海岸往前再走几百码便是这小河出林入海的河口所在——"能走多远就走多远，河断了就自己开路，坚持到白茅草地带。"

"我看也没有别的好办法了。"克洛夫特说。侯恩的意见是对的，这使他有些不快。他揉了揉下巴，"不过时间上得估计得充分点，这很花时间哪，少尉。"

"嗯。"克洛夫特使侯恩感到有点儿不自在。此人很有经验，这一点是不难看出来的，可他就是要问一句才肯吭一声。讨厌的南方人！看来跟柯黎兰是一路货呢。侯恩拿指头轻轻地在地图上弹了弹。他感到脚底下的沙子已经在渐渐烫起来了。"好在丛林纵深不过两英里。"

克洛夫特点了点头，脸色阴沉："航测地图不一定靠得住哪。咱们跟着那条小河走，可能到得了目的地，不过这事谁也打不了包票。"他往沙地上啐了口唾沫。"闲话少说，快点出发是正经，有些事情只能走着瞧。"

"正是这话，"侯恩故意摆出一副严厉的口气，"还是快点出发吧。"

克洛夫特对战士们扫了一眼："好啦，弟兄们，准备出发啦。"

大家于是又都背起了背包，还把胳臂伸了两伸，好把包背得伏帖些，免得皮带扣得肩膀生疼。不一会儿，一支稀稀拉拉的队伍就出发了，拖拖沓沓地踩着沙子走去。到了河口，侯恩叫队伍停一下。他对克洛夫特说："把我们的打算给大家讲一下。"

克洛夫特耸耸肩膀，不过还是说了两句。"咱们就沿着这条河走，一直走到河的尽头，大家思想上还是要做好准备，走起来可能会累得够你们受的。谁要是心里不乐意，就趁早说，别到时候嘀嘀咕咕的。"他把背上的包往上颠了颠。"这一段路上估计是不会有日本人的，不过那也不是说你们就可以像一群糊涂羊羔子似的，眼睛望着地下走路了。大家还是应该提高警惕。"他盯住了他们，把他们的脸一张张端详过来。看到他们一个个差不多都垂下了眼，他心里有点儿乐了。他顿了一下，咂了咂嘴，像是在考虑是不是还有别的话要说。"少尉，你有什么话要对他们说吗？"

侯恩弄着他的卡宾枪皮带。"好，倒真有两句话要说说。"他眯起了眼望着太阳，仿佛随口说来似的："弟兄们，我一个也不认识你们，你们也都不认识我。或许你们也根本就不想认识我。"有几个弟兄扑哧笑了，他也突然对他们咧嘴一笑。"可是不管怎么说吧，我就好比是你们新添的一个小兄弟，我已经成了你们的一家人，是好也罢是歹也罢，你们反正总得认下我了。就我个人来说呢，我觉得咱们是可以相处得很好的。我决不会难为大家，不过有件事还是请大家务必记住：回头你们要是走得气力不济了，而我还是一个劲儿催你们走，你们难免会把我恨得要死。恨倒没关系，只管恨吧，可请别忘了一点，就是我也跟你们一样累，我把自己恨得比你们还厉害。"一句话逗得大家都笑了，在这一瞬间他就像个演说家那么知机，看出听众的心已经被他抓住了。他感到十分得意，简直可说得意非凡。心想：比尔·侯恩的儿子嘛，还会有错！"好，出发吧。"

克洛夫特走在队伍的前头，侯恩的话使他心里窝火。不像话！堂堂一个排长怎么能跟部下称兄道弟呢。侯恩这样胡说一气，会把部下惯坏的。克洛夫特向来看不起有意讨好部下的排长，认为这是自作多情，不足为训。心里说：这支队伍看来要毁在他的手上了。

河的中间看去很深，靠岸有如一条长带一样却有十五六码宽的一片浅水滩，看得见潺潺的流水在石子上淌过，把石子都磨得光光的。全排一十四个人，列成一路纵队出发。进了丛林走不多久，头顶上便枝桠相接，形成了一条拱廊；到他们拐过第一道河湾的时候，拱廊早已变成了隧道，密密的林木就是这隧道的两壁，黏糊糊的淤泥就是这隧道的路基。阳光穿过盘错丛杂的藤萝苍苔、繁枝茂叶，筛落到地面时已经吸饱了丛林的色彩，成为一派微绿幽幽，宛如绿丝绒的茸光。那淡淡的光线缥缈不定、袅袅似烟，像是透过大教堂结构奥妙的圆顶折射下来的一般。四面八方尽是丛莽，望去一片幽暗，传来沙沙的声音。他们不但满耳朵是声音，而且满鼻子是气味，丛林里的一切精华宝贝都集中到了一块儿，逼着他们"赏光"。那阴湿的野草味儿、那疑似大粪的腐臭、那菌菌蕈蕈的刺鼻的潮气，熏得他们昏天黑地，他们只能强自忍住，胸口难受得都快恶心了。雷德嘀咕了一声："真他妈的臭气冲天！"本来他们长住在丛林里，早已久而不闻其臭，但是昨天夜里到了海上，鼻子却又一下子通畅了。他们敢情已经忘了，丛林里的空气就是这样令人窒息！就是这样黏糊糊的，死死堵着人的嗓子眼儿！

"这股臭味，很像个黑人娘们。"威尔逊煞有介事地说。

布朗一阵神经质的狂笑。"你几时又开过这号洋荤啦？"不过他心里却不安了好一阵子，这股长年自腐自化的钻鼻恶臭，使他感到此去前途可虑。

河水弯弯曲曲地往丛林深处钻去。他们早已忘了刚才河口的那一派阳光灿烂的景象。耳朵里只听见小虫小兽狂奔急窜的簌簌声，蚊群时而突施袭击的刺耳的嗡嗡声，还有那咿咿哑哑喧闹不休的，是猴子和长尾小鹦鹉。他们汗出如浆，虽然才走了几百码路，可是丛林里风也不透，实在够他们受用的，军服上背包带扣紧的地方早就印出了两摊黑黑的汗迹，愈化愈大。清早丛林里水雾弥漫；一迈腿，那齐腰高的雾气就往两旁一闪，等身体过去以后，才又不慌不忙缓缓闭拢，好像一条蜒蚰慢慢蠕动着身子似的。队伍头上的尖兵更不好当，他们每迈一步都需要拿出非凡的意志的力量。一路上恶心得浑身打颤不说，还常常得停下来喘口气。四下里到处湿得可以滴下水来。一丛丛竹子直长到河边，芜杂的荒藤野蔓缠住了飘带似的纤巧的竹叶。灌木乱丛都长到了大树的树干上，比他们的头还高。脚下细根纠结，小石累累，中间沉积着河水带来的黑黑的淤泥。岸边有涓涓细流，其声淙淙可听，可惜丛林里惊起的飞鸟一片聒噪，加上飞虫一个劲儿直嗡嗡，闹得人也难以听清了。

　　渐渐地，大家终于都觉得他们的加料防水靴透水了，有时得蹚一段较深的水，水可以直溅到膝头上。背包沉重起来了，胳膊发麻了，腰背也酸痛了。各人的口粮和行李一般都有三十磅重，加上两壶水、十夹子弹、两三颗手榴弹，以及枪支砍刀，这一身配备的总重量就有近六十磅，相当于一只很重的箱子了。他们大多刚走了几百码就感到累了，走到半英里左右已是身困体乏、气喘吁吁了，体力差些的已经渐渐尝到力不从心的苦楚了。那密密的榛莽，那瘴雾，那清晰的簌簌的响动，那撩人的飞虫，已经不再像原先那样使他们只觉得可憎可怕了。他们已经不太理会面前这片不祥的荒山野地了，穿林海如探山洞的那种模模糊糊无以名之的兴奋感和恐怖感已经剩下不多了，到最后终于都化为一个执着而苦恼的念头，就是得坚持走下去。尽管克洛夫特才教训过一顿，他们的脑袋还是渐渐低了下去，眼睛也只望着脚下了。

　　河渐渐窄了，岸边长带般的浅水滩也缩成了窄窄的一条，只有羊肠小径那么宽了。他们感到地势渐渐高起来了。刚才河上已经出现过几处小瀑布，还出现过一处水流湍急的乱石小滩。脚下的小石子渐渐变成了河沙，河沙又渐渐变成了烂泥。队伍跟河愈靠愈拢了，后来树丛蔓枝终于渐渐打着了他们，弄得他们路也不好走了。这一来他们前进的速度就愈加慢得多了。

　　拐过弯来，队伍停下观察了一下前面的地形。这儿乱树已经长到水里，克洛夫特考虑了一番以后，决定蹚水到河心去试一试。他下水走出了五码远就站住了。水都快漫到他的腰了，大个大个的旋涡绕着他的身子直打转。他喊了声："不行，还是得靠岸走，少尉。"于是就紧靠岸边，抓着树枝，一步步挣扎着往前走，可水还是把他大腿都淹没了。队伍在靠岸处拉成长长的一串，吃力地跟着他走去。这以后的几百码路，就是这样一把把抓住就近的矮树，连扯带拉的，在河里顶着激流一步步挪过去的。肩上的枪老是滑下来，差点儿浸了水；一脚脚踩进黏滑的河泥，也实在有点恶心。他们个个汗流浃背，弄得衬衫也跟裤子一样湿透了。走得劳累，空气闷湿，这些固然都是因素，不过他们的汗有些却是急出来的。这条河真可说是桀骜不驯、猛不可当，他们觉得脚下老是像有一头野兽在张口咬来似的，心里急得都快疯了。手不断擦着荆棘和边缘锋利的树叶，都出血了，背上的包更是压得他们够受。

他们就这样一直走到河又变宽，水也浅些了。这里的水流就不是那么急了，他们蹚着齐膝深的河水，走得也快些了。又拐了几个弯，迎面出现了一方平坦宽广的大岩石，河到了这里绕着岩石一曲。于是侯恩就下令在此稍歇。

大家都扑腾倒下，几分钟没有动一动、吭一声。侯恩心里有点着急，他觉得自己有些疲劳过度的前驱症状，心怦怦乱跳，手也有点发抖。他仰面朝天躺在那儿，两眼隔胸望着急速起伏的肚子。心里说：我情况不佳啊。确实不佳！今后这一两天，特别是今天第一天，肯定是不好过的，他已经有好久没锻炼身体了。不过过两天估计就可以适应过来，他相信自己身体的底子还是不错的。

他对当尖兵的紧张心理也渐渐习惯了。领头的人总是比较难当的。在行军中他也不知停下过多少次了：冷不防听到个响动就会打个闪缩，蹦出只虫子来在面前窜过就会吓得他一哆嗦。他还看到了几只超巨蜘蛛，个儿都有胡桃那么大，腿伸出来有他挺直的指头那么长。看到这样的东西谁都会心里发毛的，他发现马丁内兹和布朗就跟他一样见不得这种玩意儿。人迹不至的地方总有那么一种特殊的气息，让人觉得害怕。再要往里去，可真有点寸步难行呢。

但是克洛夫特却没有露出过太大的不安。这个克洛夫特，的确有两下子。自己要是不注意些的话，这支队伍实际的指挥权还会照旧操在他的手里。不过伤脑筋的就是此人懂得要比自己多，跟他唱反调简直就是自己找钉子碰。要不是个树林子里的行家，今天怎么带得了这段路呢！

侯恩坐起身来四下一看。弟兄们都还摊手摊脚地躺在岩石上，静静养神。也有几个在那里说话，或者手拿小石片在那里打水漂儿，梵尔生见有棵斜树伸出在头顶上，正探起了手用心地在那里摘叶子。侯恩看了看表。已经歇了五分钟了，再歇上十分钟也不会嫌多的。还是让大家好好歇一下吧。他伸了伸懒腰，从水壶里吸口水漱了漱口，跟米尼塔，还有戈尔斯坦，在一起聊了一阵。

喘过气来以后，布朗就跟马丁内兹扯开了。

布朗闷闷不乐，脚上的"丛林疮"又痛又痒，他知道走下去还要不好受。怀着一肚子的无可奈何，心里胡思乱想：这会儿要是能光着脚晒晒太阳，把疮口的脓水晒干了，该有多惬意啊。

"这个要命的差使，苦啊。"他叹了口气说。

马丁内兹点点头，"要跑上五天，够长的啦。"

布朗压低了嗓门："你觉得这个新来的少尉怎么样？"

"没啥。"马丁内兹把肩膀一耸，"人还不错嘛。"他觉得自己答话得提防着点。人家都知道他跟克洛夫特好，他估计人家也一定会以为他对侯恩抱有反感。以前跟着克洛夫特，倒也顺顺当当的。当下他就又说："要说的话或许就是太和气了点。当排长的，心肠不硬不行。"

"看这小子的模样，弄得不好恐怕倒是很扎手的。"布朗说。他对侯恩还没有形成一个明确的看法。布朗对克洛夫特也并不是特别喜欢，他看得出克洛夫特是瞧不起他的，不过在克洛夫特手下至少还能有个安稳的局面。可如今新来了一个少尉，他就得留神了，就得处处卖足力气干了，即使这样说不定还讨不了他的好呢。不过布朗当时又婉转地说："可他似乎又像个好人。"其实他的心里还另有个疙瘩。他点上了一支烟，一路走得吃力，至今气透大了还会牵动胸肋隐隐作痛，所以喷一口烟都战战兢兢。这个烟抽着实在也毫无味道，不过他还是依然抽下去。"我不跟你说假话，'日本圈子'，"突然他脱口说道，"逢到外出执行任务，比方今天这样，我心里就巴不得能当个小兵。那帮小子以为咱们的日子好过，特别是新补进来的那帮小子，他们总以为当士官舒服得很，仿佛当了士官就可以成天歇着不干事似的。"他摸了摸下巴上的"丛林疮"。"见他们的鬼！他们不知道咱们肩上的责任有多重啊。比如拿史坦利来说吧，这个小子屁事也没经过一桩，所以他的心大着哩，他就巴巴地盼着高升。我告诉你说，'日本圈子'，我刚提升中士那阵子，心里也是蛮得意的，可现在要是再让我这么从头干一趟的话，当不当这个中士我还要考虑考虑呢。"

马丁内兹耸耸肩膀，心里偷偷觉得好笑，嘴里却说："士官难当哪。"

"就是这话，难当！"布朗从横在岩石顶上的一根树枝上摘下一片叶子，放在嘴里边嚼边想，过了会儿才又说，"自己感到能力不足，心里就会发慌。你瞧，我跟你老兄还是谈得来的，因为你老兄是个明白人啦，可你倒说说，现在要是再让你这么从头干一趟，你这中士还当不当？"

"这话难说。"其实马丁内兹的心意是很坚决的：哪能不当呢。他眼前仿佛又闪现出自己草绿色军装上的"三道头"臂章，内心还油然升起一种特有的略带点不安的自豪感。

"我说'日本圈子'，你知道我怕的是什么？跟你说了吧，我的劲都不知哪儿去啦。有时候我真担心我会彻底垮下来，弄得一点工作也做不得。你明白不明白我的意思？"布朗为了这事常常暗自发愁。现在自己说了出来，心里倒感到痛快了些，这样就预先留了个伏笔，以后万一发觉他有什么失职，也可以减轻一些责任。他拿块小石片往水面上斜斜一扔，看着跳跃的石子激起一连串波纹。

　　马丁内兹对布朗暗暗感到轻蔑。看到布朗害怕，他止不住得意，心想："日本圈子"虽说也害怕，可……可"日本圈子"从来没有打退堂鼓的事。

　　布朗又接下去说了："其实最可怕的倒还不是自己掉脑袋，真格的，脑袋掉了倒也啥都不知道了。可万一碰到手下弟兄吃了枪子儿，而责任又在你这个带班的，那才真叫要命呢。咳，这一下你的脑袋瓜子就别想再有安生日子了。我问你，在穆托美岛上有一次作战，咱们排牺牲了麦弗森，你还记得吗？当时按我的处境，我确实一点办法也没有，可叫我眼睁睁地就那样离开他，丢下了他自己逃走，你知道我心里是怎么个滋味？"布朗烦躁得一抬手，把烟都扔了。"当个中士，才不像人家吹的那么美呢。我刚参军的时候也一心巴望提升，可后来心里就常常嘀咕了：提升了又有什么好呢？"他沉思了片刻，叹息一声："唉，话也难说！人的天性就是这样，我这会儿要是还当个列兵的话，大概又是一肚子的不高兴了。当个中士到底还是有些意思的。"他每说到这句话心里总是喜滋滋的。"那就表示你还有点儿不同于一般的地方。说实在的，我感到自己肩上责任很重。我是决不打退堂鼓的。不管赴汤蹈火，我只知一个心眼儿干下去，因为我吃了这份饷就应该这样做。"他说得有点动感情了。"当了中士，也就表示人家信任你，我决不辜负人家对我的信任，我绝对不是那号人。我觉得做那号人最可耻了。"

"是得好好干下去。"马丁内兹说。

"就是这话。我拿了政府这么些钱,要是还吊儿郎当的话,我成了什么人了?真的,'日本圈子',我说的是真心话,你我的家乡都是国内有数的好地方,我要是弄得脸上无光的话,将来回到家乡可怎么好意思去见乡亲邻里?当然从我个人来说,我因为是堪萨斯人,所以对堪萨斯的感情就超过了对得克萨斯的感情,不过堪萨斯也好,得克萨斯也好,在全国这许多州里算起来,都是数一数二的好地方。马丁内兹,你跟人说起你是得克萨斯人,绝对用不着有什么不好意思的。"

"对。"马丁内兹听到得克萨斯人这几个字,心里觉得一热乎。他喜欢以得克萨斯人自居,可就是从来不敢以得克萨斯人自称。他心底的深处总萦结着那么一种恐惧,总忘不了那班慢声懒气、眼神冰冷的白人大汉。他怕的是他一旦自称得克萨斯人,那班人的脸色就会变得那么难看。所以他的一团兴致当时很快就烟消火灭,内心只觉得不自在。他虽然自知他这个士官肯定要比布朗高明,可总是安不下心来。布朗的那种自信的神气,他就摆不出来,跟这种人说话,他口一开心就虚。马丁内兹就像一个自知比主子高明的奴仆,怨气只能按压在胸中,心里又是鄙夷,又是愁闷。

他当下就又应道:"的确是好地方。"他感到闷闷不乐,不想再跟布朗说话。过了会儿,就含糊打了个招呼,管自到克洛夫特那儿去了。

布朗回过头来四下一看,发现他们刚才说话的时候,波兰克就在近处躺着,此刻看他还闭着眼呢。布朗把他轻轻一推:"你睡着啦,波兰克?"

"嗯?"波兰克坐起来打了个呵欠,"喔,八成儿是睡着了。"其实他根本没有睡着,一直在听他们说话呢。他总觉得背地里听人家说话自有一种说不出的乐趣。波兰克爱偷听，倒不一定是想从中捞到什么直接的好处，主要还是觉得偷听有趣。有一次他就对米尼塔说过："不这样就没法了解一个人。"如今他又打了个呵欠，说道："我不睡，只是稍微闭闭眼。怎么，又要上路了？"

"大概马上就要上路了。"布朗说。马丁内兹对他的轻蔑他觉察到了，他心里很不自在，拼命想使自己平静下来。他在波兰克身边一躺，递给对方一支烟。

波兰克推辞了："我不抽了，还是好好歇会儿吧。前面还有好长的路呢。"

"这话倒是不假，"布朗说，"你看，我老是想法照顾班里弟兄，一直不行军不作战，结果怕是反而不好呢。你看你，就给惯坏了。"他一点也不觉得自己是在说大话。布朗现在自己也相信了，他对班里弟兄有多体恤，想着想着还感到挺得意的。

"照顾我们，怎么不是好事呢。我们都是很感激的。"波兰克嘴上这么说，肚子里却直骂：放他娘的屁！他觉得布朗这个人倒是挺有意思的。这样的人天下独多。为了臂章上添几道"杠杠"，可以不惜做个小人，等到"杠杠"到了手，就要打主意在别人面前充正经人了。波兰克托着那长尖下巴，把遮在额前的几绺硬直的金发往旁边一撩，又接着说道："我这话绝不是骗你。你以为班里弟兄不知道你想方设法照应了我们，其实你的好心我们都是很明白的。"

布朗尽管疑心波兰克说的未必是真心话，心里却还是乐滋滋的。他说："好，我坦白跟你说。你派到排里虽然才几个月，我却早就注意上你了。你挺机灵的，波兰克，而且有个好处——不多嘴。"

波兰克把肩膀一耸，"我又不想调皮捣蛋。"

"你倒看看我的工作有多难做。我得让你们弟兄大家都高高兴兴。你也许不知道,操典上就规定有这么一条,白纸黑字说得清清楚楚。我照应了班里的弟兄,我想弟兄们总也会照应我吧。"

"那当然,我们一定对你全力支持。"其实波兰克心里想的却是:头头想要你说的话,你不说是呆鸟。

布朗还在没话找话说。"当士官的往往会干出许多浑蛋事来,可我不能亏待了自己的弟兄。"

波兰克心想:他到底想要打我什么主意?可嘴上却还是应道:"当士官就得这样。"

"是啊,可很多当士官的就不明白这个道理。这副担子压在肩上也确实不好受。那个伤脑筋啊,你是体会不到的。我倒并不是怕伤这份脑筋,因为说实在话吧,要想上进就非得苦干不可。这是没有什么捷径可走的。"

"是这话。"波兰克搔头皮了。

"比方说史坦利吧,这人就是小算盘太精。你不知道,他以前在一家汽车修理厂工作的时候还做过些手脚,那算计才叫精哩。"布朗把事情的经过都告诉了波兰克,临了说道:"这种算计,精是精了,可到底是取祸之道。弄得心上老是有块心病,一旦露了馅的话,就有得头痛了。"

"可不。"波兰克觉得自己原先小看了史坦利。从这件事上,倒大可以看出史坦利的为人。史坦利的脑筋要比布朗灵得多了。波兰克心想:哼,布朗这个家伙,将来顶多只能做个小小的加油站老板,可他还自以为有经营事业的大才哩。还是史坦利有门儿。做事不怕耍些小花招,只要守口如瓶,照样可以平安无事。

"好啦,弟兄们,该走啦!"少尉在喊了。

波兰克做了个鬼脸,爬起身来。心想:这个少尉要是稍微有点脑子的话，他就应当来个向后转，让我们就在海边晒晒太阳，等登陆艇来接，那才是办法。不过他嘴上却只是说了声："我正需要练练脚劲呢。"倒把布朗逗笑了。

河水还是浅浅的，这样又顺利地走了几百码。布朗和波兰克一边走，一边还说着闲话。布朗说："我小时候常常喜欢胡思乱想，净想结婚成家、生儿育女这一套，可是等到稍微懂了点事以后，就看出问题来了，敢情这天底下靠得住的女人是不多的。"

波兰克心想：布朗这种家伙，会不叫娘们给套住脖子才怪呢。只要当着他的面对他唯命是从的，他就当是十全十美的女人了。

"是不多，"布朗又接着说，"一个人年纪大些以后，头脑里幻想就少了，就懂得了世界上靠得住的东西实在不多。"他说这几句话大有不胜辛酸、一吐方快之感。"我告诉你说，只有钱这玩意儿才最宝贵。你只要看看做大买卖的赚了钱的那个乐儿，就知道了。在大饭店里请起客来啊，有一些场面我到今天还忘不了。宴会上的那班风流娘们，那个乐儿，哎呀，甭提了！"

"参加这样的宴会是够快活的。"波兰克接口说。他也想起了他那位彩票老板"左撇子"里佐办的一次宴会。波兰克闭了闭眼，觉得微微有些动情。那个金发的妞儿，可真有她的。"那可真是没说的！"

布朗说："我将来退了伍以后，我就要拼命去挣钱。东游西荡的日子，我算是过腻了。"

"是啊，千好万好，不如有钱好。"

布朗看了一眼在他身边小步蹚水的波兰克。心想：波兰克这小子，人倒不是个坏人，可惜长得又瘦又小，又没有念过书，恐怕是一辈子也出不了头的了。当下他就问道："波兰克，你打算将来干什么？"

574

波兰克听出这口气里有些居高临下的味道。他没好气地说："我是只好混呗。"他想起了自己的家人，不觉皱起了眉头，好像挨了一鞭子。自己的爸爸是个傻得可怜的波兰佬，穷了一辈子。不过他想了想，觉得这又有什么！穷，能吃苦耐劳嘛。布朗这种人，一谈起来天花乱坠，其实真有发财门道的，才不会嚷嚷呢。芝加哥就是个发财的好地方。那才称得上是个大码头。不仅女人多，而且熙熙攘攘，干大事业的也多。这时候他嘴里却忽然蹦出了一句："这倒霉的乱树林子，谁受得了！"——原来这一段河深些，水漫到腿弯里觉得痒痒的。要不是当了兵的话，自己这会儿也许就在卡勃里斯基①手下当差了。波兰克想到这里，不由得长长地"唉"了一声。

可布朗这时已经完全泄了气。他自己也不明白怎么会这样泄气的，不过，林子里不通风，再加水流的阻力又大，反正也早已把他的体力都消耗完了。他莫名其妙地感到一阵心寒。嘴里却说："伙计啊，这要命的背包真讨厌死了！"

河面不断高起，出现了一连串的小瀑布。拐过了一道弯，河水骤然势猛流急，险些把大家都冲倒了。这里的水冷得吓人，大家都纷纷向岸边逃去，拉住了紧贴在河边的密密实实的乱树。克洛夫特大声呼叫："走啊！不能停啊！"河岸有五英尺来高，贴着岸不容易走。身子得紧靠着湿乎乎的泥坡，眼睛只勉强与林子里的地面平齐。他们一个个伸长了手臂，每次都得抓住个树根使劲一拉，才能借势跨出一步，胸口难免跟泥坡碰擦，脚得一路顶着水往前拖。手上脸上都划破了，军用工装上沾满了泥污。这样的路，走了有十来

---

① 由后文可知，卡勃里斯基是一个流氓头子。

分钟。

河面又平坦了，他们就稍离岸边，在三五尺外拉成一行，吃力地踩着河泥，缓缓前进。耳边时而传来林莽里杂乱而清晰的簌簌的响动，时而可以听见鸟鸣兽叫，河水潺潺，可是更有不绝于耳的，那就是自己干焦的嗓子眼里发出的呜咽。他们都已经疲惫不堪。体质差些的，手脚早已不像原先那样灵活自如了，背包压得他们腰弯腿软，在水流里走起来一步一摇，有时竟要打上好几个晃，才能勉强在一个地方站稳。

前面又是一道激流，看那里的岩石之多、水流之急，要靠两只脚涉水而过是不可能的。克洛夫特和侯恩在一起商量了一下，商量完后克洛夫特便带了布朗爬到岸上，他独自挥斧开路，进了丛林，走不多远便砍下了几根粗藤，结结实实打上几个大结，连成了一长条。他一边把藤索的一头往自己腰里系，一边说："少尉，我到对岸去。"

侯恩摇摇头。这一路上实际已经变成克洛夫特在带队了！可如今这件小事他自己能对付。他就说："还是我来试试吧，上士。"

克洛夫特耸了耸肩膀。

侯恩把藤索在腰里系好，闯进激流。他想把藤索去拴在对岸的上游不远处，只要藤索在那儿一拴好，部下就好比得了根救生索。但是想起来容易，实际做起来就难多了。他的背包和卡宾枪都已交给了克洛夫特，可是即使这样一身轻装，过河还是费了九牛二虎之力。在激流里走，处处有礁石绊脚，他就曾多次失足滑倒，有一次还全身倒在水里，一肩膀重重地撞在礁石上，痛得差点儿昏了过去，赶紧探出头来，没命地直喘粗气。五十码的距离，就走了近三分钟，到得对岸，早已累得筋疲力尽了。他扑在那里足有半分钟动弹不得，在河里不免吃了几口水，所以又喘又咳。好容易才站起身来，把藤索的这一头在一棵树上缚好，另一头则由布朗找了一簇粗壮的矮树，给拴在树根上。

克洛夫特第一个过，身上除了自己的装备，还带着侯恩的背包和枪。其他的人也都慢慢地一一扶着藤索，死挨活撑过了河。有的拿背包带往藤索上一套，一把把地抓着藤索一路使劲往前挪，脚在浪沫飞溅的激流里乱踩，有时为了要避开礁石，还得提心吊胆觅隙下脚。在水里要是能站直了的话，水其实也才及大腿，可是他们到了对岸却没有一个不是弄得浑身湿透的。过了激流，看见有一小片水流回旋之处，他们就集合在那儿，气喘吁吁地在水里一坐，再也没有一点力气了。

"老天乖乖！"时不时地还会有人悄悄发出这样的惊叹。这道激流水势实在厉害。刚才顺着藤索过来的时候，他们个个都是暗里横了心的，只当这一回是非淹死不可的了！

歇息了十分钟以后，又重新出发了。暂时没有再遇上激流，可是这一段的河床是层层高起的一连串大岩块，每过十码到十五码就得爬一层，每层都有一腰高，底面是岩质平地，河水也只几寸深，走起来却不得不小心翼翼，走完一层再上一层。他们的枪支十之八九都已先后着了水，靠"匙把"①插在子弹带上的手榴弹又老是要往水里掉。含含糊糊的咒天骂地声此起彼落，一路不绝。

河愈来愈窄了。如今有的地方两岸相距只五码宽了，横在头顶上的丫杈已经低到擦着了他们的脸。繁密的枝枝叶叶逼得他们弯下了腰，肚子几乎贴着了岩面，就这样，又接着走了四分之一英里光景。为了渡过刚才的激流，他们早就把力气都花完了，多数人已

① 美式手榴弹上的一个部件，形似匙把，故有此称。这种手榴弹没有木柄，形状像个小圆瓜，"匙把"露在外面。

经连腿都抬不起来。一层走完又要爬上一层，他们只好把身子朝前一层的边上一扑，两脚向后一挺，才借势翻了上去，那种姿势就像鲑鱼拼着命逆流而上，要到上游去产卵似的。河的两边渐渐出现了支流，每隔几百码就有一条小溪小涧从丛林里流出来，克洛夫特见了总要停下来察看一番，看过再继续往前走。侯恩才做了单身过激流的"表演"以后，也情愿让克洛夫特暂时再带会儿队了。他跟着队伍苦苦地走在后边，到现在还没喘过气来呢。

到了一处，河水分成了两股。克洛夫特考虑了一下。丛林里不见天日，除了他和马丁内兹以外根本谁也辨不清东西南北。他早就注意到这一带大一些的树木都向西北偏斜。他用指南针测定过。他断定那准是树木尚未长成的时候遇上了一场大飓风，给吹歪了的。他觉得凭这一点来辨别方向倒靠得住，所以这一上午他一边顺着河走，一边就暗暗留意队伍前进的方向。他估计此刻肯定已经非常接近丛林的尽头，脚下走过的路肯定已有三英里以上。本来这条河总的方向是通向丘陵地带的，不过现在临到这个岔口，他却决定不了该跟着哪边的溪水走了，两道小溪都是折向横里去的，傍着连绵的丘陵在丛林里蜿蜒流上三五里，也并不是不可能的。他跟马丁内兹商量了一下，马丁内兹就在河边找了一棵高大的树，决定爬上去看一看。

他抓住缠绕在树上的藤蔓，踩着树干上的疤节，攀了上去。攀到了最上边的分杈处，便登上一根大树枝，小心在意地一步一挪，向枝头爬去。直爬到高高的枝梢，才停下来对地形做了一番观察。丛林铺展在脚下，像一片绿丝绒那么毛茸茸的。河已经看不见，但是可以看见由此往前不到半英里，丛林就遽然而止，出现在前面的是一片光秃秃的黄山冈，连绵不断，一路升高，直伸向远处穴河山的山腰里。马丁内兹掏出指南针来测定了一下方向，心里止不住感

578

到得意：做这种工作，他可是老手了。

　　爬下树来，就找克洛夫特和少尉汇报。他指着一边的小溪说："咱们可以顺着这边的河走，走上大约两三百码，再自己开路前进。"说完又朝刚才所见的空旷山地那边一指："那边山里没有河。"

　　"好极了，'日本圈子'。"克洛夫特高兴了。情况固然不出他的所料。

　　队伍又出发了。马丁内兹选中的那条小溪窄得很，头上枝丫交横，几乎把河面全封没了。过了百来码，就只能手脚并用，在水里爬了。树叶和荆棘经常挂到水里，还得低头躲过。又过不多久，小溪窄得只像一条小道了，溪水也渐渐化成了许多细流，看得出都是从树林子里岩石缝中缓缓渗出来的。行不到小半英里，克洛夫特决定自己开路了，因为小溪拐了个弯，回头又朝大海的方向而去，再顺着河走已经没有意思了。

　　他就对侯恩说："我打算把全排分成几个组，轮流开路，不过咱们两个就不编进去了，因为事情肯定有咱们俩干的。"

　　侯恩还在那儿直喘气。他不知道按一般惯例遇到这种情况应当怎么办，再说他累成这样，也无心过问了。"你就瞧着办吧，上士。"不过事后他内心却有点不安。跟克洛夫特一起共事，一不小心，就会什么事都由他说了算。

　　克洛夫特凭着指南针目测了一下预定的行进方向，看到约莫五十码以外的矮树丛中耸立着一棵大树，作为前进的目标十分合适。他就把全排弟兄都招到身边，把他们四个人一组，分成三组。他对大家说："咱们从现在开始，要自己开路了。第一步，先以那棵大树的左方十码处作为目标。每个组每次干五分钟，休息十分钟。这事也用不到咱们干一天的，所以大家可别泡蘑菇。现在先休息十分钟，休息完就动手，布朗，回头你那一组先上。"

前面还有小半英里深的密林，得从中开出一条路来，荒藤野蔓、矮树竹丛都得打开，遇到大些的树就绕过，密密层层的荆棘丛中也得去闯一闯。这种活儿是干不快的，而且又腻味。每次两人一对并肩而进，手里挥动砍刀向遮天盖地的枝叶砍去，脚下凡是可以踩倒的就统统踩倒。碰到草木稀疏些的地方进展就快，可是一旦遇上了杂乱的竹林，就得停下来一寸寸地啃了，这样平均起来一分钟就只能走上两码左右。他们顺着河走了三个钟点，到中午时分算来又已开了两小时的路，这两小时，总共才走了两三百码。不过他们也并不介意；现在大家一刻钟只要干上两三分钟的活儿，身上疲劳的感觉渐渐都消失了。没轮到干活的时候，就在开出来的小路上一躺，说说笑话，趁此歇上会儿。想起丛林已快走到尽头，他们都满心欢喜，内心自然而然地认为，到了空旷的丘陵地带便没问题了。在河里滚泥蹚水走得那么艰苦，几次三番以为到不了头了，而今居然走了过来，他们心里是又得意又欢喜，有些本来不抱希望的人现在也乐观起来，觉得完成这个侦察任务看来是有指望的了。

然而罗思和米尼塔却很苦恼。米尼塔在医院里折腾了一个星期，身体一直不好；罗思则是向来体弱的。河里的长途行军，把他们俩简直给累垮了；他们早已疲劳过了头，停下来歇会儿已经无补于事了，如今再要干这开路的力气活儿，那真是其苦难言。罗思干了才半分钟，砍刀还只砍了三四下，胳膊就已经抬不起来了。砍刀提在手里，觉得就像斧头那么沉。他只能用双手勉强举起，有气无力地任其一刀落下去，管它是树枝还是藤蔓。每次只要砍上半分钟，十个指头就会汗津津的骨软筋酥，刀子就会脱手而出，啪嗒一声掉在地上。

580

米尼塔指头上起了泡，刀柄磨得掌心生疼，手上的疮也都给擦破了，疮口里渗进了汗水。他手粗脚笨，看到是棵小树就狠命砍去，见愈是砍不掉就愈是发狠，结果累得心慌气急，只好停下手来，抽抽噎噎地对着面前这片湿乎乎牵丝扳藤的草蔓乱树直骂。他和罗思正好搭档，两人一块儿给紧紧地挤在那夹道一般的小径上。双方都精疲力竭了，所以彼此不时相撞，撞一次米尼塔就要气冲冲骂上一通。他们俩谁看着谁都讨厌，那深恶痛绝的程度也不下于他们恨这片丛林，恨这趟侦察任务，不下于他们恨克洛夫特。米尼塔见克洛夫特不跟大家一起开路，暗暗憋着一肚子的气；此刻在他的怨气中这是最主要的一条了。他私下嘀咕："克洛夫特这小子倒是舒服，叫我们这样干那样干，自己却不动手。大家都干得累死累活的，我看他吃力个屁！我要是当排里的当家上士，我就不会这样对待弟兄们。我就跟大家同甘共苦，有活一起干。"

里奇斯和戈尔斯坦站在他们背后五六码处。他们四个人是一组，论理这五分钟一班的活儿他们两对应该各干一半。可是干了一两个小时以后，戈尔斯坦和里奇斯这一对渐渐就得每次干三分钟，以至四分钟了。里奇斯看着米尼塔和罗思这样挥刀乱砍，心里就有了气。他老是要数落他们："真格的，你们城里人难道连这么一把小小的刀子都不会使？"

米尼塔他们气喘吁吁，怒火直冒，也不搭理，这一下里奇斯就越发来了气。他很敏感，别人和自己只要待遇上有一点不公，他都看在眼里。他认为自己和戈尔斯坦多干，米尼塔他们少干，实在太不公道。所以嘴里就不时埋怨："我跟你们一样干了那么重的活儿，一样在河里走着来，你们凭什么把活儿都往我和戈尔斯坦的身上推，这不是岂有此理吗！"

"放你的屁！"米尼塔拉大嗓门顶了他一句。

克洛夫特从背后走了过来，问道："你们怎么回事？"

"没啥。"里奇斯慢了半拍才回答。他放开了那条马一样的嗓子哈哈一笑，说："嘿嘿，说上两句闲话罢了。"他尽管很生米尼塔和罗思的气，却并不想向克洛夫特告状。大家毕竟都是一个组里的人；告自己同组伙伴的状，这在里奇斯看来是伤天害理的行为。所以他就一再声明："没啥大不了的。"

"我可以告诉你，米尼塔，"克洛夫特是满面的轻蔑，"我带过的弟兄不少，可还是第一次碰到你和罗思这样窝囊、这样不上进的一对活宝。你们两个趁早给我注意点儿，别这么吊儿郎当的。"他的话口气冰冷、一字一板，有如给了他们劈面一鞭。

米尼塔一旦给逼得急了，胆子大起来可也是惊人的。他扔下了砍刀，就冲着克洛夫特发作起来。"你呢，我怎么没看见你干活呀？你倒是挺舒服的……"他气得话说不上来了，只是一个劲儿地叨叨，"我怎么没看见你干活呀？"

克洛夫特心想：这个纽约娃娃好厉害！他气呼呼地瞅了米尼塔一眼。"下回再要过河，少尉的背包你给背过去，就免你干活。"说完却又很生自己的气：这话回答得都是多余的！他一时气得不觉背过了脸去。他所以自己不做这开路的苦工，无非是因为作为排里的当家上士，他觉得自己必须多保存一些体力。刚才侯恩抢着要先过激流，他是没有意料到的，后来他扶着藤索过去，才知道那要花多少力气。这就提醒了他，使他暗暗上了心。克洛夫特知道，这支队伍目前还是在他的掌握之下……但是侯恩一旦摸出了一些经验以后，看来就要自己来当家了。

不过说实在的，克洛夫特便是对自己也决不承认他有这种想法。他熟悉部队里的那一套，知道自己对侯恩怀恨是危险的，也知道自己要是搞了小动作的话，追究起动机来多半是经不起审查的。

他做事一向自问理不亏、心不虚，可是这一回，他却感觉到自己经不起扪心自问了，为此他就窝着一肚子的气。当下他就又转过脸来，大步抢到米尼塔跟前，气势汹汹地盯住了他。"妈的！你这小子还说不说怪话啦？"

米尼塔不敢回嘴，勉强壮壮胆子，盯还了他一眼，却终究沉不住气，把眼睛垂了下去。他招呼罗思说："算了，咱们干活吧。"两人捡起了砍刀，又开起路来。克洛夫特看了他们半晌，也转身走了，顺着刚开出来的小路，回到队伍里。

罗思觉得这事都应该怪自己。老是摆脱不掉的那种嗌心的不争气之感，顿时又笼罩在他的心头。他暗暗自怨自艾：我真是百无一用！他一刀砍下去，砰的一声，把刀子都震飞了。"喔唷！"他一腔凄楚，只好弯下腰去捡起来。

里奇斯对他说："你还是快停下吧。"他就提起一把砍刀，同戈尔斯坦并排干了起来。里奇斯不慌不忙、若无其事地一刀刀向矮树丛砍去，那粗短的身材似乎也就变得不那么难看了，体态之间显得那么刚健利索。从背后看去，就像一头野兽在那里做窝。他心里没有别的想法，他就为自己力气大而感到自豪。饱满的肌肉一张一弛，背上汗水淋淋，他就感到其乐无穷。他只顾埋头苦干，不久就陶醉在自己周身的汗味里了。

戈尔斯坦也觉得干这活不算什么，他手挥脚踩，得心应手，心中也很得意，不过他这份自得的心情就不那么单纯了。这里边还不免掺杂着好些对体力劳动的偏见。他心里闷闷地想：我这辈子找来找去，就尽是我的这种体力活儿。他卖过报，干过货栈里的差事，也当过焊工，却从来没有干过一行可以不必沾上两手脏的高尚职业，这一直是他心头的一个疙瘩。他这种偏见根子极深，从小留下的种种记忆，信奉的许多格言，养成了他今天的这种观念。他跟里奇斯合作得十分默契，内心却又是兴奋又是不屑。他心想：里奇斯干这个倒正合适，他是个庄稼人，不过我不一样，我希望我的工作总还要高尚一些。他有点可怜自己了：只怪自己命运不济。我要是能好好念上点书，胸中有点学问，也不会弄到今天这样的境地了。

正想得心烦，下面一个组来接班了。他拖着沉重的步子，顺着小道，回到自己放枪支背包的地方，独自坐在那里发起闷来。哎，不然的话我真大有可为啊。他只觉得像平地起了波澜，胸中涌起了无限的伤感，透心彻髓。他可怜自己，但是这怜悯的心理渐渐强烈起来，扩大开来，使他又进而感到世人无不可怜。他在心里直念叨：唉！做人苦哪，做人苦哪。他自己也说不上为什么要这样慨叹，这句话似乎已经被他奉为至理名言，融入他的血肉了。

这种心情的变化，戈尔斯坦并不感到意外，对此他已经习惯了，觉得倒也有意思。有时他一连几天情绪都很不错，见了谁都不觉得讨厌，派下来什么任务都干得很高兴，可是突然，简直是莫名其妙的，为了一点似乎早已算不得什么的缘故，他却会马上触发起一片哀愁，无法排解。

此刻他就沉浸在怅惘之中。唉，做人有什么意思呢？生在世上为的是什么，孜孜不息又有什么用？人不过是朝而生，暮即死，还能有什么呢？他摇了摇头。就看列文家吧，他们的儿子多有出息，考得了哥伦比亚大学的奖学金，可是曾几何时就在一场车祸中送了命。有什么用呢？图个什么呢？老夫妻俩为了送儿子上学，平日有多勤劳啊。他跟列文家只是泛泛之交，可也忍不住想哭了。天意为什么一定要如此呀？一时大大小小的伤心事儿接二连三纷至沓来，叫他想得如痴如醉。他想起当年自己的家境一度非常贫寒，妈妈丢了一副手套就像丢了一件宝贝。他又叹起气来：唉！做人真是苦哪。远的不去说了，就看这侦察排，眼下要去执行这样一个侦察任务。即便是克洛夫特吧，干得这样起劲又能得到些什么呢？人不过是朝而生，暮即死。他总觉得自己懂这个道理，比别人都要高明。想到这里，他又直摇头了。

米尼塔坐在他身边，就问："你怎么啦？"他这话的口气并不和婉，他觉得戈尔斯坦是里奇斯的搭档，同情也得有个分寸。

"啊，没什么，"戈尔斯坦说完又叹了口气，"我瞎想想。"

米尼塔点点头。"可也是。"他望了一下他们在丛林里开出来的这条小道。小道绕过一棵大树通来，有百来码长的一段大致成一直线，弟兄们就沿路或是躺在地上，或是垫着背包坐。背后还传来砍刀的砍劈声、挥舞声，声声不断。他听着觉得不快，就把身子挪了挪，屁股上顿时感受到一阵泥土的潮气。他就又接着说："在部队里没什么可干的，坐着瞎想想也是唯一的乐趣了。"

戈尔斯坦耸耸肩膀。"有时候也不见得就那么有趣。我这个人哪，倒还是别想得太多的好。"

"对，我也是这样。"米尼塔看得出来，戈尔斯坦早已把他和罗思干活差劲的事丢在脑后了，凭这一点，米尼塔就很喜欢他。戈尔斯坦不是那种有恨记在心里的人。这倒使他想起了自己刚才同克洛夫特的一场争吵。吵架时的满腔怒火早已消退，现在他头脑里想到的只是后果。"克洛夫特这个王八蛋！"他怕考虑后果，所以特意这样骂上一声，好把怒气再鼓起来。

"克洛夫特？哼！"戈尔斯坦一提起他来就觉得可恶。他警惕地朝四下一打量。"那个少尉一派到咱们排里，我心里就想，今后情况就会不一样了，因为我看那少尉倒像是个好人。"戈尔斯坦这才突然意识到，原来克洛夫特一不掌权，自己心里就生出了这么大的希望。

"得了吧，他屁事也不会做，"米尼塔说，"我告诉你说，对当官的我就信不过。他们跟克洛夫特之流都是穿连裆裤的。"

"不过，我看这队伍还是由他来带的好，"戈尔斯坦说，"要是还让克洛夫特之流当家的话，咱们只有给踩在脚下的份儿。"

"克洛夫特恨咱们哪，"米尼塔说，他内心不禁涌起了一阵自豪，虽然那是并不踏实的，"我就不怕他。我有话就不怕对他当面直说，你们都看到了。"

"论理我也应该这样。"戈尔斯坦心里不安了。为什么自己就不能对人家想啥说啥呢？"我太好说话儿了。"他不觉说出了声来。

"是啊，你就是太好说话儿，"米尼塔说，"我们不能让那帮家伙骑在头上拉屎。我们得给他们点厉害的尝尝。我那次在医院里，有个医生就想对我要威风，结果挨了我一顿臭骂。"米尼塔说得自己也相信了。

"骂得好。"

"是嘛。"米尼塔高兴了。胳膊里的疼痛早已减轻，周身在疲惫之中微微有一种松快之感。他心想：戈尔斯坦倒还不错，很有点脑子。"你们大概也知道，我这个人爱寻欢作乐，跳舞啦，找女朋友鬼混啦，就净干这一类的事。在家乡一开起舞会来，我是第一号的活跃人物，那个风头呀，真该请你们看看哩。不过我真正的性格却不是这样的，因为，比如说吧，我跟璐西出去玩儿的时候，我们谈的就往往是正经话儿。哎呀，我们谈的事情可多啦。那才是我真正的性格。"米尼塔说到这里已完全是肯定的口气了。"我生性非常爱好哲学之类的东西。"他对自己有这样的看法可还是有生以来的第一次，能搭上"哲学"两字，颇使他沾沾自喜。"这帮家伙将来回了国，多半还是走他们的老路，糊里糊涂混日子。可我们就不是那种人，你说是吗？"

戈尔斯坦最喜欢跟人家讨论问题，抑郁的心情不觉为之一振。"不瞒你说，我心里老是在翻来覆去思考一个问题：这划得来吗？"他一开口，从鼻窝通到嘴角边的两道伤心纹就镂得更深了，越发显出他忧思重重了。"其实，我们要是别想得那么多的话，也许倒还可以过得快活些，不定还是'我管我、人管人'的好呢。"

"你这个疑问，我心里也有。"米尼塔说。心里的想法含含混混，理不清楚，使他苦恼。他觉得自己接触到了一个深奥的问题，却不得其门而入。"我有时候会忍不住想：这样做人到底有什么意思呢？我在医院里那阵子，有个弟兄在半夜里死了。我就常常会想到他身上去。"

"啊呀，这可吓人，"戈尔斯坦说，"身边一个人也没有，就那样死了。"他咂咂舌头，不胜同情，想不到眼眶里还会忽然出现几点泪花。

米尼塔望着他，惊得呆了。"天哪，你这是怎么了？"

"没什么，只是想想觉得伤心。这个弟兄家里也许还有妻子，还有父母。"

米尼塔点点头。"你们犹太人也真有点怪。不管是自己的事还是人家的事，心里难过起来，比谁都伤心。"

罗思就躺在他们旁边，本来一直一声不吭，这时却激动了起来："我不同意你这种看法。"米尼塔把犹太人全都看成一个样，他听着觉得刺耳，就像挨了个醉汉的辱骂似的。

米尼塔喝道："你什么意思？"罗思叫他看着就有气，使他想起了马上又得上去接班。这一下也顾不得是不是会引起克洛夫特的注意了。"谁请你发表意见啦，罗思？"

"我认为你的话毫无根据！"罗思这一声痛斥，连挑战的架势都摆出来了。他心里想：才二十来岁的一个毛头小伙子，便自以为无所不知了！他摇了摇头，然后就以他慢条斯理的高傲口气又继续说道：“这个问题可大着哪。这样轻易就下结论……”说到这儿轻悠悠一挥手，一副不屑一提的样子。

米尼塔原先很为自己的观察独到而得意，现在给罗思这么一打岔，心里好恨。“戈尔斯坦，你说哪一个的意见对？是我对，还是那个哭丧脸儿对？”

戈尔斯坦忍不住笑了起来。罗思不在旁边的时候，他对罗思倒也有些同情，可是罗思说起话来总是那么慢吞吞的，一副郑重其事的样子，听他半天说不完一句话，实在叫人不痛快。再说，米尼塔刚才那一番分析，戈尔斯坦听着也并不觉得有什么不中听的。“这我倒也说不上，不过你的话我看也大有道理。”

罗思做了个苦笑，心想：这种事反正自己也见惯了。自己总是这样，处处碰到对立面。刚才干活的时候，他见戈尔斯坦干得那么麻利，心里就很气愤。他觉得这种行为称之为背叛也未始不可。所以现在看到戈尔斯坦又跟米尼塔一唱一和，他一点也不觉得奇怪。嘴里吐出来的还是那句话：“是毫无根据嘛！”

“你只会说这句话吧？”米尼塔冷笑着说，还学着他的样儿：“是——毫——无——根——据——嘛！”

罗思不理会他的冷嘲热讽。“好吧，就拿我来说吧。我是个犹太人，但是我就不信犹太教。我对犹太教里的规矩了解得恐怕还没有你米尼塔清楚咧。我的感觉如何请问你怎么知道？老实说我就从来看不出犹太人之间有什么相似之处。我认为自己是一个美国人。”

戈尔斯坦把肩膀一耸，轻轻地说：“你不害臊吗？”

罗思厌烦地嘘出了一口气。“这种问话我听着就讨厌。”对着他们毫无表情的冷冷的脸色提出申辩，他不免感到紧张，心头怦怦乱跳。胸中莫名其妙一阵焦灼，手心里顿时捏着两把汗。他没好气地说："难道你就没有别的话可说了？"说到煞尾他简直尖声嚷嚷了。

米尼塔心里想：哎呀，犹太人和意大利人都是一个样的。老是为了一点小事大动肝火。这么一想，他也就不屑再争论下去了。

戈尔斯坦却说："你听我讲，罗思，你说克洛夫特和布朗为什么就不喜欢你？原因不在你的身上，原因在于犹太人有个犹太教，就是为了这个你说跟你毫不相干的缘故。"不过他心里却很不踏实。罗思惹得他心绪不宁，只要一想起罗思是犹太人的一员，他总是有点不安，因为觉得罗思给外邦人①的印象是肯定不会好的。

罗思听说克洛夫特和布朗不喜欢他，内心痛苦极了。这一点他其实也知道，不过听到人家言语之间提起，还是很伤他的心。他不服气地说："我觉得这话不对。那跟宗教毫无关系。"他心里乱成了一团。说他们讨厌他是由于犹太教的关系，他要是能够相信了的话倒也可以心安了，可是这一来就要引出多少问题哟，那都是不妙的迹象啊，表明他今后终究是前途茫茫。他真恨不得抱住脑袋，屈起双膝，能再也听不见这四下的吵吵嚷嚷、叽叽喳喳，还有没完没了的刀声嚓嚓，再也不要这样死挨活撑，一小时又一小时地苦苦挣扎。他忽发奇想，觉得这丛林倒可以保护他，免得他再受种种煎逼。他巴望自己能迷失在丛林里，离开这帮子人。他说："唉，不谈了！"看来是决不能再争下去了。

大家不吭声了，各自往背包上一靠，又都想起自己的心思来。米尼塔神疲力乏，这也影响了他朦胧的思绪，给他添上了一层忧伤。他想起了意大利。他还是很小的时候跟着父母到意大利去过。留下的记忆已经不多：父亲当年出生的那个小镇，还有那不勒

---

① 指非犹太人。这是沿用《圣经》上的说法。

斯城的一角，他还记得起来，其他就都印象淡薄了。

父亲的那个小镇斜依在小山坡上，镇上小巷交错，屋舍破落，庭院荒芜。山脚下有一道小山泉，湍急的泉水冲过满地乱石，欢蹦乱跳地直泻到下面的山谷里。早上妇女们提着篮子下山，到山泉边的大石头上来洗全家的衣服，搓啊，拍啊，擦啊，那种聚精会神的样子还颇有农家妇女干活儿的古风。每到下午，镇上的孩子便来这山泉打了水提上山去，黝黑的小脚绷足了劲，迈着缓慢的步子，好不吃力地走在通往镇子的山坡小路上。

他所能记得的情况大致也就是这些了，不过想起这些还是叫他心里动了一下。他是难得想到这个小镇的，原先会说的那几句意大利话也早已丢得差不多了，但是只要一遇到心情抑郁的时候，或是有了什么心事的时候，他脑海里就自会浮现出那高墙下的小巷里烈日似火的情景，或是农田里施了粪肥臭得刺鼻钻心的情景——反正总是这一类的事吧。

今天，他几个月来第一次惦记起意大利的战事来了。他想：这个小镇也不知道会不会给炸平了？他总觉得那似乎是不可能的事，总觉得那些刷着灰泥的石头小屋必将永世长存。然而……他心里沉重极了。以前他很少想到要回那个小镇去，可是此时此刻，这却成了他心中最强烈的愿望。他心想：天哪，那里只怕早已变成一堆废墟了。想到这里他无限伤感，一时间脑海里便一连串地闪过了一座座残破的城镇，一具具当路的遗尸，伴着不断从天边传来的闪雷似的炮声；其中也有一个画面是他们今天在另一个大洋里的一座小岛上执行任务。这整个世界，哪儿也逃不过彻底毁灭的命运啊。问题太大，他想不过来；他的思路立刻一转弯，飞快地掉过头来，回到了自己所坐的石头上，于是一腔心思就又尽想着自身的困苦和累乏了。哎，问题太大了，把人都搞糊涂了。反正上面总会有管事的家伙。可是由不得自己，眼前似乎总看见那个小镇成了一片焦土，一堵堵荒凉的断壁残垣有如阵亡士兵的一双双手臂伸向苍天。他感到一震，觉得做了件错事，就像想到了父母的一旦撒手西归似的，于是就极力把胡思乱想驱遣开。他觉得这样荼毒生灵实在令人气愤。可是又觉得那山泉边的石头上再也没有洗衣妇似乎是不大可能的事。他摇了摇头。嗐，都怪那不得好死的墨索里尼。可是他又弄糊涂了：当初父亲不是常说墨索里尼带来了繁荣吗，自己听了不也觉得有理吗。他还记得几个叔叔常常怎样跟父亲争论来着。他明白了：他们都穷得慌了，很需要个有办法的人来管管国家。他还记得父亲有个堂兄弟曾经跟着墨索里尼的"大军"在一九二二年进军罗马，在罗马当了大亨。米尼塔小时候听到的就尽是那一个时代的故事。"一九二二年那年，所有的青年人、爱国者都起来跟墨索里尼一同战斗。"父亲是这样对他说的，他也梦见过自己跟着他们一起进军，当了英雄。

脑子里一下子乱成了一锅粥。除了眼前所见的以外，什么都迷糊了。眼前自己可是身在这密密实实的莽莽丛林之中。"嗐，都怪那不得好死的墨索里尼。"像是为了出出心里的气，他又暗暗骂了一声。

旁边的戈尔斯坦爬起来了。"来吧，又该咱们干啦。"

米尼塔晃晃悠悠站起身来。"干吗不让我们痛痛快快歇一会儿呢？我的耶稣，我们屁股还只刚坐定哪！"看见里奇斯一路挤挤擦擦，在那条开得又窄又糙的小径上走去，米尼塔不由得瞪了他一眼；朦胧的思绪已经散尽，剩下的就是勾起这腔愁思的愤懑和疲惫了。

里奇斯回过头来喊了一声："来吧，米尼塔，该干活啦。"他也不等回话，就赶紧上前接了班。里奇斯窝着股火，他心上有个难题。休息的时候他一直在暗暗合计是不是来得及趁这空隙把枪擦一下；要在十分钟的时间里仔细擦上一遍，算来算去是来不及的。他觉得这倒是件麻烦事儿。枪上沾着水带着泥，要不赶快拾掇一下是要生锈的。可是他心里又想：真格的，赏罚不明，怎么能叫人勤快得起来？这部队蠢有蠢报，活该！他出了一口气，心里也痛快了点，可是又感到内疚。一支枪挺贵的，保管不善，他良心上总觉得过不去。政府发给我这支"半自动"，是因为他们相信我能照看好，可我没能办到。这么支枪，总要值到百来块钱吧——这在里奇斯的眼里，可是个大数目了。枪得擦干净，可没有时间怎么办？这个问题就不是他所能解决的了。他叹了口气，就提起砍刀，干了起来。过会儿一看，戈尔斯坦也已经上来了。

一路开路前进，足足花了五个钟点，才到丛林的尽头。丛林的尽头处又是一条河，横在跟前，河的对岸尽是黄山冈，连绵不绝伸向北方，山上只覆盖着些白茅草，偶尔才有一片灌木林。阳光奇猛，给这光秃秃的山冈和亮灿灿的晴空一反射，越发耀眼得惊人。大家习惯了丛林里阴暗的光线，到了这儿都不由得直眨眼，心里七上八下，对面前这片辽阔空旷的山地感到有点害怕。竟是这样的荒凉，这样的凄清。

又是这样的无边无际！

* * *

飞回到过去：

乔艾·戈尔斯坦
布鲁克林的汉子

那是个壮实的汉子，年纪大概在二十七岁上下，平直的头发一派金黄，湛蓝的眼睛神情恳切。鼻子是尖尖的，从鼻翅到嘴角镂刻着两道深纹，露出几分苍凉之态。要没有这两道皱纹的话，他看去还是蛮年轻的。他说起话来很快，显得很诚恳，简直有点急巴巴的，像是怕被人打断似的。

那糖果店又小又脏，在这条石子路上，家家铺子都是这样。天一下蒙蒙细雨，路上的石子就给洗得光光的，石子顶上一片晶亮，阴沟的出入孔盖子里也冒起一股股淡淡的雾气。夜雾遮没了这里"打闷棍的好汉"①，遮没了黑更半夜喧喧嚷嚷结伙游荡的无赖，遮没了操皮肉生涯的女人，也遮没了在黑乎乎的里屋幽会的情侣——屋里糊墙的牛皮纸早已都渗水褪色了。沿街，墙上夏天发臭，冬天潮黏黏地挂下水来。在这个大都会的一角总有那么一股积年的秽气，究其来源，有倒掉的饭菜下脚，有嵌在石子缝里的零星马粪，有柏油，有熏烟，还夹杂着城市居民身上特有的一股酸湿之气，以及下等公寓里的煤炉味儿和煤气炉味儿。不过这一切都已混为一体，很难分清了。

白天，小贩站在路边，叫卖水果和蔬菜。穿着寒碜黑色上装的中年妇女，买果子买菜有股不饶人的精明劲儿，拣起货色来仔细得真是到了家。这些妇女从人行道上下来时，都走得小心翼翼，免得踩上路边沟里的积水。她们见了鱼铺老板刚扔在路上的鱼头，都忍不住盯着看了一眼。鱼血起初在石子上染上一层红彩，后来渐渐淡褪，成了一派浅红，最后都随水而化，流失在阴沟里。只剩下那股鱼腥味，跟马粪臭、柏油气、熟食店橱窗里一股浓郁而飘忽的熏肉味，和在一起荡漾。

---

① 指夜间拦路行凶、谋财害命的强徒。

糖果店坐落在石子路的尽头，小小的店面，油腻的窗台，漆色剥落之处，生出了斑斑锈迹。当街的窗子半吞半吐地拉开了一条缝，过路人想不进店门而买些东西的话这里就权充柜台，不过窗上既然开了缝，糖果上自然也难免要蒙上些尘土。店堂里拦着一条窄窄的大理石柜台，前面留出两英尺来宽的一条走道可让进门的顾客有个立足之地，地下铺着的漆布已经破破烂烂。一到夏天漆布就粘脚，沥青漆往往黏附在鞋底上，一片片脱落。柜台上摆着两只大口玻璃瓶，顶上盖着金属盖子，挂着个弯弯的勺子，瓶里装的是浓缩樱桃汁、橘子汁。（可口可乐当时还没有时行。）两个瓶子之间是一块木垫，上面陈列着一大方棕黄色水灵灵的哈发糕①。苍蝇都懒得动，不赶是不会飞走的。

这儿根本无法保持清洁。戈尔斯坦太太，也就是乔艾的妈妈，是一位勤劳的妇女；她每天早晚两次总要把店堂打扫一遍，抹抹柜台，掸掸糖果上的灰尘，擦擦地板，可是积垢年深月久，都已钻进了店里最隐僻的隙缝，隔壁的住房也是如此，门外的街上更是如此，不管是有生命的东西还是无生命的东西，无不受到尘垢侵肌入肤的渗透。店堂，打扫上一遍也干净不了多久，所以小店里渐渐地就弄得愈来愈肮脏了，受到街上污秽的沾染也愈来愈严重了。

后屋里，摩西·塞法德聂克老人坐在一张轻便折凳上。老人一向无事可做，事实上他也根本做不了事，一则年纪大了，二则脑筋也始终转不过来。老人实在理解不了美国。美国太大了，发展的速度太快了，几百年来传为定制、严守不变的一套等级制度一到这里就都冰消瓦解了。这里的人总是此浮彼沉，消长不息。他的街坊邻

---

① "哈发"系意第绪语，所谓哈发糕是用捣烂的芝麻拌上蜜糖或糖浆做成的一种甜食。

居里有的发了财，把家从东区①搬到了布鲁克林，搬到了布朗克斯，搬到了西区的北部一带；有的却连小买卖都混不下去，只得再往冷落的地段迁移，勉强找一座棚屋住，甚而只能移居乡下。他自己也做过一阵货郎，就在第一次世界大战爆发前的那个春天②，他曾背起货篮，踩着泥路，在新泽西串镇走集，贩卖剪子和针线。可是他对美国却总感到无法理解，如今老人年过六十，衰颓之态早已毕露，只落得给撇在一家小糖果店的后屋，整天在犹太法典的思想宝库里漫游。（脑子里生了虫子的话，要去除也不难：只要拿一张卷心菜叶子放在鼻孔底下，虫子就会从鼻孔里钻出来。）

他的外孙乔艾今年已经七岁。孩子脸上肿起了一大块，哭哭啼啼地从学校里回来。妈呀，他们打我，他们打我，他们骂我"细孽"③。

谁干的？那是谁干的？

是那帮意大利小子。好大一帮人，都来打我。

娘儿俩说话的声音透入了老人的大脑，改变了他的思路。意大利人！他耸了耸肩膀。意大利人靠不住。意大利人在热那亚的宗教法庭上一味坑害犹太人，在那不勒斯那更是……唉，那不勒斯！

他又耸了耸肩膀，看着做娘的替儿子洗去了血污，在伤处贴上一方胶布。哎哟，我的乔艾啊！

老人不觉苦笑了几声，笑声既细且碎，听得出这是一位认定世风日下的悲观派。可不是，这儿美国跟别处也不见得有什么两样。老人眼前仿佛看见了许多异教徒的脸，一道道目光都盯住了落在他

---

① 东区以及下文的西区，系指曼哈顿（纽约市中心）的东部和西部。
② 第一次世界大战爆发于 1914 年 7 月，故此处是指 1914 年春。
③ "细孽"是对犹太人的蔑称，含有"手脚不干净""自私"一类的意思。

们手里的羔羊。

乔艾！——他放开了粗哑的嗓门喊道。

什么事呀，外公？

那帮异教徒，他们骂你什么来着？

细孽。

老外公又把肩膀一耸。又多了个花样！长年累月深埋在心底的愤怒一时又冒了头，惹他激动了。他瞅了瞅孩子尚未定型的细眉嫩眼，瞅了瞅那一头亮晶晶的金发。在美国，连犹太人都长得跟异教徒似的。瞧这一头金发！老人振振精神，说起话来。他的话是用意第绪语说的，他们打你，就为你是犹太人。你知道犹太人是怎么回事吗？

知道。

老外公看着外孙，心头感到一阵热。多么秀气、多么善良的孩子。自己老了，来日无多了，可孩子才这么大，自己的话叫孩子怎么能懂呢。他有那么多的金玉之言要告诉孩子！

犹太人三个字到底含义如何，这个问题很难说清楚。他对孩子说：犹太人不是一个种族，跟宗教也已经无关，今后恐怕也不会再形成一个国家。他隐隐意识到自己对这个孩子已经管不了了，不过他还是继续往下说——实际也无非是内心在那里思索，嘴里不觉说出了声而已。

那么犹太人到底是怎么回事呢？耶胡达·哈列维①有句名言：

① 耶胡达·哈列维（即犹大·哈列维），原名犹大·哈-列未（约1075——1141），亦名犹大·本·撒母耳，阿拉伯名阿布尔·哈桑，是诗人、哲学家、法学家兼于一身的一位犹太人，生于西班牙。他有一套历史观，认为"神的影响"在世界历史上所起的作用可分为三步：首先为犹太人的列祖（亚伯拉罕、以撒、雅各）所认识；继而通过他们为所有的犹太人所认识；最后通过犹太人承受的苦难而为全人类所认识。直至今天哈列维仍为一些犹太人所崇敬。

犹太人者，乃天下各族人民之心脏。大凡病害侵犯人体，必然侵犯到心脏。心脏，也就是良心之所在。列国作恶，受罪的却是良心。说到这里他又两肩一耸，他心在想，嘴在动，可是究竟有没有声音，自己也闹不清。这个问题研究起来很有意思，不过我个人的意见总觉得犹太人之所以为犹太人，关键就在受罪这一点上。犹太人没有不受罪的。

为什么？

大概因为不受罪也就不会有救世主降临吧？老人也不知道了。他心想：好也罢，歹也罢，反正这就是我们所以不同于异教徒的地方。

可是孩子提了问题总得给他个答复呀。他打起了精神，略一凝思，以不大踏实的口气说道：不惜受点罪，为的是能够活下去。他的脑筋一下子全清楚了，于是就又继续往下说。我们犹太人就是一伙苦恼人，我们受尽了压迫者的迫害。落在我们头上的总是没完没了的灾难，这就把我们锻炼得比常人坚强，可也把我们折磨得比常人软弱，因此我们对自己的同胞爱起来就格外爱，恨起来也格外恨。我们苦受得多了，忍耐的本事也学会了。我们永远要忍耐。

外公的这番议论孩子可说半点也没理解，不过话他都还是听在耳里，留在记忆之中，也许到将来还可以回想起来，细细玩味吧。他对外公看看，看了看老人那皮皱筋突的双手，看了看那无神的老眼里流露出的一股怒火、一种才智达到了升华境的神情。受苦！乔艾·戈尔斯坦听懂的只有这两个字。他早已把挨揍的羞愧惶恐丢掉了一大半了。他摸了摸眉梢角上贴着的胶布，心里已经在想出去玩儿了。

穷人就想出外闯荡。另谋生路，更换职业，搬家挪窝儿，这些在他们都是家常便饭；刚怀着一点新的希望就又走上破灭的老路，在他们也习以为常了。

在东区开个糖果店关了门，再开一个又关了门，开了又关，关了再开。地方也换了几次：搬到布朗克斯，又回到曼哈顿，后来再迁到布鲁克林，可是那里糖果店本来就已经不少。外公去世了，撇下了妈妈跟乔艾相依为命，最后在布朗司维尔开了家糖果店安下身来，店堂也是临街的窗子勉强拉开一条缝，糖果上也一样蒙着尘土。

到了八九岁、十来岁上，乔艾就已经是清早五点起床了，他趁着人们上班的时候上街卖报，带卖香烟，七点半上学，放了学就回到店里，差不多要一直待到睡前方才回家。妈妈则几乎整天泡在店里。

岁月在真空一般的劳碌生活中缓缓流逝，寂寞冷清。亲戚们在背后对妈妈说：这孩子有点儿怪，太大人腔了。也太好说话儿了，站站柜台倒还不错，老实巴交的，可看来不像是块干大事、赚大钱的料。其实那还不是由于他终日劳碌，还不是由于他多少年来一直随着妈妈一起干活，母子俩有一种密切相依的特殊的感情？

孩子可也有他的抱负。读中学的时候他痴心妄想将来要上大学，有朝一日还要当工程师、科学家。有一点空闲的时间他就阅读技术书籍，希望能离开这个糖果店。但是真有一天离开了糖果店，他也只是在一家仓库里当上了一名装货伙计，糖果店里原来归他干的那份活儿，妈妈就雇个孩子来顶了缺。

他也不大跟人交往。人的说话谈吐跟仓库里的那班同事，跟在他附近街坊认识的那不多几个小伙子，都不一样，很不一样。布鲁克林地方的人说话声气粗哑，有些悲天悯人的味道，他就基本上没有这样的腔调。他说话很像妈妈，略带点儿拘谨，以至听来简直像外国人说话，而且还往往喜欢用一些过于夸大的字眼。晚上他有时就在谁家的台阶上一坐，跟几个从小在一起长大的小伙子聊聊天，多少年来他一直看他们在街头学着打棒球、橄榄球，可是他觉得跟他们总是合不到一块儿。

瞧她胸前那两座小山——那个叫墨里的说。

好一个俏娘儿们——搭腔的叫本尼。

乔艾勉强一笑。今天跟他一起在台阶上坐着的共有十多个小伙子，他坐在中间，只好抬头看看高处，高处布鲁克林的树木枝叶婆娑，沙沙地奏着自命高雅的音乐。

她爸爸可阔着哩——列塞尔说。

那你就去娶她吧。

往下数去隔开两级台阶，有人正为几个棒球运动员的"安打率"争论不休。你要怎么？我知道，想要跟我打赌是不是？我告诉你说，我打的赌可大啦，那天要不是布鲁克林队输了球，我十六块钱早就赢到手啦。那天我打赌"老马"威尔逊五棒里准有两棒安打，累计"安打率"可以升到二成八一，而且布鲁克林队一定赢球，结果"老马"倒是四棒里打好了三棒，可惜全队却以七比二输给了小熊队，害得我也玩儿完。你要跟我打赌，你敢赌多少？

戈尔斯坦总觉得自己是个圈外人，对谁的话都只能傻傻一笑，笑得两颊的肌肉都发酸了。

墨里拿胳膊肘儿推推他。那天巨人队连打了两场，这样的好球你怎么也不跟我们一块儿去看啊？

唔，那天的球……不瞒你说，不知怎么，我对棒球总是兴趣不大。

又是一个姑娘扭着腰肢在布鲁克林的暮色中走过，那个调皮鬼列塞尔蹑手蹑脚地跟在她背后，动作活像一头人猿。只听他"呼——"地打了个长长的嗯哨，于是在找到了今宵佳侣的卿卿我我的飞鸟声中，响起了姑娘一连串匆匆的脚步声。

看她的胸脯有多丰满！

乔艾，你该没有参加豹子会吧？——舞会上，坐在他旁边的姑娘问他。

没有，不过我跟他们都很熟，他们人都是不坏的——他说。他今年十九岁了，中学已经毕业，嘴巴上留起了不招人喜欢的淡黄色的小胡子。

听说拉雷结婚了。

伊芙琳也结婚了——乔艾说。

是啊，嫁给一个律师了。

地下室的中央清出了一个场子，他们就在这里大跳其时髦舞，屁股撅得凸凸的，两肩放肆地狂扭。此刻音乐正奏着《飘然欲仙轻歌中》。

跳舞吗，乔艾？

我不跳。对这满场跳舞的人他一时觉得无名火起。他们都有时间跳舞，有时间读了书当律师，有时间修饰得脸儿光光的。不过这股怒火来得突兀，去得也快，过不了一会儿，心里又至多不过是有点怏怏而已了。

对不起，露西尔——他对女主人说——我得赶快回去了，明儿还得一早起来呢。请代我向伯母表示最诚挚的歉意。

十点半钟，冷冷清清回到了家里，又陪着妈妈小坐片刻。白瓷砖的桌面已经缺损，他在桌上倒了一杯热茶喝，闷闷不乐的神气都显露在脸上。

怎么啦，乔艾？

没什么。让妈妈知道了那还了得。他就说：我明天手上的活儿

600

很重。

你干得这样卖力，皮鞋厂里也该对你另眼相看点了。

在皮鞋厂仓库里，他把地上的纸板箱翘起一角，膝头顶在箱子背后，趁势呼地一下把箱子高举过头，托到七英尺来高的货堆顶上。旁边新来的伙计只会用死力气硬抬，显得笨手笨脚的。

喏，我来教你——乔艾说。你要想法克服物体静止时的惰性，利用物体运动时有一股冲力。搬这么重的货物，一定要得法，不得法的话就会小肠串气，甚至伤筋断骨都不是不可能的。我研究过这里边的门道。说着又呼地一下把一箱货倒举起来，背上发达的肌肉却只是稍微绷了绷紧。他乐呵呵地说：懂这个诀窍了吧。干咱们这种活儿，有很多事情就得好好动动脑筋。

寂寞的生活啊。有时还会见景而伤情，比如翻翻各大学的新学年概况手册就会有这样的感受，马理工①啦，设菲尔德工学院啦，纽大②啦，有那么多的学府！

不过他到底还是在一个舞会上遇上了一位可以谈谈的姑娘，那是一位黑头发的漂亮小姑娘，柔和的嗓音显得怯生生的，下巴上一颗迷人的黑痣使她越发感到害羞。姑娘比他小一两岁，中学刚毕业，很想当个演员或者做个诗人。她让乔艾欣赏柴科夫斯基的交响曲（姑娘最喜欢的是第五交响曲），自己还在阅读《天使，望故乡》③，眼下是一家妇女用品商店里的售货员。

要说这个工作，其实恐怕也不能算坏——她说——可就是……

---

① 马萨诸塞理工学院（旧译麻省理工学院）之简称。
② 即纽约大学（有别于纽约州立大学和纽约市立大学）。
③ 美国小说家托马斯·沃尔夫（1900—1938）的作品。这是作者的第一部长篇小说（1929），取材于作者本人的生活经历，写主角尤金·甘特思想上的探索。

当营业员总不能说是个十分高级的职业吧，我想写封信告诉亲友都觉得不大光彩呢。我很想换个工作。

哎呀，我也想换个工作，可想啦——他说。

你应该换个工作，乔艾，你这样斯文的气质，干那样的工作不合适。我看得出来，这里就咱们俩是有脑子的人。（两个人都笑了，像有魔法似的，两颗心一下子就变得亲近了。）

没过多久，在她家会客室里一张紫酱色的沙发上，就经常可以看见他们俩倚着塞得硬邦邦的靠垫，在那里作长谈了。他们讨论的是她到底做家庭妇女好还是做职业妇女好，这纯粹是从理论的角度来作抽象的探讨，双方自然都没有把自己摆进去。他们是有脑子的人，是在观察生活。年轻的恋人——确切点说是相互爱慕的青年男女——一旦陷入了目迷五色的情网，就只知甜滋滋地暗自寻味，他们俩正是如此。他们所走过来的这条路，是世界上最古老的一条路，也是最能蒙蔽人的一条路，因为他们还只当这是他们所独有的幸福路。其实，就在他们自以为已经定终身的时候，他们经过那么微妙而细腻的过程好容易达成的婚誓，却已经在一点一点逐步瓦解了。彼此的相依相偎、在会客室里和廉价餐馆里的热烈长谈、在黑洞洞的电影院里手握着手的絮絮细语，这些都使他们心潮激荡，兴奋不已。他们早已把促使他们相爱的种种因素忘掉了一大半，如今心上已是有果而无因了。当然他们的谈话也改换题目了，新的话题也悄悄地谈开了。娇羞敏感的姑娘说不定结果会成为诗人，也说不定会变得牢骚满腹，上小酒店里独自买醉，可是娇羞敏感的正派犹太姑娘则一般总是结婚成家，抚养儿女，一年增加两磅体重，那时她们对人生的意义就不大在乎了，她们更操心的是怎样把帽子整旧如新，或者买只新式蒸锅来用用。所以娜塔丽订婚以后也就跟乔艾商量起他们今后的生活来。

啊，亲爱的，你也知道，我不是故意要跟你叨叨，可凭你现在挣这几个钱，我们怎么结得成婚呢？你总不见得要我住个连暖气设备都没有的公寓吧？女人家总喜欢家里样样齐全，搞得漂漂亮亮的，这事可是不能含糊的，乔艾。

你的意思我明白——他回答说——不过娜塔丽亲爱的，这事谈何容易哟，现在外边都在纷纷议论，说是经济出现了衰退，保不定又是一次经济恐慌来了。

乔艾，你怎么也说起这样的话来了呢？我喜欢你，就是因为你刚强、乐观。

不，我都是从你这里得到了力量。他坐在那里，默然半晌。我跟你说了吧，其实呢，主意我倒是有一个，我打算去搞焊接这一行，这是一门新兴的行业，虽说新兴，可还是有些基础的。当然我也知道塑料啦，电视啦，这些将来最有发展前途，可是现在搞起来还没有多少把握，我读书少，在这方面缺少底子，这可是没有法子的事。

你这主意我听听好像还不错，乔艾。她考虑了一下。这虽然说不上是什么高级行当，可过两年你说不定就可以自己开个铺子了。

开个工场。

工场，对，工场，开个工场可不是什么不光彩的事。你就可以算个……算个企业家啦。

商量的结果，决定乔艾去读夜校，一年的培训这是少不了的。可是想起要上一年夜学，乔艾犯了愁。我这一上学，就不大能见到你了，恐怕一个礼拜只能见上一两次，不知道这事是不是可行。

喔，乔艾，你还不了解我，我打定了主意是决不会反悔的，我哪儿就会这么性急呢，你用不到为我操这份心。说完轻轻地笑了，笑声是那样亲切。

他就开始了这一年异常艰苦的生活，白天在仓库里照常干一周四十四个钟点的活儿，匆匆吃过了晚饭，就拼命打足了精神，在课堂里或工场间里熬到深夜。每天总要到十二点钟才到家睡觉，第二天天一亮又得硬撑着起来。逢星期二和星期四，他上完课就去找娜塔丽，在她家一直要待到下半夜两三点钟，惹得娜塔丽的父母好生不快，自己的妈妈也闲话很多。

为了这事娘儿俩还争吵了几次。

乔艾，我对这个姑娘并没有什么意见，她也许是个极好的姑娘，可你现在还没有结婚的条件，为了姑娘着想，我希望你不要这就结婚。居住条件差了，她会不高兴的。

可这一点你就不明白了，这你就未免太小看她了，她也知道我们结婚以后生活难免要艰苦些，我们的眼睛又没蒙着。

你们都还是孩子。

妈呀，我今年都二十一啦，我这个做儿子的一向待你还不错吧？我拼了命干活，让我得到点小小的快乐、小小的幸福，也是应该的吧？

乔艾，你这话竟像是我做娘的小气，舍不得给你似的，你是个好儿子那还用说。我是巴不得世界上的欢乐一股脑儿都能归你，可你每天早出晚归，快把身体都累垮啦，还偏要硬挑自己挑不起的担子。儿啊（她眼眶里噙着泪水），你难道还不明白我的心，我是一心只希望你能幸福。到合适的时候，你成了家，我也欢喜，我只是希望你能娶上一个配得上你的妻子。

可我倒是配不上娜塔丽哩。

胡说！你这样的人品，还会配不上谁！

妈，这事怕就由不得你了。我要结婚。

妈妈耸了耸肩膀。这样吧，你还要学半年焊工，学完了还得去

604

找工作。我只要求你对这个问题且不忙做出决定，到时候再说吧。

可我的主意已经打定了。没什么可争论的了。我说真的，妈，你弄得我心都乱了。

妈妈不作声了，好一会儿娘儿俩就只管默默地吃饭，心里都怀着个疙瘩，都觉得还有很多理由可以申说，却又不愿意说出口，生怕再挑起这场争论。最后妈妈叹了口气，两眼直望着他。

乔艾，我说到娜塔丽的这些话，你可千万不能讲出去啊。对于她我是没有什么意见的，这你也明白。她决定小心为上，可又并没有死心，所以就来了个"两头保险"。

在焊工学校毕业以后，他换了个工作，挣到了二十五块钱一个星期，小两口于是便成了婚。收到的贺礼有近四百块，这就尽够上百货公司办一套卧室家具了，另外还可以在起坐间里摆上一张长沙发和两把椅子。他们觉得陈设还少了点，便找来了几幅画挂上：一幅是过期月历上的，画的是夕阳西下、牛群徜徉的牧场景色；一幅是《蓝门》的廉价复制品；还有一幅是从广告上剪下的马克斯菲尔·帕里什①的名作。此外还有一张茶几，是娜塔丽专摆结婚照的，两张照片装在两个相连的镜框里，好像一本书摊开了封面封底。妈妈给了乔艾一只古董架和一套小巧的带托彩釉茶杯，茶杯茶托上都画着胖胖的裸体小天使，在相戏相逐。小两口住在这三间一套的公寓里，十分美满，十分亲热，心似乎都融在一块儿了。婚后才满一年，他的工资就已经增加到三十五块，走亲访友也已经成了他们神圣的日常例行公事。乔艾打桥牌的门道也精起来了。夫妻间的感情很少掀起狂风巨浪，就算有也迅即平息，日久都渐渐淡忘

---

① 马克斯菲尔·帕里什（1870—1966）：美国画家。

了，因为他们的生活中大量不断的是琐细的小事，平淡，然而愉快。

有那么一两次小两口之间也出现了一点紧张的气氛。乔艾的劲头粗得很，这一点双方都是明白的，可是做妻子的对于此道却不如丈夫兴浓，这就带来了苦恼，有时还引起了不快。倒不是说他们的夫妻生活总是难以和谐，也不是说小两口就会时常为此而絮絮叨叨，或者暗自发愁。但是乔艾有时候总觉得有点懊丧，他怎么也料不到对方竟会如此冷淡，他觉得这实在不可理解：结婚之前娜塔丽本来挺懂得温存，是那样的富于热情！

孩子出世以后，要操心的事就更多了。他那时虽然已经挣到四十块钱一星期，可是逢到周末总还要到拐角上的杂货店里去帮忙站站冷饮柜台。他累了，而且常常感到心烦；妻子是剖腹产，为了应付这笔医药费还背上了债。妻子肚皮上的刀疤也使他不舒服；他总忍不住要看，看着又觉得腻味，这一点做妻子的也看了出来。妻子一心扑在孩子的身上，情愿十天半月不出家门一步。长夜漫漫，乔艾总想多得到点妻子的慰藉，结果却常常只能强自抑制，愤然睡去。有一天夜里夫妻俩为此还弄得吵了一架。

吵过以后，第二天早上却又压根儿像没事一样。一个星期过去了，乔艾也已经差不多把这事给忘了。不过就他来说这却是个标志，表明他对夫妇之间的一乐从此就断了想头，或者说基本上就断了想头。对娜塔丽呢？这也是一个信号，警告她今后如要不伤丈夫的心，没有劲也得勉强提起点劲来。小两口的关系总算又安定了下来，仿佛地基下沉，底下还有岩层托住一样。对这对小夫妻而言，这种挫折算不上怎么严重，不至于真会酿成什么悲剧。他们自有他们的寄托，那就是抚养孩子，添换家具，商量要不要去保个险，后

606

来也当真去保了一份。乔艾还有他要操心的问题，工作啦，加薪太慢啦，工场里同事间的来往应酬啦。他还常常跟几个同事去打保龄球。娜塔丽则加入了当地犹太圣堂办的妇女会，在她的一力撮掇下，妇女会终于开了个跳舞班。圣堂里的那位拉比①是个年轻人，思想比较新派，所以很受爱戴。每到星期三晚上，小两口请了个人在家照看娃娃，自己就来到圣堂的交谊室里，听这位拉比畅谈最近的畅销书。

小两口心胸宽广了，人也发胖了，他们还常给慈善机构捐款，救济逃来的难胞。他们心地真诚，对人友好，夫妻和睦，差不多人人敬爱。等到儿子大了些，会说话了，那就越发给他们添了无穷的乐趣。他们心满意足，每天就像洗温泉浴似的，享受着这份伉俪之乐。他们从来没有兴高采烈的时候，但也难得有愁眉不展的时候，做事绝不会急匆匆做得过了头，遇到问题也绝不会一下子便傻了眼。

战争终于来了，乔艾又是加班又是提升，收入骤增了一倍。他两次去征兵局，两次都被批准缓役，可是到一九四三年，看见有子女的人都被纷纷征集入伍，他就不再以军工生产人员为由申请缓役了。留在家里面对着熟悉的一切，他觉得内疚；不穿军装走在路上，心里也总有那么一种不自在之感。再说，他自有他的信念，下班也常常要买一份下午报来看看，尽管他老是说看这种报纸简直叫他倒足了胃口。他讲清了道理，说服了娜塔丽，不顾老板的反对，决定应征入伍。

那天一清早去征兵局报到，在局里他跟一个像他一样的有子女适龄应征人员攀谈了起来。那人胖胖的，留着小胡子。

---

① 这里的拉比意为犹太教的经师。

啊，不，我叫我老婆还是留在家里——乔艾说——我怕她来了会难过死的。

临走前有那么多事要料理，真把我苦死了——那人说——为了个铺子耽搁了那么久，自己也说不过去。

谈不多久，双方发现原来他们还有一些共同的朋友。啊，这人我认识——那新交的朋友说——他叫曼奈·雪尔佛，人倒是蛮好的，两年前我们在格罗辛格的公司里相处得还挺不错，不过跟他来往的那帮人未免太浪漫了点，我就跟他们合不来。他老婆也蛮好的，就是愈来愈胖了，倒是应当注意点才好。记得他们刚结婚那阵子，两口子连一时半刻都难舍难分，这也真是，做人嘛，总应该走动走动，多少有一点交游吧，两口子老守在一块儿，跟人家不相往来，其实倒是有害的啦。

这一切，都一去不复返了。

虽然回想起来有时不免觉得冷清、空虚，可是想想这些终究不失为一种安慰。以前他有许多朋友，觉得他们都很容易理解，可是如今在军队里，在军营军舍这个干巴巴的陌生的天地里，戈尔斯坦却只觉得胸中没有了谱，心里没有了底，手足无措。那种苦恼之感，就仿佛眼睁睁看着身上的衣服如冬天的树皮一样片片脱落，最终落得一丝不挂似的。他搜索枯肠，查遍了大脑的每一个细胞，终于得出了一个明确的结论，这就是他与生俱来的那条教训，加上自己在布鲁克林的市井街巷（这可黑可白的大染缸！）多少年来身受的熏染。

（我们犹太人是一伙苦恼人，我们受尽了压迫者的迫害……落在我们头上的是没完没了的灾难……我们成了多余的人，我们始终是异乡之客。）

敢情我们生来就是受苦的！可是他尽管一味闷着头儿拼命想

608

家，想他的安乐窝，他的脚跟还是渐渐站稳了下来，大腿也不再晃晃悠悠了。

戈尔斯坦渐渐迎着风扬起脸来了。

三

部队蹚水过河，在对岸集合。回头再看背后的丛林，简直看不出一点开过路的痕迹。原来这路开到最后二十码时，丛林外的山风已经隐约可见，这时大家砍树极少，完全是肚子贴着地爬出林子去的。这样即使万一有日本人的巡逻队经过，也不至于就会发现丛林里有一条新开的小路了。

侯恩对部下讲了几句："弟兄们，现在是三点钟。前面可还有不少路哪。我打算在天黑之前至少再赶它十英里路。"队伍里有人嘀咕了。侯恩就又说："怎么，我的好汉们，都已经有意见啦？"

"行行好吧，少尉！"米尼塔大声喊道。

"今天不走，明天照样还得走呀。"侯恩觉得心里有点恼火，"你还有什么话要跟他们说吗，上士？"

"好，我说两句。"克洛夫特眼睛瞅着大家，指头摸了摸那湿透的衬衫领子。"我希望大家都把这条小路的位置记住了。标记很容易找，只要记住那边有三块岩石，这边还有一棵倒弯着腰的小树。哪个万一要是跟队伍失去了联系，只要别忘了这一片山地的模样儿，找到了这一片山地只要认准方向朝南走，到了小河边，往左还是往右，一看就知道了。"他顿了一下，把子弹带上的一颗手榴弹嵌了嵌好。"从现在起咱们是在无遮无蔽的山地上行军了，所以这行军纪律一定要遵守。不许叫叫闹闹，不许拖拖拉拉，还一定要提高警惕。过山梁山埂动作要快，要把姿势尽量压低。你们要是学着羊羔子走路的样子，就准得挨伏击……"说到这里他摸了摸下巴。"至于今天还能赶多少路，是十英里还是只有两英里，那我就说不上了，因为事先根本没法预料，不过咱们一定得好好儿干，走多走少倒不必计较。"队伍里一阵喊喊喳喳，侯恩感到脸上有点发烫。克洛夫特实际上是把他的话给否定了。

他就厉声下了命令："好啦，弟兄们，出发吧。"队伍拉成了长长的松松的一行出发了，个个都是拖着疲乏的脚步勉强往前走。热带的骄阳火辣辣地照在身上，满山的茅草一齐射来强烈的反光，刺得眼睛发花。他们热得汗水直流，身上的衣服自从在登陆艇上给浪花打湿了以来，都快一天一夜了，却始终干不了，一直湿黏黏地紧贴着皮肉。汗水淌进眼里一阵阵刺痛，太阳烤得头上的军帽都发了烫，高高的白茅草老是往脸上抽打，爬不完的山头更是耗尽了他们的气力。最难的是上山，一上山，心就在胸口猛撞，吃力得呼哧呼哧直喘粗气，脸都涨得通红。连绵的群山尽笼罩着一派深沉而难测的寂静，这样无声无息、无边无际的沉寂，倒真使人觉得怕有点不妙了。在丛林里的时候大家根本就没有想到过日本人；面前的树这样密，河这样险，哪儿还有心思想别的呢。他们的脑子里根本就没有"伏兵"这两个字。

可是现在到了这一大片无遮无掩、鸦雀无声的山地上，疲惫之中却总不免有一种提心吊胆之感。到了山谷里，觉得两边耸立的山头似乎都盯着自己看。上了高处，翻过山梁顶，却又觉得自己成了个暴露的目标，叫好几里以外都看得见。这里景色很美，山同是嫩黄色的，绵延起伏，茫茫不绝，线条是那么舒缓柔和，但是这种美景他们并不欣赏。他们倒是很像几只小虫子爬行在无边的沙滩上，感到孤独极了，渺小极了。

穿过一个平底的深谷，就足足走了一英里路，太阳晒在身上好似火烤。白茅草高得吓人。在谷底平坦的地段，草叶都足有寸把宽，长到好几尺高。有时候踩进一片比人头还高的草丛，得闷着头走上百多码才能露出头来。这就使他们产生了一种新的恐惧心理，驱策他们只顾加快了脚步往前赶，豁出了命似的。他们觉得就像闯进了一片森林，可是这森林又软而不实，会摇曳，会摆动，会沙沙有声地在他们手上脚上拂拂擦擦，一推却又软绵绵向后倒去，真是讨厌透了。他们就怕跟前面的人拉开距离，因为在这样高高的草里能见距离至多不过两三码，所以他们就一个钉着一个，紧追不舍，也顾不得给草梢劈头盖脸打得有多难受了。不时还会惊起一群小飞虫，忽闪忽闪地在跟前撩弄，总要给它们叮上十个八个小块才罢。山野里还有许多蜘蛛，蛛网常常粘得他们脸上手上都是，那更是惹得他们带上了三分疯，不由得往前直冲。花粉草屑纷纷沾在皮肤上，老是像在那里逗痒。

在前边带路的马丁内兹，好似一支利箭在山野里飞过。这满山的野草一般都要比他的身子高，所以他抬头看不见路，但是他能看太阳决定脚下的走向，从无片刻的犹豫。他们只花了二十分钟就穿过了山谷，稍作休整，又艰步上山了。到了山坡上，就不嫌草高了，上坡时抓一把可以借点力，下坡时拉一把可以杀杀下冲的势。太阳还是热得炙人。

他们起初担心也许会受到敌军的暗中监视，只是因为得打足了精神赶路，才渐渐把心松开了。可是现在又有一种较为微妙的恐惧心理死死缠住了他们。看到眼前的山地竟是这样茫无际涯，这样死一般的沉寂，他们深深感受到有一股世外洪荒般的气息沉重地压在他们心上，这片悄然沉睡的荒野只怕不大好对付呢。他们想起还听到过一个传闻，说是岛上的这一带本来是有土著居住的，只因几十年前这里流行一场恙虫病，土著差不多一下子全死光了，就是侥幸得命的也都迁到了别的岛上。以前他们偶尔想起土著，不过是寻些闲想，想借以忘记劳累罢了，可是现在上有烈日下有荒山，四外一片无边的寂静，静得只听见自身的耳鸣，他们勉强拖着脚步往前走，一路却想得心惊肉跳，不时会无端一惊而赶紧站住，紧张得手脚都发了抖。带路的马丁内兹更是走得飞快，活像背后有人追来似的。一想起岛上死去的居民，他害怕得比别人都厉害。在他看来，穿过这片荒山野地，惊动了久已无人践踏的土壤，实在是一种罪过。

克洛夫特的感受就不一样了。他觉得这片土地看起来很陌生，想起这里的泥土已经多少年没人踩过，他从心底里涌起了一种本能的兴奋。他从小就跟大地打惯了交道，父亲的牧场前后左右好多里以内哪一座山上都有些什么样的岩石，他心里全有一本账。所以眼前这片洪荒世界般的山地对他有极大的吸引力。他每登上一个山顶，看到面前又是一番天地，总按不住满心的欢喜。那都是他的！都是他能够带领队伍驰骋的好地形！

想到这儿他又想起了侯恩，于是只好把头摇摇。克洛夫特好比一匹烈马，还没上惯嚼子，有时嘴巴给不客气地一拉，这才想起自己已经不是一匹野马了。当下他就转过身去，对背后的雷德说："往后传：加快步伐。"

命令传了下去，队伍前进的速度越发加快了。他们走得离丛林愈远，心里就愈担忧，多翻过一道山，回去的时候就多一道难关。心惊胆战的心情，成了他们一股自发的推动力。四外的沉寂也鞭策着他们，大家默无一语，却都是一个心眼儿驱促自己往前走，走了足有三个钟点，中间不过歇了两三次。到薄暮时分，终于停下来宿营了，这时队伍里即使是体格最强壮的人也早已疲劳过度，半点力气都没了，体质差些的则简直就瘫倒了。罗思在地上一躺，半个钟点动弹不得，手脚止不住直抽搐。怀曼蜷紧了身子躺在那里，尽打恶心。他们俩要不是由于怕掉队的缘故，这最后两个钟头本来是怎么也撑不下去的。心里一发急，暂时又来了劲，不过他们这劲是虚劲，人一停下来，就觉得浑身瘫软，手指发麻，也顾不上解开背包、取出毯子来安排过夜了。

他们谁也不说话，大致围作一圈，准备过夜了。能行的，还吃了点干粮，喝了点水，把毯子铺好。营地选择在山包上靠近顶部的一个洼洼里，侯恩和克洛夫特趁天还没黑，绕着营地兜了个不大的圈子，看看在哪儿安个岗哨最合适。从营地再往上约三十来码便是山包顶，他们来到山包顶上，眺望了一下明天要经过的是哪一带地方。自从钻进了丛林以后，这还是第一次重睹穴河山的面目。这次看得比以前哪一次都真切，虽然论起距离来，估计主峰离这儿还至少有二十英里。不过过了底下的山谷以后，嫩黄色的山冈再往前伸展不多远，就都变成深棕色、茶褐色的了，时而还露出了岩石嶙峋的一片片青灰。山地上起了夜雾，把他们的必经之路——穴河山以西的山口给遮住了。连穴河山也渐渐模糊了起来。那穴河山给染上了浓浓的青莲色，大半座山峰似乎都化开了，在暮色苍茫中给人以一种透明之感。只有山梁顶的线条还是那么清晰。主峰顶上幽森森地挂着几片薄薄的云，隔着轻雾，云形难辨。

克洛夫特举起双筒望远镜来瞭望。穴河山看去好似一道岩岸，幽暗的天空有如一片海洋，卷起拍岸的激浪。浮云掠过山峰，就像那一派浪花纷飞的景象。克洛夫特在望远镜里愈看觉得愈像，看得不觉出了神。那山、那云、那天空，在那里默默地进行无情的搏斗，都是那样全力以赴，不沾一丝杂念，真胜过了他生平见过的一切海与岸。满山岩石似乎都在黑沉沉的暮色中鼓足了劲，紧紧地抱成一团对付那滔天的恶浪。这场搏斗虽然看上去无限遥远，可是想到自己说不定就可以在明天晚上以前登上顶峰，他内心顿时有一种胜利在望之快感。他又一次从心眼儿里乐开了花。他自己也说不出个道理，总觉得这座大山叫他不得安宁，像是老在那里向他招手，仿佛他所要追求的一个什么目标，其答案就在这山上似的。多么高洁、多么威严的一座大山啊。

可是再一想，他却又不胜悻悻，泄了气：部队才不会上山呢。假如明天还是一路无事，黄昏之前肯定可以通过山口，所以自己是绝没有希望攀登这座大山的。他心灰意冷，把望远镜递给了侯恩。

侯恩疲乏极了。他总算平安无事地走了过来，心里觉得还满可以多走一程，可是身子毕竟需要休息了。他本来心情沉重，拿起望远镜一看，心里就更乱了。这么座大山，叫他看得先是肃然生畏，继而又发起愁来。太高大了！太雄伟了！他望着山顶上缭绕的云雾，真有点毛骨悚然之感。他觉得那真像是汹涌的大海在冲击巉岩壁立的海岸，一时竟情不自禁地侧耳细听起来，仿佛偌大一场搏斗，总有些声响能让他听到似的。

从遥远的天外果然传来了一阵很像是拍岸的浪声，仔细一听，更像是隆隆的闷雷。

"你听！"他碰了碰克洛夫特的胳膊。

他们两个就趴在山包的顶巅，愣愣地凝神细听。侯恩听见从渐浓的暮色中又传来了那打雷似的声音，隐隐约约，不太分明。

"那是打炮，少尉。是从大山的那边传来的。我看那边准是在发动进攻了。"

"一点不错。"彼此又都没话说了，侯恩就把望远镜给克洛夫特递过去，随口说了一句："还要看看吗？"

"看看也好。"克洛夫特重新又举起望远镜来观察。

侯恩不由得盯着他看了一眼。克洛夫特的脸上有一种不寻常的表情。侯恩说不上这是一种什么表情，只觉得这一眼看得他一阵冷气直透脊背。两片薄嘴唇分得开开的，鼻孔张得大大的，克洛夫特此刻的一副神气真叫他永远也忘不了。侯恩一时觉得真像看透了克洛夫特的内心——他看到的是一个深不可测的黑洞。他转过脸来，瞅着自己的手发愣。克洛夫特这人靠不住！他这句心里话虽然说得庸俗了点，可是亮了出来心里倒踏实多了。他又仰起头来，对天边的云和山看了最后的一眼。这一眼，就越发叫他看得心绪缭乱了。山上怪石嵯峨，昏黑的天空里滚滚的云雾一浪接一浪地不断打去。再大的船撞上这样的礁岸，也难免要撞得粉身碎骨，顷刻沉没。

克洛夫特把望远镜还给了他，他塞进套子，说道："走吧，咱们还得把放哨的事安排一下，一会儿天就要黑透了。"

他们就转身悄悄下了山顶，回到部队所在的洼洼里。

＊　　＊　　＊

大家的话：

说轮休

那天晚上在洼洼里，大家都紧挨着睡。

布朗：我告诉你们，就在咱们动身前我听到了一个小道新闻，说是回国轮休的名额下个星期就可以分下来，这一回直属连可以分到十个名额。

雷德：（鼻子里哼了一声）好啊，这一回他们的勤务兵该走个精光啦。

米尼塔：可你们说这浑蛋不浑蛋？咱们出来执行任务的，有缺额不补；可家里那班臭当官的，勤务兵倒弄了十多个。

波兰克：让你当勤务兵难道你不愿意？

米尼塔：我当然不愿意啦，我还有些自尊心。

布朗：倒不是跟你开玩笑，雷德，这一回恐怕就有你我的份儿。

雷德：上个月分到几个名额？

马丁内兹：一名，再前个月是两名。

雷德：好，就算一个连抽一名吧。我们直属连服役满十八个月的总共有一百人。布朗呀，你愁什么呢，只要乖乖地等上一百个月，也总该等到啦。

米尼塔：哎，耍什么鬼把戏。

布朗：你急什么呢，米尼塔？我不说瞎话，你在海外的资格还嫩着哩，连皮肤都还没晒黑哩。

米尼塔：你们都还走不了呢，我十八个月期满了也是白搭。就像等刑满释放似的，真要命！

布朗：（若有所思）你们知道，在这种时候往往也最容易"中彩"。记得工兵爆破排里的萧纳赛吧？轮到他回国休假了，命令也接到了，一切都安排好了，偏又派他去执行一次警戒巡逻，结果恰恰中了"彩"。

雷德：对，所以他们才挑中了他呀。我说老弟，快别想啦，你是逃不出部队的，咱们谁也逃不了。

波兰克：你们怎么就这么不开窍，等我十八个月期满了，我自有办法搞到轮休回国。只要去找曼泰利，或者去找那个丑大块头军士长，多拍拍他们的马屁，打扑克赢了钱的话，就塞上个二十镑、三十镑的，悄悄说一句："喏，拿着，买支雪茄抽，这叫作轮休雪

616

茄，懂吧！"这就是窍门啦。

布朗：说真的，雷德，波兰克这话也许还真有点道理呢，你还记得有一次他们挑中了山德斯吗，这人算是什么东西，简直没一点可以说声好的，就会缠着曼泰利献殷勤，去年就缠了他一年。

雷德：我倒要劝你，布朗，你可千万别这样。你把曼泰利拍上了，他真要喜欢了你，就再也舍不得放你啦。

米尼塔：真是，这算是什么玩意儿？这混账军队就是这种作风，这一只手把东西给你，那一只手又把东西抢走了，想想真叫人伤心透了。

波兰克：你这才算是开了聪明窍了。

布朗：（叹了口气）唉，想起来真叫人心烦。（在毯子里翻了个身）明儿见吧。

雷德：（脸朝着天，久久地望着安谧的星空）谁想出来这个轮休的办法，哪里是要让人回国哟，这分明是弄些花招存心不让人回国。

米尼塔：可不，明儿见吧。

（好几个人的声音）明儿见……明儿见。

（大家都在群山的怀抱里睡着了，沉寂的夜幕下只听见草木萧萧。）

四

这一夜，侦察排在那个洼洼里过得很不安生。由于疲劳过度，大家都睡不好觉，裹着毯子抖个不住。轮到谁去放哨，谁就跟跟跄跄爬到山包顶上，隔着满山的野草，朝底下的山谷里瞭望。月光下什么都是银白色的，透着一股寒意，山峦也显得格外荒凉。睡在下面洼洼里的弟兄，仿佛都跟自己远隔千里。在这儿值班放哨谁都感到孤独——真是孤独得可怕，简直就像独自守着月球上的荒山死谷。四下里没有一点动静，可是也没有一点安宁。风带来了怀念和愁思。风过草动，翻起一道道光影闪闪、簌簌有声的波浪，时而前涌时而疾退。夜无比沉寂，可也充满了悬虑。

天一亮，他们就折起毯子，打好背包，吃了一盒干粮。冷的罐头火腿蛋，结实的粗面粉饼干，慢慢儿嚼呀嚼的，却只觉得毫无滋味。昨天跋涉了一天，跑得肌肉都僵硬了，衣服上都还湿黏黏的留着隔宿的汗水。年纪大些的，但愿今天的太阳猛些——他们觉得自己体内的火力已经不旺了。雷德的腰子又发疼了，罗思右肩膀的风湿痛也犯了，威尔逊吃了东西，小肚子一阵绞痛。他们个个心情沉重，意气消沉，对前面的路程连想也没敢去想一想。

克洛夫特和侯恩又到山包顶上去了，他们在那里研究今天上午的行军方案。清早山谷里雾气迷漫，山峰山口都看不分明。他们眯起了眼睛望着北方，打量着幡舞山脉。雾霭中那连绵的山岭有如天上的云层，一眼望不到边。到穴河山便陡然插天而起，形成了主峰，随即又颤巍巍地急转直下，形成了左边的山口，过了山口便又是高山峻岭拔地而起了。

"没说的，我看那个山口里准有日本兵把守。"这是克洛夫特的意见。

侯恩耸耸肩膀。"他们要应付前边怕还来不及呢，哪里顾得上这儿——这儿是敌后，离他们的阵地远着哪。"

雾气渐渐消散了，克洛夫特举起双筒望远镜，向远方细细观察。"怕不见得吧，少尉。那个山口窄得很，只要守上一个排，八辈子也别想冲得过去。"他啐了一口唾沫。"当然咱们还是得去侦察一下。"阳光渐渐照出了山峦的轮廓。洼洼里和沟壑里的阴影也淡了许多。

"还有啥办法呢。"侯恩咕哝了一声。他早就觉察到克洛夫特跟自己彼此都颇有反感。"运气好些的话，咱们今天晚上就可以抄到日军的阵地背后宿营，明天就可以在敌后展开侦察了。"

克洛夫特不大相信。他的本能，他的经验，都告诉他走这个山口非常危险，很可能是枉费心机，但是舍此又没有别的路可走。其实，翻穴河山过去倒是可以一试，可这个意见侯恩是决不会采纳的。他又啐了一口唾沫。八成儿是没有别的办法了。不过他心里却七上八下。对这座山峰愈是多看上两眼，内心就愈……

"出发吧。"侯恩说。

他们下了山顶，到洼洼里会合了部下，背上背包，便出发了。侯恩同布朗、克洛夫特三个人轮流带队，马丁内兹则担任警戒，在前路侦察，跟部队通常总保持着三四十码的距离。隔夜的露水还湿，草地里滑溜溜的，下山时脚下经常要打滑，逢到上坡却又累得人直喘粗气。不过侯恩现在的心情很愉快。昨天一天虽然走得够累的，可是如今早已又恢复了过来，他觉得体力倒是更充沛了，似乎身体里那些没用的东西都已在行军途中消耗干净。一清早醒来虽然肌肉发僵，肩膀酸痛，但是感到睡足歇够，神清气爽。今天走起路来脚下有劲，感到似乎更耐得起劳累了。跨过第一道山梁顶时，他把背包往宽阔的双肩上托了托，仰起脸来让太阳照了一会儿。四外的气息多么好闻，野草散发出一股黎明的清香。"对啦，弟兄们，咱们加紧点儿走吧。"他心里一高兴，就对正从他面前走过的弟兄们喊了一声。他早已从队伍的头上退了下来，只见他时而跟这个一起，时而到那个旁边，为了跟他们并排走，一会儿紧行几步，一会儿又把步子放慢下来。

"怀曼，你今天怎么样啊？觉得好点了吗？"

怀曼点点头。"好点了，长官。很抱歉，昨天我可真是连气都喘不过来了。"

"哎呀呀，昨天我们全都累得够受的。今天情况准能好些。"他拍了拍怀曼的肩膀，又退后几步，来到里奇斯的旁边。

"小伙子，路走了不少，是不？"

"是啊，少尉，反正走惯了。"里奇斯说着咧嘴一笑。

侯恩又和威尔逊并排走了一阵，跟他开了个玩笑。"小伙子，施肥还没施完吗？"

"还没呢。我那旋塞掉啦，所以现在弄得堵也堵不住了。"

侯恩拿胳膊肘往他腰眼里一捅。"回头休息的时候给你做个塞子。"

多么轻松，多么亲热！他自己也不知道为什么要这样做，但是经过这样一来，他心里就觉得非常愉快了。他不再批评这个、批评那个了，对于这趟侦察任务现在也不大担心了。今天或许就能顺利通过山口，那么到明天晚上，大家就可以打点打点，准备动身回去了。过不了几天大功就可以告成，他们又可以返回驻地了。

他不禁想起了将军，心里顿时觉得又气又恨，突然又不希望侦察任务早早结束了。一团兴致也顷刻败了个精光。他们侦察排不管立下多少功劳，到头来功劳还不都得归将军？

真是活见鬼！所以凡事不追根究底犹可，一追根就势必要堕入烦恼。最好的办法，就是只管迈动两条腿，一刻也别停下。"对了，弟兄们，咱们可不能停下。"他看到队伍正好在上一道斜坡，一个个打面前走过，便放轻了声音说道："对，对，加紧点儿走。"

问题又岂止如此。他还有这个克洛夫特得对付。有了这个人，他就不能不比以前格外小心，格外多懂点事，得在几天之内就把克洛夫特长年累月积下的教训都学到手。他现在发号施令，非得用最精密的天平先衡量一下不可。他的命令，克洛夫特简直可以说想要推翻就能推翻。看他昨天晚上在山包顶上的那副神气……其实克洛夫特的指挥方法根本就不对头，那只会叫人害怕。

他还是一路行军，一路继续跟部下闲聊，可是太阳愈来愈猛了，大家又都走累了，心里都有点恼火。他自己的态度，也不如先前那么自然了。

"怎么样啦，波兰克？"

"够呛。"波兰克只管闷声不响往前走。

他们对他分明含有一种抵制的味道。态度都很谨慎，或许还有些猜疑。他是个当官的，他们在本能上自然不免对他有所警惕。不过，他觉得情况绝不是这样简单。克洛夫特带领他们有很长时间了，这个排也已经完全在克洛夫特的掌握之中，要说这支队伍现在已经不是克洛夫特在当家，他们恐怕怎么也不会相信。他们不敢跟他搭腔，正是怕克洛夫特将来一旦重新掌了权，会记着这笔账。所以现在最要紧的就是要让他们明白，他带这个排是永远带定了。不过那得花些时间。假如他在派来执行这趟任务之前，能先跟他们一起在驻地住上一个星期，有什么规模不大的侦察任务先搞几次，那就好了。想到这里，侯恩又耸了耸肩膀，还用手擦了擦前额上的汗水——太阳又早已是火辣辣的了。

愈往前走，山势也愈高。队伍慢慢地往上爬，跟茂密的野草足足周旋了一个上午，费劲地穿过一个又一个山谷，好不容易过了一道又一道山坡。他们又感到筋疲力尽了，气也喘不过来了，日晒再加上劳累，面孔都涨得通红。现在没有人说话了，大家都气鼓鼓的，一个跟着一个往前走。

猛然满天黑云掩住了太阳，下起雨来了。起初他们觉得下雨倒也不错，因为雨水凉快，草上还拂过了一阵清风。可是过不多久地上就变成烂糊糊的了，鞋上都沾满了污泥。渐渐地，身上又全都湿透了。他们一个个都耷拉着脑袋，倒提着枪支，免得枪口淋雨——一列士兵，看上去倒像一行枯萎的花朵。里里外外，一点劲头都没了。

不知不觉间地貌已经起了变化，地面上岩石多起来了。这里的山也更陡峭了，有几座山上还长满了齐腰高的小树，矮矮的一丛丛，尽是阔叶植物。这还是他们出了丛林以来第一次过树林子。雨停了，骄阳又施威了，直照在当头。原来已是中午时分了。队伍就在一个小林子里停了下来，大家解下背包，又吃了一顿干粮。威尔逊皱起了眉头，拿着饼干摆弄，他就只吃了一块干奶酪。"我听说吃干奶酪可以止泻。"他对雷德说。

"嘿，反正吃了总有点好处吧。"

威尔逊一听笑了，不过他心里还是乱糟糟的。腹泻的老毛病折磨了他一上午，腰背和小肚子痛个没完。他真纳闷，为什么他的身子偏偏就这样不争气。他一向自夸，凡是人家能做到的，他也准能做到，而现在他却只好拖拖拉拉地落在队列的后面，遇到小小的山冈，也得死命拉着白茅草，拼足了劲才爬得上去。一阵剧痛发作时，他捧着肚子就直不起腰来，浑身急汗直流，再加上那个背包，简直像一大块水泥，把他的肩膀都快压烂了。

威尔逊叹了口气。"雷德啊，没什么说的，我肚子里准是出了大毛病了。医生不是说过我得动手术吗，等我回去以后，我就去开刀。不挨这一刀我就成了废料一块啦。"

"就是。"

"说心里话，雷德，我真是拖了部队的后腿。"

雷德哈哈大笑。"你当我们就那么心急吗？"

"这我知道，不过我心里总忍不住要为这事发愁。万一咱们通过山口的时候遇上点什么，那可怎么得了！哎呀，我现在老是觉得内急，屁股眼儿里从来没有个安生时候。"

雷德笑了。"哎，不要紧张嘛，伙计。"威尔逊的麻烦事，他可不想沾边。我能有啥办法呢——他心里想。他们就慢慢地继续吃他们的干粮。

不一会儿侯恩又下令出发了，于是队伍出了小林子，又冒着烈日前进了。雨虽然停了，山上还是挺泥泞的，水汽蒙蒙蒸腾而起。他们走得腰也弯了、背也拱了，可是面前那绵延不断的丘陵总是望不到头。队伍拉了近一百码长，缓缓地在草莽中穿过，各人都有各人的心事，不是这里痛，就是那里肿。他们的脚都发了红，两腿都软得直打战。晌午的热浪烤得四外的冈峦炫人眼目，到处笼罩着一片催人欲睡的无边的沉寂。沉寂中隐隐一派嗡嗡的虫鸣，老是一个调子，不过倒也并不讨厌。在虫声的感应下，克洛夫特、里奇斯，以至威尔逊，眼前都浮现起一幅幅炎夏的农田景象，地里是那么恬静、那么丰饶，画面虽不太分明，却暖人心怀，只是偶尔飞起一只蝴蝶，淡淡的翅影时而打乱了那种境界。他们在记忆中信步所至，悠闲自得，仿佛漫步在乡间的大道上，重又见到了那连绵起伏的肥沃的田野，尽管脚下雨后的丛莽实际上冒起的是一股潮湿的霉味。他们却闻到了昔日的耕地和马汗的芳香。

阳光，挟着热气，无处不在，令人头昏眼花。

他们这一程差不多尽是走的上坡路，一气走了个把钟头，才在一道山涧旁停下来，把水壶灌满。歇息了十五分钟，又继续往前走。身上的衣服早已湿透了十来遍，海上浪花打湿过，蹚水过河溅湿过，晚上席地而睡沾湿过，更何况还有那一身又一身的汗。每次焐干以后就留下一层污斑。衬衫上都是一道道白花花的盐霜，胳肢窝里，束皮带的地方，泡得布都快烂了。他们有擦破的，有起泡的，有晒伤的，有的人脚都肿了，早已一步一瘸，可是身上晒得火热滚烫，人都走得昏昏沉沉，这些困难又算得了什么，简直都顾不上理会了。那疲劳才真叫他们受不了，他们体内仅存的一点气力早已挤完，木僵僵的肌肉早已榨瘪。他们一遍又一遍地饱尝了死挨活撑的苦楚，硬是拖着早已拖不动的两条腿翻过一个又一个山头，到现在精疲力竭的身子早已像上了麻药一样。痴痴呆呆，恍恍惚惚，只知一个劲儿往前走，也根本不管去哪儿，一路里走得东倒西歪，踉踉跄跄。背包也真重得够厉害的，不过这背包他们已看作是自己身体的一部分了，只当是背上长了块大石头。

矮树乱丛愈来愈高，快要齐他们的胸口了。地下的荆棘老是要勾住枪支，挂住衣服。他们磕磕绊绊地只顾往前走，一脚又一脚地在树丛中闯过去，只有碰上荆棘刺儿缠住了衣服，才停下来，把刺儿解开了，再重新往前闯。大家的心里，就只有面前的那约一百英尺地，虽然在爬山，却几乎从来也不抬头瞧一瞧山顶。

下午，天色还早，他们来到了几块大岩石下，就在石影里作一次较长的休息。蟋蟀在"喔喔"地叫，虫儿在倦怠地飞，伴随着时光缓缓流逝。这些累得都快没命的士兵，不觉就睡着了。侯恩心里也真不愿意再动弹，可是休息的时间毕竟拖得太长了。他就慢慢爬起身来，背好了背包，大声喊道："好啦，弟兄们，该起啦。"没有反应，这一下他大为恼火了。换了克洛夫特的话，他们听得才快呢。"好啦，弟兄们，咱们走吧。老是休息下去，那怎么行呢。"他的口气严峻，完全是公事公办的味道，那些当兵的都老大不高兴的，慢吞吞从草丛里爬了起来。他听见他们嘴里叽叽咕咕，感觉到那里边分明有一股气鼓鼓憋着火的反抗情绪。

他真没有想到自己的肝火居然这样旺。"少发牢骚，快点走路！"自己竟然尖着嗓子这么嚷了一声。这帮家伙，真叫人腻味透了！——心里还突然闪过了这么一个念头。

"这王八蛋！"有个士兵咕哝了一声。

他听了浑身一震，怒火直冒。不过，他到底还是按捺住了。他们的这种种表现，其实也很可以理解。走得累死累活的，总得找上个人出出这口怨气，他做好也罢做歹也罢，反正早晚难免要招他们的恨。去跟他们亲近亲近吧，反而倒把他们弄糊涂了，惹火了。换了克洛夫特的话，他们一定就乖乖地服从了，因为克洛夫特愿意被他们恨，也有意要引他们恨，更不怕被他们恨，可是反过来就非要他们服从不可。想到这里，他心里觉得灰溜溜的。"还要赶好长的路呢。"他说这句话时口气就缓和了些。

他们又踏上了艰苦的征途。现在离穴河山已经近得多了。每过一道山梁顶，总能远远望见山口两侧倚天削立的绝壁，半山里林木森然，树都可以一棵一棵辨得出来。这里的地貌，以至空气，都不一样了。气温没有那么高了，可是空气也明显稀薄了，胸口都隐隐有些不舒服的感觉。

三点钟，到了山口前。克洛夫特爬到最末一座山包的顶上，蹲下身子贴在矮树后面观察前方的地形。山包下是条山沟，估计有四分之一英里长，前面就挡着连绵的山岭，左右都是小山包，把这满山沟的茂密野草围得宛如一座小岛。山沟对面就是山口，两侧陡直的百丈危崖，中间一条山石嶙峋的迂回夹道，盘盘曲曲地穿过这幡舞山脉。夹道底部被团团簇簇的林木枝叶遮得一点也看不见，要埋伏的话那里尽可以埋伏许多人马。

山口的入口处有那么几个小丘，他的目光就盯着那儿，把小丘脚下的那一圈浓密的树林子仔细察看了一番。山口终于到了，他内心暗暗感到得意。嘿，路走了真不少呢——他心想。山包上笼罩着一片寂静，在寂静中他听得见大山那边有隆隆的炮声隐隐传来，说明战斗有时还挺激烈。

马丁内兹早已来到他的身边。他就悄声对马丁内兹说："好吧，'日本圈子'，咱们就贴着山包，绕山沟边上过去。要防备山口里边有埋伏，咱们要是穿平地过去，万一有埋伏的话就会叫他们发现。"马丁内兹点点头，一弯腰冲过了山顶，随即向右一拐，绕着山沟过去了。克洛夫特把手一挥，示意队伍跟上，自己也下山去了。

他们挨着那高高的野草走，走得极慢。马丁内兹每走上三十码就要停一停，总要等上半晌再走。大家见他这样小心翼翼，也受到了几分感染。尽管一令未发，却个个都提高了警惕。大家都忘记了疲劳，打起了精神，麻木了的知觉又灵敏了，连手脚也又比较听使唤了，要细手轻脚也能办到了。脚踩下去都留了神，每走一步都要把腿高高抬起，稳稳放下，免得出声。他们对山沟里那片沉寂的气氛都挺敏感，一有突然的风吹草动就胆战心惊，草虫"唧唧"一叫都会吓得他们站住。心里愈来愈紧张了。他们估计可能会遇到情况，所以个个嘴干唇燥，心都快跳到喉咙口了。

从克洛夫特观察山沟地形处到山口入口处，相距不过两三百码，可是马丁内兹走的这条路线却足有半英里以上。他们为绕这个圈子费了好大工夫，走了约有半个小时，这就使他们的警惕性渐渐松懈了。在队尾的，往往一等就要好几分钟，可是再一起步就得来个小跑步才能跟上。这可实在难受，而且又累人，弄得他们都很恼火。疲劳的感觉又来了，腰背，还有腿弯里那两条早已使不出劲的筋儿，只觉得一阵阵酸痛。他们经常得顶着那无情的背包，半蜷着身子站在那里，等待前进的信号。汗水流进了眼里，眼里又涌出了泪水。他们对这股紧张劲儿都厌烦了，脾气也暴躁了。有些人就口出怨言了，有一次等候的时间长了些，威尔逊就索性蹲下来拉屎了。屎没拉完，前边却动了，这一来队伍就乱了套。后边的人赶紧悄悄往前传话，让前边的人停一停，于是前后跑动，相互传话，乱了总有一两分钟。威尔逊完事以后，队伍重又继续前进，可纪律却就此破坏了。虽然谁也没有放声说话，但是这么多人大家都嘁嘁喳喳，而且脚下又都放松了注意，两下凑在一起，声音尽管不大，却还是很容易被发觉。克洛夫特不时一抬手，要大家别作声，可也收效不大。

他们到了穴河山山麓的峭壁下，又重新向左一拐弯，不断利用岩石作为掩护，快步向山口赶去。可是到了一处，前边却再也没有遮蔽了，横在面前的是一片空旷的开阔地，原来大山沟里还有这么一个百来码长的小山坳，一直伸展到山口的第一道坎子前。这就没有法子，只能直穿过去了。侯恩和克洛夫特就在一堵石梁背后一坐，商量对策。

"咱们得两个班分开行动，少尉，一个班上去，一个班掩护。"

"这办法好。"侯恩点点头说。说来也真稀奇，这会儿坐在岩石上，热辣辣的太阳晒在身上倒又怪惬意的。他深深地吸了口气。"就这样办吧。等一个班到了山口，另一个班再跟上。"

"行。"克洛夫特摸了摸下巴，端详着少尉的脸。"我就带一个班上去，你看好不好，少尉？"

那可不行！在这种节骨眼儿上，可不能由着他。"还是我带一个班上去，上士。你掩护我。"

"这……也好，少尉。"他顿了一下。"那你最好带马丁内兹的那个班。老兵大半都在那个班里。"

侯恩点点头。看到克洛夫特的脸上似乎掠过了一丝诧异和失望的神色，他心里暗暗高兴。可又马上生了自己的气，自己也愈来愈孩子气了。

他对马丁内兹打了个手势，伸起一个指头，表示要一班上来。不一会儿，一班就都集合在他的周围。侯恩觉得喉咙口似乎抽紧了，一开口，嗓子都沙哑了，说话声音很低。"我们现在要进那个小林子里去，由二班掩护我们。大家要注意警惕，这就用不着我多说了。"他抓了抓脖子，觉得好像有件事还忘了交代。"注意保护间隔，不能小于五码。"士兵们也有点点头表示明白的。

侯恩就站起身来，爬过石梁，迈步穿过开阔地，直奔那密密层层遮满了林木枝叶的山口入口处。他听得见背后，左右，都是部下的脚步声。他自然而然地就双手攥紧了枪身，把端起的枪紧贴着腰。这块开阔地有百来码长，三十来码宽，一边靠着悬崖，一边同野草茂密的山沟相连。一路里地势微微向下倾斜，地下都是些零零散散的小岩块。太阳挺猛，石头和枪管都反射出耀眼的光芒。又来了，这无比的沉寂——还弥漫着浓浓的倦怠的气息。

那又肿又疼的拇指头走一步要受多少累，侯恩是感觉到了，不过这种感觉却似乎遥远得很。他也模模糊糊意识到把在枪上的双手是滑溜溜的。紧张不安虽然封在胸中，可是一旦冷不丁有什么声响——比如有人踢着了一块石子，或是脚在地上一擦——那马上就会爆发。他咽了一口唾沫，回过头去瞧了瞧班里的弟兄。他觉得自己真难得有这样耳灵眼尖的时候。心底里暗暗有一种喜悦、兴奋的心情，不过他抑制住了。

小林子里一簇枝叶似乎一动。他猛地收住脚步，隔着这剩下的五十码地细细打量。没有什么动静，于是他又向前一挥手，队伍便又继续前进。

别——唷呜——！

子弹打在一块岩石上，蹦起来带着呼啸飞远了。事情来得真是突然，也真令人心惊：小林子里枪声一响，开阔地上的这支队伍立刻给压了下去，有如狂风过处，草原上的大麦草①便一齐倒伏。侯恩在一块岩石背后趴下了，他回头一看，只见部下都在地下乱爬，寻找掩护，一边爬一边骂，还互相嚷嚷。步枪还在那里不断地射击，火力很猛，声响也愈来愈大，听去就像森林起了大火，烤得树木纷纷干焦爆裂。子弹在飞虫低沉的嗡嗡声中嗖嗖地飞过，要不就擦过岩块，尖啸一声划过空中——那是铁弹碰得身崩骨裂的惨叫。别——唷呜——！别——唷呜——！提——唷嗡——！困在开阔地上的那班士兵只好各自扑在岩块背后，浑身打战，束手无策，连头也不敢抬一下。部署在石梁后边担任掩护的克洛夫特那一个班，起初曾迟疑了一下，这时可早已向开阔地那一头的小林子里开了火。枪声经崖壁一反射，又弹回到山沟里，在山沟里乱撞一通，激起一连串重重叠叠的回声，有如小河里一环串一环的波纹。这激荡的声浪劈头盖脑压来，差点儿都把他们震聋了。

侯恩趴在岩块背后，手脚一阵阵抽搐，汗水都淌进了眼里。面前这块岩石是花岗岩的纹理结构，他一个劲儿地瞅着、瞅着，不由自主的，只顾愣愣地出神。浑身上下早已像散了架似的。他真巴不得能蒙住了脑袋，乖乖地就躲在这儿，等待战斗结束。他听见自己嘴里漏出一个声音来，倒暗暗吃了一惊：自己居然还出得了声。乱纷纷的心里，一方面吓得心惊胆战，一方面却又恨恨地鄙薄自己。他简直不能相信。虽说自己从来没有打过仗，可是这副脓包相总未免……

别——唷呜——！岩石的碎片末子落在脖颈儿上，觉得有点痒痒的。这枪打得也真凶，真恶。好像都是冲他打的。旁边每飞过一

---

① 又名麦穗草，学名冰草，草原上的一种野草。

颗子弹，他的身子就会不知不觉地一缩。体内的水儿一股脑儿都涌到皮肤上来了。下巴上，鼻尖上，汗水只管不断往下滴，脑门上的汗水则尽往眼睛里钻。这场小接触还只打了二十来秒钟，他就已经遍体湿透了。锁骨上似乎箍上了一根钢皮条，死死收紧，勒得他气都透不过来。心在胸口狂跳，仿佛一颗拳头在墙上乱捣。他觉得内急快要憋不住了，拉在身上可怎么得了！他再也顾不上别的，只能全力以赴苦苦忍住，这样足足熬了十秒钟。"不能拉！不能拉！"子弹嗖嗖地飞过，声音真有说不出的清脆。

他得带他们赶快离开这个地方！可是他胳臂还护着脑袋，逢到有子弹在岩石上擦过，身子总还忍不住要打个闪缩。他听见部下在后面互相吆喝，东一声西一声，各嚷各的。自己怎么会吓成这样？真要不得。自己到底怎么啦？这副德行，连自己都难以相信。一时间他眼前又出现了自己弯下腰去捡起将军那半截香烟的情景，似乎手又触到了那支香烟，内心一阵羞恐交集。他觉得他似乎什么都听得见：打散的部下此刻正躲在岩块后边粗声喘息，日本人在小林子里此呼彼应，连山沟里野草簌簌作响，蟋蟀"嚯嚯"叫得正欢，都如在耳边。背后克洛夫特那个班还在射击。忽然日本人一连串子弹打在他面前的岩块上飞了出去，他赶紧把头一低，缩紧了身子。石子石屑擦得他脖颈儿生疼。

克洛夫特怎么没有行动呢？猛然他心里一亮：他等在这儿一动不动，这不分明是要让克洛夫特来接替他指挥？这不分明是在等克洛夫特出来厉声发号施令，来救他出险？他心头顿时燃起了强烈的怒火，于是就悄悄地把卡宾枪从岩块旁边伸出去，一扣扳机。

可是枪没有响，原来保险都还没有打开。这个娄子使他的火更大了。他也没意识到自己的做法有多危险，就猛一下子站起身来，推开保险，朝小林子里一口气打了三四枪。

"往回撤，往回撤，"他大吼了一声，"快快，起来起来！……都快撤回去！"他那麻木的知觉，听见了自己在大喊大叫，声音尖厉，火劲十足。"快快，快起来跑！"尽管有子弹呼呼地在他身旁掠过，可是一旦挺起身来，几颗子弹好像也就不算什么了。他就尽量找岩块作掩护，一边奔跑，一边又大喝一声："往二班阵地上撤！"可是这吼叫的声音却好像不是从他的嗓子眼里发出来的。他转身又是一阵射击，以最快的速度连连扣动扳机，一连五发子弹吐了出去，打完了却呆呆地等在那里，一动也不动。就听见自己的喊叫："起来开火！集中火力射击！"

　　班里有些士兵爬起来开了火。小林子里的日兵大概受了惊吓，慌了手脚，哑巴了半晌。

　　"快快，快跑！"部下七零八落地爬了起来，气也不吭地瞅了他一眼，就赶紧朝来路上的那道石梁跑去。他们冲着小林子里打了几枪，扭头一气奔上二十来码，又停下来放上几枪，这样一路仓皇后撤，嘴里呼哧呼哧的，像一群又火又怕的野兽。小林子里的日军又开火了，可是他们根本就没有理会。他们个个都像发了狂似的，连跑带打，为的就是一个目的——要到石梁后边去，到了石梁后边就安全了。

　　喘吁吁、气呼呼的，他们一个接一个爬过了石梁顶，都颓然倒在石梁脚下，身上的汗臭得都发酸了。侯恩是最后一批到达的。他在地上打了个滚，挣扎着跪了起来。布朗、史坦利、罗思，还有米尼塔、波兰克，都还在那里射击，克洛夫特来把他扶了起来。他们俩就在石梁背后蹲下。侯恩气咻咻地问："咱们的人都回来啦？"

　　克洛夫特匆匆朝四下看了一眼。"好像都在这儿了。"他啐了一口唾沫。"我说，少尉，咱们得马上转移哪，不然一会儿就让他们包围了。"

"都到齐了吗？"雷德高声喊道。他面颊上擦破了长长的一道皮，泥污都嵌进了肉里。汗水流过，像肮脏的脸上挂着泪水。大伙儿都伏在石梁背后，你喊我嚷的，又是恼火又是焦躁。

"少了哪一个没有啊？"加拉赫喊道。

"都到齐了！"不知是谁大声回答。

开阔地那头的小林子里沉寂了下来。偶尔才飞出一颗子弹，嗖地从他们头顶上掠过。

"快转移吧。"

克洛夫特把头探到石梁顶上，目光在前面的开阔地上搜索了一下，并没有看到什么。几颗子弹接连冲他这儿打来，他赶紧把头一低。"走不走，少尉？"

侯恩一时没法好好地考虑。那热血奔腾的激动的心情还没有平静下来。他不大相信撤到这里就暂时不会有什么危险了。论劲头他也早已元气大伤了。他多么想赶着他们再往前跑，一直往前跑，他多么想大声发号令，泄泄胸中的怒火。他摸摸脑袋。实在静不下心来想啊。心头还在乱翻腾。突然他脱口说道："好，走吧。"话一出口，觉得口气里似乎有那么一种味儿：一种从未有过的愉快。

部队于是就动身离开了那堵石梁，贴着穴河山的崖壁走去。他仍走得很快，快到接近于跑步了，队伍后边的人都渐渐挤到头里来了。前方得翻过一个小山包，这就免不了要在那小林子的视野内暴露几秒钟，不过山包离小林子已有好几百码。他们一个接一个快步冲过了山包顶，敌人只稀稀落落打来了几枪。他们顺着穴河山的山麓，一路往东、往东，走走跑跑，一口气赶了二十分钟。这时估计离山口已经超过一英里，中间已经隔上好几个小山包，于是队伍就停了下来。侯恩还是照克洛夫特的老办法，在一座圆顶小山上选了个靠近山顶的浅沟作宿营地，派出四个岗哨守住进路。余下的人都扑地倒下，喘得上气不接下气。

他们在浅沟里歇了十分钟，才发现威尔逊不见了。

五

侦察排遭到伏击的时候，威尔逊隐蔽在草丛附近的一块石头背后。起初他筋疲力尽地躺在那里，倒也不觉得怎样，小枪战只要在头顶上进行，他也就定心了。后来听见侯恩下令撤退，他便遵命爬了起来，往回跑了几步，又转过身去朝日本人开火。

他一枪中在肚子上，那股势头却像是心窝里重重地挨了一拳。揍得他一个转身，踉踉跄跄跌出了几尺远，一头摔倒在草丛里。他躺在那里有点吃惊，心里涌起的第一个反应就是气愤。"哪个王八蛋打了我啦？"嘴里还这么叽咕了一句。他揉了揉肚子，打算爬起来去找揍他的人算账，可是缩回手来一看，却是一手的血。威尔逊这一下可只有摇头的份儿了。他又听见了步枪声，还有自己弟兄在石梁背后的嚷嚷声——离自己不过三十码远。他听见有谁在大声叫喊："都到齐了吗？"

"来了，来了，我在这儿。"他含含糊糊应了一声。他觉得自己是大着嗓门说的，可是吐出来的声音却轻得像耳语。他一翻身扑在地上，心里忽然害怕起来。糟糕，我给那帮日本佬打中了。他不由得直摇头。刚才摔倒在草丛里的时候把眼镜丢了，现在只好眯起眼来看。从这里朝开阔地上望去，他所见不过一两码远；没有看到什么情况，他满意了。糟糕，我一点力气都没了，真他妈的连一丁点儿力气都没了。他养了会儿神，只觉得脑袋里在悠悠忽忽打转，神思渐渐恍惚起来。他朦朦胧胧听见侦察排撤走了，可是他简直连想也没去想一下。现在一切都是那么安宁，那么平静，只是腹部隐隐感到有一阵阵搏动。

　　他猛然理会到枪声早已歇了。我得赶快往草深的地方钻哪，免得给日本人发现。他想要站起来，可是没有这个力气。他就慢慢地爬，咬着牙直哼哼，朝草丛深处爬进了两三码，趴在那里又养起神来：好了，这就看不到开阔地了。那种晕晕乎乎的感觉，那种怡然自得的感觉，扩散到他的全身。我怎么竟像喝醉了酒似的。他摇了摇头，怎么也想不明白。他不禁想起了以前有一次在一家小酒店里喝醉了酒，飘飘然的，搂着同座那个女人后腰的情景。那天过不多久，他就跟着她到她家去了，想到这里他不觉动了欲火。"妙极了，亲爱的。"他望着鼻子前面的白茅草根，脱口说了这么一句。

　　我活不了了——威尔逊心想。他一阵寒心，打了个冷战，人也清醒了过来，禁不住呜咽了好一会儿。想到子弹把他的肌肤打穿了，把他的肝肠捣碎了，他忍不住打起恶心来。嘴里吐出了一小口苦水。"这下子我身上的病根子都要来捣乱了，准会要了我的命。"可是一会儿他又迷糊起来了，半是由于困倦，半是由于虚软，他恍恍惚惚进入了一个温暖亲切的境界。他不再为死而担忧了。这颗子弹正好可以把我的内脏清理清理。这一来脓水都可以流掉了，我的病痛也就可以好了。想到这里他高兴了。爸爸说过，当年他的爷爷发了烧，总要让个黑老婆子来给他放血。我现在不也正是在做这样的手术吗？他倦眼蒙眬地望着地下。血渐渐浸湿了衬衫的前胸，这使他略微有些不安。他就用手捂住，还淡淡一笑。

　　他的眼光盯住在两三寸以外的地面上。时光似乎凝住了，在他周围静止不动了。他只觉得背上是暖烘烘的太阳。他渐渐地就沉浸在四外昆虫世界一片啾啾唧唧的乐声里，眼前这一尺见方的泥地也渐渐大了起来，大到每颗泥粒都轮廓齐全，形态分明。地面看去不再是褐色的了，那是一颗颗水晶，红的，白的，黄的，黑的，错落有致，排列成一大片。他已经没有高低大小的观念了。他只当自己是在飞机上，俯瞰地面上的几处田野、一片森林。茂密的野草把地面挡住了几分，在他眼里那成了模糊一团，飘忽不定，犹如空中的云烟。草根包着厚厚的鳞皮，白得出奇，还带着些褐色的斑点，就像是白桦树。总之，他的眼前俨然就耸起了一座森林，不过那是一座新奇的森林，这样的森林他生平还从来没有见过，古怪极了。

几只蚂蚁东一转西一拐地爬过他的鼻子旁，回过身来仰头望了他一眼，又大摇大摆爬开了。看去都有牛那么大，也就是说，有如在高山顶上看山下的牛似的。看着看着，一会儿就爬得看不见了。

哈，这些小家伙倒是逗人喜爱！——他心里迷迷糊糊地想。他把头靠在前臂上，只觉得眼前的树林子突然一黑，天地一个倒转，人就昏了过去。

约莫过了十分钟，他才苏醒过来。恍恍惚惚的，又恢复了知觉。他躺在那里一动不动，时而似醒时而似睡。他的五官似乎都各管各的，互不通气了。有时他呆呆地一个劲儿瞅着地上；有时他闭目养神，耳朵却张得大大的；有时他脑袋一歪，贴着地面，鼻子拼命吸着那淡淡的泥土香、那浓烈的草根味，有时还有土壤里那股腐熟风干的气息。

可是不对。他仰起头来听了听，听见开阔地上有人在轻轻说话，跟这儿相距不过十码光景。他从草丛缝里看了一下，却看不清楚。他想那也许是自己弟兄，于是提起嗓子就想去招呼，可是一下子他呆住了。

开阔地上有日本人！他分明听见说话的人都带着异样的喉音，声调古怪，讲起话来急巴巴的。我要是落到了这帮日本佬的手里……他吓得气都透不过来了。想起平日零零碎碎听到过好些"日本酷刑"的传闻,他顿时像脑袋上挨了一鞭。糟糕,这下子我要给他们砍脑壳了。鼻子里不觉缓缓喷出一口气来,势头之大,把鼻毛都吹动了。他听得出他们是在附近转悠,他们说话的声音突然一声声都直刺他的耳鼓。

"独科?"①

"塔本科科。"②

他们又闯进了草丛走来走去。他听见他们走得愈来愈近了。

他忽然像唱小调似的,莫名其妙地暗自叨叨个没完:"独科,科科,可乐,独科,科科,可乐。"他把脸扑在泥里,差点儿把鼻子都压扁了。他死死忍住不敢出声,憋得脸上的肌肉都在那里抖动。我得去拿枪。可是刚才只顾往草丛里爬,他把枪丢在一两码外的地方了。要是去拿的话,准会让他们听见。

怎么办好呢?他拿不定主意,急得快要哭出来了。他实在受不了,他把脸尽往地里钻,连气都不敢出。日本兵却在那里笑了。

威尔逊想起他曾经动过山洞里的那些尸体,就在心里默默申辩起来,好像这会儿已经做了俘虏似的。不不,我不过是想找些小玩意儿做个纪念罢了,各位都是明白人啦,我这并没有伤害了谁。各位要这样对待我的弟兄只管请便,我看这没什么。人死不能复生,对死人就谈不上什么伤害了。草踩得簌簌直响,日本兵离这儿只有五码了。他心里倒是曾经一动,想要冲过去拿枪,可是他已经记不得自己是从哪一边爬过来的了。压倒的草早已都挺直了,认不出哪是来路。唉,真的。他绷紧了身子,把鼻子尽往泥里挤。伤口又在一阵阵跳动了,眼睑下忽然出现了一连串同心圆,有蓝的,有红的,也有金色的,向他脑子里直钻。千万千万,但愿我能逃脱这场

---

① 日语:在哪儿啦?

② 日语:八成在这儿。

大难。

日本兵已经坐了下来，在那里说话呢。其中一个还在草里躺了躺，一阵窸窸窣窣，直传到他的耳朵里。他想咽一口唾沫，可是喉咙里像是卡着什么似的。他怕要打恶心，便把嘴张开了，口水漫过嘴唇直往下淌。他感到自己气味逼人，一股是胆小鬼的刺鼻的臭气，一股是发酸的血腥气，好像走了味的隔夜牛奶。想到牛奶，他一时恍若又回到了他女儿梅当初出生的那间屋里。他似乎闻到了她那股娃娃的气味，就是牛奶味，爽身粉味，再加上一股尿味，几股气味混在一起，重新又变成了他自己身上的臭气。他真担心日本兵会闻到他的气味。

"尤基马施。"①有个日本兵说了这么一声。

他听见他们站起身来，又打了几声哈哈，就走了。他只觉得两耳嗡嗡直叫，脑袋也搏动起来了。他把拳头攥得嘎嘎作响，脸又死命顶住了地，这才勉强忍住，没有哭出声来。浑身上下从来也没有感到过这样软绵绵的，这样筋疲力尽。连嘴都发抖了。真要命啊！他脑袋一阵阵发晕，想要打起点精神来，可是怎么也办不到。

威尔逊昏迷了半个小时，才缓缓苏醒过来，荡荡悠悠的，知觉是恢复了，头脑里却还是一团迷糊。他好大半天躺着不动，只是用手捂着肚子，想不让血再流出来。心里直纳闷：大伙儿都到哪儿去啦？他到现在方才明白，原来自己已经落得孤身一人了。真是，竟然把一个弟兄丢下不管，都溜之大吉了！他想起刚才近在咫尺有日本兵在说话，可现在却听不到一点声音。心底的恐惧，有如沉渣重又泛起。他不信日本人已经走掉，所以还是一动不动的，又静伏了几分钟。

---

① 日语：咱们走吧。

他真想知道自己的部队上哪儿去了，想起他们抛弃了自己，心里觉得恨恨的。我对待自己的弟兄，一般该说是很不错了吧，可他们居然把我丢下不管，都溜之大吉了。干出这种事来，也简直太混账了。要是换了我的话，我就一定不会把人家撒下。他叹了口气，摇了摇头。这种缺德事儿现在来谈好像也是隔靴搔痒，有点不切实际。

威尔逊冲着草里打了个大呵欠。气味有点难闻，他就把头避开了，往旁边爬过了一两尺。心里的怨气突然冒了出来。我给自己的弟兄出了多少力气，他们就是从来不晓得感激。那一回我给他们弄来了酒，老雷德居然疑心我要骗他的钱。他叹息一声。自己的弟兄都不信任，天下哪有这样混账的道理？居然疑心我骗他的钱！他摇了摇头。还有那一次，我不过是打了几枪，打掉了那么一棵小小的树，克洛夫特就那样揪住了我。要不是我没防着他这一手，老实说凭他这么一个小不点儿，我真可以把他一撕两半。可就算我有点儿胡来吧，你就这样对付我，那也未免太辣手了吧。他一时浮想联翩，一件件地回忆起自己都受过弟兄们哪些委屈，在愤愤不平之中得到了一种满足。我请戈尔斯坦喝酒——我倒是一片诚心，可他胆子小得要命，连要都没敢要。还有加拉赫，骂我是没脑子的穷小子，没根基的白人渣滓。这又何必呢！他妻子死讯传来的时候，我对他倒是蛮同情的，他们这帮子人就是不懂情义，只顾自己逃命要紧，别人就都管他娘了。他觉得身子软得厉害。我是有病，可克洛夫特也用不着那样刁难我啊，我肚子里的家伙都坏得一塌糊涂了，叫我有什么法子呢。他叹了口气，眼前的野草渐渐模糊了起来。真是，居然丢下我溜之大吉了，也不管我是死是活。他想起他们一路老远而来，不知道如今自己是不是爬得回去？他撑起身子来爬，才爬了几尺，就痛得停住。他迷迷糊糊似乎意识到自己受了重伤，

638

如今困在这不毛的荒山，方圆多少里以内没有一个地方可去。可只是迷糊了一下，并没有印进脑子里去，因为这一阵子拼命爬，他又累得陷入了半昏迷的状态。他听见有人哼了一声，过一会儿又是一声，这才吃了一惊，原来出声哼哼的就是他自己。真要命！

太阳晒得背上发烫，周身也都热乎乎的，非常受用。慢慢地，他觉得自己似乎陷进了泥土里，四下的泥土漾起一股暖意，托住了他。草茎、草根、土地，无不散发出阳光的清香。脑海里便不觉出现了翻松的泥土、汗气腾腾的马匹，思潮打了几个旋涡，也跟着流回到了当年。他又想起了那天下午，他坐在大路旁的一块石头上，看着那个黑人姑娘在面前走过，棉毛紧身衣里一对奶子颠呀颠的。他心想，就在当天晚上他约好要跟个姑娘见面，可姑娘叫什么名字来着？想着想着，忍不住笑了出来，不知道她可晓得我其实还只十六岁？肚子里因为伤口的作祟，隐隐感到有些难过，热烘烘的，竟像是动了欲火似的，身子仿佛飘飘荡荡，既不是坐定在他生身老家门前的大路旁，也不是困处在这满山沟的野草里。朦胧的欲念一阵阵在头脑里闪过。眼前这一片迷离起伏的茂密野草，在他看来只觉得像是一座高高的森林，自己是不是在丛林里呀？他想不起来了，反正在他闻来觉得这里的气味挺大，跟记忆中丛林里那股浓浓的臭味都合而为一了。妈的，要是能再闻一闻女人的气味该有多好呢。

鲜血透过手指缝往外渗，一滴滴流得更快了。他连汗都出来了。他真想喝点什么。那男欢女爱、神魂颠倒的光景，叫他想得都出了神。他在津津有味地回味女人的肚子和大腿摸上去是怎么个感觉，跟女人亲嘴又是怎么个滋味。阳光一片灿烂，惬意极了。这个人之大欲要是不能经常得到解决，危害可就大了。我敢断定，我的肚子所以老是跟我闹别扭，化了这一肚子的脓，原因也正在这里。一想到这里，他的白日梦马上就惊醒了。我可不想动手术，一动手术准得给他们弄死。等我回去，我就去跟他们说，我坚决不干，我就对他们说我的脓水已经全流掉了，我的肚子已经全好了。他有气无力地笑了出来。嘿嘿，等我那伤口结了疤，我就有两个肚脐眼了，上面一个下面一个。真不知道爱丽丝见了会怎么说呢?

太阳躲到云头里去了，他身上一冷，不由打了个寒噤。神志便又暂时清醒了一阵，内心顿时觉得又惊恐又苦恼。他们不能把我丢在这儿不管啊，弟兄们也该回来救救我啊。野草随风起伏，沙沙地响成一片。他伤心地听着这响动，渐渐意识到了一个他所不愿意正视的事实。我得挺住啊。他强打精神，好容易在草丛里站了起来，看到了一个个小山包和穴河山的悬崖陡壁，可是站不了一会儿，便又扑面倒下，冷汗直流。他对自己说：我是个男子汉。我不能垮下去。我从来没有让人家小看过我，今天这脸也决不能丢。为人决不能胆小，一胆小就脓包了。

可是他只觉得四肢发冷，一个劲儿地打战。太阳又露了脸，但是他却感受不到一点温暖。他又听见了哼哼声，一声之后紧接着又是一声。他猛地浑身一震，心里打了个闪缩：这哼哼的是我啊。身上又痛起来了，像是有锤子锤打着肚肠。"王八蛋！"他突然脱口骂了出来。他痛得怒火直冒，听见自己咳了几声，从指尖缝里出来的是血。他还当这血是别人的呢，他真没有想到血竟是这样热乎乎的。"我好歹得挺住。"他咕哝了一声，便又不省人事了。

事情全弄糟了。山口的入口处封锁了，这会儿日本人怕已经把情报都上报指挥部了。侦察部队的行动完全暴露了。再一听说威尔逊没有跟上部队，克洛夫特真差点儿要暴跳如雷。他瞪出了两只眼睛，在一块岩石上坐了下来，薄薄的嘴唇气得发了青，攥紧的拳头对着巴掌捶了又捶。

"这个要命的傻大个！"只听他独自一人在那里嘟囔。按他最初的心意，他恨不得就想把这家伙丢掉算了。可是认真一想，威尔逊还是应该回去找的。规矩如此，没有别的办法。所以他心里早已暗暗盘算开了：威尔逊估计会遇到怎样的情况呢？现在回去找他，带哪几个弟兄好呢？

他去找侯恩商量。"我就带那么三四个人去，少尉。带多了也没用，反倒会增加伤亡的机会。"

侯恩点了点头。那魁梧的身躯松软无力，冷静的眼睛露着警惕的目光，还略带几分沉思的神情。按说他是应该自己去的，因为这事让克洛夫特抢先提了出来，就已经是他的失策了，不过他也知道克洛夫特经验丰富，由他去找更能胜任。再说，一开头侯恩还有过其他的想法，他对自己身上的这些情绪，实在很不放心。最初一听说威尔逊不见了，他也是火冒三丈，心里冒出的第一个念头，就是想把他丢掉拉倒。

此刻他心里又想这样又想那样，种种打算各不相容，又都说不清楚，这样的心情他以前倒是很少有过。他得静下心来好好想一想。"好吧，你看带谁合适就带谁吧。"他点了支烟，就只顾瞅着自己的裹腿，不再理会克洛夫特了。

四周，战士们都闷闷不乐地在洼洼里踱来踱去，先是被伏兵打了个措手不及，后来又发现威尔逊丢了，大家都心情激愤，有点儿歇斯底里。彼此说话都大吃大喝，火气挺大。

布朗和雷德两个在那里争论。雷德骂道："你们这帮蠢货，你们又不是在开阔地上，你们都在那死石头背后安安稳稳坐着哪。你们那几颗鸟头难道就不能抬高点？连有没有人挂花都会没有看见？"

"你这是什么混话，雷德？要不是我们掩护了你们，你们这帮小子不全部报销了才怪呢。"

"啐！啐！胆小鬼，缩在那石头后面连头也不敢抬。"

"滚你的蛋，雷德！"

雷德拍了拍脑门子。"我的天哪，不丢别人，偏偏丢的是威尔逊。"

加拉赫来来去去乱跑一气，巴掌在脑门子上拍个不停，嘴里还在追问："他到底是怎么丢的？把他丢在哪儿啦？"

"快坐下，加拉赫！"史坦利喊道。

"放你的屁。"

"你们都给我闭上嘴！"克洛夫特忽然大喝一声，"全是这么婆婆妈妈的。"说着便站起身来，瞅着大家。"我要带几个人回去找威尔逊。有谁愿意去？"雷德点了下头，加拉赫也同时把头点了点。

其余的人显然都迟疑了一下。接着里奇斯就说："真格的，我也算一个吧。"

"还要一个。"

"我去。"布朗说。

"士官都留下。说不定少尉会需要你们。"

他盯着大家扫视了一圈。戈尔斯坦暗暗思量：我可不能去冒险啊。万一有个好歹，叫娜塔丽怎么办？可是大家还是不吭声，他感到内疚了。他猛地说道："我也去。"

"好吧。咱们还是把背包都留下，必要的时候可以行动利落些。"

他们几个人就提了枪，一个跟着一个出了洼洼，重又奔向刚才遇到伏兵的那片开阔地。他们一路悄悄而行，队伍拉得很长，彼此保持十码的间隔。太阳渐渐偏西了，闪耀的阳光刺得他们眼都花

642

了。这一趟大家走得都有点不大乐意。

他们走的正是刚才撤退的老路，不过倒了个方向。他们走得很快，路上也根本没打算隐蔽，只有过山梁顶时才注意了一下。这一带零零星星有些树丛小林，遇到这种地方他们也只是略略搜索了一下。克洛夫特肯定威尔逊是在遇到伏击时受了伤，没有离开那片开阔地。

不到半小时，就来到了那堵石梁外。他们低低地弯下了腰，向石梁下偷偷靠近。附近似乎并没有人，听不到一丝声息。克洛夫特肚子贴着岩面光处爬上石梁，慢慢探出头去，朝开阔地上仔细一打量。看不到什么情况，开阔地那一头的小林子里看去也没有一点动静。

"要命哟，这该死的肚子，真要命哟！"

一听见这声音，大家都呆住了。一二十码以外有个人在呻吟。"要命哟，喔……唷……"

克洛夫特朝草丛里瞅去。"喔……唷……这死肚子，瘟肚子……"声音渐渐低了下去，还含含糊糊骂个没完。

克洛夫特溜下了石梁，赶紧来找大家。大家都已取下了肩上的枪，等得很焦急了。克洛夫特说："我看准是威尔逊。跟我来！"他运动到左侧，又找了个岩面宽阔平滑的地方爬上石梁，翻身一跃跳到了草丛里。不一会儿就找到了威尔逊，把他轻轻翻过身来。"没错儿，是挂了彩了。"克洛夫特瞅着他，心里略微有些怜悯，却也掺着一丝鄙夷。挂花还不都得怪自己，活该！——他心里想。

大家都膝盖着地伏在四下的草丛里，小心翼翼，不敢探起头来。威尔逊早已又昏迷了过去。戈尔斯坦悄声问道："咱们怎么把他弄回去？"

克洛夫特冷冷地咕噜了一声："我会想办法的。"他此刻心里是在想另外一个问题。他想：威尔逊哼哼的声响很大，要是日本兵还在小林子里的话，肯定早听见了。听见了会不来打死他才怪呢，所以唯一的解释就是日本兵已经撤退。刚才他们的射击并不密集，总的火力也不算大，估计兵力不会超过一个班。不用说那只是一支哨兵，是奉命见敌即撤的。

这么一看，山口的入口处就已经没人把守了。他心想：那自己是不是应该抛下威尔逊，带上另外几个人立即去侦察一下呢？怕也没有多大意思吧，因为山口里头肯定还有日本兵驻守，自己是绝对通不过的。唯一的指望，就是翻山过去。他又仰头对大山瞅了一眼，心头顿时涌起一阵大功可期的愉快，连身子都微微抖了抖。

可是眼前却有个威尔逊得照应。这使他很恼火。另外还有一个事实也不能不看到。就是，刚才乍一遇到伏兵的时候，自己竟然呆若木鸡，愣了半晌。他倒不是害怕，可就是动弹不得。想起这件事，他就有点灰心丧气，简直还有点懊恼，仿佛这一下就错过了一个机会似的。错过了什么机会呢？他也说不准，可这份心情就跟现在踏不进山口的心情很相似。总之，他在开火之前是出了纰漏，那……那就是说他毕竟还差点儿。他不觉狠狠地骂了自己一声：我简直浑蛋！——自己也弄不清楚骂这话到底是什么意思。

可威尔逊的事总得想个办法。若是按一般的做法，把他送回到海边总得要六个人才行。想到这里克洛夫特真想要骂了。

"好吧，咱们把他先从草丛里拖过去，到了石梁那边再抬。"他一把抓住了威尔逊的衬衫，使足了劲一路顺地拖去，雷德和加拉赫也在旁边帮着。不消一分钟，就到了石梁跟前。他们把威尔逊送过石梁放下，克洛夫特就动起手来，临时做了救急担架。他脱下衬衫，扣好纽扣，一个袖管里插上自己的枪，另一个袖管里插上威尔逊那一把，枪管都伸出在下摆外，枪托则穿在袖口里。他用自己的

644

皮带把威尔逊的两个手腕绑在一起，又从威尔逊丢掉的背包里抽出一条毯子来替他裹好。

担架做好了，长不过三英尺左右，因为衬衫总共只有这么点长。他们让威尔逊背靠在担架上，绑住的双手套在里奇斯脖子里，里奇斯就在后面抓住了两个枪托。雷德和戈尔斯坦一人一边，贴着威尔逊的大腿各自提起一个枪口，加拉赫则站在前头，挟住了威尔逊的脚腕子。克洛夫特替他们警戒。

"咱们快点走吧，"加拉赫低声嘀咕，"这个要命的地方真像有鬼似的。"

他们不安地听了听这四下的一片静寂，望了望巉岩峭壁。

再看威尔逊，血还在不断地慢慢往外流。他脸上早已血色全无，简直一片苍白，叫人都认不出来了。大伙儿真不敢相信这就是威尔逊，乍一看还只当是个不省人事的陌生伤员弟兄呢。

雷德的心头一时笼上了一阵淡淡的哀愁。他很喜欢威尔逊，威尔逊一向是欢欢闹闹的。可是现在他也动不了很大的感情了。他太累了，他只想赶快离开这个地方。"咱们好歹总得给他包上一块纱布块吧？"

"对。"

他们又把威尔逊放了下来。雷德打开了自己的急救包，取出了装绷带的扁平纸板盒，粗手大脚地撕开了盘子，把无菌纱布往威尔逊的伤口上一盖，轻轻地替他包扎好。"要不要给他吃几片'救伤片'？"

"腹部的伤，吃也没用。"克洛夫特说。

"他挺得住吗？"里奇斯哑着嗓子问。

克洛夫特耸耸肩膀。"反正这是一条大公牛。"

"咱们的威尔逊死不了。"雷德咕哝了一声。加拉赫把脸转了

645

过去："得了，咱们快走吧。"

他们于是就出发了，一路小心在意，缓缓翻过几个山包，回部队宿营的那个山洼洼里去。这个差使可就是累人，他们时常得停下来歇歇，把抬担架的换下来，轮流当警戒。

威尔逊慢慢恢复了知觉，嘴里嘟嘟囔囔，语无伦次，会一连说上好几分钟。有一次他似乎醒了有那么分把钟，可是面前的人他已经一个也不认识了。

"独科，科科，可乐。"他几次这样喃喃自语，说着还格格一笑，但是声息微弱。

他们就放下担架，替他把嘴上的血擦掉再走。这样总共走了一个多小时，才回到队伍里。到了那里，他们也都快累倒了。他们把威尔逊放下，抬出担架，自己就噗地往地上一躺，先喘口气要紧。留在那里的弟兄都紧张地围了上来，急着要打听，他们看见把威尔逊找了回来，都有点喜形于色。可是抬担架的那几个实在太累了，没有心思多说话。克洛夫特干脆骂了起来："妈的，你们这些家伙！别站在跟前净看热闹啦！"他们瞅着他，一时摸不着头脑。

"米尼塔、波兰克、怀曼，还有……还有罗思，你们到那边小林子里去削两根木棒来，要六英尺来长，约莫两英寸直径，还要弄一副约莫十八英寸长的横档。听见吗？"

"干什么用？"米尼塔问。

"你说还能干什么用？做副担架呗！嗨嗨，还不快点儿去！"

他们嘀嘀咕咕的，拿起两把砍刀，就一个跟着一个出了那山洼洼到小林子里去了。不一会儿，大伙儿就听见他们一刀刀砍起树来。克洛夫特厌恶地吐了口唾沫。"这帮家伙！一股冷劲儿简直把人尿泡都能冻坏。"也有人不自在地傻笑了两声。威尔逊又昏过去了，他躺在洼洼的当中，一动也不动。弟兄们都不由自主地只顾盯

646

着他瞧。

侯恩早已来到克洛夫特这里，他们商量了一阵以后，便把布朗、史坦利、马丁内兹三人叫到身边。时间已是下午四点左右，太阳依然挺热。克洛夫特怕晒伤了皮肤，就把衬衫袖管里套着的枪抽了出来，拿起衬衫使劲抖了几下，穿在身上。他看着衬衫上的血渍，皱了皱眉，这就谈开了。"少尉的意见，认为应该把各级军士全部招来，马上把这件事商量一下。"他这句话是平平淡淡的口气，似乎是要表示这不是他出的主意。"我们要派几个人把威尔逊往回送，我想我们得来合计一下，能抽得出谁。"

"你打算派几个人送他，少尉？"布朗问道。

侯恩原先倒没有想过这个问题。该派几个人呢？他耸耸肩膀，回想了一下，教本上规定是几个人？"嗯，我看六个人大概行了。"他说。

克洛夫特把头一摇，突然拿定了主意："六个人我们抽不出啊，少尉，只能派四个人。"

布朗打了个唿哨。"四个人，那够呛的！"

"是啊，四个人是不大好办。"马丁内兹话中带刺地说。他知道抬担架绝不会有他的份，别的事犹可，独有这件事使他的心里实在不痛快。这次遇到了伏兵，弄得他的神经至今还很紧张。他知道布朗一定会设法谋上这个差使，陪着威尔逊回去，可自己，还是得跟着队伍继续往前走。

侯恩打断了他们的话。"你的意见有道理，上士，只能抽四个人去抬担架。"他的语气从容自若，说得很有魄力，仿佛当他们的长官已有很长时间了。"说不定什么时候又有哪个弟兄受了伤，那就还得要人来抬担架。"

这话可犯了忌讳。他们都沉下了脸，紧紧地闭上了嘴。可布朗毕竟还是忍不住："妈的，咱们这一仗打到现在，运气一直还是蛮不错的。除了汉奈西和托格略都还……可怎么威尔逊偏又撞上了呢？"

马丁内兹手擦着指尖，眼望着地下。脖子上有只小虫，他啪地一巴掌打去。"寿数到了呗。"

"我们把他送回去，说不定他可以没事，"布朗说，"抬担架的要派个士官带队吧，少尉？"

侯恩不知道传统的做法如何，可不打自招又是何必呢。"你们抽一个去，我看没问题。"

布朗巴不得就抽他。刚才在石梁后边他早已吓得肝胆俱裂了，只是没有叫人看出来罢了。不过他还是说："我看这回该让马丁内兹回去。"他说这话确实不无故弄狡狯的意思，因为他明知道克洛夫特是要把马丁内兹留在身边的。但是话说回来，布朗觉得为人还是应该讲点礼让。

"'日本圈子'我要留下，"克洛夫特立刻接口说，"我看还是你去吧，布朗。"侯恩点了点头。

"反正你们看咋办好就咋办吧。"布朗用手抹了抹那剪得短短的棕发，摸了摸下巴上的一块"丛林疮"。他觉得似乎有点问心不安。"那我带谁呢？"

克洛夫特思考了一下。"你看里奇斯和戈尔斯坦怎么样，少尉？"

"弟兄们的情况你比我更了解。"

"唔，这两个虽说顶不了多大用，身板倒是挺结实的，只要你催促催促，布朗，他们还不至于在你面前偷懒。我们把威尔逊一路抬回来的时候，这两个都还肯干。"说着克洛夫特看了看布朗他们。他想起史坦利、雷德和加拉赫三个人在船上曾经差点儿打起架

648

来。事到临头史坦利却缩了回去。看来现在他的用处也不太大了。不过，这小子还是挺机灵的——克洛夫特心想——恐怕比布朗要机灵多了。

"还带谁呢？"

"你既然带了两个愣小子去，我想那就应该再带上一个老成人。带史坦利去怎么样？"

"行啊。"

史坦利也拿不准到底是去好还是不去好。能够摆脱这趟侦察任务回海边去，他固然舒了一口气，可是心里总觉得像吃了亏似的。要是能留下来的话，跟克洛夫特和少尉在一起，往后就比较有利些。仗，他是不想再打了，像刚才中了埋伏那样的仗他是真不想再打了。不过话也要说回来……总之，这都怪布朗不行——他暗暗得出了这样的结论。他就说："山姆，要是你认为我该去，那我就去，不过我倒觉得，我是应当留下的。"

"不，你跟布朗去吧。"随你怎么解释，反正史坦利是不会满意的。这就好比在左右为难之中，掷个硬币来做决定，硬币这边朝天，就会嘀咕那边朝天该有多好。所以他就没有多说。

侯恩搔了搔胳肢窝。这副乱劲儿，真是要命！他摘了半片草叶，嚼了一阵，又轻轻吐了出来。刚才，他看见他们把威尔逊抬了回来，心里……对，心里是够恼火的。那是他最原始的感情，是他最真实的感情。找不到威尔逊的话，这侦察任务执行起来还是比较简单的，可现在这样一来，就感到人手不足了。这当排长的滋味，可实在不好受。许多扎手的问题，逼着你非解决不可。何况这趟任务对他来说事关重大，非同一般。可事情偏偏又都弄得这样乱七八糟，他真不知道下一步该怎么办。他得躲开他们，独自一人好好想想。

"叫他们弄木棒来做担架的，都到哪儿去啦？"克洛夫特一问就有了气。他破题儿头一遭这样情绪低落，简直有点胆战心惊。话谈完了，大家都在四下里站着，很不自在。三五尺以外就是威尔逊，神志昏迷，呻吟不绝，裹着毯子还直哆嗦。他脸色煞白，本来鲜红饱满的嘴唇，早已成了灰暗无光的淡红色，嘴角都瘪了。克洛夫特咽了口唾沫。威尔逊是侦察排里的老资格了，今天受伤的如果是个后来补进的新兵，他心里也就不会这样不快、这样波动了。老人马已经所剩无几了——还剩下：一个是布朗，已经吓破了胆；一个是马丁内兹，一个是雷德，有病；还有一个是加拉赫，现在也不顶什么用了。老班子的人马，在橡皮艇遭到伏击时牺牲了那么多，在穆托美岛上打了几个月又不免有些伤亡。而现在又去了个威尔逊。克洛夫特倒不禁犯了嘀咕：也许这就该轮到自己了吧。他老是忘不了那天晚上守在工事里，眼看着对岸的日军就要过河，自己竟然浑身都发了抖。他现在很容易动感情，肝火真有点儿旺哪。他想起自己还在小山沟里杀过个俘虏，一想到这件事，嗓子眼里不觉就升起一团烈火，心里恨得痒痒的。再要让我抓住个日本佬的话，哼哼！这趟侦察不顺手，他觉得心里有气；气愈来愈大，弄得事事都要发火。他像打量对手似的，抬头对穴河山看了半晌。此刻他连这座山峰都恨透了，觉得那简直是自己的一个耻辱。

他终于在百来码以外看见了那几个派去搞担架的，肩上扛着砍下削好的木棒，松松垮垮的，回洼洼里来了。懒骨头！要不是他克制了一下，他真要冲着他们骂出声来。

布朗闷闷不乐地看着他们走来。再过半个钟点他就要带着人抬起担架出发了。今天大概只能走上一两里路就要宿营，孤零零几个人，就在这荒山野地里过夜，只有一个伤号做伴。他也拿不准自己是不是还认得回去的路，心里一点把握也没有。万一日本人派出

650

了巡逻队，碰上了又怎么办？布朗想想很不是滋味儿。他想不出一个解脱的办法。他觉得这简直是给他们几个设下的一个圈套。他们上当了，还有什么话可说呢。要问是谁给了他们当上，他是说不上来的，可是一想到上当，他就愈想愈怨，从中也就获得了一些虚幻的满足。

　　刚才在小林子里砍树削棒的时候，罗思见到一只小鸟。那小东西比麻雀还小，一身暗褐色松软的羽毛，伤了一只翅膀，只能慢慢地跳来跳去，吱吱喳喳地叫得好不可怜，好像无限疲乏的样子。罗思一见就说："嗨，看哪看哪。"

　　"看什么？"米尼塔问。

　　"这里有只鸟儿。"罗思便丢下了砍刀，啧啧地咂着舌头，放轻手脚向小鸟一步步逼去。小鸟一声短促的惊叫，像个羞怯的姑娘似的把脑袋往旁边一闪。"哎呀，瞧哪瞧哪，小东西受了伤啦。"说着罗思便伸出手去，等那鸟儿不动的时候，一把抓住。

　　"嗬，是怎么回事啊？"他像逗小娃娃、小狗似的，故意咬着舌儿，和蔼地对小鸟说。小鸟在他手里使劲挣扎，想要逃走，好一会儿才安静下来，小眼睛畏葸地打量着他的手指。

　　"嗨，大家看看嘛。"波兰克说。

　　"别碰，小东西吓不起了。"罗思一边嘀咕，一边连忙侧过身去，弯起手臂把小鸟护在自己面前，不许别人来看。嘴里还轻轻做出几声亲嘴的声音。"小宝贝，是怎么回事啊？"

　　"啊呀，求求你们好不好！"米尼塔埋怨起来，"得啦，咱们快回去吧。"木棒早已削好了，他和波兰克一人扛起一根，怀曼捡起了两根横档，收起了砍刀，三个人这就迈着慢悠悠的步子回洼洼里来，罗思带着小鸟跟在后边。

克洛夫特气冲冲地说："你们这些家伙，怎么去了那么久才回来？"

"我们干得连气也没敢歇啊，上士。"怀曼怯生生地说。

克洛夫特鼻子里哼了一声。"好吧，那就赶快一起来做担架。"他拿威尔逊的毯子平铺在自己的雨披上，两根木棒并排搁在两边，相距四英尺光景。把毯子雨披两边折过来，裹住了木棒以后，大家就一起动手，像卷羊皮纸卷轴一样，从两边卷过来，把毯子雨披尽量绷紧。横档两头都开有槽子，卷到木棒相距二十英寸左右时，他就在离木棒两头各约六英寸的地方，一头一根插上了横档。然后又把自己那条皮带和威尔逊的皮带一起取来，套在横档上用力扎紧，以防脱落。担架做好以后，他提了提，又重新放下。牢是牢了，不过他还不满意。他对他们说："把你们的裤带解下来给我。"又忙碌了好一阵子，这才完工：四根木棒加两根横档搭成个长方形的架子，毯子雨披代替了帆布，底下像撑上撑条那样，斜对角结上几条皮带以防木棒前后滑动，就是这样一副担架。"我看吃得住了。"他咕哝了一声，皱了皱眉，抬起头来，却看见弟兄们都围在罗思的身边。

罗思的心早已完全在小鸟身上了。那鸟儿老是张开小嘴来啄他的手指，啄一次就使他这个自愿当保护人的心痛一次。可怜的小嘴力弱气微，使劲一啄，整个身躯就扑扑一阵乱颤，可是他手指上却似乎根本没有感受到什么分量。小东西握在手里倒是暖乎乎的，还有一股幽雅的麝香般的气息，使人联想起搽脸的香粉。他常常会情不自禁地把鸟儿凑到鼻子跟前闻闻，用嘴亲亲那柔软的羽毛。小东西的眼睛多么明亮，多么机灵。罗思早已对这小鸟一见倾心了。太可爱了！几个月来蕴蓄在心头郁郁难舒的感情，似乎一下子都倾泻在小鸟的身上。抚一会儿，闻一闻，看看受伤的翅膀，心中感到无限的爱怜。他觉得他又尝到了以前让孩子在自己怀里扯胸毛的那种乐趣。其实这背后还另有一种乐趣，只是自己没怎么意识到罢了，那就是弟兄们都簇拥着他围观，正看得兴致勃勃呢。他第一次成了大家注意的中心。

可是他也偏偏就在一个最不是时候的时候，触犯了克洛夫特。

克洛夫特为做担架累得汗流浃背，如今担架已经做好，面前困难重重的侦察任务又在惹他发愁了。心底的怒火又冒了起来，往上直冲。倒霉事儿一大堆，可罗思居然还在那里逗鸟儿，弟兄们倒有近一半在旁边看着玩儿。

心火一旺，脑子也不考虑了。他几步跨到罗思那里，在大伙儿面前一站。

"你们看看，你们在干些什么好事？"他不自然地压低了嗓子说。

他们抬头一看，立刻都警觉起来。"没干什么呀。"有人轻轻应了一声。

"罗思！"

"什么事，上士？"罗思的声音颤抖了。

"把那鸟儿给我。"

罗思把鸟儿递给了他，克洛夫特揪在手里好一会儿。他手掌心可以感觉到小鸟心脏的跳动，像按着脉搏一样。鸟儿急得小眼乱转，东一看西一看，克洛夫特的一腔怒火渐渐都汇集到了指尖上。要把这小鸟掐死在手心里还不简单？小东西还没有一颗石子大呢，不过那也毕竟是一条命啊。阵阵奇怪的冲动急遽通过神经，传到肌肉，其势如山泉从岩石缝中奔进而出。对小鸟他感到怜悯，可喉咙口又憋着一大股气，巴不得能发泄——他真是不知所从了。他不知道是抚抚那柔软的羽毛好，还是把小东西一把捏个稀烂好，只觉得头脑里那种稀里糊涂的强大冲动终于到了一触即发的地步。

"可以还给我吗，上士？"罗思恳求了。

他的口气是早已认输的口气，可还是引起了克洛夫特的手指一阵抽搐。克洛夫特那简直有点麻木了的听觉，听见鸟儿一声被掐住的尖叫，突然啪嚓一响，小骨头压碎了。那小身体软弱无力地在他手掌里折腾了几下，惹得他一阵恶心，怒火又禁不住往上直冒了。他恍惚觉得自己手臂一挥，把鸟儿一扔就是百多尺远，直扔到了洼洼的另一头。他使劲迸出了一大口气——原来他不知不觉已经把气屏住很大工夫了。由于过分激动，他连膝头都在那里发抖。

好长一阵子谁也没说一句话。

可是沉默过后，却轮到周围的弟兄们激动了。里奇斯愤愤地站起身来，几个大步冲到克洛夫特面前，一张口就怒不可遏："你这是干什么？……你干吗要把小鸟弄死？你安的是什么心？……"他激动得都结结巴巴了。

戈尔斯坦满心愤慨，也着实感到骇然，他圆睁双眼瞪着克洛夫特："你怎么干得出这样的事来？那小鸟又碍了你什么事啦？你这是什么道理？这种行径简直……简直……"他在拼命地想什么是人间最大的罪恶，"这种行径简直跟杀害婴儿没什么两样。"

克洛夫特不觉往后倒退了一两步。他们的反应这样激烈，倒使他吃了一惊，他一时也不敢怎么样，只是嘴里叽咕了一句："你给我回去，里奇斯。"

没想到嗓子眼里发出的声音却是颤抖的，这一下他沉不住气了，心头的火儿又旺起来了。他大喝一声："你们都给我闭上嘴。听见没有，这是命令！"

反抗的势头煞住了，反抗的情绪还起伏不定。里奇斯向来是个脾气柔顺的人，不大会跟人家顶撞。可是今天这件事……要不是顾忌对方是上级，他真要扑过去把克洛夫特揪住。

戈尔斯坦担心的则是上军事法庭，自己丢脸，还要连累孩子挨饿。他也犹豫了。"吓！"他气得连话都说不出来，莫名其妙地就这么喊了一声。

雷德行动比较迟缓，做事也比较慎重。他和克洛夫特之间的冲突迟早总要爆发，这一点他是知道的；他也知道自己怕克洛夫特，不过他从来也不承认。可现在他并不在思量这些，他只觉得满腔气愤，只觉得时机到了。他就吼道："怎么回事，克洛夫特？下不了台，就乱发命令吗？"

"我可要不客气啦，雷德。"

两个人相对怒目而视。"你这一手也干得未免太过分了点，只怕你吃不了。"

克洛夫特又何尝不明白。不过，他心里想：一不做二不休，打退堂鼓是傻瓜蛋。"这么说你是想来管一管咯，雷德？"

雷德觉得自然要管。他心里想：对克洛夫特这号人，早晚得叫他收敛点，不然他会干脆骑到大伙儿头上来。他愤怒，他也担心，不过他更觉得这事有点不能不管。"对，是有那么点儿意思。"

他们又对视了大约一秒钟，可是这一秒钟里双方都几经戒备，打第一拳的决心数起数落。正在这时侯恩来干预了，他猛力一推，把他们分开了。"散开散开，你们都发疯了吗？"克洛夫特掐死小鸟后没过多久，侯恩就从洼洼的那一头过来了。"这儿出了什么事啦？是怎么回事啊？"

他们都气鼓鼓的，慢慢散了开去。雷德嘴上说："什么事儿也没有，少尉。"可心里想的却是：我才不要臭当官的来帮我呢。他心里既感到傲然，也松了口气，可是从另一个角度来看，他又有些不安，因为事情并未了结，是何结果还得走着瞧。

"是谁闹出来的事？"侯恩一个劲儿追问。

里奇斯挺身出来说了："好端端的一只小鸟，无缘无故就叫他给掐死了。二话不问，就跑过来从罗思手里一把抢了去，一下掐死了。"

"真有这样的事吗？"

克洛夫特决定不了怎么回答好。侯恩那个声调，使他有气。他掉过脸去啐了口唾沫。

侯恩瞅着克洛夫特，踌躇了一下。此刻的情景，他看着心中着实得意，自己也有些省觉，不禁咧嘴一笑。他对大伙儿说："好啦，不许再闹啦。要打架也不能跟士官打。"说完一看，弟兄们的眼里早已露出了怏怏之色，克洛夫特所以要按捺不住而把小鸟掐死，这种心情侯恩一时也有所体会了。他转过身去，迎着两道冷漠无情的目光，居高临下，盯着克洛夫特看。"这件事可是你不对，上士。跟罗思赔个不是吧。"有人扑哧笑了出来。

克洛夫特望着他，简直不能相信。他长长地吸了几口气，"好啦，上士，就赔个不是吧。"

克洛夫特当时手里要是握着把枪的话，他会立时就地把侯恩崩了。他会不假思索地就那么干。至于考虑过后，再有意违命，那可又是另一码事了。他知道他今天是不能不遵命照办的。要不照办，这侦察排就得分崩离析。这支队伍他苦心经营了两年了，两年来在纪律上他一直抓得很紧，今天这样稍一违犯，两年之功就会毁于一旦。要说他也有什么道德准则的话，这大概就可以算得他的道德准则了。他没有对侯恩再瞅一眼，就缓步走到罗思跟前，直瞪瞪地望着罗思，嘴角不住地抽动。突然他冲口说道："我很抱歉。"这句不习惯的话出之于他的口，真是重如千斤。他觉得身上像有虫子在爬，汗毛都竖起来了。

侯恩说："好了，大家都不要再记在心上了。"他心里是有些数的，这一回他可是把克洛夫特刺了一下，为此他还暗暗觉得有些好笑。不过……那天他服从了将军的命令，从地上捡起了那半截香烟，将军恐怕也这样暗暗觉得好笑吧。想到这里，侯恩忽然生起自己的气来了。

他就高声喊道："除了执行警戒任务的以外，都到这里来集合。"

大伙儿拖拖拉拉地都过来了。"我们决定派布朗中士和史坦利下士，还有戈尔斯坦和里奇斯，一共四个人，把威尔逊送回去。你看还要不要换人啊，上士？"

克洛夫特对着雷德直瞅。他的脑子不管事了，他拼命地想啊，想啊，简直就像苦苦地想了几夜。要是这下就能把雷德甩掉该有多好呢，可是不能这么办啊。反抗他的人有两个正好就在担架队里，那是碰巧。假如他把雷德打发走，大伙儿就会当他见雷德害怕了。这种想法是克洛夫特以前绝对没有的，也是跟他本来的看法完全背道而驰的，所以他简直不知怎么好了。他就知道今天丢了脸，反正总得找个人来出出这口气。"就这么办吧，不用换人了。"他这话又是冲口而出的。真是奇怪，现在说一句话都是这么别扭了。

"好，那你们就马上出发吧，"侯恩说，"我们余下的人……"他犹豫了。余下的人怎么办？"我们就在这里过夜。大家好好休息一下吧。明天再想法过山口。"

布朗开口了："少尉，你能不能再给我派四个弟兄，由他们先帮着抬一程？能帮上个半钟点也好，这样我们当天就可以多赶些路，明天早上起来再走，离日本人就远了。"

侯恩考虑了一下。"也行，不过他们在天黑以前一定要赶回来。"他朝四下里一看，随便挑了三个：波兰克、米尼塔、加拉赫，第四个是怀曼。"余下的人都进入警戒，等他们回来。"

他把布朗拉到一边，跟他又谈了几句。"我们在丛林里开出的那条小路，你回去还找得到吗？"

布朗点了点头。

"好，那你们就顺着这条路走，到了海边，就在那里等我们。你们到海边大约得走两天时间，算它两天多一点吧。我们估计三天以后，至多过四天，也就可以回去。要是在我们赶到之前船就来了，要是威尔逊那时……那时还活着，那你们马上就先坐船回去，回头叫他们另外再派条船来接我们。"

"好的，长官。"

布朗集合了抬担架的人员，把威尔逊放上了担架，就出发了。

洼洼里只剩下了五个人，除了少尉和克洛夫特以外，就是雷德、罗思和马丁内兹。他们就在那洼洼附近，一人据一个小山头安顿了下来，对着四外的山谷和起伏的冈峦用心瞭望。他们看着担架队翻过一个个山包往南而去，隔不了几分钟就要换一班，两班人轮流对换。半个小时以后，就走得看不见了，于是眼前就只剩下绵延的丘陵、无声的崖壁，以及那早已是一派落霞流金的夕阳天了。西边，约莫一英里以外有日本兵在山口里宿营。面前，则高高地矗立着穴河山那看不见的顶峰。他们一个个都闷闷郁郁，各自陷入了沉思。

到黄昏时分，护送威尔逊的便只剩下了布朗、史坦利、里奇斯和戈尔斯坦四个人。帮忙抬了一程的那几个，已在天黑前一小时回去了。布朗又赶了半英里路，才决定歇下过夜。一道山埂像个马鞍子连着两个小山包，他们就在山埂下边一点儿的地方找了个小林子安顿下来，围着威尔逊绕成一圈，铺开毯子躺下。说不上几句话，眼皮早已沉重起来。天黑了，树林子里更是黑得厉害。累极了也好，蜷着身子往毯子里一钻都是舒服的。

夜风有点冷，吹得树叶簌簌作响。看样子要下雨，这就不禁引起了他们的胡思乱想。他们想起夏天的傍晚坐在家里的门廊上，看天上的黑云愈积愈厚，那时头顶上有遮盖，心中是坦然的。由此又勾起了许多令人怀念的回忆：那夏日的光景，那星期六晚上的一阵阵跳舞音乐，那狂欢的气氛，那花木的芬芳——叫他们回忆得津津有味。忘却了好几个月的事情又都想起来了：驾车飞驶在乡村公路上是多么带劲，那车头的大灯射出一道金色的光柱直透枝叶丛中；夜晚虽然闷热，两情缱绻时却是那样柔情似水，难舍难分。想到这儿，他们就越发使劲往毯子里钻了。

威尔逊又渐渐苏醒过来了。一阵阵痛，仿佛一朵朵云彩托着他飘然而起。他不光哼哼，还在咕哝，但是谁也听不明白他在说些什么。肚子疼得厉害，他用出仅剩的一点力气，想提起膝头来蜷在胸前，可是觉得脚腕子像给人绑住了似的。他使劲一挣，就挣醒了过来，脸上是满脸的汗珠。"放开，放开，你这个王八蛋，别拉着我的腿呀。"

他骂得声音很大，把大家都从迷离中惊醒了过来。布朗来到他身边，拿手绢的一头沾了点水，替他把嘴唇擦擦。"静一静，威尔逊，"他轻声说道，"你可千万不能出声啊，伙计，不然可要惊动日本人啦。"

"放开，浑蛋！"威尔逊一声大叫，顿时累得气息微微，又瘫倒在担架上。他模模糊糊感觉到又在出血了，头脑里随之产生了幻觉，一时便胡思乱想开了：这是在游泳呢，还是把裤子尿湿了呀？"我糊里糊涂把尿撒在裤子里啦。"他喃喃自语，等着一巴掌打来。"伍德罗呀，你真是个不争气的蠢小子。"耳边似乎响起了一个女人的声音。他格格一笑，躲过了巴掌。"喔，妈呀，我不是有意的。"他叫叫嚷嚷地一边央求，一边在担架上直扭，像是有人要打他，他在东避西闪似的。

"威尔逊，你千万不能出声啊。"布朗替他轻轻地揉两边的太阳穴。"你只管放心，伙计，有我们在照应你哪。"

"好……好。"威尔逊的嘴角边挂下一滴血来，他一动不动，只觉得下巴上有一滴东西干结了。"下雨啦？"

"没有。听我说，伙计，你千万不能出声，小心有日本人呢。"

"啊——哈。"这一下他可吓得有点清楚了，心里倒害怕了起来。他恍惚又落在开阔地上高高的草丛里，等着被日本人发现。他不知不觉地轻轻哭出了声来，好像哭声都是自然而然从他的神经里分泌出来的一般。我得沉住气。可是他感觉到腹部在搏动，血在滴滴答答往外流，有如泉水顺着山沟寻取新的河床，他觉得他的血也觅路流过了腹股沟，最后在两腿之间汇成了一潭。他心里明白：我要死了。他像肚子里长着眼睛似的，仿佛看到了自己的伤口皮溃肉烂，周围都在蜷缩，在扭动，不断地把血往外挤。

"就像女人的那话儿。"这句话他觉得自己是悄悄儿说的，实际上声音却是大得像吼叫。

"威尔逊，你别胡说八道了。"

在布朗的轻抚款揉下，威尔逊的恐惧渐渐消失了，最后就变成了一种隐隐的不安之感。他这一回的话才真是悄悄儿说的："有件事儿我总想不通。怎么两人睡觉会变仨，怎么两人睡觉会变仨。"他一叨叨就像唱小调。"那不是桥归桥、路归路的事吗，怎么两人一好上，就会蹦出个娃娃来呢？"他把眉头皱得紧紧的——当然痛也是一个原因；过了会儿，眉头才又舒展了开来——原来他又色眯眯地想起搂着女人快活的种种丑态来了。到后来脑子里的景象都模糊了，眼前什么也看不见了，却出现了一连串的同心圆，往他脑袋里直钻，使他昏昏沉沉，像上了麻醉药。我不能迷糊过去啊。要是让他们给动了手术，掏空了身子，就再也睡不成觉啦。"睡觉，睡觉，爸爸把命送掉。"他的脑子荡荡悠悠打了几个转，又落回到躯壳里，好像换上了一副旁观者的眼光，看到自己是个快死的人了。他吓坏了，他极力反抗，他不敢相信，正如一个人对着镜子说话，不敢相信镜子里的这张脸真就是自己似的。他趔趔趄趄摸过了多少黑洞，才相信了自己刚才是听到女儿在说："睡觉，睡觉，爸爸把命送掉。"

"放屁！"威尔逊大叫一声，"梅儿呀，你从哪儿听来了这么句屁话？"

"你的女儿一定是挺聪明的吧，"布朗说，"她就叫梅吗？"

威尔逊听见了他的声音，好半天才又清醒了过来。"这是谁呀？"

"是我布朗。告诉我，梅是啥样儿的？"

"调皮的小鬼一个，"威尔逊说道，"小家伙机灵透了，那模样儿才叫讨人喜欢呢。"他依稀感到自己脸皮一皱，笑了笑。"我告诉你说，我只要给她一哄，对她简直百依百顺——她已经摸着门儿了。小妞儿真乖得不得了。"

肚子里的疼痛又剧烈起来了，他躺在那里直喘粗气，就像一个临盆的产妇，只顾得咬牙忍受肉体上的痛苦折磨。"喔唷——"他的呻吟都是粗声大气的。

布朗赶紧问："你另外还有孩子吗？"一边按着威尔逊的前额轻揉慢抚，像哄小孩子似的。

可是威尔逊没有听见他的问话。疼痛把他的心完全牵住了，他是昏昏沉沉地、简直是歇斯底里地在那里苦苦招架，好比一个人在黑暗中格斗，正扭住了对手，一起朝一座长得见不到底的楼梯下摔去。他不肯服输，痛得一声声直呜咽，荡荡悠悠的，渐渐晕了过去，闭着眼皮，只觉得脑子在一个劲儿地打旋。

布朗还在威尔逊的额上按摩。黑咕隆咚中他觉得威尔逊的脸似乎跟他连成了一体，成了他手指的一部分。他咽了口唾沫。此刻布朗的心情真复杂得出奇。威尔逊的痛叫、嚷嚷，使布朗的头脑清醒了起来。他担心了：附近会不会有敌人的巡逻队呢？他由此而想起这小林子毕竟并不安全，他重又意识到了眼前这孤立无援的处境——小林子外茫茫一片尽是荒山野地啊。每次他只要冷不丁听到一点响动，就会不自觉地打个闪缩。然而他还不仅是担心，他变得敏感极了，威尔逊的身子每次一哆嗦，一显出痛苦的样子，都会悄悄通过布朗的指头、手臂，直传到他的心灵深处。威尔逊一惊，他也会莫名其妙地一惊。仿佛他的脑子已经给洗过了，凡是经验留下的一切引起疲劳的毒素，凡是能起保护作用的一切胖脞组织，凡是带有刺激性的一切化学成分，凡是记忆造成的一切锈蚀，都已给荡涤干净。他一方面是更脆弱了，一方面却也少了很多怨气。这无边的夜色里本来就含有一种可怕的因素，加上小林子又不大安全，身边还有个伤号受着折磨尽自胡言乱语，三者合在一起，使他只感到无遮无掩、无依无靠，四外黑沉沉荒凉的山地里每一阵萧萧的风声送进树林子来，都会引起他的神经一阵紧张。

"好好歇着吧，伙计。"他小声说。

他以前失去了的一切——那幼年的壮志和激情，那早已化为一股烦躁之气的幻灭了的希望——都在心中激荡。威尔逊提起了孩子，使布朗久有的一个心愿又在心头泛起；他自从结婚以来，恐怕还是第一次这样想做爸爸。他今天对威尔逊很同情，这跟他平时抱着优越感拿威尔逊开心的态度简直毫无共同之处。此刻在他的心目中，威尔逊已经不完全是威尔逊了。在布朗这心潮起伏的一时间，威尔逊就是布朗心中希望的象征，心中希望的化身。他就是布朗的娃娃，可同时也是布朗一切痛苦和失望的具体体现。在这短短几分钟的工夫里，布朗觉得威尔逊简直比世界上任何人都要重要——连女人都不及他重要。

不过这种心情是长不了的。布朗就像是夜半乍醒，睡梦的余意犹在，一时不知所措。在由睡而醒、由梦而觉的转化过程中，他总有这么一个不知所措的短暂的现象，脑子还悠悠忽忽地追赶着梦境，却记不得一点过去的经历，甚至也记不得一点生活中的琐细小事，所以根本想不起自己是何许样人，连个起码的轮廓都没有。渐渐地他就想起来了，那时他就沉浸在茫茫的黑暗里，内心不仅明白了自己原原本本的来历，也不仅从身上血流的阵阵搏动中明白了眼前的一切，而且还亲身体会了人类和隐藏在人类心中的野兽（十足就是原始老林中昏昏然醒来的野兽）都有哪些共同的特点。是好也罢是歹也罢，反正此时此刻的他，很可能也就是本来的他了。

但是他照例总会完全清醒过来，认出了那熟悉的床架子、那长方的淡淡的窗影，闻到了自己身上那股闻惯的淡淡的气息，那咄咄逼人的无穷忧虑和伤感也退处一隅了，差不多都给忘了。于是他就会思量起这新的一天所要操心的事来。

布朗想念妻子也是这样，刚想起她的时候感到无限怀念，压抑已久的热情有如决堤之水，他仿佛还看见妻子的面庞贴着自己的脸，丰满的胸脯在他的脖子上挨挨擦擦。不过这种陌生的感觉、这种纯真的感觉，渐渐地就消失了。耳边听到了戈尔斯坦和里奇斯的说话声，手指感觉到威尔逊额角上汗津津的，他马上又想到了今后两天还有那么多的麻烦问题。他正要回到现实中来，心却紧紧抓住妻子的影子不放，像狗死死咬住了块骨头似的。他终于还是把妻子推开了，心头不禁又涌起了一片辛酸：女人，就会找野汉子鬼混！

要把威尔逊抬回去谈何容易，他默默思量起种种难处来了。执行任务头两天就是那么累人，疲劳都已经深深地入了骨了，抬担架的替手又都归了队，所以前面的山路赶起来是够扎手、够要人的命的。明天一上路，情况是可想而知的。明天只有四个人抬担架了，四个人就得一路抬下去，一直包到底。可是早上起来只消抬上刻把钟，管保就会累得没命，那时就只能死挨活撑，隔不了几分钟便得停下来喘口气。威尔逊有两百磅重，加上各人的背包也都系在担架上，总共就要远远超过三百磅。要摊到七十五磅一个人哪。他直摇头了。根据经验，他知道自己一旦到了筋疲力尽的地步，精神就垮了，斗志就瓦解了，脑子也糊涂了。他是这支小小队伍的带队人，带领他们完成任务是他的责任，可是他现在对自己已经不大有信心了。

先是对威尔逊深感同情，中间一度觉得心境清净，后来却又重新泛起了一怀辛酸，经过了这样三番曲折，结果他倒是对自己说了几句不折不扣的老实话。他承认了他是因为怕继续跟着部队前进才接受了这个差使的，在这件事上他只许成功、不许失败。布朗心里明白：当士官的一旦心虚胆怯，叫人看了出来，这个士官就屁也不值了。可是问题还不止此。本来他要是想混的话，还尽可以一月月、一年年地混下去。他们实际作战的时间非常有限，就是遇上作战也不一定就会出什么事，不一定就会让人看出他心里害怕，也不一定就会由于他害怕而造成人员的伤亡。只要其他的工作都做好了，他照样可以顺顺当当。他心想：穆托美的战事结束以后，我战斗训练的成绩真不知要比马丁内兹强多少呢！

现在他可有了一点自知之明，他担心自己真会完全吓破了胆，

664

连守备的任务都顶不下来。我得沉住点气哪，不然会把臂章上的"杠杠"都丢掉的。想到这里他一时真恨不得把"杠杠"丢掉算了。没有事情烦心，没有担子压在肩上，日子该有多好过呀！出勤干活还得监督部下不让偷懒，这种没趣的事儿他实在不想再做了。近来只要一看到有军官（或者克洛夫特）来检查他班里的工作质量，他的心里就会紧张起来，而且一次比一次紧张了。

但是他也明白这士官的职位是绝对丢不得的。他心想：我是十中挑一的人，是因为比别人出色所以才给选中的。这个职位是他的护身符，他靠了这个职位才能勉强保持一点自信，才能顶住担心妻子不老实的苦恼。他绝对放手不得。不过这样也就给他添上了一重苦恼。他心底里常常有一种内疚的感觉。既然不称职，就应该撤掉，可是他却偏偏极力掩饰。他暗暗发誓：我一定要把威尔逊送回去。他心里又漾起了几分怜悯威尔逊的心情。喏，你看他，一动都动不得，他的责任都在我身上了，这个任务完不成我怎么见得了人？事情，就是这样明摆着的。他想得害怕了，手还轻轻揉着威尔逊的脑门，眼睛却失神地望着黑暗里。

戈尔斯坦和史坦利在那里说话，布朗就扭过头去对他们说："小声点，可不能再把他闹醒啦。"

"知道了。"史坦利轻轻地应了一声，受了责备也并无恨意。他和戈尔斯坦是在谈自己的孩子，两个人很谈得拢，谈得挺热烈的，黑暗把他们紧紧地连在一起了。

史坦利又继续把话说下去："现在实际上正是孩子最有趣的时期，可你瞧，咱们俩偏都错过了。孩子大起来了，渐渐懂事了，可咱们俩都远在天边。"

"这是很不好受，"戈尔斯坦说，"我离家的时候，大卫还不大会说话呢，可现在我老婆信上说，他打起电话来简直跟大人一模一样。真叫人不敢相信啊。"

史坦利舌头嗒嗒弹了两弹。"是这话。我不是说了吗，咱们这一下就把孩子最有趣的时期给错过了。等孩子再大些，恐怕就没有那样好玩了。记得我刚大起来的时候，老爷子教训我的话我是半句都听不进去的。你看我有多傻！"他这话口气很谦虚，简直相当诚恳。史坦利是老经验了：这样表白一下自己的错误缺点，对方听了没有不喜欢他的。

"我们谁不是这样呢，"戈尔斯坦说道，"我看这大概也是一个成长的必然过程吧。年纪大些以后，就懂事多了。"

史坦利沉默了好一阵子。"我告诉你，不管人家怎么说，我总觉得做人最大的一件乐事就是讨老婆。"他身子发了僵，在毯子里翻个身都得小心翼翼。"结婚是人生最大的乐事。"

戈尔斯坦在黑暗里点点头。"婚姻这件事，实际的情况跟事先的想象还是有很大距离的，不过就我自己来说，我要是没有娜塔丽的话，那就要了我的命啦。人一结婚，自会定下心来，也才会理解自己的责任。"

"是啊。"史坦利用手在地上扒了一阵。"不过，家里有了老婆，到海外来打仗可真不是滋味啊。"

"可不。"

史坦利希望听到的可并不是这样的回答。他考虑了一下，想用一句适当的话来表达自己的意思。"那你是不是有过……嗯，是不是有过不放心的想法呢？"他故意说得很轻很轻，不让布朗听见。

"不放心？没有，我可从来也没有不放心的想法。"戈尔斯坦说得斩钉截铁。史坦利心头的疙瘩何在，他有点明白了，当下就自然而然地拿话去安慰他："听我说，我虽然不认识你的太太，但是我认为你完全可以不必为了她担心。有些人老是说女人怎样怎样靠不住，其实他们知道啥呀。他们就知道跟女人鬼混……"戈尔斯坦有个看法。"有一点不知道你注意到了没有，你看吧，对女人老是那么不放心的，也往往就是跟——嗯——跟浪荡女人鬼混惯了的那几个。说穿了还不是因为他们信不过自己？"

"是吧。"不过那并没有说服史坦利。"我也说不上是怎么回事，可我看这跟咱们长期驻在太平洋上又无事可做，总也有些关系吧。"

"当然也有关系。我说，你根本用不到担心。你那口子，她很爱你吧？对，只要多从这方面想想，心里就踏实了。热爱丈夫的正经女人是不会做出不该做的事的。"

"她毕竟也是有了孩子的人了。"史坦利觉得对方的话也有理。"做了娘，总该不会胡来了吧？"此刻在他的心目中妻子这个概念真抽象极了。妻子，就是"她"，是个"X"。不过戈尔斯坦的话还是使他心里宽慰了些。"她虽然年纪还轻，可你知道她稳稳重重的，还真是个好妻子哩。一旦把责任担了起来，那真叫……真叫煞有介事哩。"他说得好笑起来，在本能的驱使下，他决心要把心中的烦恼统统排除干净。"我告诉你说，我们新婚的第一夜可遇上了很大的麻烦哩。当然问题是后来都解决了，可那第一天夜里弄得紧张透了。"

"哎，这个难题谁都会碰到的。"

"是啊。所以我就想到了这班老是吹得天花乱坠的家伙，包括威尔逊这样的仁兄。"他压低了声音。"我就不信他们会碰不到这样的问题。"

"就是，适应总是有个过程的。"

他喜欢戈尔斯坦了。迷离的夜色、小林子里树叶的微吟，在他身上起了微妙的影响，使他的满腹疑虑得以宣泄无余。他冷不丁说道："喂，你倒说说，你觉得我这个人怎么样？"他还有些小孩子脾气，体己话说到了兴头上，总免不了要提起这个问题。

"哦，这个……"遇到有人提出这样的问题，戈尔斯坦照例总是拣人家爱听的话说。这倒不是他有意要滑头，他觉得即使跟对方谈不上有什么交情，也总不能就冷了问话者的心。"嗯，依我看你是个聪明人，又踏实，而且很有志气，真是难能可贵。我看你将来不定还大有出息哩。"其实要说史坦利的这些特点，戈尔斯坦本来也根本谈不到喜欢（尽管这个问题他以前从来没有认真想过）。戈尔斯坦毕竟也未能免俗，他尊敬的是有成就的人。但是史坦利一旦暴露出了他的缺点以后，戈尔斯坦倒觉得他的其他一些特点都还不错的。"你老成，非常老成。"临了戈尔斯坦还说了这么一句。

"其实呢，我这个人一向的脾气，倒是很情愿多做些分外事的。"史坦利摸了摸那直挺挺的长鼻子，还抓了抓小胡子，这两天胡子没刮，早已长得乱糟糟的了。"我在中学里上到三年级①，还当了班长呢，"他故意摆出一副很不以为然的口气，"倒不是说这有什么可自鸣得意的，可我当过班长，至少学会了该怎样跟大家处好关系。"

"这段经历对你一定大有帮助。"戈尔斯坦若有所思地说。

"你是知道的，"史坦利又说起体己话来，"咱们排里有一些人见我来得比他们晚，倒先提拔当了下士，心里对我可恼火了。他们以为我是靠拍马屁拍上的，那可真是胡扯淡。我不过是平时比较注意警惕，叫我干啥从来不还价，其实我告诉你说，这个下士才不好当哩，那个难处你是不了解的。排里那几位老资格的仁兄，他们平时只知道磨洋工，可是当下士他们却又认为应该是他们的份了，

---

① 这里是指不分初高中的四年制中学。

668

所以他们老是跟我过不去。这些人呀，简直讨厌透了。"他表白得一激动，嗓子都沙哑了。"我知道这士官不好当，我也不否认我工作中有错误，不过我愿意尽心竭力，认认真真，边学边干。你倒说说，还能要我怎么样呢？"

"没说的，真是没说的。"戈尔斯坦说道。

"我跟你说了吧，戈尔斯坦，我倒是一直在观察你，我觉得你这人不错。你干活我也看到了，的确卖劲，当士官的谁见了都会满意的。干得好，不要愁没人看到嘛。"不知怎么一来，史坦利对戈尔斯坦的优越感又露头了，他的口气虽然亲切、和婉，却含有一丝居高临下的味道。他是士官在跟个新兵说话哪。他居然忘了，才两分钟前，他还巴巴地等着戈尔斯坦说一声喜欢他呢。

戈尔斯坦高兴是高兴，可是高兴得总有些腻味，心想：这就是部队里的世道人情了。一个小后生的看法，就能起那么大的作用。

威尔逊又在哼哼了。他们就停止了谈话，在毯子里一扭身，用胳膊肘支起身来听。只听布朗叹了口气，早又坐了起来，在那里哄他呢。"怎么啦？伙计，怎么啦？"他一副轻声软气，就像哄小狗似的。

"喔唷唷，我的肚子呀，快痛死我啦。真要命啊。"

布朗替他把汗珠擦去。"威尔逊，你看这是谁在跟你说话？"

"是你布朗吧？"

"对。"布朗放了心。威尔逊第一次把他认了出来，一定是好些了。"你好点啦，威尔逊？"

"我很好，可就是啥也看不见。"

"天黑啦。"

威尔逊声息微弱地格格一笑。"我还当是因为肚子上有了窟窿，眼睛才看不见呢。"他干巴巴的嘴里动了两动，那声音在黑暗里听去就像一个妇女在伤心诉苦，一时激动得嗓子眼儿都哽住了。"真要命啊。"他似乎在担架上把身子转了转。"我这是在哪儿啦？"

"我们要把你送回到海边去，我、史坦利、戈尔斯坦、里奇斯，一共四个人。"

威尔逊慢慢领悟了这个意思。"这么说，执行任务我就不参加啦？"

"对，我们都不参加了，伙计。"

他又格格一笑。"这一下克洛夫特一定气得像马蜂捅了窝了。哎呀糟糕，这一下我也逃不了啦，我要开刀排脓了吧，布朗？"

"对，把你的病治好。"

"等我完了事，我身上就该有两个肚脐眼了，下面一个上面一个。嘿嘿，这一来那班娘们该把我当稀罕宝贝了。"他忍不住想笑，出来的却是几声轻轻的咳嗽。"要说还有更稀罕的宝贝，那除非是长着两个鸟了。"

"你这个缺德鬼。"

威尔逊打了个寒战。"我嘴里有股血腥味儿呢。要紧吧？"

"不要紧的，"布朗撒了个谎，"血是两头流的。"

"我在排里也算是个老资格了，可碰上这样一场小打小闹居然也会挨了揍，你看这不是气死人么。"他往后一靠，似有所思。"千万千万，肚子上的窟窿千万别再作怪了。"

"不会作怪了。"

"你不知道，日本人还到那片开阔地上来抓我呢，他们离我只有几码远，还叽叽呱呱地说了会儿话，独基啊可乐啊什么的。错不了，是来抓我的。"说着他打起哆嗦来了。

他又迷糊了！——布朗心想。"你冷吗，伙计？"

一听到冷字，威尔逊全身都发抖了。就在他刚才说话的时候，身上的烧慢慢退了，那种冷丝丝、汗津津的感觉有加无已。此刻终于冷到浑身乱颤了。

"要加一条毯子吗？"布朗问他。

"好，你有多的吗？"

布朗就退下来，见有人还在说话，就去到他们那儿，问："谁有两条毯子吗？"

谁也没有马上应声。后来还是戈尔斯坦开了口："我只有一条，不过我可以睡雨披。"里奇斯还在呼呼大睡。史坦利于是也表示了态度："我也睡雨披吧。"

"你们两个就合用一条毯子、一件雨披，我问你们一个借条毯子，一个借件雨披。"布朗回到威尔逊身边，把自己的毯子，连同募来的一条毯子、一件雨披，一起给他盖上。"好一点了吗，伙计？"

威尔逊渐渐哆嗦得好些了。只听他还含糊说道："身上暖和。"

"那就好。"

两个人半晌谁也没说一句话，后来威尔逊又说起来了："我有句话要说：你们大家这样待我，我心里领情。"心头涌起一阵感激，眼泪夺眶而出。"你们都是大大的好人，我拿什么也报答不了你们。人有好朋友那才有意思，你们真是我忠实的朋友。布朗啊，我向你起誓，以前咱哥们儿可能有时候会有些不愉快，可是这一次等我好了以后，我一定啥都为你去干。我一向知道你是个好朋友。"

"哎，提这些干什么。"

"不，做人总要……总要……"他心里一急，说话也结巴起来了，"我心里领情，我得对你讲明，我今后永远也不会对不起你了。你只管放心，我威尔逊决不会说你半句不中听的话。"

布朗连忙劝他："别激动了，伙计。"威尔逊的嗓门愈来愈大了。

"我要睡了，不过请你记住，我心里是领情的。"接下去又是连篇的胡话了。

过了一会儿，他就不作声了。

布朗呆呆地望着黑暗里。他再一次在心里暗暗起誓：

我一定要把他送回去！——说起誓什么的其实都不恰当，应该说这是对他周身上下每一分体力所发出的呼吁。

＊　　＊　　＊

飞回到过去：

威廉·布朗
今天不走运

他大致可算中等身材，体形显得太胖了点，孩儿脸，狮子鼻，满面雀斑，一头微微泛红的棕发。不过他眼圈四周却早已起了皱纹，下巴上还长了几个"丛林疮"。仔细一看，足有二十八岁年纪。

左邻右舍没有不喜欢威利·布朗①的，瞧这孩子有多老实，讨人喜欢的小脸看去有多眼熟。这样的小脸在各地的小店铺里到处可以见到，在小银行和小公司的一些案头镜框里也是常见的。

令郎长得真是漂亮——人家见了他总要在他爸爸詹姆士·布朗的面前夸上一句。

———————————————

① 威利：威廉的昵称。

孩子长得还可以，可你没见到我女儿呢，我女儿才真是长得一表人才。

威利·布朗人缘极好。他那班小朋友的妈妈没有一个不疼他的，老师没有一个不宠他的。

可是他却常常以怨报德。噢，那只臭老鸦！——他指的是老师——我连啐她一口都还觉得她不配呢。（说着一口唾沫啐在校园里灰溜溜的焦草皮上。）我真不明白，她为什么就不肯让我太平点儿。

他的家庭也很美满。是好人家出身。爸爸在塔尔萨①的铁路上工作，尽管起初也不过是个场站人员，如今可早已是坐写字间的了。他们在郊区有自己的住宅，宅边还有一块不小的地。吉姆②·布朗办事一贯稳健，住宅的装修增建总是点点滴滴地进行，今天修卫生设备，明天修闭不紧的门，反正从不间断。

他是决不背债的。

爱拉和我平日的用度都要严格按照预算——他故意带着些不以为然的口气说。只要发现有了一点超支，就削减本星期酒类项下的支出。（带着几分歉意）我总觉得，酒恐怕应该算是一种奢侈品，何况现在买酒还是犯法的哪，再说，酒喝多了不定还会引起失明呢。

他还很注意了解天下大势。《星期六晚邮报》和《柯里尔》③他是必读的，二十年代初期他还是《读者文摘》的纪念订户。遇到有客人来聊天，这些就大有用处了，不过人家发现他有一点不大老实，就是，文章的内容他往往谈得头头是道，可文章是人家写的他

---

① 俄克拉何马州东北部的一个城市。
② 詹姆士的爱称。
③ 都是当时销量极大的全国性周刊。

却绝口不提。

你知道一九二八年有三千万人抽烟吗？——比如他就会这样对人说。

他还爱看《论著文摘》，所以对政界上的事也能经常了如指掌。我虽然一向就是个民主党人，可上次大选我却投了胡佛的票——他乐呵呵地坦白了出来。不过下一次我恐怕要投民主党的票了。按照我的想法，这个党在台上待了一阵，就应该换那个党上台。

太太直点头。这种政治上的事，我总是让吉姆给我引路的。她没有接下去介绍她的治家之道，不过那也是可想而知的。高尚的亲友，美满的家庭，逢星期天不用说还要去做礼拜。布朗太太唯独对所谓"新道德"持激烈的反对态度。我真想不通，你看人家，怎么都不敬上帝了。妇道人家都在酒吧间里公然喝酒，什么不要脸的事都干得出来，这算什么行为，哪还有一点基督徒的味道。

先生点了点头，也没放在心上。对此他是有一些保留的。不管怎么说，女人家比起男人来总要虔诚些吧，她们的信教才真算得上是信教呢——不过这都是他的私房话了。

当然他们对自己的孩子也是非常得意的。他们会兴致勃勃地告诉你，威廉上了中学了，帕蒂在教他学跳舞呢。

前些时经济恐慌啊什么的一顿折腾，我们真担心孩子会上不了州立大学，不过现在看来这问题不大。她还会补上一句：布朗先生一直心心念念想要孩子们上大学，他自己就没福气上大学啊。

弟弟和姐姐，倒真是一对好朋友。满室阳光的起坐间里，槭木沙发的一边是当摆设的花瓶（原先倒是作花盆用，栽过橡胶树，后来橡胶树死了），一边摆着收音机，姐姐让他挽着她跳舞。

你瞧，小威利，一点不难的。你用不着胆小，只管在我腰里搂着好了。

谁不敢在你腰里搂着啦。

看你不出，倒一点也不像个毛孩子的样子！——她是中学毕业班学生，所以口气也是高他一等。我看哪，不用多久就可以找对象啦。

嗬！他气坏了，拉开嗓门喝了一声。可又感到她两颗小奶子热乎乎的触着了自己的胸口。他也快有她那么高了。谁找对象啦？

你呀。

他们在光滑的红石地上练着舞步。嗨，帕蒂，下回托姆·埃尔金斯要再来看你，我想找他说句话。我要问问他，按我这个身量过两年是不是有希望进橄榄球队。

托姆·埃尔金斯？这个傻瓜蛋！

（姐姐也说粗话了。）他对她瞅瞅，有些反感。托姆·埃尔金斯又怎么啦？

没什么，威利，我包你进得了就是。

可惜他的身量总是不够大，不过他读到三年级就当上了啦啦队的总司令。他还说服爸爸给他买了一辆旧汽车。

你不了解情况，爸爸，我是真的少不了一辆车。一个人总难免要走动走动吧。比如上星期五，我得召集全体啦啦队员为华兹沃思的那场比赛先排练一下，就为了赶来赶去找人，整整花掉了一个下午。

孩子啊，这肯定不会是浪费吗？

我是真的少不了，爸爸。到暑假里做工挣钱还你都可以。

这倒不是钱的问题，当然我觉得你自己还是应该注意点儿，别弄得愈来愈娇了。这样吧，我回头跟你妈妈再商量一下。

最后胜利还是属于他的，他笑了。这次跟爸爸谈话时，其实在他的头脑深处，在他诚诚恳恳的外表底下，他想起的却是许许多多其他的话。（体育课后小伙子们在更衣室里的闲谈，在地窖"俱乐部"里的无所不至的议论。）

有句俗话：没有汽车，就追不了姑娘。

临毕业那年最痛快了。他当上了学生会的干事，学校里开舞会都归他管。星期六晚上他总要约个女朋友到皇冠大戏院去看一趟戏，偶尔还相约到城外的小酒店里去玩个畅快。星期五晚上在女生宿舍还有跳舞会。那年有一个时期他甚至还有了固定的女朋友。

给啦啦队当司令，那还是绝对少不了的。下身穿一条白绒裤，上身是触目显眼的白运动衫，秋天风紧，这身打扮还真有点冷呢，他蹲在那里，只好一起一落大做起屈膝运动。面前，上千个小伙子在大声呐喊，穿绿格子裙的姑娘跳上跳下，把膝盖都冻红了。

咱们一起来喊"卡德利呱呱叫"！——他拿着麦克风奔过来奔过去，大声发令。一时大家肃然无声，屏息而待，只见他伸出一条胳臂，高高地举过头顶，猛地向前一挥。

卡德利中学好……卡德利中学妙！

学校好！球艺高！

卡德利卡德利呱呱叫！

上千个小伙子把眼睛盯住了他，一齐呐喊，他呢，侧身一个筋斗，两手一拍，起来冲着球场一亮相，做出一副全力声援、一心祈求的姿势。这里一切都听他的。上千个小伙子全都得听候他的调度。

这样壮观的场面，真叫人一辈子回味无穷啊。

趁着篮球季和棒球季之间的空隙，他把汽车拆开，排气管上装了只消声器（排气的声音叫他听得讨厌透了），变速箱里上足了润滑油，最后还把车身底盘漆成了淡淡的绿色。

同爸爸做了几次重要的谈话。

我们得认真考虑一下你今后的志愿了，威利。

我倒很想去读工，爸爸。（这并不意外。这个问题爷儿俩已经谈过多次了，不过这一次彼此都很心照：今天要正经谈一谈。）

那好极了，威利。我总怕自己的想法影响了你的意见，不过你要读工，我是再称心也没有了。

我可喜欢机械呢。

那我早就看出来了，孩子。（顿了一下）你的兴趣在航空工程?

我是想读这个系。

对，孩子，你选对了。这方面的事业大有发展前途。爸爸拍了拍他的肩膀。不过有一件事我想要提一下，威利。我发现你近来有点自高自大，当然也不是说就有多么严重，而且你在我们面前还是知道检点的，不过这事可终究不妥啊，孩子。看出自己有哪点儿比人家高明，这绝不是坏事，可是一定要叫人家知道，那就未免不智了。

我从来也没有这样的想法啊。他直摇头。不过那也没什么，爸爸，我今后注意点儿就是了。（心下茅塞顿开）你这一番话倒真是给了我很大的教益。

爸爸开心得嘻嘻直笑。是啊，威利，有些事情做爸爸的总还可以给你指点指点。

你真好，爸爸。爷儿俩谈得自始至终十分融洽。他觉得自己成年了，可以跟爸爸平起平坐，像个朋友那样相对而谈了。

那年暑假他到皇冠大戏院去做了一阵工，当了个领座员。干这种活儿是很愉快的。来看电影的至少有一半是他认识的，在领他们入座以前他可以跟他们聊上几句。（看来朋友还是多多益善，不管是什么人，保不定你将来就得借重他。）

只有下午观众寥寥无几，时间才不大好打发。平时总有几个姑娘可以谈谈，不过他毕业班里的那个对象已经吹了，此时也实在有点心灰意冷。他还有句俏皮话老挂在嘴上：省得将来请教堂打结婚钟了。

但是有一天他认识了贝弗莉。（就是左边那位黑眼乌发、两片嘴唇搽得鲜红欲滴的苗条姑娘。）你看今天的片子怎么样啊，格露丽亚？——他问那另一个姑娘。

我看这张片子真没意思透了。

是啊，是拍得糟糕。哈啰。（这是招呼贝弗莉。）

哈啰，威利。

他笑了笑，愣愣地想不起来。你怎么认识我？

咦，我在学校里比你低一班呀。你是啦啦队的总司令，我怎么会不认识你呀。

少不得介绍一番，说上几句如珠妙语。风趣而不失分寸。这么说你早就认识我啦？

谁都认识你呢，威利。

呀，那可叫我怎么受得了？逗得大家都笑了。

分手以前，他早已跟她把约会订下了。

炎热的夏晚，树木一派倦怠，地下暑气蒸腾。经过了几次约会以后，有一次他们俩坐了他的汽车，顺着公路出了郊区，来到一座小山顶上的公园里。汽车里一个死拉活扯，一个拼命撑拒，膝头和后背撞上了换挡杆，撞上了方向盘，撞上了窗下的捏手柄。

喔，来吧，乖乖，我不会勉强你的，我什么都听你的，来吧来吧。

不，不行，还是别这样。

哎呀，我真爱死你了，贝弗莉。

我也爱你，威利。（车上的收音机里在一个劲儿地唱：等到下雨时，等到下雨时……这支歌叫作《天上撒下钱来》。姑娘的头发里散发着草木般的清香，肌肤里也透出一股幽微的芬芳。他感到她还在自己怀里连喘带哭地挣扎。）

喔，我的好宝贝儿。

不行，威利，正因为我是那样爱你，所以求求你，不能这样。

咱们要结了婚该有多好。

是啊，该有多好。（轻轻吻着他的头发）嗯……

分析：你还没有把她弄到手吗，威利？

昨儿晚上已经跑到三垒了，还得再接再厉。唉，多好的姑娘啊。

她什么反应呢？

她哭了。天哪，我怎么舍得呀。我把她弄哭了。

得了吧，只怕是假正经。

有句俗话：不跟你睡觉，说明她于此道冷淡；跟你睡觉，说明她生性下贱。

我还得再接再厉。别忘了她还是个黄花闺女呢。（内心深处暗暗负疚——我是爱你的哟，贝弗莉。）

谈正经话：你知道吗，昨儿晚上我梦见你了，威利。

我也梦见了。咱们那天不是看了电影《铁血将军》吗，当时我就觉得奥丽薇·哈佛兰①长得跟你挺像的。（进入了角色，恍若

---

① 《铁血将军》的主要女演员。

身在黑山洞中，隔着一方帆布。他的爱情也跟男女主角一样无比纯真。）

你真是个好孩子。（姑娘做出一副慈母模样，自有一种说不出的风韵。红红的嘴唇弯弯的像把弓。）要不是因为你这样好，我也不会……这样忘情了。你该不会看不起我吧?

哪儿的话呢。（故意逗她。）本来还会觉得你更好些，可惜你……你自己明白。

啐，你是骗不了我的。（默然半晌，她把头靠在他的肩上。）我一想起咱俩的事儿，心里总有种异样的感觉。

我也是的。

你说人家也会像咱们这样吗?比如玛奇，我就疑心她也跟我一样同人家好得不得了，我对她盘查盘查，她总是痴痴地笑。（老练女性的判断）我看这里边总有鬼。（又恢复了姑娘家的姿态）你也是一想起来心里就有一种异样的感觉?

是啊，真是一种……说不上来的异样感觉。（可是那口气却颇含深意。）

我自从认识了你以后，就觉得像是大了好几岁，威利。

我懂你的意思。哎呀，跟你说话可真有劲儿极了。（她有那么多的优点：肌肤是那么柔嫩，嘴唇是那么动人，舞跳得又漂亮，一穿游泳衣更是妙不可言，再说她人也聪明。自己跟她多么谈得来啊。这样的乐儿除了他谁还有福消受?初恋的无限憧憬，使他都陶醉了。）啊，贝弗莉!

在州立大学，他被接纳加入了一个小有名气的大学生联谊会，遗憾的是入会的秘密仪式已被明令禁止，所以心里不免有些失望。（他本来希望将来升到四年级就可以来主持这一仪式。）不过现在这样也不错。他学会了抽烟斗，尝到了大学生活的种种情趣。今天我们为正式申请加入"陶·陶·厄普西隆"（三个希腊字母的音译。这就是那个大学生联谊会的名称。）的布朗兄弟主持净心大礼。用咱们的行话来说，你今后就不兴再做个"雏儿"了。

到专门招待大学生的窑子去玩一次得花很多钱。那他早就听说了，他灌饱了酒，毕竟还是有胆量一试的。回来后他就在大学的四方院子里引吭高歌。逢场来作戏哟……哎哎！呜呜！逢场来作戏，你也何妨来乐一回哟，珀金斯神父！

别闹别闹。

你真是个好小子哟。（这又是另外一支歌了。）

他本来也并不想尽自往外溜，他是一片诚心想把书念好的，可是不知道怎么，机械制图啦，"大一"三角啦，"大一"物理啦，这么一大堆东西读起来总不如他原先想象得那么带劲。他想要好好用功，心里却总忘不了一些更有趣的妙事儿。在实验室里闷了一个下午，总忍不住想出去散散心。

一件其乐无穷的妙事儿，就是在当地的酒店里喝着啤酒，倾心长谈，一直喝到醉醺醺的。伯特，我有了个女朋友，真是个好得不能再好的姑娘。长得漂亮极了，不信你看看照片。我想想自己实在不应该这样鬼混，还甜言蜜语写情书欺骗她呢。

得了吧，老弟，她也不是吃素的。

嗨，这话可不能胡说啊，不然我可要生气喽。姑娘还是冰清玉洁的哪。

好吧，好吧，我不过是说说自己的看法罢了。反正她不知道，就不要紧。

他把这话品味了一下，扑哧笑了出来。不瞒你说，我倒也颇有

681

同感。来，喝杯啤酒。

（略带醉意）我说哥们儿，咱们过几年再来回想一下现在，真是太有意思了。说咱们现在是在积累记忆，这话真是一点不假。我可以向你们担保，我永远永远也忘不了你们，尽管还没有跨出大学的校门，我今天就敢打这张包票，我这个人是不会花言巧语的。

你在胡扯些啥呀，布朗？

龟孙子才知道。（哈哈大笑。）见鬼，明天还要考物理呢。真急死人了。

阿门!

六月，他考试成绩不及格退了学，觉得没有脸面去见爸爸，不过后来还是硬硬头皮回到家里。

我说，爸爸，我知道我完全辜负了你的希望，让你白白花费了那么多钱，真是太对不起你了，不过我觉得自己实在不是干那种行当的材料。这不怪我的脑袋，跟同样年岁的人相比，我还是认为我的脑袋绝不会比谁差，可我这个人就是得干一些更对胃口的工作。我看比如当推销员之类，对我还是比较合适的。我喜欢多接触接触人。

（长叹一声）好吧，好吧。事已至此，悔亦无益，还有什么好说的呢。我去找找朋友，给你说说看吧。

他在一家农业机械公司谋到了一个差事，干了还不满一年，就已经挣到五十块钱一个星期了。他把贝弗莉介绍给了家里人，还带她去看了帕蒂，这时帕蒂已经结婚了。

你看她喜欢我吗？——贝弗莉问他。

当然喜欢你啦。

他们就在夏天结了婚，新居一栋，有六间屋。他的薪水那时已经加到七十五块，可是他们总还不免要欠点债，连在外应酬的花费也计算在内，一个星期单是用在酒上的开支就要达到二十块到二十五块。

不过，他们的日子还是过得挺快活的。新婚之夜虽然狼狈不堪，他却很快就重整旗鼓，隔了相当时间以后，小两口便如胶似漆、花样百出了。他们心里自有一本细账，记着这些名目：

上楼时的中途温存。

贝弗莉野性大发记。

和衣一乐。

——（他不想说出这个名堂来，因为那是他在不便跟她提起的一些地方听来的。她呢，也一样不想说，因为这个她按理不该知道。）

当然还有许多看似与此无关的事情：餐必同桌，"同"到彼此都感到腻烦了。

同一件事，你听见我给这人讲，我又听见你给那人说。

他有个挖鼻子的习惯。

她走在街上有个弯下腰去拉拉袜子的习惯。

他捧着块手帕吐痰的时候声音好大。

她一个黄昏闲着没事就会绷起了脸。

还有一些小小的乐趣：议论议论新结识的朋友。

讲讲有关朋友的一些小道新闻。

一起跳舞。（偶或一见。无非是因为他们这两个跳舞高手一时技痒。）

跟她说说公司里的麻烦事儿。

有些事情也无所谓苦乐：坐自己的汽车外出。

她有一个桥牌麻将俱乐部。

他的去处更多：扶轮社、中学校友会、青年商会。

做礼拜。

听收音机。

看电影。

他心情烦躁的时候往往还有个不好的习惯，总忍不住要找上几个光棍朋友，一聊就是一个黄昏。

光棍有一套高论：我不赞成结婚的原因只有一个，那就是世上的人太乏味，勉强凑合在一起过活总是不成的。

布朗：简直胡说八道。只要耐心等待，你总可以等到合意的人，那时你尽可以天天相亲相爱，也不用担心闯出祸来。对待女人，就是要大胆采取行动……

光棍的高论（流于恶意取笑了）：见你的鬼！你这个主意真可谓下之又下、馊而又馊了！

夜半：去去，别死乞白赖的，威利，咱们不是说好的吗，得歇几天。

谁说好的？

你呀。你不是说咱们未免太勤了点吗？

只当我没说吧。

哎哟！（虽然气恼，还是顺从了。）你简直是条老猎狗，十十足足是条老猎狗。一天也不肯安分。（愤愤之中却透出了一片柔情，如此风光只应在小两口之间才有。）

受到了外来的打击。姐姐帕蒂离婚了，他听到了一些闲话，虽

684

说只是一些闪闪烁烁的暗示，他却听得很不安。他问了姐姐，自以为问得很聪明，姐姐却对他发了火。

威利，你问提出离婚的为什么不是我而是布拉德，你这是什么意思？

没什么意思，我只是问问罢了。

你听着，小威利，你用不着那样瞅着我。我还是本来的我，没什么稀奇可看的，明白啦？

这个打击透心彻肺，留下的影响深极了，时不时的发作此后一直延续了几个月。有时候大白天写个报告，写着写着却自会停下笔来，望着铅笔呆呆地出神。看不出你，倒一点也不像个毛孩子的样子！——帕蒂这话似乎还在耳边。苗条、利落、纯洁的帕蒂，等于是半个娘的老姐姐！

愈是回想愈是痛苦。我实在不明白。她们是什么鬼迷了心窍，竟变成了这样？规规矩矩的女人，为什么就不能一直规矩下去呢？

贝弗莉啊，你该永远不会这样吧？——他那天晚上就提出了这个问题。

我哪儿能呢，亲爱的，看你，怎么会想到我头上来了？

此刻的他们，简直连心都贴在一块儿了，他满心的苦恼都倾吐了出来。说老实话，贝弗①，我现在东也得长个耳朵西也得长个耳朵，整天忙得团团乱转，累得简直连气也喘不过来。这些我不说其实你也明白。是自己的亲姐姐啊，这颗心哪能不乱呢！

酒吧间里，列车上的吸烟车厢里，高尔夫俱乐部的更衣室里，到处都在议论帕蒂·布朗。

我绝不说瞎话，贝弗，我要是发现你也有这样的行为，我就非

---

① 贝弗莉的昵称。

宰了你不可，我对天起誓，我就非宰了你不可。

你说什么呀，亲爱的？你难道还信不过我吗？可是见他这样突然大动感情，她毕竟感到毛骨悚然。

我觉得自己真是老得多了，贝弗。

在第十八个洞前①，他摆好了轻打的姿势，估计了一下草地的高低起伏。球离洞口只有五英尺，按说轻轻一棒就可以解决问题，可是他突然心里一嘀咕，就预感到这一棒绝对打不中。果然，球棒的柄攥在手里似乎不大听话，球打出去，跟洞口还差了一英尺。

又没打中啊，老弟——说话的那位叫克朗邦先生。

今天我的球运不佳。算了，还是回更衣室去吧。手掌里还是有那么一种木僵僵的不大肯听使唤似的感觉。他们就缓步往回走去。你到路易斯维尔②来吧，老弟，我很乐意陪你到敝俱乐部去打一场——克朗邦先生说。

我去贵地的话一定领教。

洗淋浴的时候，只听克朗邦先生在那里唱"那天你佩上一朵郁金香，我佩上……"

今天晚上你我作何消遣哪，老弟？

咱们到城里去尽量玩个痛快，克朗邦先生，你用不着操心，在这里一切由我充当向导就是。

我听很多人谈起这个城市如何如何。

是啊，其实要说起来呢，这些话倒也多半不假。（从隔壁的淋浴间里传来了一连串淫猥的笑声。）

在夜总会里他们谈起生意来。他几次想把身子往后靠靠，可是一靠下去，头发总会碰上背后那一盆棕榈，结果只好探出了身子，

① 打高尔夫球一般设十八个洞，所以这是打最后一个洞。
② 肯塔基州北部的一个城市。

把克朗邦先生喷出的雪茄烟一口口吸下去。先生，我说你是个明白人，你也总应该让我们稍微赚一点钱吧，说穿了，不赚钱这生意谁还来做呀，你总不见得要我们做出产品来给你们白当差吧，换了你先生，别人要你这样你也不见得会肯吧。白当差，这就不叫做买卖了，先生你说是不？第五杯酒已经快喝完了。嘴巴只觉得软绵绵的使不上劲儿，连香烟也仿佛不是叼在自己嘴上了。（这酒我得喝得慢一点儿了。）

你这话很有道理，老弟，很有道理，不过话还得说回来，产品要价廉物美，这一点也很要紧呀，生意经中也有这么一条吧，这就叫作竞争。你要为你打算，我要为我着想，说穿了事情的关键都在这里。

是啊，先生，你的意思我都明白。这样谈下去，他这脑筋怕还有得要伤伤呢，他真想拨开烟雾，冲出去透透空气。对这个问题我倒有个想法……

布朗啊，在台上唱歌的那个娇小玲珑的金发女郎是谁呀？认识她吗？

（他不认识。）啊，当然认识，不过说老实话，这个女人你不认识她也罢。她进局子是家常便饭，而且老实不瞒你说，她有时还得去请教花柳医生呢。不过我倒知道有个去处，先生，那可是又高尚，又体面。

门厅里，衣帽间的女服务员听见他拨了个电话。他把身子往墙上一靠，不然的话他简直连脑袋都要撑不住，得靠电话听筒来顶着了。电话又打不通，急得他一时直想哭。

哈啰，艾萝依丝吗？——他终于把电话打了。对方传来女人清脆的声音。

跟公司里的同事结伙出去寻欢作乐就更来劲了。

说真的，这样的路数我倒还从来没有见过，接起钱来那么利索！嗐，就见她一只手朝桌子边上这么一撸，半堆大洋就接过去啦。要不是我见过有这么个去处，这种乐儿我看你们只有到巴黎去找了——否则就只好找个黑婆娘的窑子凑合！

世上真是无奇不有啊。

可不，简直什么稀奇事儿都有，人家脑子里五花八门的念头，你不知道的多着哪。

你们说我们老板脑子里在转些什么念头？

嗨嗨，有约在先，今儿晚上不谈公司的事。来来，大家先来干一杯。

大家举杯一饮而尽。各人都轮流做了一回东。

我有些话儿想跟大家叨叨——布朗说——很多人都以为咱们做推销员的轻松得很，可其实呢，老天知道，咱们的工作比谁都吃力，我这话没瞎说吧？

再吃力也没有了。

就是。我是上过大学的，后来退了学，要知道我退学是有道理的，道理就在于我认为爱虚荣的人都是大傻瓜，我不赞成不是好汉硬充好汉。我是个极平凡的人，谁要问我，我就不怕老老实实这么说。

布朗啊，你这个小子真不赖。

好，你这话让我听着高兴，詹宁斯，因为我知道这是你的心里话，这话够意思。我们累死累活替人当差的，总希望能有几个知心朋友，彼此信得过、合得来，要是连这样的朋友都没有，成天劳劳碌碌还有什么意思呢？

就是这话。

我的运气还算是不错的，这话我见了谁都敢大胆说一句，自然我也有我的苦恼，这世界上哪个没有苦恼呢，不过今儿晚上咱们可不是来吐苦水的，你们说这话可是？我今天要告诉大家，我有个漂亮的老婆，一点也不吹牛。

有个同事哈哈大笑。布朗啊，我也有个漂亮老婆哩，可我敢担保，你结婚只要满了两年，就会觉得女人就是长得像条猎狗也没关系，只要能让你受用就行。

这话我不完全同意，弗里曼，不过你说的有一点倒蛮有道理。酒杯声、谈话声，闹成一片，他觉得自己嘴里在讲话，可就是一点也听不见。

得啦，咱们快到艾萝依丝那儿去吧。

可是事后他还是不肯罢休。

弗里曼，你方才那几句话，引得我在心中琢磨了好久，可我还是想跟你说那句老话：我有个漂亮的老婆呢，我老婆真是好得不能再好了。我觉得咱们在外边这样昏天黑地玩女人，回去那样骗老婆，实在是不像话啊，说真的，这简直是荒唐。我一想起她，再回过头来看看自己的行为，自己也觉得惭愧死了。

是很有些荒唐。

就是嘛。咱们还以为自己挺聪明呢，可其实咱们就知道喝酒，玩女人……

只顾自己快活。

对，只顾自己快活——布朗说。我想说的就是这个意思，詹宁斯，倒给你先说了。他打了个趔趄，在人行道上一屁股坐了下来。

是很有些荒唐。

醒来，却是在自己床上，贝弗莉在替他脱衣服呢。我知道你要埋怨我一顿了，亲爱的——他嘟嘟囔囔说——可你哪里知道我的苦恼啊，一年忙到头，手里的差事得赶着办，家里的用度得想法弥补，还得想法多挣些钱好去还债，我到今天才算明白了过来，牧师讲道说得不错，生活，生活是艰苦的啊。

早上，揉揉疼痛的脑袋，小心翼翼地判断了一下眼前的形势，吃不准昨儿晚上贝弗莉到底干了些啥。

（上一夜出去逛逛的人一见面都偷偷眨了眨眼，一脸怪里怪腔的苦相。十点钟，他在厕所里碰到了弗里曼。）

哎呀，昨儿灌得可真够呛。

我今天都还觉得头晕目眩呢——布朗说。咱们这样瞎闹，到底算啥名堂？

打破老一套的生活呗。

嘿，真有你的，老兄！

六

也就在这一天夜里，在幡舞山脉的另一边，卡明斯将军到阵地上去做了一次视察。攻势发动一天半以来进展一直很顺利，前沿各连都推进了四分之一英里到半英里不等。部队又动起来了，情况比他事先预料的还顺手，一个月来那种潮湿多雨、困滞不进的沉闷局面看来已经结束。六连已经跟远役防线上的敌军发生过接触，根据将军当天下午接到的最新报告，五连的一个加强排在六连的侧面攻占了日军一个营地。今后几天估计敌军就会发动反击，攻势难免要受些影响，不过只要部队能够挺住（他相信部队一定能够挺住），那么不出两个星期，远役防线就一定可以突破。

这样的进展速度，倒使他暗暗有些惊异。自从日军渡河进攻失败以后，战事沉寂了好几个星期，他大力贮存物资，天天修改作战计划，为大举进攻积极准备，前后花了一个多月。凡是一个司令员所能办到的事他都办到了，然而他还是忧心忡忡。一想起前沿营地的工事顶上都构筑了掩护设施，泥泞地上都铺起了木板条，他往往连心都凉了：这些都是明白无误的迹象，表明士兵的心理是准备扎下去作长久打算了，别想再叫他们起来了。

现在他知道原先的想法错了。一次战役就有一次战役的教训，这一回他明白了一个不易看清的、却是极基本的道理。士兵久静则思动，老是那样一成不变的日子过腻了，是又会勇敢起来的。所以他认为，看到前方哪个连队没有向前推进，不应该去把他们撤换下来。就让他们在泥泞里待着好了，待久了他们自会自觉自愿向前进攻的。这事也巧，他下达作战命令的时候，正好是他部下又急于要前进的当口，不过他内心深处还是暗暗叫了一声侥幸。他对部队士气原先所作的判断，竟是完全错误的！

我要是能有几个观察敏锐的连指挥员，这仗打起来就简单多了，也灵活多了，不过话又要说回来，对指挥员的要求本来就已经不能算低了，如果还要加上高度敏感这一条，那就未免要求过高了。不，还是应该怪我自己，他们看不出来，我还是应该看出来的。大概就是由于这个缘故吧，所以他看到刚一发动进攻就取得这样的战绩，也并不是十分欢欣鼓舞。当然，高兴还是高兴的，因为他心上最大的一块石头毕竟落了地。军部方面的压力终究松动了；他一度曾经寝食不安，生怕这一仗没打完，自己就会给解除指挥权，这种担心如今看来也大可不必了，假如今后前方进展顺利，此事就可以压根儿一笔勾销。可是一桩不称心的事刚去，一桩又来了。将军心里含含糊糊、隐隐约约的，觉得有些不大踏实：此次进攻虽然得手，可是自己起的作用似乎不大，他的作用充其量就好比是轻轻一按电钮，等着电梯开来。这么一想，他高兴的心情顿时就打了折扣，心里还依稀有些恼火。这一路的进攻，恐怕迟早总有一天会难以为继吧，明天他要到兵团司令部去。争取海军派舰支援他在坊远湾的登陆作战计划，可是目前的进展这样顺利，很可能就会使他的申请得不到批准。所以他明天去还得费点口舌，得一力陈说不从侧面迂回登陆就打不赢这一仗的道理，这样就难免要碰到件棘手事儿，那就是，对自己前方已经取得的进展，就不能尽量往小里说、往少里说了。

不过，情况毕竟已经不同于以前了。雷诺兹悄悄捎给他一个信儿，说是兵团司令部现在对登陆坊远湾的作战设想恐怕也不完全持反对态度了，所以见了他们不妨用些"策略"。争取他们的支持还是可以办到的。

他知道，他此刻在干的种种，实际上都无非是骗骗自己。他整天坐在作战处的帐篷里看送来的报告，心里总是有点不痛快。他觉得自己就像是一个政党头目，在选举日的晚上眼看本党的候选人获胜当选，心里却感到好生懊恼，因为他本来是想提另外一个人做候选人的。打这种仗，有什么脑筋可动呢，还不是老一套，哪个指挥官来指挥都照样能打得如此顺利，所以兵团司令部的看法想想倒也没错，你看这不是气人吗！

但是再一想，兵团司令部的看法肯定是错的。这仗打下去势必会碰到困难，可他们就是不信。想到这里将军不禁想起了派往大山那边的那支侦察小部队，不过他随即就把肩耸耸。假如他们此路可通，带回来的报告有点价值，假如他再能设法派一个连循他们的原路而去，利用这支兵力接应坊远湾登陆成功，那倒是不坏，谁都会赞一声干得漂亮。可是这事毕竟希望渺茫。侯恩的队伍没有回来，最好还是先不要打在算盘里。

尽管心中有这种种不以为然的想法，他手里却还是忙个没完，前方的进展得密切注意，送来的报告得一份份认真批阅。这种工作就是累人，就是烦人，到了黄昏时候，他已经感到很疲乏，需要调剂调剂精神了。通常部队在作战的时候，他每天到前方去巡视一番，就会觉得精神一振，可是今天天色已黑，视察步兵阵地是不行了。他想还是到炮兵阵地上去看看吧。

将军打了电话，要司机把他的吉普车开来，八点左右，就坐车出发了。今天的月相当圆。他舒舒坦坦靠在吉普车的前座上，看车前的灯光在两边密林的枝叶丛中掠过。这里距离前沿还远，可以不必关灯，将军懒洋洋抽着烟，感到一阵阵和风拂面，十分惬意。虽然身上已经没有一点力气，可是神经仍极紧张；风驰电掣一般的感觉，引擎的呼吼，座垫的颠动，烟的香味儿，渐渐使他平静了，有如冲温水浴一样，全身的神经都受到了抚慰。他的心情渐渐愉快起来了，肚子也觉得有点饿了。

车开了十五分钟，见紧靠路边就是一处一〇五炮的阵地。他一时心血来潮，就让司机弯进去看看，入口处是一排空汽油桶埋在沟里，上铺泥土，做成了一个简陋的排水涵洞，吉普车开过，乱蹦乱跳。驶过了泥泞的车场，车子停在一片相对来说比较干燥的泥地上。门口的守卫早已打电话通知了这里的上尉，所以上尉就径自到车前来迎接将军。

"将军来啦？"

将军点点头。"来看看。你的炮连怎么样？"

"很好，将军。"

"大约在一小时以前，让炮团勤务连送两百发炮弹上来，收到啦？"

"收到了，将军。"上尉顿了一下，"连这样的事你都要亲自过问吗，将军？"

这话让将军听了很受用。可是他却反问："你有没有告诉部下今天下午营级规模的集中炮击非常成功？"

"我讲了两句，将军。"

"这事可要大讲而特讲哟。连队胜利完成了炮击任务，作为一个能干的指挥员，就应该把情况告诉部下。应该让他们感觉到这里边也有他们的一份力量。"

"是，将军。"

将军下了吉普，举步走去，上尉紧随在侧。"你的例行命令还是每隔十五分钟作一次扰乱射击，是这样吧？"

"从昨天夜里起一直没有停过，将军。"

"你怎样安排炮兵休息呢？"

上尉笑笑，意下似乎有点不以为然。"我把每门炮上的炮手减少了一半，将军，每半个班轮值一个小时，执行四次射击任务。这样弟兄们也不过再少睡一个小时。"

"我看这样的安排蛮不错。"将军说道。他们穿过一片小小的林间地，炮兵连的炊事帐篷和连部事务室的帐篷就都搭在这儿。在月光下看去帐篷是银白一片，尖顶高耸，宛如一座座大教堂的模型。过了帐篷，顺着一条小径，在一片矮树丛里得走上大约五十英尺。到得尽头，便见四门榴弹炮在面前一字儿摆开了一个小小的炮阵，两翼相距不过五十来码，炮口高高昂起，指向丛林那一头的日军阵地。炮上月光斑驳陆离，炮管和架尾上尽是从树上筛落下来的密密麻麻的叶影。炮后的矮树丛里有五顶大营帐，东一顶西一顶的，几乎全隐没在浓浓的树影里。整个炮兵连基本上就在这儿了：车场、伙食后勤、大炮、帐篷。将军四下扫视了一遍，又把躺在一门炮后的那几个炮手打量了一眼，心中不禁有些感怀过去。他一时真觉得有点累了，心头还闪过了一丝小小的遗憾，可惜自己不能当个炮手啊，当炮手的话只要把自己的肚子填饱就行，天大的苦事也无非就是出一身臭汗，挖一个炮兵掩体。此时此刻他心情奇异，为历来所无，而且引得他又转而可怜起自己来了，只是这一回的感情有些不一样：并不那么强烈，却一发而不可遏制！

他听见大营帐里不时发出阵阵笑声，还夹着几句沙哑的逗笑话。

平时他要动动脑筋总得一人独处，也喜欢一人独处，他现在不能打破这老规矩，也不想打破这老规矩。只有一人独处，才想得出最好的主意——即使不算最好，至少也都是值得一试的好主意吧。像眼前这样，时时有疑虑一闪而过，那是邪魔的诱惑，一不小心就会上当。将军的眼光转到了穴河山那庞然大物般的乌黑的身影上，黑暗中看得见山的轮廓，比夜色更黑，比头顶上的天还大。穴河山是全岛的中枢，是全岛的主心骨。

他心想：倒是有点像我呢。说得玄一点，穴河山和他倒是心心相通的。穴河山和他都是高高在上，无可奈何地守着凄凉和孤独。今天晚上，侯恩说不定已经过了山口，就在这穴河山下赶路呢。他感到心里有一种奇怪的苦恼，其中有气愤也有期待，也说不上到底是希望侯恩成功还是希望侯恩失败。自己究竟应该拿侯恩怎么办，这个问题还留在心上没有解决，除非侯恩一去不回，否则就不可能解决。他又说不出自己心里到底是股什么滋味了，总觉得有些心烦。

上尉打破了他的沉思。"将军，马上就要放炮了，要不要看看？"

将军猛地一惊。"好，去看看。"他就跟上尉并排而行，向炮手围着的那门大炮缓步走去。走到跟前时，炮兵刚把方向校正好，一个炮兵捧着又细又长的炮弹正在上膛。看到将军走来，他们都不作声了，态度也不自然了，讪讪地在四下站着，都把手缩在背后，决定不了是不是应该啪地来个立正。将军就赶紧下令："稍息！"

"准备好了吗，达维克基奥？"有个炮兵问了一声。

"好了。"

将军瞅了瞅那个叫达维克基奥的，此人矮矮胖胖，卷起了袖子，乱蓬蓬的黑发盖住了前额。八成儿是个小市民！——将军心想，优越和轻蔑的心理兼而有之。

有个炮手紧张得手足无措，只顾愣头愣脑地傻笑。将军明白，他们见了他都不自在了，不自在极了，好像一帮小伙子站在香烟店外，碰到一个女人来跟他们搭话，就都忸怩不安了。如果今天我就这么一路走过去，也不跟他们在一起待会儿，那他们就少不了要交头接耳一番，说不定还要拿我当笑话说呢。想到这里，他心中莫名其妙一阵狂喜，真有心花怒放之感。

"我来放一炮吧，上尉。"他说。

炮手们都对他瞪大了眼。有一个还在那里暗自咕哝。将军以轻快的口气说："我放一炮大家不反对吧？"

"什么？"达维克基奥一时还反应不过来。"说哪儿的话呢，将军，当然行啦。"

将军走到架尾外边升降器旁的主炮手位置上，一把抓住了拉火绳。那是一根尺把长的绳子，头上有一个捏手。"还有几秒钟，上尉？"

"还有五秒钟，将军。"上尉一直在紧张地看表。

将军抓着拉火绳的捏手，觉得倒也称手。他望着昏暗朦胧中大炮后膛和炮架弹簧的那一套复杂的机构，心情微妙，既似焦急，又似兴奋。他自然而然地摆出了一副轻松而自信的姿势；他已经养成了一种本能，办起外行事来也照样是一副满不在乎的神气。不过，这么大的炮还是使他有些不安的；他自从出了西点军校的大门以后，就再也没有开过一炮，他心里记得的不是那轰然一响，也不是

696

那地动山摇，而是第一次世界大战中他有一次连挨两小时排炮轰击的那个滋味。他一生中就数这一次害怕得最厉害了，至今还没有碰到过第二回。此刻正是这一顿排炮的回声，在他的脑海中不住回荡。他还没有开炮，就似乎已经什么都见到了：大炮摧心裂胆的一声怒吼，炮弹划出一道长弧高高地腾入夜空，到了敌方头顶上呼啸而下，落地开花，把日本人吓得魂飞魄散。他莫名其妙一阵得意，一时连手脚都痒痒的，可是还没等到他回味过来，那份得意早已杳无影踪了。

将军把拉火绳一拉。

弹发的那一声巨响，震得他刹那间什么也听不见了；一股异乎寻常的巨大力量，撼得他心旌摇摇，遍体发麻。炮口里喷出去的那二十来尺长的一大串火焰，他与其说是看到的，倒不如说是感觉到的；气流冲过那黑魆魆密不通风的丛林时发出的呼呼长啸，叫他听得都傻了眼。由于后坐力的作用，炮下的轮胎、炮后的架尾，都还在微微晃动。

这一切，从头到尾总共还不到一秒钟。连那股反冲的气浪都来得那么突然，等他意识到，气浪早已席卷而过，冲得他头发散乱、两眼紧闭了。将军的感觉印象是逐步恢复过来的，在爆炸过后还要追想爆炸时的感觉，真无异在狂风中要追吹落的帽子一样。他透了口气，微微一笑，听见自己不紧不慢地说："挨上了可不好受呢。"说完才发觉身边还有这些炮手，还有上尉。他说这话，是因为他每遇一事，脑子的一角总要考虑一下客观的形势如何；话儿出口的时候，他主观感觉上根本没有意识到旁边还有人。当下他就带着上尉，慢慢走开了。

"夜间打炮，真是惊心动魄。"他细声小气说。他宁静的心境有点乱了。要不是开了这一炮，以致一颗心都牵住在这一炮上，他是决不会对一个不熟悉的人说这么句话的。

"我也深有同感，将军。夜里打炮，我总觉得挺痛快的。"

还好！将军这才发觉自己差点儿说走了嘴。"你的炮保养得还不错嘛，上尉。"

"谢谢将军。"

可是将军根本没有听进去。他心中还尽惦记着那颗炮弹，他正在无声中专心一意谛听炮弹扑向地面时的狂啸。炮弹要飞多久才着地？半分钟大概总要吧？他竖起了耳朵，等着那爆炸声传来。

"这玩意儿就是这么厉害，将军。敌人肯定给揍得够受的。"

就在这时候从几里以外的丛林里传来了一声爆炸，将军仔细听那声音，又闷又轻。他脑海里似乎看见了一道杀人取命的耀眼的火焰，耳畔似乎听见了人的号叫，弹片的飞啸。他心想：不知道这一炮撂倒了几个没有？他觉得从头到脚一阵如释重负，人也软了，心也定了，这才明白刚才为了等待炮弹着地，自己竟紧张到了这样的程度。他全身的感官都满足了，也疲惫不堪了。他心想：这场战争倒也离奇——其实凡是战争都这么离奇。这话虽然听来有点空洞，可是他自有他的意会。表面上看，战争中尽是例行公事，官样文章，事事有条例，层层有手续，可是一个人投入了战争以后，那一颗赤裸裸的颤动的心总免不了要产生反应，从而使他深深地卷入了旋涡。人心深处的种种见不得人的私欲，不惜拿他人血肉之躯作牺牲的心理，夜半梦酣时如波涛翻腾的贪婪，这些可不都包藏在呼啸一声炸得四散横飞的炮弹里？可不都包藏在这人为的电闪雷击之中？他这些想法，并不是一连串想过来的，然而即使是东一鳞西一爪的想头，配上了相应的情绪，画面一闪，一动感情，当时就促使他处于一种感觉极其灵敏的状态。他觉得就像在酸性溶液中浸过，涤尽了遍体的锈垢一样，整个人儿，一直到指尖，都巴巴地想知道这些现象的背后究竟是怎么回事儿。好一会儿他都兴味盎然地处在一个层次繁复、纵横交错的境界里。从林中的那支大军虽已给排除在他的思路以外，可他还是觉得此时此刻自己仿佛一个躯壳同时兼有好几重身份，打这一炮不过体现了他这个人的一个方面。打一炮就是一声巨雷、一片火海、一股熏人的硝烟，全师那么多大炮，打起来就要厉害几十倍、几百倍，可是这些只占了他几个脑胞，只占了他大脑皮层上几道最浅的皱襞。他脑海里的全局还要大得多，那是一个彻底的暴力世界，是一切黑暗势力的总汇合。在当时那黑沉沉的夜色里，他觉得自己威力之大，绝不是欢欣两字所足以表示的，所以他显得又冷静，又严肃。

后来他就坐吉普车回指挥部去了，回去的路上他的心情好极了。人还是那么紧张，还是有一点点狂热，但是这种兴奋的状态不是表现为心神不定，而是表现为脑细胞达到了高度的活跃。然而究其实那也无非是随意东想想、西想想，自得其乐，就像一个小孩子逛玩具店，允许他喜欢什么就拿什么玩儿，玩腻了就扔开。这样的体验将军以前也不是没有过。无论干了什么新奇的体力活动，他总会变得这样振奋，这样灵敏。

回到帐篷里，把外出期间积在案头的不多几份公文匆匆看了一下。此刻他不想细看，公文中的重点部分要领会、要记住，他现在没有兴趣做这种细致的工作。他又到帐篷外去站了会儿，吸了几口夜晚清新的空气。营地上早已悄无人声，简直有点阴森森的，月光下只见四外轻雾空明，林木都像罩了一层稀薄的银纱。在此时的心情下，他觉得这熟悉的一切反倒如在梦中了。他不禁感叹起来：黑夜里的大地竟完全变了样了！

转身进了帐篷，他迟疑了一下，才打开了办公桌边上一只小小的绿色公文柜，取出一本登记簿那样的黑面子厚笔记本。这是他已经记了多年的日记，私下有什么想法，他都记在这本日记上。他内心的想法本来都是找玛格丽特说的，可是结婚一两年以后，小两口生分了，这本日记才显得重要起来，在其后的这许多年里，他记满了好几大本，都加了封，藏得好好的。

但是他在记日记的时候总觉得似乎有点见不得人，有如一个孩子走进浴室，把门一关，就觉得很不好意思似的。他不仅有这样的下意识，也常常有这样的思想活动——他自己不十分注意，其实他心里早已有所准备，万一叫人看见，他也有话可说："请你稍等一会儿，少校（也说不定是上校以至中尉、少尉），我有些事情要记一下，免得忘记。"

现在他把日记翻到空白的一页，拿着铅笔，想了好一会儿。从炮兵连回来的一路上，脑子里涌现出许许多多新的感受、新的想法，他知道这些还会重现，所以等了一下。他似乎又摸到了那拉火绳的磨得光光的蛋形捏手。真像牵着一头野兽！——他心想。

这个比拟引出了一连串的想法。他在这一页的头上写下了日期，铅笔在两个指头中间转了一下，笔下就写开了：

　　说武器不止是机械而已，说物也有物性，好似人有人性一样，这并不完全是无谓的想入非非。今天晚上我摸了一下大炮，在这方面得到了很大的启示，我愈想愈觉得打炮极似一个生殖的过程，然其终极目的则截然相反。

他自己也觉得这个比喻未免有点新鲜。接着记到那性的象征时，他心里感到有点不是味儿，不禁想起了达维克基奥：

我看这榴弹炮倒颇似一只蜂王，下等雄蜂都来交配。炮弹好比雄性生殖器官，亮闪闪的钢管好比雌性生殖器官，炮弹通过炮管，飞过高空，着地发火。在诗人的心目中，大地不就是娘胎的形象吗？

就是炮兵的口令用语也颇堪注意，那种猥亵的含意是相当露骨的。大概我们这些日常侍候死亡之神的，从这种语言中都不知不觉获得了一种满足吧。"摆开架尾"①啦，"平整炮座"啦，"瞄准目标"啦②。记得我去视察过一个训练班，训练班上的学员对这套用语就兴趣奇大，连讲课的那个下级军官都说了："这么大的洞口假如你这炮弹还塞不进去，我真不知道你将来怎么办？"这个意向恐怕很值得分析。是不是可以用精神分析法来做些研究呢？

其他武器也是如此。德国人在欧洲战场上使用饵雷，我们在穆托美岛三一八高地上也遇到过类似的情况。碰上这种危险的玩意儿，就好比害虫横行，尽撞上些又肥又黑奇丑无比的小东西，叫人一想起来就肌肤起栗、直打恶心，看到壁上的画挂歪了也吓得不敢去摆正了——生怕把画一动，画框背后就会窜出几只大黑蟑螂来，这跟战场上生怕拉响饵雷又有什么两样呢？

坦克和重型卡车仿佛丛林里笨重的大家伙雄鹿和犀牛，机关枪可不就像叽叽呱呱的长舌妇，一条舌头可以一下子撂倒许

---

① 架尾是炮架的尾部，可左右分开。炮从牵引车上卸下时，摆开架尾，就可支在地上。

② "摆开架尾"，"平整炮座"，"瞄准目标"，本来都是炮兵日常口令用语，但是其所用的字在美国俗语中都有牵涉到男女关系的别解，所以在卡明斯听来觉得语意双关。例如"瞄准目标"一语所用的几个字，凑在一起在俗语中正好是"跟那个女人睡觉"的意思。

许多多人？还有步枪，是人的不露形迹的臂膀，是人的威力的延长。这种种武器，不都有原型可寻吗？

反过来说，人一打仗，倒是都成了机器，不大再像人类了。这话是有些道理的，看来是不错的。打仗，就是组织成千上万成了机器的人，让他们在习惯的支配下杀上战场，烈日当头晒得他们汗气蒸腾，有如车头上的水箱，一遇下雨又冻得他们哆哆嗦嗦，僵得像块铁板。我从自己的思想中就觉察到，我们如今同机器也确实不是那么截然有别了。我们的脑筋如今已经无需再动了。一台机器可以抵人无数，在这一点上海军的眼光尤比我们敏锐。凡领导人以上帝自任者，其国家必然对机器奉若神明。这一条，不知道我是不是挨得上一点边？

他把身子往后一靠，点上一支烟。汽灯的白炽罩在咝咝作响了，他就探起身来调弄了一下。在这一瞬间他忽然想起了那天侯恩坐在对面要求调动工作时的一副表情。将军耸耸肩膀，又往椅子里一靠，两眼直盯着办公桌。也不知道怎么，这脑子里的想法一写下来，似乎就不那么深刻了，显得矫揉造作了。他心里有些不快，本来是不想再写下去的了，可是侯恩少尉的影子一来，他的心乱了，脑子差点儿捅开了一扇天窗。他就把侯恩的影子硬是给赶了出去，在末一句话的下面画了一道线，又找些事写了起来。

前些时我在思考一条曲线，觉得其含义十分丰富，相当耐人寻味。这就是一条不对称的抛物线。这条曲线可以是——⌢ 可以是——⌢ 可以是——

⌢ 也可以是——⌢

702

按：施本格勒以为一切文化发展消亡的规律与植物相同（植物是萌芽、开花、枯萎、死亡，文化是兴起、壮大、成熟、衰落）。但是我认为上述曲线所示才是一切文化盛衰的规律。看来，一个时代达到其顶峰，就时间而言总是早已过了其轨道上的中点。下降时的势头也总要比上升时急遽。这条曲线可不就包含着一个悲剧？一个人的发展过程总是成就费时，而衰亡极快，我看这倒是一条颠扑不破的美学原则。

然而再换一种眼光来看，这条曲线又是男性或女性乳房侧面的形态……

将军写到这里停下了笔，背上有些异样的感觉，一闪一闪的有如针刺。这个比喻顿时使他心神不定了，他虽然又接着写了下去，可是开头几句写得连自己也不知所云：

……我看这可以说是爱的基本曲线吧。人类的一切机能都可以用这条曲线来表示（在心理学上有所谓学习停滞时期，为防止衰退还可以采取一定的措施，这些且置而不论）。生命的物质基础，即性欲的勃兴和发泄，看来也可以用这条曲线来表示。

这条曲线到底表示了什么呢？这是一个抛射物体的基本飞行路线，一只球、一块石子是这样，一支箭（包括尼采的所谓"向往之箭"）、一颗炮弹也是这样。杀人取命的一枪一炮在空间飞行是这种曲线，播下生命种子的爱的冲动从概念上说也是这种曲线。这种曲线表现了存在的形式，因为生与死其实都是在同一条轨道上，只是观察的着眼点不同而已。生的观点是我们骑在抛射物体上之所见所感，这就是当前的一切，看得见、摸得着、觉得到。死的观点则看到了抛射物体的全貌，知道其不可避免的结局，从获得推动力、射入空间的一瞬间起，物理学上不可抗拒的规律就决定了该物体必然走向这个最后的结局。

进一步研究的话，可知抛射物体的飞行路线受到了两股力的制约。要没有这两股力，物体就永远成一直线上升。↗这两股力一是地心引力，二是风的阻力，其影响之大小，与飞行时间的平方成正比；也就是说，会自然而然地变得愈来愈大。物体要朝这个方向飞去↗，而地心引力则要往下拉↓，风的阻力又要向后推←。随着时间的推移，这两股附加力变得愈来愈大，造成下坠加快，射程缩短。如果光是地心引力起作用，那飞行路线该是对称的：

由于风的阻力作用，曲线才发生了可悲的变化：

如果把这条曲线的意义引申一下，则地心引力代表了消亡的不可避免（向上的事物最终必将落下），风的阻力则可以视为环境的阻力……即所谓质量慢性，也就是群众的惯性①，在这个因素的影响下，一种向上发展、前程无量的文化就会渐渐丧失锐气，减慢速度，造成过早的消亡。

将军停了笔，呆呆地望着日记。最后一段里有一句话总是在头

① 这里的"质量"原文是 mass，卡明斯从 mass 联想到 masses（群众），物理名词"质量惯性"一下子就转换成"群众的惯性"，所以下文说将军责怪自己是在做文字游戏。

脑里打转，转得他都腻味了。"质量惯性，也就是群众的惯性，质量惯性，也就是……"他忽然觉得无趣起来。

我这不是在做文字游戏嘛！写了这么一大篇，有什么意思呢？都是想入非非。看着看着他内心涌起一阵强烈的反感，就拿起铅笔慢慢地一句句使劲划掉。划到一半笔头啪哒断了，他扔下铅笔，走出了帐篷，连呼吸都有点急促了。

想得未免太美了，太简单了。条理虽有，可是总无法归结为一条简单的曲线。有些事他总还觉得捉摸不透。

他打量了一下这静悄悄的营地，又抬头望了望太平洋上的星空，耳边只听见椰林的沙沙絮语。一人独处，他的感觉又膨胀起来了，连自己的个子能有多大都糊涂了。他又觉得自己雄心勃勃，大到无边无际了，要不是他的习惯都已经生了根，他真会伸起胳膊，想去探探天空。他长大成人以来还从不曾有过今天这样的心情：他只恨自己懂得太少了。要是能够悟透其中的奥妙就好了。就可以亲自去画……可以亲自去画那条曲线了。

这时候一门大炮开了火，震破了天边朦胧的夜影。

将军听着回荡的炮声，不寒而栗。

七

暮色中，穴河山的危崖峭壁上是千缕金辉，万抹红晕，反光又都落到了脚下的小山头和平地上。侦察排里余下的人员，都在宿营地打点打点准备过夜了。帮着布朗他们抬了一小时担架的四个人已经归队，毯子也都铺开了。加拉赫在洼洼上面的山头顶上值班放哨；其他的人有的在吃干粮，有的钻进了草丛，找个远点的地方去出恭。

怀曼从水壶里倒出几滴水来洒在牙刷上，一本正经地刷牙，刷完牙又若有所思地摩了摩牙床。

"嗨，怀曼呀，"波兰克喊他，"你索性给我把收音机也打开，好不好？"

"得了，得了，他的收音机我都听腻了。"米尼塔说。

怀曼红了脸。他尖起了嗓子说："听着，小子！我可好歹还是个文明人。我想刷牙，谁能叫我不刷？"

"文明人？朋友再好，也不敢恭维。"米尼塔说了句俏皮话。

"呸，呸！去你的，讨厌的家伙！"

克洛夫特在毯子里翻了个身，拿胳膊肘支着地撑起身来。"喂喂，你们给我把嘴闭上好不好？吵吵闹闹的，要招一大帮日本人来还是怎么着？"

还有什么话好说呢？"好吧。"不知是哪一个咕噜了一声。

他们的话罗思都听到了。罗思那时正蹲在草丛里，他不觉就战战兢兢地回过头去张望了一下。背后茫茫一片尽是连绵不绝的山风，暮影渐渐浓了。他得赶快点儿才行。手纸就在干粮盒里，可是正当他伸手去掏摸时，腹部又是一阵绞痛，他哼了一声，使劲把大腿挺住，好容易才解干净了。

"天哪，"他听见有人在悄声嘀咕，"是谁在那里出清存货？像头大象似的？"

罗思本来就已两腿发软，止不住恶心，这一下更是局促不安了。他就掏出卫生纸来一揩了事，赶紧拉起裤子，身上已经一点儿力气都没了。回来往雨披上一躺，拉过毯子盖在身上。心里想：为什么这倒霉毛病早不发作，偏偏现在却发作了呢？头两天他一直大便干结，肚子发胀，不过那种滋味倒还没有现在这么难受。他暗暗琢磨：一定是为鸟儿的事，精神上受的刺激太大了。腹泻不仅可以由饮食引起，精神因素同样也会刺激发病。像是为他提供证据似的，他肚子里突然又像扭了个结，疼了好一阵子。他心里想：晚上只怕免不了还得去呢。可是不成啊，在黑地里一走动，说不定会给放哨的弟兄开枪打死呢。要出恭也只能就拉在毯子旁边。想到这里罗思觉得又委屈又恼火，眼泪不禁夺眶而出。这像话吗！他简直恨死部队了，下面这种处境，他们几时关心过？喔……！他连气也不敢出了，只顾夹紧了屁股死死忍住，一头剧汗都淌进了眼里。他一时惊慌万状，心想这一下准得把屎拉在裤裆里了。侦察排里这帮浑蛋都有句口头禅，叫作"不要吓得屁滚尿流"。他心里想：他们懂些什么呀？他们就知道凭这一条标准，来衡量一个人是好是孬。

"逢到紧急关头，须防屁滚尿流。"今天下午他倒是没有含糊，什么拉屎撒尿的，脑子里连想都没有想过。

可是想起了山口入口处的那场小接触，他又心慌意乱，把持不住了。当时他一低头缩在石梁后边，克洛夫特已经在大声吆喝叫他们开火了，他还是动也没动。不知道克洛夫特看在眼里没有，但愿他那时心急慌忙，注意不上。要是给他注意到了，他是决不会轻易放过我的。

由此而想起了威尔逊。罗思不由得把脸扑在那潮乎乎的橡胶雨披上。原先他对威尔逊的事一直没有经心——威尔逊都抬回到洼洼里来了，连担架都做好了，他还是只顾逗小鸟玩。威尔逊他见是见到了，可实在不想对着他看。而现在威尔逊的模样却清清楚楚地出现在他的眼前：脸色煞白，军装上一片鲜血。怕人哪！想起这片鲜血红得那么厉害，罗思心里一惊，感到有点恶心。我总觉得这血似乎有点发黑……是动脉血吧……还是静脉血呢……？哎，还管这个干什么？

威尔逊一向生龙活虎，为人也不坏，待人非常和气。能叫人相

707

信吗！本来明明是好好的，一下子就……他伤得可重了，抬回来的时候，一副样子简直像个死人。真想不到啊！——罗思想到这里禁不住一阵毛骨悚然。要是这一枪打中的是我呢？罗思仿佛就看见了自己身上好深一个窟窿，汩汩地流出鲜红的血来。喔，这嘴巴般的伤口，看着多吓人哪。苦恼还压在心头，肚子里又翻腾起来了。他把胸口贴着地，要吐又吐不出来。

哎呀，太可怕了，不能想了，不能想了。

他瞅了瞅睡在旁边的人。天色已快要黑透了，好容易才看清了对方的模样。

"是雷德吗？"他小声问。

"唔？"

罗思想说"你没睡着？"却又打住了。他把胳膊肘一撑，支起身来，问道："跟你说句话行吗？"

"这有什么，我反正也睡不着。"

"疲劳过度就睡不着了，咱们跑得太快了。"

雷德啐了一口唾沫："有牢骚你对克洛夫特发去。"

"别误会，我要说的不是这个话，"他沉默了好一会儿，后来实在熬不住了，"威尔逊的情况很严重呢。"

雷德吃了一惊。他在地铺上睡下以后，心上也就一直在默默盘算这件事儿。"啊，威尔逊那老小子，他死不了。"

"是吗？"罗思一听松了口气。"可他满身都是血呢。"

"你这话可怪了，不是血难道还会是牛奶不成？"罗思惹他生了气；今天晚上任凭是谁，都难免要惹他生气。他心想：威尔逊是侦察排里的老人马了，为什么挨枪的偏偏是他呢？那旧有的忧虑，也是他最大的忧虑，又上了心头。他很喜欢威尔逊，威尔逊大概可以说是他部队里最要好的朋友了，不过那也算不得什么；在部队里他对同伴的感情都规定了一个限度，决不出格，不管哪个战友死了，他都不会感到心疼。可威尔逊在侦察排里毕竟是跟自己一样的老资格了。打死的是新兵，情况就不一样，其他部队有弟兄阵亡，更不在话下。那不会影响你的情绪，不会使你觉得自身可危。威尔逊要是死了，那下一个也就该轮到自己了。"我说，那小子个子大，迟早得当枪靶子。你怎么能那么想不开呢？"

"可事情来得也太突然了。"

雷德哼了一声。"以后轮到你的时候，我一定给你先发个电报。"

"这种玩笑也开得吗？"

"啊……"雷德莫名其妙地突然打了个寒噤。月亮出来了，山崖石壁涂上了一层银光。他仰面躺在那里，看得见大山高峻的险坡层层而上，几乎可以一直望到山顶。眼下真是万事颠倒。他居然也会相信对罗思说这样的话也许是不大吉利。他就缓和了口气，说："只当我没说吧。"

"哎，没什么，你可别生气。人到这种时候就容易激动，这我理解。我自己就是老想着这事儿，丢也丢不开。太叫人不敢相信了！一会儿以前人还是好好的，一点毛病也没有，可眼睛一眨……我简直弄不懂。"

"还是谈些别的事情，好不好？"

"真对不起。"罗思犹豫了。他的疑虑，疑虑背后的恐惧心理，还是没有解除。一个人挨杀竟是那么容易！他所摆脱不开的就是这种惊骇的心情。为了减轻胃部受到的压迫，他翻过身来，仰面朝天，舒了口气，说道："唉，我累透了。"

"谁不是累透了？"

"克洛夫特哪来的这么一股劲儿？"

"那小子就爱这么着。"

一想起他，罗思心里就一哆嗦。他又想起了鸟儿的事，于是就脱口说道："你看克洛夫特会对我记恨吗？"

"就为那鸟儿的事？我也说不上，罗思，他的事你还是别去瞎捉摸，犯不上白费这份功夫。"

"有一句话我早想跟你说了，雷德……"罗思不觉顿了一下。疲劳、腹泻后的虚软、浑身的伤伤痛痛、威尔逊那副模样在他心头勾起的恐惧，这一切突然都向他袭来了。克洛夫特掐死小鸟以后，就是旁边的这位弟兄，还有另外好几个弟兄，出来帮他说了话，一想起这件事，他真是说不出的可怜自己，心头更涌起了无限的感激和温暖。"今天为了鸟儿的事你帮了我这么大的忙，我真感激不尽。"他的嗓子哽住了。

"哎，算不了什么。"

"不，我……我还是要向你表示感谢。"说着止不住流下泪来，弄得自己也惶然不知所措。

"哎呀！哎呀！"雷德一时大为感动，他差点儿就要伸出手去拍拍罗思的背。可是这手毕竟还是没有伸过去。罗思可不就像老是麇集在垃圾堆旁的乱毛蓬松的癞皮狗？有时碰到下等客店里扔出残羹剩饭来，这类杂色野狗也会在店外簇拥成一堆。你要是给它们一点吃的，或是拍拍它们的脑袋，它们就会跟上你几天，瞪出了水汪汪的眼睛，感激涕零地老盯着你瞧。

他现在倒是很想对罗思表示一下好意，可是这么一来，罗思就要老是来找他了，找他说体己话，乞求感情的抚慰。谁对罗思友好，罗思就会缠住谁没有个完，这他受不了；罗思这种人，当枪靶子的日子是不会远的。

他不但受不了，心里也真不愿意。他觉得罗思流露出来的那种感情总有点不大体面，不大健康。他就生气地说："算啦算啦，老兄，这种话就少说啦。你跟你那只鸟儿，才不在我的心上呢。"

罗思仿佛劈面挨了一巴掌，一下子呆住了。他在那里滴眼泪的时候，一度曾经满怀希望，以为又可以领受母亲温暖的怀抱了。可如今这希望破灭了，一切希望全破灭了。他终于还是落得孑然一身。他只感到一阵辛酸的欣慰，好像今天见到了这最后一双白眼，他终于明白自己已是个再也无脸可丢的人了。他固然心灰意冷，可是房子倒了，底下的基石毕竟还是石头的。他本能地浮起了一丝苦笑，不过那雷德是看不见的。"好，只当我没有说吧。"罗思说着，就背对雷德侧过身去，透过两眶眼泪，望着那荒凉清冷的山景。他咽了口唾沫，觉得喉咙里热烘烘的。他暗暗想道：好吧，反正就死了心吧。将来难免连儿子都要来讪笑他，老婆的骂那更是有得可挨了。还有谁看得起他呢？

雷德望着罗思的背影，心里还很想把手伸过去。罗思那耸起的瘦小的双肩，那一副倔强的样子，在雷德看来分明含着一种责备；雷德心下不安，感到有些内疚。他责怪自己：我又何必为了那只瘟鸟出头帮他说话呢？现在的矛盾倒成了我和克洛夫特的矛盾了。他疲惫地叹了口气。双方的冲突是早晚得爆发的。反正我也不怕——他这样暗暗安慰自己。

真的不怕吗？他心里倒起了怀疑，可是随即又把这个问题避开了。他已经困乏不堪，罗思那几句由衷之言也确实使他感动，不能自已。他有这样的经验，就是他筋疲力尽之时，脑子往往反而清楚，俨然无所不通，不过逢到这种时候，心里的想法总带着股愁苦滋味，觉得已经给生活磨得不胜其累了。他想起了威尔逊，几个月前大军登陆时威尔逊在登陆艇里的那副模样，一时又活生生地出现在他眼前。记得那时威尔逊还对他嚷嚷来着："快下船吧，你这头老公羊，小心海水可冷得很哪。"

"扯你的淡！"他当时回答的大概总是这一类的话吧，可是现在这都无所谓了。威尔逊已经不在身边了，此刻说不定都已经死了呢，劳碌了一场，又有什么结果？

唉，做人终是一场空啊。雷德差点儿说出了声来。真有道理啊。这句老话他知道，大伙儿也都知道，没有一个人不知道。他又叹息了：他们虽然知道，可还是没有开窍，还是没有悟透这个道理啊。

就算我们还回得去吧，回去还是受气。就算有朝一日大家都还能够退伍吧，退了伍可又有什么好呢？出了部队也还是那老一套。样样不顺心，事事不如意。但是这些人，说他们硬气又并不真的那么硬气，他们还是相信百事圆满的一天终会到来，他们从沙子里淘出沙金来归在一边，然后就对着沙金看，只对着沙金看——拿了个放大镜来看。他自己也是这样，可他还能有些什么盼头呢，等着他的无非是一座又一座荒凉的小镇，住的永远是租来的房间，到了晚上，只能在小酒店里听人闲谈打发光阴。除了找个妓女买得片刻的欢娱以外，还能有些什么呢？

他转念一想：我恐怕还是结婚好吧。可是他马上扑哧笑了出来。结婚有什么用呢？早先他也有过机会，可就是不要。他本来满可以就把洛侬丝娶了，可结果倒是跟她不辞而别了。人到了我这个年纪，往往怕说自己老了。其实坦白说，就是因为老了嘛。起初也跟大家一样，可以说心里有那么股劲儿吧，可是不知不觉劲儿就都消磨完了。他一下子又想起了洛侬丝夜半起来去看一看杰基的情景，洛侬丝回到床上总要偎着他哆嗦上好一阵子，身上这才渐渐暖和过来。想到这里他喉咙里一时哽住了，于是就赶紧把这念头按了下去。他身无长物，对女人无可奉献，对谁都无可奉献。你拿什么

712

话去给他们娘儿俩说呢，难道就说你喝酒喝糊涂了？野兽受了重伤，都还会独自走开，悄悄去死呢。

像是证明他确实老了，他的腰子又痛起来了。

不过他相信，有朝一日再来回想一下眼下的这几年，他一定会觉得稀奇，到那时再想起侦察排里的这些老伙伴，他一定会感到好笑。他也不会忘记丛林山峦还有这样的日出奇景。他说不定还会怀念在一个人背后蹑足追踪的那种紧张的心情。干这种事多蠢啊。他讨厌透了。他生平干过的事再没有比这更讨厌的了，不过假如他不死的话，他相信以后情况终归会好起来的。哈，又拿放大镜看沙金了！

他扮了个鬼脸。真是防不胜防啊。以前他自己就上过一次钩，尽管心里明明有底，却仍然上了当。他相信了一份报纸上的话。报纸上的文章，也只有托格略那样的家伙看了才深信不疑。不用说，这一回托格略得了个千金难换的伤，回国以后该就去到处演说推销公债了——对那一套他相信得不得了。他该说了："难道能让牺牲的士兵白白牺牲吗？"因为雷德记得，有一次有个弟兄收到他母亲寄来一篇社论的剪报，为这篇社论雷德同托格略争论过："士兵是白白牺牲的吗？"

当时他哼了一声。那谁不清楚？当然都是白死的啦，哪个士兵的心里不是雪亮呢！在他们这些无可奈何才来打仗的人看来，打仗无非是倒霉受罪。

"雷德，你这话说得未免太刻薄了。"托格略还说他来着。

"本来嘛，要靠打仗解决什么问题，就好比得了白浊上窑子里去治病。"

此刻他仰起了脸呆呆地望着月亮。或许倒真能起点作用也说不定哩。他吃不准，他也别想弄得明白，谁也别想弄得明白。哎，

713

算了吧，人都豁出去了，谁还来管这些呢。

反正自己这辈子是永远也弄不明白的了——他心里想。

侯恩也睡不着觉。他心里烦躁极了，两条腿也怪，自从害过热病以后，老是觉得那么累。他在毯子底下翻来覆去，折腾了总有个把钟头，时而望望屹立的山峰，时而望望头上的月亮，时而望望连绵的冈峦，时而又望望鼻子跟前的地面。自从遇上伏兵以后，他心头总有一种特别的感觉，也说不出一个究竟，却又有点像是焦灼不安，正是这种心情，一直在那里驱策着他。他觉得老是这样躺着不动实在难受。过了一会儿他终于爬了起来，穿过洼洼走去。山头顶上的岗哨一看见他，就端起枪来。他轻轻打了个唿哨，说道："是谁——是米尼塔吗？我是少尉。"

他爬上坡去，来到米尼塔身旁坐下。面前，月光下只见摇曳的野草掀起一阵阵银白色的波浪漫过山谷，一座座山岗看上去都像铁板着脸。

"什么事，少尉？"米尼塔问道。

"没什么，我来遛遛腿。"他们都把嗓门压得低低的。

"说真格的，今天中过了埋伏，放哨才真叫不好受呢。"

"是啊。"侯恩按摩着两腿，想减轻腿里的酸痛。

"我们明天怎么办呢，少尉？"

是啊，明天怎么办呢？这是个无法回避的问题。"依你看呢，米尼塔？"

"依我看我们应该掉转头，往回走。那要命的山口不是封锁住了吗？"米尼塔尽管压低了声音，还是一副愤然的口气，似乎这个问题他早已在心里盘算好久了。

侯恩耸了耸肩膀。"还难说，也可能要往回走。"他陪着米尼塔在那儿又待了好一会儿，这才下了山顶，回到洼洼里，往毯子里一钻。真的，说穿了就是这么简单的一回事。米尼塔不是说了吗：既然山口封锁住了，那何不就掉转头、往回走呢？

对，为什么不往回走呢？

答案也是够简单的。他不想就此收兵回去。因为……因为……再追究下去，那动机可就很有点见不得人了。侯恩把双手枕在脑后，仰面望着天空。

事到如今，这趟侦察行动已经连万一的希望都没有了。现在就算能够通过山口吧，日本人得知了他们的行踪，肯定一下子就能猜出他们的来意。他们真要是到了敌人的阵后，要不被敌人发觉那简直是不可能的。其实，现在再回过头来看，这趟行动根本就没有一丝一毫成功的可能。将军这一招完全失算了。

所以他不愿意回去，因为回去就意味着自己完不成任务，得空着双手，凑些理由，去见将军。这完全是上次去"自由轮"上采办货物一事的重演。上次是克理甘，这次是克洛夫特。他头两天的种种行动背后，隐藏着的正是这样一种思想。跟士兵发生感情？——笑话！他之所以要同他们搞好关系，目的无非是希望这趟侦察任务能多几分成功的可能。说实在的，扪心自问，他才不稀罕这帮子人呢。他所以这样不辞劳累，奋力以赴，所以一定要同克洛夫特争个高下，其真正的动机，就是要和将军争一口气。

为了出气？岂止如此，还有更见不得人的呢。因为追究到根子上，这不是要出气，竟是要出头。他要重新博得将军的赏识。侯恩索性一翻身，趴在地上了。

还要当个头儿！

他知道这种想法同样也是丑恶不堪的。可是现在他却乐此不疲。今天遇上敌人的伏兵，他指挥部下撤离战场，当时的心情真是无比激动，不，应该说是无比快意，这短短几分钟的光景，他事后一直在脑海里反复回味，巴不得还能重新经历一番。所以将军固然是一个因素，现在他内心深处却还有个更隐蔽的因素，就是自己也很想当这个侦察排的头儿。这种欲望一直在不断膨胀，一旦突然发火燃烧，就成了他平生少有的一大快事。克洛夫特为什么要举起望远镜久久望着高山，为什么要掐死小鸟，他都能够理解。认真检查起来，他自己俨然也就是一个克洛夫特。

正是这样。他这辈子换过了多少职务、差事，干这种事总能指挥些人，可是他似乎总能自动察觉内心的冲动已酝酿到什么程度，总是干到中途便匆匆离去，工作刚有点苗头也宁可撇下，连女人都可以抛弃，因为他心底深处的要求并不是要个伴侣，而是要把对方攥在手里。

将军有一次说过："你知道，罗伯特，自由主义分子和激进分子实际上只有两类。一类人害怕这个世界，希望这个世界变得对自己有利，譬如犹太人的自由主义这一类玩意儿就是。还有一类是连自己的愿望都不清楚的年轻人。他们要改造世界，却又不承认自己是要按照本身的面貌来改造世界。"

这种心理确实是一向存在的，自己也有些省觉，不过总是看不清楚。只觉得有那么一股激动劲儿。

这么说，自己就不是个骗子手，而是个浮士德了。[①]

情况是够清楚的了，可那又怎么办呢？他明白了就不应该再继续执行这个侦察任务；从客观上看，他这样做无异是拿余下九个人的性命开玩笑，这种任务他根本就承担不了。他假如还有些人格的

---

① 意思是把自己的灵魂都出卖了。浮士德是欧洲中世纪传说中的人物，为了获得权力和知识，把自己的灵魂出卖给了魔鬼。许多作家和音乐家都曾根据这一题材写过作品，以歌德所写的诗剧最为著名。

话，那么天一亮就应该向后转。

内心却报以一声冷笑。按理是应该向后转，可心里不愿意啊。

他感到一震，不禁恨透了自己，恨得连他自己也吃了一惊，几乎要惊极而喜了。因为他这一下算是看清了自己的原形，他感到深恶痛绝，简直都有点毛骨悚然了。

他非得马上向后转不可。

他一掀毯子又爬了起来，大步穿过洼洼，来到克洛夫特的睡处。他屈下腿去，刚要把他摇醒，克洛夫特却转过身来了。"有什么事，少尉？"

"你没睡着？"

"嗯。"

"我决定天一亮就往回撤。"一旦明白告诉了克洛夫特，自己也就不能反悔了。

月光照出了克洛夫特半边的面影，脸上没有一点动静。只是嘴边的肌肉也许哆嗦了一下。他半晌没有作声，一会儿才反问了一句："天一亮就往回撤？"两腿早已从毯子里伸了出来。

"对。"

"你看我们是不是还应该去仔细察看一下？"克洛夫特这无非是想拖延时间。侯恩过来的时候，他已经快要睡着了，如今乍一听到这个决定，受到的打击太大了。胸口似乎连气都透不出来了。

"还有什么好察看的呢？"侯恩问道。

克洛夫特摇了摇头。他觉得自己是依稀有个想法的，但是捉不住摸不着。他的脑子，甚至他周身的肌肉，都绷足了劲，拼命想抓住点儿什么，好借一把力，扭转这个局面。这时侯恩如果碰他一下的话，克洛夫特管保会吓一跳。"我们怎么能就这么算了呢，少尉？"他的嗓音都沙哑了。慢慢的，他终于看明白了摆在面前的形势，他对侯恩的仇恨又爆发了出来。心头那种懊恼的感觉，侯恩叫他向罗思道歉时他体验过，去营救威尔逊那会儿，看出山口入口处已无人把守时他也体验过。

那个朦胧的想法又在他脑子里闪了一下。话一出口，连自己都有些吃惊："少尉，那帮日本佬打过我们以后就溜啦。"

"你怎么知道的？"

克洛夫特就把威尔逊的情况一五一十对他说了。"我们现在过得了山口了。"

侯恩摇摇头。"我怀疑。"

"难道不去试一试？"克洛夫特想摸一摸侯恩不想去到底是何原因，他隐隐约约感到侯恩要往回撤并不是出于害怕。这个由直觉得来的印象引起了他的惊恐，因为，真要是如此的话，侯恩就不大像会改变主意了。

"今天白天遇到了这样的情况，我是不打算再带队伍过山口了。"

"那干吗不派个弟兄今儿晚上先去侦察一下呢？哎呀呀，这一点我们总起码能做到吧？"

侯恩还是摇头。

"那就翻大山过去。"

侯恩抓抓下巴，半晌才说："弟兄们翻不了这座大山。"

克洛夫特使出了最后一个招数，"少尉，我们这个侦察任务要是完成得好，或许就能结束整个战役也说不定哩。"

方程式解到最后一道因式了。太棘手了。因为侯恩心里也明白，这话是很有点道理的。这次来侦察，如果能取得成功，那对于战局倒不失为一个小小的积极的贡献。不过所谓贡献云云，其实也是很难捉摸的，他在很久以前就对将军谈起过这个问题。"请问你

718

怎么来判定：到底是战争早些结束，让多数人能回国好呢，还是大家全都赖在这儿坐等完蛋好？"

岛上的战事如果早日结束，得到具体好处的还不是全师的官兵？刚才他就是抱着这样的想法，才决定中止侦察的，他要拯救这一排人的性命。可是情况复杂万端，此刻一下子也细想不过来。眼前他只要给克洛夫特一个答复就行，克洛夫特还挺起了身子，像块顽铁似的硬撅撅蹲在他身边呢。

"好吧，那今儿晚上就派个人进山口里去摸一下，如果碰到什么情况，我们就往回撤。"他是想这样敷衍过去？还是在欺骗自己，想再找个借口，去继续侦察呢？

"你想亲自出马吧，少尉？"克洛夫特的口气在他听来分明有一些挑逗的味道。

可是他说什么也不能去。他要是一旦遭到不测，那正好完全合了克洛夫特的心意。他就冷冷地说："我去恐怕不合适吧。"

克洛夫特心里打的也是同样的算盘。他自己要是去了，万一牺牲的话，侦察排肯定就要向后转。"我看恐怕还是马丁内兹去最合适。"

侯恩点点头。"好吧，那就派他去。明天早上咱们再做决定。你顺便跟他说一声，让他一回来就来把我喊醒。"侯恩看了看表。"这就要轮到我放哨了。叫他临走前先来跟我打个招呼，免得发生误会。"

克洛夫特四下里一看，借着月光认出了马丁内兹的毯子。他瞅了侯恩一眼，这才走到马丁内兹身旁，把他叫了起来。少尉则只管爬上山头，换岗去了。

克洛夫特向马丁内兹交代了任务，然后压低了声音又补上一句："要是看见有日本兵宿营，就设法绕过，继续前进。"

"明白了。"马丁内兹已经在系鞋带了。

"只要带把短刀就可以。"

"好，我大概过三个钟头回来。谁当班放哨请跟他通个气。"马丁内兹小声说。

克洛夫特抓着他的肩头好一会儿没放。马丁内兹微微有些哆嗦呢。克洛夫特就问他："你行吗，伙计？"

"行，没问题。"

"那你听我说，"克洛夫特嘱咐他，"你回来没见到我，先什么也不要对谁说。要是少尉那时已经醒了，你就对他说什么情况也没有，明白吗？"克洛夫特觉得嘴都好像张不开了，违抗命令真是提心吊胆啊。不光是违抗命令呢，心底里还另外有一种意思，只是至今还没有透过一丝风。他费劲地嘘出了一口气。

马丁内兹点了点头，为了活动活动麻木的手指，他两手一会儿握紧一会儿松开。"好，我走了。"说着他就站了起来。

"你是个好样儿的，'日本圈子'。"在黑暗里悄声密语，自有一种森然可怖之感。四下躺着的仿佛都是死人。

马丁内兹把自己的枪用毯子裹好，以防受潮。枪不带了，就搁在背包上。"没问题，山姆。"他的声音带着那么一丝颤抖。

"好，'日本圈子'。"克洛夫特看着他跟侯恩说了几句话，出了洼洼，就往白茅草里一钻，沿着大山的参天峭壁，向左而去。克洛夫特擦了擦前臂，似有所思，一会儿才回自己的地铺躺下。他知道，不到马丁内兹回来，自己就别想睡着。

还是躲不掉啊。好容易做出了决定，转眼又取消了，结果一连串的问题还是原封不动摆在面前。侯恩两肩一耸，做了个苦脸。要是马丁内兹回来报告山口里没有日本人，那么天一亮队伍就得往前

720

开了。他轻轻搔了搔胳肢窝，呆呆地望着下方的山谷和四外荒凉凄寂的冈峦。风吹过山沟，拂过高高的白茅草，直上山头，一路萧萧有声，好似远处有浪涛拍岸。

他错了，他这是骗了自己，骗得也着实稀奇。这何止是对克洛夫特让了步，他是又一次对自己屈服了。这么一来，情况就更复杂了，就凭自己那么几条理由，已经无法自圆其说了。什么"不惜耍些花招"，什么"何妨找些巧方儿"，都已经无法解释了。他是明知故犯，他明知道要是马丁内兹回报说没有发现日本人的话，天一亮自己可是要进山口的。

等将来回到了驻地上（如果还回得了驻地的话），不如辞官不做算了。那倒不失为一个好办法，光明磊落，对得起自己。侯恩又搔了搔胳肢窝，感觉到心里有些不乐意。他不想把官儿丢掉，当然这样也才符合他一贯的心理。辛辛苦苦读完了候补军官学校，起初拿肩章上的"杠杠"不当回事，总是满不在乎，可是时间一长"杠杠"就扎了根，成了左右自己看法的重要因素了。久而久之，要他不当这个官就像要断他的手臂一样了。

他知道不当官也不会好过。不当官就只能当兵，当一名小小的列兵；不管派到哪个部队，那里的弟兄迟早总会知道他当过军官，那就只会招他们的憎恨，不光是恨他，连他有官不做都会引起他们的不满，因为他们自己有意无意之间都有那么个当官的想头，他这一来岂不是泼了他们的冷水？他当小兵的话不能不考虑一下后果：当到头都不会有个身上干净的时候，当然更别想有舒心日子过了。等着他的是一身的乌糟、无穷的苦恼，要说能让他有什么新发现的话，恐怕不会有别的，无非是让他看清楚：他也跟别人一样，可以纳入那么一把一级畏惧一级的梯子。

可是问题也就在这儿。他一向采取逃避的方针，为的就是不愿意担惊受怕，不愿意暴露自己的弱点，不愿意承认自己也是一个人，可以被人凌辱。有句俗话说："追人不如被人追。"现在他算是有些体会了，觉得这话蛮有道理。

将军对此会表示什么意见，不说他也学得上来："罗伯特，这话妙极了，类似这种美妙的鬼话眼下最吃香了，就好比胡扯有钱人不能上天堂什么的。"说到这里将军准会一阵大笑，再补上一句："可你知道，罗伯特，真正上天堂的，偏偏都是有钱人。"

将军这人真他妈的鬼透了！这话侯恩也不知骂过有多少回了，骂中有怨，有恨，恐怕还有些无可奈何，可其实这并不是将军他无所不知。你只要一旦接受了他的观点，觉得人果然都是王八蛋，那以后听他的一切言论，就觉得无不顺理成章了。逻辑，是说一不二的。

然而历史则不然。不错，历史上许多伟大的理想都磨掉了锋芒，迁就了现状，改变了性质，就是办了些好事，其动机也往往是不善的，但是看历史演变的结果，倒也不全是那么糟糕，本来应该打败的仗有时也会打赢。若是按照逻辑来推断，世界本来早就应该成为法西斯的天下了，可是世界却至今没有变色。

底下的山谷里微微有些响动。他把枪一提，紧紧地盯着草影里看。稍过会儿，便又悄无声息了。不知什么缘故，他的心里却一下子沉重了起来。

希望渺茫啊。种种不良势力、种种政治机器对人们的压迫，总是在一点一点不断增加；随着每一种新武器的出现，力量对比上的差距也在一点一点拉大。光凭道义怎么能同炸弹抗衡呢？连革命的手段都发生了变化，现在要取得革命的成功就必须以大军来对付大军了，不然休想。

如果这世界成了法西斯的天下，如果卡明斯真要得了志，他侯

722

恩要对付他们，小办法还是有一个的。恐怖活动总还是可以搞的。不过他要搞的是干净利落的恐怖活动，绝不蛮干，不用机关枪，不用手榴弹，不用炸弹，不胡来，不乱杀，只要刀一把，绳一根，几个老手，先开一张名单干上那么五十个，干掉五十个再干五十个。

同志们，咱们可要一致行动啊。他做了个苦笑。老是五十个、五十个地干下去，干到什么时候是完呢？这不是个办法。起不了什么作用的。不过是找点事儿做做，扬眉吐气一下罢了。今儿晚上咱们的打击目标是卡明斯大元帅。

啐，想入非非!

想来想去还是无计可施，不过历史上恐怕也有过若干时期，就是这样一筹莫展的。那就只能听天由命了。只能坐等法西斯来搞个天下大乱了。

可是不行啊，这样太消极了。不管怎么说，总不能就此不加抵抗吧？把军官的职位辞掉，这样的事总还应该可以做到吧？

哈哈，侯恩成吉诃德了! 资产阶级自由主义分子啊!

可是尽管如此，等归队以后，这桩小事他还是非做不可。要是探究一下原因的话，他这原因恐怕是不大干净的，但是带领队伍如果居心不善，那就更卑鄙了。他不干的话，大不了侦察排落到克洛夫特的手里，可是他如果干下去，自己也会变成又一个克洛夫特的。

到形势实在险恶的时候，左翼在政治上的分歧也许是会搁起来的。

这年头无政府主义已经吃不开了。

马丁内兹充分利用峭壁投下的阴影作为掩护，在茂密的草丛里一口气走了有两三百码。他一路走，一路弯弯胳臂，拧拧脖颈儿，脑子才慢慢清醒过来。刚才跟克洛夫特说话的时候，他还是似醒非醒，至少他并没有领会那些话内在的含意。给他的指示、任务，他都听明白了，克洛夫特对他有所吩咐，他也知道，而且自然遵命照办，至于这到底搞的是什么名堂，他可就没有去琢磨过。他当时也并没有感到只身一人夜入情况不明的异域有多危险，有多离奇。

现在脑子渐渐清楚了，这些他当然也都渐渐看明白了。那太蠢了吧？他起先也有些疑虑，可是马上就把怀疑都丢在脑后。既然克洛夫特告诉他得这么办，那明摆着就得这么办。他把耳目放机灵了，精神也打起来了。一路走去轻巧无声，每一步都是脚跟先着了地，脚尖才轻轻落下，在草丛中穿缝觅隙，尽量减少沙沙的声响。二十码外是绝难发觉有这么个人在悄悄走来的。可是尽管如此，他行进的速度还是不慢；他仗着丰富的经验，下脚宛如爪子抓住地面，踩不到碎石枯枝，着地又是那么把稳，没有一丝声息。看他的行动，简直不像个人，倒是更像一头走兽。

他内心战战兢兢，可是这战战兢兢却帮了忙，因为他怕而不慌，只要眼有所见，心有所觉，他反倒是全神贯注，格外在意。他以前也有过莫名其妙歇斯底里的时候，在运兵船上有过，搭登陆艇登上安诺波佩岛时有过，其后也还发作过多次，可是眼下这种战战兢兢的心情，却完全不是那么回事。此刻要是再叫他挨上一顿炮轰的话，他就得垮下——每当他身处这种眼睁睁无能为力的境地，内心的恐怖总是一发而不可遏制；不过现在他却是独自一人在执行任务，他执行这种任务比谁都有办法——这就使他有了力量。其实在他种种想法的背后，他还想到了自己这一年来完成的许多侦察任务，一桩桩一件件，都使他看到了成功的希望，增添了信心。

马丁内兹可是侦察排里的第一把好手哪——他内心得意地回味着这么句话。这话是克洛夫特有一次亲口对他说的，他一直忘

724

不了。

二十分钟以后，他就到了白天遇到埋伏的那道石梁外。他蹲在后面的林子里，朝石梁那儿细细打量了好几分钟，才又继续前进。一到石梁下，他又对前面的开阔地和日军部署火力点的小林子小心观察。月光下的开阔地是一派淡淡的银白色，小林子则是密密匝匝的墨绿一片，比周围灰白朦胧、略带透明的阴影要浓得多。他还依稀感到在背后和右侧，那巍然的大山在夜色中放射出奇特的光彩，宛如聚光灯照耀下的一座其大无比的石碑。

他盯着开阔地和小林子看了总有四五分钟，脑子里什么也不想，身上只剩了眼睛和耳朵在那里不停地活动。他两眼看得那么紧张，连胸口都紧绷绷地感到有股压力，可是他却不以为苦，反而觉得这种境界无比美妙，这正如酩酊大醉之先，刚刚尝到一些初醉的味道，倒觉得美滋滋的。他连气都不敢透，可自己并没有察觉。

毫无动静。除了野草的低吟以外，他什么声息也没有听到。他不慌不忙，几乎可以说从从容容，轻轻一纵身翻过了石梁，蹲伏在开阔地里，想找一片浓影隐蔽起来。可是要去那小林子却无论如何免不了要从月光下过。马丁内兹略一盘算，猛然一跃而起，故意把身子对着小林子暴露了那么一刹那工夫，然后就赶紧卧倒。那真是惊心动魄、捏着把汗的一刹那啊。可是并没有枪响。他这一露面，肯定是出敌不意的。小林子里要是有人的话，多半是要吓上一大跳，冲他这里打几枪的。

他又轻轻站了起来，迅速地大步冲过半个开阔地，随即一扭身，扑倒在一块岩石背后。还是没有反应，没有枪声。他又跑了三十码，在另一块岩石后边停下。如今距离小林子的前缘已不到五十英尺了。他听着自己的呼吸，瞅着岩石在月光里投下的卵圆形的影子。根据自己各方面的感觉，他完全相信小林子里并没有人，可是光凭感觉太危险了。他直起身来足足站了一秒钟，又马上伏下。到现在还没有开枪……听天由命吧。在月光下穿过一块空旷的开阔地，要不叫人看见是办不到的。

马丁内兹悄悄地一溜烟跑完了剩下的最后一段路。他一到林子里就又站住，把身子紧贴着一棵树的树身。还是没有一点动静。他一等眼睛适应了那里的黑暗，就一路用手拨开底下的小树乱丛，蹑手蹑脚地往前摸，一棵棵树地摸过去。摸了十五码左右，迎面遇上一条小径，他停下来左右张望了一下，就慢慢地顺着小径走，重又走到了小林子的边上。他发现了一个小小的掩体，连忙进去跪下察看。这里架过一挺机枪，时间在三五天前——他是根据掩体里的三脚架印子跟地面一样干燥而做出这个判断的。再说，看机枪的方向还是正对着石梁的；今天白天机枪要是还在这里的话，日本人早就给了他们一顿扫射了。

他慢慢地、小心地绕着小林子察看了一圈。日本人已经走了，根据空干粮盒的数目和茅坑的大小来看，他估计驻在这里的日本人总有一个整排。可是白天侦察排遇上的兵力却要小得多，这就只能说明，日军一个排的兵力大半已经在一两天前撤走，侦察排白天遇到的攻击是来自一支殿后的小部队的，不久以后这支小部队也就朝山口里撤退了。

这是什么原因呢?

他隐隐可以听见隔山传来的炮声，像是在给他提供答案。那天炮击频繁，整天不断。日本佬是拉回去增援阻击的! 这个分析似乎不无道理，但是这一来他也伤了脑筋。这么一看，在山口里头不定哪儿，或许有日本兵也难说呢。马丁内兹手里拿着只湿漉漉快要浸烂的干粮纸盒，不禁打了个寒噤。不定在哪儿呢。他朦朦胧胧而又战战兢兢的，仿佛看见了眼前有一群敌兵，在黑暗里磕磕绊绊，东奔西走。他往里摸就得撞上他们。他摇了摇头，好像牲口猛然一惊，便昂了昂脑袋似的。小林子里这一派黑沉沉、静悄悄的气氛，刺激着他的神经，消磨了他的勇气。他得赶快往前走。

马丁内兹擦了擦脑门子。他出汗了呢。这下子他才吃了一惊：原来自己的衬衫都湿透了，贴在身上冰冷的呢。鼓足的劲头才稍稍松了一下，疲劳的感觉马上又袭来了，没睡上一两个钟头就被叫醒，如今心头只觉得一股烦躁。腿筋都吊紧了，还有点抖动。他叹了口气。不过向后转他是绝对不考虑的。

他小心翼翼地顺着小径穿过小林子，向山口里头走去。小径有好几百码长，穿过的林子树丛不算太密，还称不上是丛林。一次他的脸擦着了树上一张又长又阔的叶子，立刻就有几条小虫弹到他脸上，吓得在他脸上乱爬。他就用指头把虫子轻轻拂去，可是内心焦灼，指头是汗潮潮的，有一条虫子粘在指头上，居然慢慢爬到胳膊上来了。马丁内兹把胳膊挥了挥才甩掉。他站在黑暗里直打哆嗦，一时心中七上八下。小虫子引起了一阵莫名其妙的恐惧，前头有日本人也已经比较可以肯定，这些都大大动摇了他前进的决心；尤其使他泄气的是，他奉命夜探的这一片陌生的土地，已渐渐成了一副挪不开的担子，在他背上愈压愈重。他曾几次深深吸口气，把全身的分量都前移到了脚尖上，可是身子却自会向后摆去，分量又都落到了脚跟上。树叶微微一动，懒洋洋没精打采地吹过一阵微风，带来了片刻的凉意，在他脸上轻轻拂过。他可以感觉到脸上挂下了一道道长长的汗水，好似一行行热泪。

该走啦！这虽然只是句无意识的自言自语，却不断输给他以新的力量。内心那股自己招来的阻力还力图反抗，可是毕竟抗拒不住。他向前跨出了一步，接着又是一步，终于把阻挠摆脱了。他顺着日本人在小林子里踩出来的陋劣小道一路走去，不一会儿便来到了林子外的一片空地上。这就已经到了山口里边了。

右边，穴河山的巉岩峭壁早已拐了个弯，跟他行进的方向又成了并行之势。左边，则是几座陡峭到近乎壁立的山冈，山冈又猛一下子冲天而起，接上了幡舞山脉。两边崖壁之间的夹道约有两百码宽，宛如两排摩天高楼中间夹着一条上坡的大路。夹道高低不平，有隆起也有坑洼，有大圆石也有荒土墩，岩壁上到处斑斑点点，那是罅隙里钻出的一簇簇蔽枝斜树，好像水泥裂缝里长出的野草。月光掠过穴河山高不可见的山顶，直泻到山口里，在岩石上、圆丘上洒下了斑斑驳驳的阴影。这里完全是一派荒凉、清冷的景象；马丁内兹觉得那天鹅绒般密不透风的丛林夜幕仿佛已是千里以外的事了。他脱离了小林子的掩护，走了两三百英尺，在一块圆石的影子里跪了下来。回身一看，天边可以找到南十字星，他本能地就算了一下方位。山口的走向是正北。

他只好硬着头皮，慢慢地顺着夹道朝里走去，山口里乱石纵横，一片芜杂，他走得很小心。过了几百码以后，夹道向左一折，然后重又向右一转，顿时显得窄了好些。有的地方，山影几乎把通道整个儿都罩没了。他的速度颇有参差，有时他简直不顾一切，一口气走了好长一段路，有时他又战战兢兢赶紧停下，本来只想稍停片刻，可是要逼着自己再迈开步子，硬是花了几分钟。碰到一只虫子，惊起洞里一头小动物，都会使他吓上一跳，特别是小动物东奔西窜的声音，吓得他腿都软了。他一再哄自己说，到了前面的拐弯处一定止步，可是一到那里，看看一路上平安无事，他又会再定一个目标，照旧走下去。这样他在不到一个钟头的时间里，总共走了大约一英里多一点的路——差不多全都是上坡路。他心里不禁犯了嘀咕：这山口到底有多长？他尽管是个老资格，可也不能不搬出老套儿来哄自己了：他总是只当面前的高坡就是最后一道高坡，过去就是丛林了，就是日军阵后了，就是海边了。

一路安然无事，他往山口里头愈钻愈深了，他的信心就更足了，心情也更迫不及待了。停下的次数愈来愈少了，每次走的距离愈拉愈长了。走到一个地方，只见一路上长满了高高的白茅草，前后有四分之一英里长，他就在草里走过去，在草里是无人可见的，他越发胆壮了。

一直到现在他还没有见过哪儿有日本人可以建立哨所的有利地形，他之所以处处提防，细心观察，与其说是因为担心有敌人的据点，倒还不如说是由于这高山深隘笼罩着一派打不破的寂静。可是现在地形渐渐起了变化。树木浓密了，地盘也占得更大了，有的地方密叶层层好大一片，底下可以做个小小的营地而一点看不出来。逢到这种地方他就大致侦察了一下。他借着阴影闪入林子，稍稍往里走几步，等上几分钟，听听有没有睡大觉所难免的声息。看到只有婆娑的叶影，听到只有惊起的鸟兽，他便又大步出了林子，向山口里继续走去。

一个拐弯，夹道又窄了一截。两边对峙的崖壁到这里已相距不过五十码了，一路走去，有的地方还有小片丛林堵住了道儿。穿过一片丛林就得花上好几分钟，地下都是矮树乱丛，要走过去而不出一声着实得费很大的劲。幸而后来又来到了一个比较开阔的地段，这一下走起来顿时就有如释重负之感。

可是再一个拐弯，出现在面前的竟俨然是个小山谷了。两边崖壁紧逼，中间堵着一片小树林，把口子全占满了。大白天这里视野宽广，要设立哨所再没有更理想的地点。他立刻本能地感到，日本人一定是撤到这里来了。这么一想，不由得手脚一震，心都跳得快了起来。马丁内兹就隐在一块岩石的背后，借着月光打量起这片林子来，他紧张得连脸上的肌肉都收拢了。靠右边，就在那岩壁插入夹道的地方，有一条带状的浓影，他连想也不容许自己想一下，一下子就悄悄绕过了岩石，伏在地上，手膝并用，在黑地里爬过去，连脸都没敢抬一抬。他瞧着月光和黑影之间的那条犬牙交错的界线，不知不觉瞧得入了迷。有那么一两次他还不知不觉向月光爬了过去，自己也说不出个道理来。他只觉得月光像是活了，也跟自己一样有灵有性了。他觉得嗓子卡紧了，像是肿起来了，他只能像个哑巴似的呆呆地看着这淡淡的月色。林子渐渐近了，离自己只有二十码了，一会儿只有十码了。一到林子的边沿他就停了下来，先用目光在林子外围搜索了一下，看看有机枪掩体或单人掩体没有。除了黑魆魆的树身以外，暗中什么也看不见。

马丁内兹就又摸进了林子，站在那里侧耳细听。起先什么声音也听不见，于是他就用手拨开丛杂的矮树，小心翼翼跨出了一步，半晌才又一步、一步地慢慢往里摸。忽然，脚踩上了一片平实的泥土，他吓得连忙用脚底探了探。随即又跪下来用手摸了摸，还摸到了旁边一棵矮树的小叶子。地面是给踩平的，矮树也给踩倒在一边。

原来这是一条新踩出来的小道。

好像还怕他不信似的，在不到五码以外的地方还有人在睡梦中咳了一声。马丁内兹浑身僵直了。像是给什么东西烫着了似的，他差点儿跳了起来。脸上的皮肉绷得紧紧的。这时就是能让他出声，他也出不了声了。

他不由自主地后退了一步，听见又有人在毯子里翻了个身。这一下他连动都不敢动了，生怕一摆手撞上了树枝，会把他们惊醒。他呆若木鸡，愣了少说也有一分钟。他觉得向后转是办不到的。什么缘故，他也说不上来。其实，要他退出树林他固然挺怕，可想起了往前走他怕得还要厉害。不过他还是不能往后退。他脑子里有个角落转得飞快，马上设想了一下向克洛夫特汇报时的情景。

"'日本圈子'一点屁用也没有。"

可是朝前走也不妥当。这个问题他想不清楚，一想起来就觉得脑袋瓜子像陷在腻稠稠的油里，转不动了。总之理由是有一个的，就是说不上来。他硬着头皮，好似光着脚板在满地的肥蛆上踩过，勉强忍住一身的鸡皮疙瘩，先伸出一条腿，又伸出一条腿，怀着重重啮心的疑虑，慢慢往前走。一分钟还走不到十英尺，汗水可早把眼睛都刺痛了。他觉得他似乎对每个毛孔里渗出的每一小滴汗水都有所知觉，觉得无数汗珠汇成了一道道小河，顺着脸上、身上的皱纹往下直淌。

有一件事，他凭着直觉心里就有了数。日本人踩出来的小道，估计目前还只有两条。一条同夹道垂直，在树林边沿的后方一两码处，正面对着山谷。另一条通向树林的那一头，同前一条正好合成一个"T"字。他此时是在"T"字的一横上，他得顺着这小道去，摸到"T"字的那一竖上。矮树丛是绝对穿不过去的，只要弄出一点点声音就会让人听见，更何况随时都还有绊倒的危险。

他于是又手膝并用，爬了起来。他觉得此刻的时间一秒秒都截然分明，简直像有只钟在耳边嘀嗒嘀嗒响。只要一听见有人在睡梦中哼哼唧唧，他就直想哭。四面八方全有人呢！他的身子似乎已经分成了几部分：手掌和膝盖不高兴了，在远远以外不服气呢，嗓子肿痛，哽得难受，而脑子偏又清楚得叫他受不了。他此时的感觉，大似一个人正被打得要昏过去，能不能再站起来也不在乎了，只觉得晃晃悠悠，浑身的劲儿终于全松了。老远以外，隐隐可以听见丛林里的萧萧夜风。

爬到一个转弯处，他停下来朝四下定神一望，差点儿叫了起来。就在大约三英尺以外，分明有个人扶着挺机枪坐在那里。

马丁内兹急忙把头一缩，伏在地上，等着敌兵转过机枪来向他开火。可是不见动静。他再定神一看，才看出原来那日本人并没有发现他——不侧过头来是很难发现他的。机枪手的后边就是"T"字正中的一竖。要到这一竖上就非得从他身边过不可，可是过不去啊。

马丁内兹这才明白自己失算了。对了，敌人在小道上肯定要安上警戒哨的。怎么自己早先就没有想到呢？ *El juicio*①！ 本来已经是够心惊胆战的了，可如今又多了一件丢不开的心事。马丁内兹就像个杀人凶手忽然想起自己作案时留下了许多明显的破绽，原有的恐惧之中顿时又掺入了一份隐忧。这不糟么，*por Dios*②，这还不糟么？他再仔细去看那机枪手，目不转睛的，看得都呆住了。他只要一伸手，就可以去拍拍这个日本兵。这个日本兵年纪轻轻的，简直还是个小伙子，细眉嫩眼的脸上一无表情，半闭的双目乏神少采，下面还配着一张薄薄的小嘴。月光透过林子边上的树缝落在他的脸上，看去他已经有点睡着了。

马丁内兹觉得真像是在做梦。他为什么不能去拍拍他，跟他打个招呼呢？大家都是人啊。头脑里那一套交兵厮杀的概念，一时完全发生了动摇，简直摇摇欲坠了，亏了又是一阵恐惧袭来，才算重新撑住。去拍拍他，自己不就没命了吗！不过这总使人觉得有些荒唐之感。

他现在没法回去了。要转身就难免得发出些小小的声响，声响再小也会把机枪手惊醒。要溜过去也不行；小道是从机枪掩体的边上过的。非杀了他不可！脑子里一掠过这个念头，一向心肠挺硬的马丁内兹也受不住了。他趴在地下连连打战，他突然理会到自己的

---

① 西班牙语：判断力的问题。

② 西班牙语：天啊。

身子是多么软弱、多么困乏。四肢似乎已经一点力气都不剩了，要狠命使劲也使不上来了。他只能透过枝隙叶缝，无可奈何地瞅着那机枪手脸上的月光。

得赶快下手啊。机枪手不定什么时候就会站起来，去叫接班的来换岗呢。到那时自己就非暴露不可。得马上把他杀死啊。

他的算盘看来又打错了。他还以为自己只要脑袋摆得动，手脚弯得过来，就自会有办法，可没想到现在居然会弄到走投无路。马丁内兹伸手到背后，从鞘子里轻轻抽出短刀来。手里握着刀把觉得很不自在，从来也没有这样别扭的；以前开罐头、切东西，这把短刀他也使用过不下百来次了，可现在反倒连拿都不会拿了。在月光里刀锋免不了有一道反光，于是他就把刀藏在腕下，瞪着惊恐不安的眼睛，瞅住了机枪工事里的那个日本兵。他觉得那个日本兵似乎早已是老相识了，对他慢悠悠的一举一动，马丁内兹心里早已都掌握了路数。看他灵巧地挖了下鼻子，马丁内兹还嘴巴一咧，不觉笑了笑。要不是面部的肌肉感到有点酸溜溜的，他都还不知道自己笑了呢。

他给自己下了命令：我去杀了他。可是并没有动静。他还是趴在地上，刀子藏在腕后。身子贴着小道上潮湿的泥土，渐渐感到冷了。浑身一阵子火热，一阵子又发冷。他又觉得这像是在做梦了，心中那压住了的隐隐的恐惧，不正像他平日里做噩梦吗？真像是做梦啊，他又打了个战，想往回走。他用手和膝头支着，慢慢撑起身来，随后又抽起一条腿，为此足足花了一分多钟；可是一抽起腿来却犹豫不定了，他决定不了是进还是退，好比一个竖起的铜板，谁也不知道倒下来是哪一边朝天。他忽然发觉，自己手里还攥着把刀子呢。

"墨西哥佬手里拿了刀子，就靠不住！"

以前他听到过两个得克萨斯人说话，其中就有这么一句，这话他一向藏在心里，这会儿却突然跳了出来。他硬按住一肚子的气。他妈的胡扯淡！可是想起自己就得来这一手，他骂不下去了。他只好咽下这口气。他这一辈子从来也没有这样傻过眼。心底里只觉得莫名其妙地恨透了这把刀子，恐惧又压得他简直动弹不得，还有这一派月光，更叫他干着急。他四下一瞧，找到了一颗小石子，心里还没有怎么打定主意，手早已抓起石子，往机枪掩体的那一边扔了过去。

那日本兵听到声音一转身，正好把背对着他。马丁内兹悄无声息地跨上一步，略一迟疑，就抡起另一条胳臂，一把勾住了那日本兵的脖子。他一声不出，简直可以说不慌不忙，把刀尖对准了那人咽喉和肩膀之间的部位，就使尽全身力气，一刀刺了下去。

好比一头倔强的家畜被主子一把提了起来，那日本兵在他怀里拼命乱扭，马丁内兹却完全像个第三者，只是看得有点生气。这小子怎么这样捣乱？刀短扎不深，他三拔两拔，起出了刀子，就再一刀戳下去。那日本兵在他怀里折腾了一阵，就倒下不动了。

他倒下了，马丁内兹也筋疲力尽了。他怔怔地瞅着那日本兵，伸手想去拔刀子，可是手指却抖个不住。他发觉手掌上湿淋淋的尽是血，吃了一惊，赶紧往裤子上一抹。他们的声音会有人听见吗？马丁内兹的耳朵还在回味他们刚才扭斗的声响，仿佛那是一场爆炸，他刚才老远观测到了，此刻正在那里等候详情报告呢。

有响动吗？听不到一点响动，他心里才算踏实：他们并没有弄出多少声音来。

不一会儿他身上就出现了反应。他只觉得这刺死的哨兵看着恶心，得赶快避开；这正如在墙壁上抓一只蟑螂，追上去拍了个稀巴烂，心是放下了，胃口也倒了。他所受的影响无非就是如此，再厉害也厉害不到哪里去。手上沾着快要干结的血固然使他毛骨悚然，可是压成了肉酱的蟑螂也并不就会使他好受多少。突然他心里一动：快，走路要紧。他拔起脚来就顺着正中的小道蹿了过去，急得都忍不住要奔了。

出了林子，前面又是个开阔的地段。走上了几百码，又遇上几片小林子，他都从边上绕过。他已经集中不了心思，没法好好儿侦察了，一路只是瞎冲乱闯，根本谈不上什么精细观察了。夹道的地面还在不断随着大山的升高而升高，不过跟大山相比毕竟要低得多了，坡度也远没有那么陡。这山口竟像是个无底洞，他虽然明知自己不过走了几里路，却总觉得像有多远似的。

又到了块小空地上，靠左边一带是一片树林，他于是又在阴影里伏了下来，呆呆地朝那里观望。他冷不丁打了个寒噤。他猛然醒悟过来：他杀死哨兵是大错而特错了。该接下一班岗的那个日本兵，固然有可能一觉睡到天亮，但是夜里醒来的可能性更大；根据马丁内兹一向的经验，如果当晚要轮到值班的话，不值完班是无论如何睡不甜的。日本人一旦发现有人被杀，这一晚他们就都不会再睡了。那他也别想再逃出去了。

马丁内兹真要哭出来了。在这里多逗留一分钟，他就多一分危险。再说，既然这样的错都出了，谁知道他一路上还出过多少错呢？他又近乎歇斯底里了。他得往回走，可是……他毕竟是一名中士，是合众国的一名中士啊。

他要不是还有这一点忠贞之心，几个月以前他早就垮了。马丁内兹擦了擦脸，举步向前走去。他忽然起了个离奇的想法，他何不就一直穿过山口，深入到敌后，索性把坊远湾的敌军防务侦察清楚？他脑海里顿时闪过了一连串光荣的镜头：马丁内兹受勋，马丁内兹晋见司令，马丁内兹的照片登上了圣安东尼奥墨西哥系居民的报纸……不过这些镜头只是昙花一现，他自己也不信，那怎么可能呢。他身边一无粮，二无水，现在已经连把刀子也没有了。

这时他看见了左边的小林子里还伸出一丛矮树，矮树后面是一道长长的月光。他屈下了一条腿，对那里打量了一阵，忽然噗的一声，听见有人朝地上轻轻吐了口痰。又是个日军的露营地。

他要过去的话也溜得过去。这一带崖影极深，只要他留点儿神，是绝不会被发现的。可是他腿已经软了，心已经怯了。还要像刚才挨在机枪手鼻子底下那样挺上几分钟，那是不行了。

不过论理他又应该走下去。有如一个孩子遇上了不可逾越的障碍，马丁内兹直揉鼻子。两天来的劳累，这一夜的紧张操心，如今都给他厉害看了。妈的，他到底要我走到哪儿算完呀？——他心里不禁恨恨地想。他掉转头来，悄悄退回到后面的林子里。他终于开始往下坡走了。他现在只感到刺死哨兵已经有很久了，心里愈想就愈急。日本人要是发现哨兵被杀，可能要出来巡查，但是夜半更深出来的可能性不是很大；再说，他们真要是已经发现，他也反正就是死路一条了。所以在来时并未发现日本人的地段，他去时简直根本就没打算隐蔽。一心一念只想快些回去要紧。

到了有"T"形小道的那个树林子背面，他在外边站住听了听。半晌没听到什么动静，他憋不住，还是摸了进去，顺着正中的小道往里爬。那死人还横在机枪旁边，没有动过。马丁内兹的眼光从他身上一掠而过，正踮着脚要从旁边绕过去，无意中注意到死人手上戴着块表。他就又收住脚步，对着手表足足瞅了两秒钟，心里在盘算要不要把表取下。他转身刚一伸腿，马上又缩了回来，在死人身旁跪下。死人的手都还没有凉呢。他手忙脚乱地就去解表带上的搭扣，突然胸中涌起一阵恶心，感到一阵心惊肉跳，他赶紧把手撂下。不成！他觉得这林子里一刻儿也待不下去了。

736

本来向左一拐，顺着小道穿出林子，就是崖影，可是他耐不住了。他三步两步从机枪旁边窜过，就直冲到林外，他宁可找石头做掩护，一块块爬过去，一直爬到崖壁脚下。他回头对那片林子最后望了一眼，就又顺着夹道继续往回走了。

一路走去，双重的灰心失望纠缠在他的心头。还没到万不得已他就匆匆向后转了，他总觉得难以释怀。他自然而然地就想起了回去该如何把话说圆，好瞒过克洛夫特。然而眼前想得更多，也更感到懊恼的，却是手表的事，可惜啊，要搞到那块手表本来还不是轻而易举？他出了林子，反倒又嫌自己不敢在林子里再多待一会了。他想起还有几件事没有做，也是失算了。手表当然可以取下，其实刀子也可以拿回（他对那日本兵扫上一眼的时候，偏偏就把刀子给忘了）。他还满可以抓一把泥塞在枪栓里，叫机枪打不出来。那班日本兵看到了这一枪的泥该是怎样的脸色啊，他想想真要笑了，不过他们发现死了人肯定先就吓坏了，想到这里他又不免一震。

他笑了笑。嘿，马丁内兹不含糊吧？但愿克洛夫特也能这么赞上一句。

不消一个钟点，他就回到了部队，向克洛夫特做了汇报。只有一个地方他耍了个花样，他说那第二个宿营地是没法儿过的。

克洛夫特点了点头。"那个日本佬，你不杀他不行吗？"

"是啊。"

克洛夫特把头一摇。"你要是不杀他就好了。现在这么一来，从他们营地一直到司令部，全惊动了。"他寻思了一会儿，又沉吟自语："不过事情也难说，到底是祸是福，谁说得定呢。"

马丁内兹叹了口气。"哎呀，这一点倒没想到。"他现在累得要命，哪有悔恨的心思，不过后来在地铺上躺下的时候心里倒是嘀咕了一下：过几天自己还不知会找出多少漏洞来呢。"妈的，累死了！"他说这话无非是想博得克洛夫特的同情。

"是啊，我看这一趟差使也真难为你了。"克洛夫特一只手搭上了马丁内兹的肩头，死劲一把揪住。"对少尉可半点也不能说。你进了山口就一气儿直走到底，什么也没有看见，明白吗？"

马丁内兹糊涂了，"好，你放心吧。"

"对了，这才是个好小子，'日本圈子'。"

马丁内兹没精打采地一笑。没过几分钟他就睡着了。

八

第二天早上侯恩醒来，觉得精神又恢复了。他在毯子里翻了个身，看着太阳从东边的山冈顶上升起。东边一带的冈峦如今可以渐渐看清楚了，仿佛海水退处，露出了一排排礁石。四面八方的晓雾都向山坳山沟里冉冉退去，他放眼一望，觉得似乎可以看到老远，简直可以一眼看到东方约一百英里以外的大海边。

四下里大家也都醒了。克洛夫特他们正在卷毯子，也有一两个人刚从野草丛里解完了手回来。侯恩就坐了起来，脚指头在鞋里扭了两下，心里还懒洋洋地合计了一会儿：要不要换双袜子？他还带了双袜子，不过也已经穿脏了。临了还是耸耸肩膀：算了，犯不上费这个事了。他就扎起裹腿来。

雷德在他近旁嘀咕，"这要命的部队，不知要到哪天才能学点乖，把裹腿改进改进？"晚上一根带子脱了下来，他这会儿正弄得不可开交呢。

"我听说已经有了一种高帮鞋，跟伞兵的长统靴差不多，很快就要发下来了。等有了那种鞋子，就再不用扎裹腿了。"

雷德揉了揉下巴。他自打出发以后还没有刮过脸呢，他的胡子

738

是淡黄色的，不过有点杂色斑驳。他对侯恩说："可就是永远到不了我们手里，管军需那小子，不全部扣下才怪呢。"

"这个……"侯恩咧嘴一笑。好酸的苹果①。侦察排里这么些人，就数雷德比较值得交个朋友。这人很有见识。只是简直没法接近。

一时情不自禁，侯恩就冲口说道："我说，梵尔生……"

"什么事？"

"我们本来还少一名下士。史坦利又送威尔逊走了，这样总共就少了两名。你就暂时当一名代理下士好不好？等我们任务执行完毕，回到部队，可以让你正式当个下士。"选雷德真选对了。他跟大伙儿关系好，肯定干得了。

可是看到雷德一无表情的面容，侯恩觉得有点窘了。"你这是命令我吗，少尉？"雷德的口气是平板的，有些刺耳。

唷，这人怎么发了那么大的火？"不，不，绝不是命令你的意思。"

雷德搔了搔手臂。他这一肚子火是突然冒起来的，发那么大的火确实太过分了，就是他自己也觉察到了，因为他心里一时不禁隐隐感到有些担忧。

"我可不要别人的恩赐。"他咕哝了一声。

"这也不是对你的恩赐。"

雷德觉得讨厌这个少尉。这个满面堆着假笑的大个子，老是想方设法要来跟自己亲近。他为什么偏要老缠着自己呢？

胸中那股啮心的愤慨，使他一时按捺不住，明知不可却还是按捺不住。他要是接受了这种差使的话，那就完了。落入了他们的圈

---

① 酸苹果：比喻爱发牢骚的人。

套，就势必得千方百计巴结差使，从此跟弟兄们就要相互对立，见军官就得拍马逢迎。从此就得跟在克洛夫特的屁股后边干。

"你还是另外去找一个傻瓜蛋吧，少尉。"

侯恩一时也冒了火，嘟囔了一句："好了，不用说了。"他们都恨他，他们也不能不恨他，他受不了也得受，任务不结束就得一直受下去。他对雷德回敬了一眼，可是一眼看到雷德那消瘦的模样，那憔悴疲惫的面色，那涨得通红的擦伤的脸皮，他的气就渐渐平了下去。

克洛夫特这时正从旁边经过，在大声嘱咐大家："弟兄们，出发之前别忘了把水壶灌满。"有些人就朝山后去了，山后有一条小溪。

侯恩一回头，看见马丁内兹在毯子里正要起来。他已经把马丁内兹的事忘记得干干净净了，马丁内兹侦察到什么情况，他还一点都不知道呢。他就喊了一声，"克洛夫特！"

"什么事啊，少尉？"克洛夫特刚打开了一盒早餐干粮，就把手里拿着的外包纸盒一扔，大步走了过来。

"昨儿晚上马丁内兹回来，你怎么也不来叫醒我啊？"

"我想反正晚上也采取不了什么行动，还是等天亮了再说。"克洛夫特慢声慢气地说。

"哼！好吧，今后碰到这种问题你还是让我来做决定。"他对克洛夫特照样回瞪了一眼，两道目光直穿进对方那双莫测高深的蓝眼睛。"马丁内兹发现什么情况啦？"

克洛夫特撕开了里层涂蜡纸盒的盖子，把里面的东西倒了出来。一张嘴，背上就觉得火辣辣的："他进了山口一路往里走，没有看到人影。依他看昨天打了我们的那股日军，是山口里唯一的部队，现在已经撤防了。"这话他本来想尽可能慢点对侯恩说，甚至幻想最好能够不说。他又觉得皮肉里像有针在刺了。他非常小心，把自己暗里的打算暂时置于脑后，根本就不去想。他说话的时候眼望着地下，说完以后又转过脸去看看山包顶上的岗哨，还轻轻喊了一声："可别打瞌睡啊，怀曼！哎，伙计，你怎么啦，难道这么睡还没睡够？"

事情有点蹊跷。侯恩叽咕起来："山口里的防守会撤？不可思议！"

"是啊。"克洛夫特已经把一小罐火腿蛋打了开来，正用匙子利落地一口口往嘴里送。"好像是有点儿怪。"他又低头望着自己的脚了。"咱们恐怕还是翻大山过去好呢，少尉。"

侯恩抬起头来望望穴河山。今天早上再一看，他倒也有些动心了。他们是爬得上去的。不过他还是坚决摇了摇头。"那怎么行！"连那边坡上能不能下去都还没有一点数，就带领部下上这么一座大山，这不是发疯吗？

克洛夫特瞅着他，不动声色。来这儿执行侦察任务以后，克洛夫特那瘦削的脸更加消瘦了，那小小的方下巴上皱纹也更加触目了。脸上疲态毕露。他身边虽带着把剃刀，可今天早上还没有刮过脸，所以脸盘就显得更窄了。"不一定呢，少尉。我从昨天早上起一直在注意这座山峰，我发现，山口以东大约五英里的地方，山崖上有断裂。这会儿出发，只要一天工夫就可以翻过这家伙。"

可不能忘了昨天用望远镜观察大山时克洛夫特脸上的那副神气！所以侯恩还是直摇头。"咱们还是走山口试试吧。"可以肯定，除了他们俩以外再没有第三个人是愿意翻大山过去的。

克洛夫特一时喜忧参半，心理是微妙的。到底干上了！他说了声："好吧。"可嘴唇已经咬得都麻木了。他就站起身来，把大伙儿都招到自己身边。他向大伙儿宣布："咱们今天决定过山口。"

队伍里一阵叽叽咕咕，分明很有情绪。

"好了，大家都不要说了。就决定这么办了，希望大家今天格外注意保持警惕。"马丁内兹冲他直瞪眼，克洛夫特却耸耸肩膀，不动声色。

加拉赫开口了："这不是要我们硬打死拼，从日本鬼子堆里杀出一条路来吗？请问这样有什么好？"

"少啰唆，加拉赫。"克洛夫特的眼光在他们身上一一扫过。"还有五分钟就出发了，大家快抓紧时间，别到时候拉屎撒尿的。"

侯恩一举手。"大家等一等，我还有一句话要说。我们昨儿晚上派马丁内兹去执行任务，他到山口里侦察过了，山口里并没有人。估计现在还是不会有人。"他们的目光都露出不信的样子。"我可以向你们提出一点保证，就是：假如我们遇到什么情况，譬如碰上了埋伏，或者发现山口里有日本兵，我们就马上向后转，撤回到海边。这该公道了吧？"

"那行。"有些人说。

"好，那就赶快准备吧。"

不一会儿他们就出发了。侯恩把背包扣上，往肩上一搭。跟动身的时候相比，背包已经少了七盒干粮的分量，如今背在肩上简直轻松得很。太阳渐渐晒得身上有些热了，身上一热，他的心情也振奋了。一路走出那洼洼时，只觉得浑身有劲。迎来了一个新的早晨，心中怎么能不升起希望呢。昨晚那一派沮丧的情绪，当时做出的种种决定，好像都可以撂在脑后了。撂开了他心里倒觉得挺乐意的——好嘛，觉得乐意就更好了。

他完全是自然而然心怀着这样的想法，带领侦察排直奔山口而去。

半个小时以后，侯恩少尉就中弹阵亡了。一颗机枪子弹穿透了他的胸膛。

那是在山口第一片小林子对面的石梁下边，当时他也没在意，就站了起来。他刚要挥手招呼部下跟上，日军的机枪却开了火。他向后一个趔趄，就倒在石梁背后的人群里。

这个打击可是够厉害的。那班侦察兵足足有一二十秒钟工夫没有还手，都用手抱住了脑袋，拼命挤到石梁下去隐蔽，听任日本人的步枪、机枪在他们的头上打得子弹乱飞。

克洛夫特首先反应过来，他找了个岩石缝把枪口伸出去，对准小林子迅速开火。他一声不出，就听自己枪上的空弹壳一个劲儿砰砰往枪外跳。旁边的雷德和波兰克也终于镇定了下来，都站起来回击了。克洛夫特这才觉得松了一大口气，身子顿时也轻巧了。他大喊一声："快，弟兄们！快还击呀！"他的脑筋却转得飞快。他想：林子里的敌军一定就是那么几个人，也许连一个班都不到呢，要不，侦察排的兵力还没有全部暴露，他们也不会就这样急于开火。他们来这一手，无非是想虚张声势，吓退来兵。

好，就随他们吧。他也不打算在这里久留。克洛夫特对少尉瞅了一眼。侯恩仰面朝天躺在那里，伤口里悄悄冒出血来，虽然很慢，却终究还是把脸上、身上都染红了。克洛夫特不觉又舒了一口气。现在下起命令来就不再觉得那么疙疙瘩瘩，心头也不会先打个顿了。

一场小接触打了几分钟，林子里的步枪和机枪突然都沉寂了。克洛夫特趁此一弯腰，又闪在石梁脚下，看见大伙儿急得有点疯疯癫癫，都贴着地乱爬，想要往回撤。

他就大喝一声："大家等一等！撤也要好好撤。加拉赫！罗

743

思！你们跟我一起留下掩护。其余的都迂回到那座圆顶小山背后。马丁内兹，你带他们走，"——他一指背后的小山——"你们一到那里，就对准树林子开火，掩护我们撤下来跟你们会合。"他仰起身来，用新换上的子弹打了一梭子。日军的机枪还击了，他又把身子一低。"好，快走吧！"

他们贴地爬着去了，过了几分钟，克洛夫特听见背后响起了他们的枪声。他对加拉赫和罗思悄悄说了声："撤！"三个人便一齐下去，先是肚子贴着地爬，爬过了五十英尺以后，就起来弯着腰跑。罗思爬过侯恩身旁的时候看了他一眼，一时脚都发了软，没头没脑地喘不过气来。"唉呀！"他头里一阵昏晕，心里惊叫了一声，就赶紧往前爬，爬了一阵就跑，嘴里还在咕哝："可怕呀！"

克洛夫特他们在小山背后会合了。"好了，弟兄们，咱们撤开脚丫子跑吧。顺着崖壁一直走，路上不等人，注意别掉队。"他带队走在前头，队伍迅速开拔了。一口气总要跑上好几百码，才收住了脚步慢慢走一阵，可是走不上几步便又忍不住撒腿跑了起来。翻过一道道山冈，穿过深密的草丛，一个小时便跑了五英里路，中途没有歇过一口气，也从不放慢脚步等候掉队的人员。

罗思很快就把少尉给忘了——大伙儿都很快就把他给忘了。撤退行军这样艰苦，也无形中缓和了二次中伏的冲击。他们只知道胸口呼呼乱喘，累坏的两腿不住打战，其他便什么也不在心上了。最后到克洛夫特命令停下时，他们就扑腾倒在地上，什么都不觉得了，连有没有日本人追来都顾不上了。当时真要是遭到了袭击的话，恐怕他们就只好眼睁睁地躺在那里，连一声喊都叫不出来。

只有克洛夫特一个人还站在那里。他虽然胸脯不停地起伏，话还是说得很清楚，慢腾腾的："在这里稍微休息一下。"他瞅着他们，满心鄙夷：瞧他们似听非听的那种木愣愣的样儿！"既然你们都累得不行了，那就我来放哨吧。"他的话他们多半都没有听见，就是听见了的，也根本没有听出个意思来。他们躺在那里什么都懒得管了。

慢慢的，他们恢复过来了，呼吸平复了，腿也重新有了些力气。可是挨了这一场伏击、赶了这一程路，他们毕竟神困体乏了。朝阳已经高高升起，热得难受，他们被烤得昏昏沉沉，趴在地上，眼看着脸上的汗水一滴滴都落在胳臂上。米尼塔还反了胃，吐出又干又酸的一块块，都是早上吃下的干粮。

他们定下心来以后，想到少尉的死也只是稍稍感到有些不安。他死得太突然了，太意外了，他们根本来不及有多大的伤感可言；倒是一旦没有了他，他们反而觉得很难相信侦察排里还曾经有过这么一个少尉。怀曼爬到雷德身边躺了下来，没事找事似的，拉着一两棵野草用手指掐呀掐的，时而还摘几片草叶放在嘴里，嚼了嚼吐掉。

过了好一会儿他才说："真玄！"他知道再过个把钟头他们就要往回开了，心里有了谱，在这里躺着倒也挺惬意。可是误中埋伏的惊慌心情仍留下了一些余波，时而还要在他身上引起一阵动荡。

"是啊。"雷德含糊应了一声。心想：这下轮到少尉了！少尉听说他不肯当下士便把脸一沉的那个情景，顿时又浮现在他的眼前。他的思绪触及了一个最敏感不过的问题，心头隐隐感到有些苦闷，似乎有件事他明知自己无力对付，可是眼看还非得碰上不可。

"少尉是个好人哪。"怀曼突然脱口说道。话一出口，自己也大吃了一惊。他似乎到这时候才明白：今天他最后一眼见到的侯恩，横尸血泊、什么都已经完了的侯恩，原来就是曾经来跟他讲过一两句话的那个侯恩。"是个好人哪。"他说第二遍就有些犹豫了，因为说了这话心里害怕，觉得还是小心为上。

"那班当官的，没有一个小子是好的。"雷德骂了起来。火儿一冒，瘫软的四肢激动得直抽。

"喔，不能这么说吧，当官的也有好有坏……"怀曼温和地提出了不同的意见。他心里总还觉得少尉的那副嗓音和他殷红的鲜血好像连不到一块儿。

"有好有坏？再好的都还不配我啐一口呢。"米尼塔气冲冲地说。他尽管有个小迷信，没忘记说死人的坏话是忌讳的，可是一发狠，就不管这一套了。"我心里有话我就敢说，我看当官的全都不是东西。"那高高的额角底下，一对眼睛显得很大，神情也很激动。"他呢，既然是为了能让我们回去才丢了脑袋的，那我觉得对他也不好再说什么了。"他是上面派来的，上面又不管下面的死活，他能跟谁理论去？"唉！"他点上一支香烟，战战兢兢地抽了几口，因为烟一入肚，搅得肚子里直翻腾。

"谁说我们要回去啦？"波兰克问道。

"少尉说了。"怀曼说。

雷德鼻子里哼了一声。"对，是少尉说的。"他翻过身去，趴在地上。

波兰克挖了挖鼻子，说："你敢担保咱们就一定不会丢脑袋了？"看这光景有些蹊跷，实在有些蹊跷。那个克洛夫特真不是个东西。十足是个恶棍。世界上怕就怕这种王八蛋。

怀曼不置可否地"噢"了一声。他一时又想起了那个没有再给他来信的女朋友。现在女朋友是死是活，他也根本不在乎了。这种事算得了啥？他抬头望着大山，心里只希望能往回走。可克洛夫特说过什么没有呢？

像是来回答他的问题似的，在那里放哨的克洛夫特，这时候却慢悠悠向他们走过来了。"好啦，弟兄们，该出发啦。"

746

怀曼问道："我们回去了吗，上士？"

"别乱说一气，怀曼，我们要翻大山过去。"回答他的是一片震惊、愤慨的低声咕哝。"怎么，哪个有意见吗？"

"你有什么理由不叫我们回去，克洛夫特？"雷德问道。

"上面给我们的任务可没叫我们回去。"克洛夫特觉得一股强烈的怒火冒到了喉咙口。现在看谁还能拦着他！他一时间真想端起枪来，冲着雷德的脑袋叭的一枪。他不由自主地咬了咬牙。"快起来吧，弟兄们，难道你们还要叫日本佬在前面恭候你们？"

加拉赫对他怒目而视。"回去是少尉说好了的。"

"现在这个侦察排就得听我的。"他瞪起了眼睛盯着他们，终于用眼光把他们制伏了。他们一个接着一个，都站了起来，绷着脸把包往肩上一背。他们已经有点木然了。经过了这个打击，他们再也提不起一点劲儿了。"呸！这浑蛋！"克洛夫特听见有人这么叭咕了一声。他暗暗冷笑，也给了他们一句厉害的："看你们这帮娘们！"

他们都各就各位，站好了。他这才改用平静的口气，说道："出发吧。"

太阳已经半天高了，队伍慢慢开始行动了。才走了几百码，他们就又累得不行了，只是恍恍惚惚地硬着头皮往前走。其实骨子里他们本来就不信任务真会这样轻易了却。克洛夫特带领他们沿着壁立的山崖，一路向东走去。走了二十分钟，看到山根绵延不绝的陡壁上首次出现了断裂。一条深沟斜斜向上伸去，有好几百英尺长，往里通到第一道山梁上，两边的红黏土岩壁在灼热的阳光里反射出耀眼的光辉。克洛夫特一言不发，直奔那深沟而去，于是队伍就开始攀登大山了。现在也只剩下八个人了。

波兰克对怀曼说："克洛夫特这家伙你是了解的，他是个空想

747

家，就是这么个货色。"这句得意的话很使他自得其乐了一阵子，可是顺着沟底火烫的黏土岩一路吃力地往上爬，他一会儿就把这句得意话忘记得一干二净。事情有点蹊跷。他得找马丁内兹盘问盘问。

怀曼的眼前又出现了少尉的影子。今天遭到伏击以后一直在他心头打转的一个不成熟的想法，这时一下子都清楚了。他是挺怕被波兰克嘲笑的，可是脑子还没来得及想一想，嘴里就叽咕开了："我说，波兰克，你看这世上真有上帝吗？"

波兰克笑了笑。背包带子擦得皮肉生疼，他把带子往上提了提。"就有也准是个王八蛋。"

"哎，这是什么话。"

一路千辛万苦，队伍顺着深沟继续往上爬去。

* * *

飞回到过去：

波兰克·钦微支
有了窍门，无所不能

一张嘴巴不干不净、富于表情，左侧缺了上边三颗大牙……年纪大概还只二十一岁，可是一双眼睛机灵而轻佻，一笑起来就显得皮老脸皱，像个中年汉子。钩钩的鼻子，带节的鼻梁，往里削的长尖下巴，缩得紧紧的牙床骨，米尼塔觉得那活像漫无边际画里的山姆大叔。不过米尼塔觉得跟他在一起有点不大自在；凭他那点所见所闻，他自知不足以同波兰克较量。

楼下的门锁已坏是不消说的，信箱早已让人给偷走了，门上剩

748

下的铰链也都锈烂了。过道里一股味儿不啻小便池，门口乌糟糟的花砖吸饱了各种各样的气味，有阴沟里逸出的臭气，有白菜大蒜味，有卫生设备年久失修沉在弯管里没有清除掉的积垢味。上楼梯的话得往墙这边靠靠，因为那边的扶手已经坏了，左一偏右一晃的，好像沙滩上烂得只剩了架子的一条破船。地板尽头墙壁脚下阴暗的角缝里有老鼠踩着尘土闲步，还有爬出窝来溜达一番的蟑螂，那更是信步所至，旁若无人。

贯通各楼浴室的通风井里不断扔进杂物，有时还倒进了垃圾。垃圾积到有二楼高了，管门人就点把火烧掉。

通风井就权充了化灰炉。

这座住房，跟本街本段的哪一座住房都一个样，跟方圆几里以内的哪一座住房都一个样。

九岁的卡西米尔·钦微支，又叫"波兰克"，早上醒来抓了抓脑袋。他从地铺上探起身来瞧了瞧屋子正中的火炉——原来火炉已经熄灭了。地铺上跟他一起还睡着三个孩子，他一扭身钻进了被子，只装没醒。姐姐玛利一会儿就要起来了，起来以后总要走动走动，换件衣服，他倒要偷看偷看。

屋外的风苦苦地叩着窗玻璃，一觅得隙缝就悄悄往里钻，满屋子乱窜。

哎呀，真冷哪——他对睡在旁边的哥哥嘀咕了一声。

她起来啦？（哥哥今年十一岁了。）

快了。他赶紧竖起一个指头往嘴唇上一按。

玛利打着哆嗦起来了，她心不在焉地捅了捅炉子，把棉毛套裙往肩上一套，一边往下拽，一边就把身上的睡衣脱掉。两个男孩子看到了一个赤条条的身影，躲在被窝里格格直笑。

你在看什么呀，史蒂夫？——姐姐嚷起来了。

哈，我看见你了，我看见你了。

你放屁！

我才不放屁呢。

他是伸出手去想拦住史蒂夫的，可是没来得及。他摇了摇头，心里很不赞成，这说明他要成熟得多了。你怎么能这样胡说八道，看，把事情都弄糟了。

呸，你给我闭嘴。

你真是个蠢货，史蒂夫。

史蒂夫一拳捅来，卡西米尔躲开了。卡西米尔满屋乱窜，他们一个逃一个追。快住手，史蒂夫——玛利大叫了。

别闹了，别闹了——波兰克也直嚷嚷。

爸爸套了条裤子，上衣也没穿，就从隔壁屋里进来了。爸爸长得魁梧健壮。你们都给我住手——他用波兰话大喝一声。看见史蒂夫，就给了他一巴掌。人家女孩子家，你看什么！

卡西米尔先看的。

我没看，我没看。

不关卡西米尔的事！他又给了史蒂夫一巴掌。他的手上还有屠宰场里带来的牲畜的血腥味儿。

我过两天再找你算账——史蒂夫后来悄悄说。

喔——！不过卡西米尔肚子里却暗暗一笑。他知道史蒂夫就会忘记的，就是不忘记他也有办法避。总有办法的。

课堂里同学们嚷成了一片。

谁把橡皮糖粘在座位上啦？谁把橡皮糖粘在座位上啦？

麦尔斯登女士真要哭出来了。安静点儿，同学们，请安静点儿。约翰，你和路易斯就去给擦一擦吧。

为什么要我们擦，老师？又不是我们粘上去的。

我来帮着擦吧，老师——卡西米尔说。

好，卡西米尔，这才是好孩子。

那班女学生都在鼻子里哼哼，东张西望的目光里不但含着气愤，此刻都还带着好奇。就是卡西米尔干的——她们交头接耳说——就是卡西米尔干的。

麦尔斯登女士终于听见了。是你干的吗，卡西米尔？

我，老师？我怎么会干这种事呢？

你过来，卡西米尔。

卡西米尔走到老师的讲桌旁，老师刚伸过手来要揽住他，他趁势就朝老师胳臂上一靠。脑袋枕在老师的肩膀上，眼睛望着全班同学，故意眨了两眨。（心里暗暗好笑。）

哎，卡西米尔，不要这样。

不要怎样，老师？

是你把橡皮糖粘在座位上的吗？对我说实话，我不会责罚你的。

不是我，老师。

麦尔斯登老师，卡西米尔的座位上就是没有橡皮糖——一个叫爱丽思·拉佛蒂的女同学说。

怎么你的座位上就会没有橡皮糖？——老师问他。

我也不知道呀，老师，也许干这事的小子见我害怕吧。

到底是谁干的，卡西米尔？

哎呀，我真的不知道呀，老师。要不要我去帮着擦？

卡西米尔，你应该做个老老实实的孩子。

是，麦尔斯登老师。他回到自己的座位上，装作帮着两个男同学一起擦，却趁机偷偷跟女同学说话。

夏天的黄昏孩子们总要玩到很晚才回家，找上块空地捉迷藏，热了到消防龙头上去冲冲凉，天一热消防龙头总是开着让他们用的。夏天有趣的事儿也真多，一座房子眼看着烧了个精光，要不也可以爬到屋顶上去偷看大小伙子跟大姑娘鬼混。逢上特别厉害的大热天，他们还可以溜进电影院去看白戏，因为大热天电影院为了通风，出口的门都是不关的。

有那么一两次，他们可真是走了运。

嗨，波兰克，萨尔瓦多家背后的小胡同里睡着个醉汉哩。

有油水吗？

这我怎么知道？——那个孩子说着还骂了一声。

哎，去看看吧。

他们悄悄穿进小胡同，转到屋后一片无人来往的场地上。那醉汉还在打呼噜呢。

快下手吧，波兰克。

怎么尽叫我下手？回头咱们怎么分法？

由你来分好了。

他爬到醉汉的跟前，把他周身细细一摸，想找他的皮夹子。醉汉马上呼噜也不打了，一把揪住了波兰克的手腕。

你放手，你这个臭……波兰克另一只手还可以活动，在地上一阵乱摸，找到了一块石头，他抓起石头就朝醉汉的脑瓜上砸去。醉汉的手攥得更紧了，他就又一石头砸下去。

在哪儿，在哪儿，快快，快快。

波兰克摸遍了醉汉的口袋，只掏出了几个零钱。好，咱们走吧。

两个小孩子溜出了小胡同，在一盏路灯下分起钱来。

我拿六毛，你拿两毛半。

你这是什么话？人是我发现的。

你这是什么话？风险都是我冒的，难道你就叫我白白地冒险？——这话是波兰克说的。

呸！

滚你妈的蛋！他吹着口哨走了，想起把醉汉揍得够呛，他笑了两声，心里却直发虚。可是第二天早上看见那人已经不在，波兰克才放下了心。哼，真是打不死的酒鬼！——他想起了那些大孩子教给他的话。

他十岁那年，爸爸死了，料理完丧事以后，妈妈打发他到屠宰场去，想让他就在那儿干活。可是才过了一个月，上面来了查旷课的，妈妈走投无路，只好把波兰克往孤儿院里一送。

一进孤儿院就有许多新的"功课"要学，其实那也都不算太陌生。现在更得注意别犯了事给逮住，一逮住那个苦就吃大了。

把手伸出来，卡西米尔。

做什么，嬷嬷？我干了啥啦？

伸出来。狠命的一戒尺打在手心里，痛得他跳了起来。我的爷叔（耶稣）！

卡西米尔，你出言不敬，还得罚你。黑袖子里的胳膊一举，又是一下手心。

他在孩子们的哄笑声中回到了座位上。虽然痛得眼泪都挂了出来，他还是似笑非笑地把嘴一咧，悄悄说了声：没什么！可是手都已经肿了起来，害得他揉了一个上午。

体操教师叫派费尔，对这个家伙尤其得小心提防。列队进了食堂，得先默祷三分钟。派费尔就在长凳背后来回巡查，专捉偷偷说话的人。

波兰克眼梢角左右一扫，身后好像没有人。不知今儿晚上吃些什么名堂？

嗵的一家伙！头上疼得火辣辣的，一层一层往里透，脑壳里也一层一层受到震荡，只觉得晕晕乎乎直打转。

你倒好啊，波兰克，我说不许出声，就是不许出声。

他呆呆地瞪着面前的盘子，只能等疼痛自己消失。咬紧了牙关死命忍住，才没有用手去揉脑袋。

事后的话：天哪，派费尔这个家伙背后长着眼睛哩！

有时候可以用些小计。派费尔或者神父、嬷嬷不在的时候，这里实际的头儿是个十四岁的大孩子，叫"左撇子"里佐。你呀，跟他一定得拉上点交情，要不就别想出头。

"左撇子"，有什么事能为你效劳吗？（这话是十岁的波兰克说的。）

"左撇子"正在跟他的助手说话。滚开点儿，波兰克。

唷，怎么啦？我哪儿碍着你啦？

滚开点儿。

他在宿舍里转了一圈，把五十张床铺，连同那些半开半掩的小柜子，都摸了个遍。

在一只小柜子里发现一只苹果、四枚分币，还有一个小小的十字架。他偷了十字架，不慌不忙回到"左撇子"的铺位上来。

嗨，"左撇子"，我有件东西送给你。

我要这玩意儿有屁用？

当件礼物送给凯瑟琳嬷嬷不好吗？

"左撇子"考虑了一下。不错……不错。你从哪儿弄来的？

从卡拉汉的铺上"掏"来的。不过你放心，只要你关照他别声张，包他不会嚷嚷。

这我不会自己去"掏"？

省了你的麻烦哪。

"左撇子"笑了，波兰克的计策也成功了。

不过也有义务。"左撇子"喜欢抽烟，晚上熄灯以后可以偷偷抽上半包而不致被发现。所以就专门有一支队伍，每隔一天要夜出一次，去给"左撇子"搞香烟。

天一黑，四个孩子就偷偷溜到孤儿院的围墙脚下，两个垫脚，两个上墙。上墙的两个跳到外边的马路上，过两条街到商业地段，找一家糖果店，在店门口的报摊跟前磨蹭。

一会儿波兰克进了店，走到香烟柜前。

小弟弟，要买什么？——糖果店老板迎上来问。

呃，我要买……他朝店门外一望。先生，那个孩子在偷你的报纸哪！于是同党飞快往街上逃，老板拔脚在后面追。波兰克急忙抓起两包香烟，对着哇哇乱叫的老板娘把大拇指往鼻尖上一搭，做了个"见鬼去吧"的手势，就朝另一头撒腿跑了。

十分钟以后，两人在孤儿院的围墙外会合。一个托起另一个先翻上墙头，然后一个伸下手来，另一个拉着他的手攀上去。他们偷偷穿过空空的走廊，把香烟给了"左撇子"，就回到自己的床上去睡觉，前后总共不过花了半个小时。

这算得了什么——波兰克对隔壁床上的孩子悄悄说道。

一次，"左撇子"抽烟给发觉了。违犯院规特别严重的，就有特别的处罚办法。阿格尼丝嬷嬷让孩子们列成了一行，叫"左撇子"叉开两腿骑在一条板凳上，把屁股撅得高高的。一长行的孩子，就得一个个依次过来，每人打他一下屁股。

可是孩子们全不敢打重，一个接一个，都只是过来轻轻拍了一下。阿格尼丝嬷嬷火得要命。她大喝一声：你们要替我把弗朗西斯狠狠地打！谁不照办，我就罚谁！

轮到下一个，上来既不轻也不重地把"左撇子"打了一下。阿格尼丝嬷嬷叫他把手心伸出来，手里的戒尺马上重重地给了他一手心。于是孩子们就一个个先上去打了"左撇子"，再回过头来自己挨一下手心。

阿格尼丝嬷嬷气坏了。她暴跳如雷，身上的长袍嚓嚓乱响。嘴里一再嚷嚷：把弗朗西斯狠狠地打！

可是谁也不听她的。孩子们一个接着一个，挨过了手心，就在旁边站成一圈看他们的。"左撇子"哈哈大笑。轮完一遍以后，阿格尼丝嬷嬷半晌没动，显然是在心里盘算要不要叫他们重新打过。可是她终于认了输，于是就摆出一副冷冰冰的口气，叫大家排了队去上课。

波兰克倒真是上了深刻的一课。他对"左撇子"佩服得不得了。小孩子还无法用言语来表达，只是一个劲儿摇头。

好家伙，"左撇子"真有两下子！

两年以后，妈妈来把波兰克领回家去。一个姐姐已经出嫁，两个哥哥已经出去做工。他临走前，"左撇子"用帮会里的握手礼跟他握了手。

你是个好样儿的，老弟，等我明年出去了，我一定去看你。

又回到了老街上，他这个年纪又有这个年纪新的玩乐方式。吊电车是家常便饭，到铺子里偷点儿是收入的来源。最好玩的还数抓住一辆高速行驶的运货卡车，吊在后挡板上到了城外，一口气搭上十五英里的飞车。妈妈给他在肉铺子里找了个送货的活儿，这个差使他干了两年。

干这个差使也有妙不可言的时候。

他十三岁那年，一次送肉上门，碰到一个女主顾来打他的主意了。

哈啰——那女人开出门来招呼说——哎呀，你的妈妈就是……就是……

太太，我的妈妈是钦微支太太。

对，我认识你妈妈。

太太，请问这肉放在哪儿？

放在那儿好了。他放下了肉，对她看看。太太，没别的事儿了吧？

坐会儿嘛，你一定累了。

不了，我还有很多货要送呢。

坐会儿嘛。

他盯了她一眼。那好，我就坐会儿吧。

事后他觉得，他像是补上了一课，这一下心里就敞亮了。他本来早就看透了：男人是没有一个靠得住的；但是倒没有去想过女人如何。现在他可以肯定女人也一样尔虞我诈，朝三暮四，千万信不得。

临走之时：好，再见了……

你叫我格特鲁德好了。说完格格一阵痴笑。

倒没有想到过她还有个名儿呢。在他的心目中她直到现在还只是一位要他送肉上门的顾客某太太。

再见了，格蒂（格特鲁德的昵称）。过天再来看你。

过了好几个钟头他才回过神来，对这种久闻其名的勾当反复回味，感到美妙无比，自忖真是飞来之福。第二天他又顺便去看了她，这一年夏天，他就成了她门上的常客。

几年一晃过去了，他年纪也大起来了，虽说学问始终没有长进，毕竟还是长了许多见识，不过他的情况却很少变化。工作是换过不少，做过卖肉的，在屠宰场里管过牲口，甚至还替住在北区的某某人家开过汽车，可是他很快就觉得自己再也没有什么工作可换了。新的差事简直都还没有好好干上手，就已经觉得没啥干头了。

一九四一年，他十八岁，有一次在看球赛时又遇到了"左撇子"里佐，他们就在一块儿坐。"左撇子"已经发福了，看上去是一副财源旺盛的样子。留了小胡子，真不像二十二岁，倒像是三十已过。

哎，波兰克，你一向在哪里得意呀？

到处撞运气呗。

"左撇子"笑了。波兰克老弟还是没改老脾气！伙计，你可真会逗乐儿。你为什么不来找我呢？你来的话我早就给你找个好差事了。

不瞒你说，一直抽不出空啊。（其实这里边还另有个原因。他虽然说不出什么大道理，却抱定了一个做人的宗旨。就是：好朋友一旦"发"了，不请你的话你就千万别去找他。）

那你在我的手下干好了。

哎呀呀诺维科夫，你这个要命的俄国佬啊！你今天打球是没带眼睛还是怎么着！波兰克狂叫完了这才坐下，把脚往前排椅子上一搁。你说什么来着？

你在我的手下干好了。

758

波兰克做了个鬼脸，噘了噘嘴巴。咱哥们儿的事总该好说吧——他用切口①说。

他从头两个月的收入里省下了一笔钱，凭这笔现钱用分期付款的方式买了一辆汽车。晚上吃过晚饭以后，就驾着汽车到一些糖果店和理发店去收彩票账。收齐以后，到"左撇子"家里把取到的现款和票据交掉，就又回自己新租的那套一应俱全的公寓。就是这样的工作，可以挣到一百块钱一个星期。

一天夜里，却碰上了一件有点稀罕的事儿。

嗨，阿尔，你好吗？他在雪茄柜前停了一下，挑了一种三毛五两支的。(叼在嘴里转呀转的)你说什么？

这阿尔是个中年人，提了一袋辅币，迎着他走了出来。嗨，波兰克，这里有个人要领奖金。他的彩票中彩了。

波兰克耸耸肩膀。你为什么不告诉这位幸运的先生，弗雷德明天就会把奖金送来？

我告诉他啦，他就是不信。喏，他就在那边。(一个寒酸相的瘦个子，长着红红的尖鼻子。)

是怎么回事啊，老兄？——波兰克说。

我话要说清楚，先生，我不是来找麻烦的，也不是存心来吵架的，我的彩票中了彩，我是来领奖金的。

你先等等，老兄，让我先喘口气。他对老板眨了眨眼。那你也用不着这样大叫大嚷啊。

听我说，先生，你让我把钱领了去不就完了吗。572号中了彩，不是吗？瞧，彩票在这儿。(几个进来买糖果的孩子来看热闹

---

① 帮会或某些行业中的暗语。

了，波兰克一把抓住了那人的胳膊。）

咱们到里间谈去。（进了里间，他把门一关。）好啊，老兄，你中彩了，奖金明天就送来。我们收款是一个人，兑奖又是一个人。我们的公司大得很哪，老兄，又不是你一张彩票的事。

谁能担保你们的人一定会来呢？

你这张彩票押了几个钱？

三分钱。

那你的奖金就是二十一块咯？怎么着，你以为二十一块钱就能叫我们破产啦？他哈哈大笑。半个子儿也不会少你的，老兄。

（那只手还是抓着他的前臂不放。）我今儿晚上就要，先生，我想喝一杯，都快馋死啦！

波兰克叹了口气。喏，老兄，你拿一块钱去。明天兑了奖还给弗雷德就是。

那人接了钱，望着手里的钱半信半疑。你真够朋友，先生。

好啦好啦，老兄。（他一耸肩膀，甩掉了那人的手，就穿过店堂，出门上车。）在去下一站的路上，他不住地摇头，心里感到无比轻蔑。

小家子气！中了二十一块钱的彩，就只当我们要张罗三天三夜才还得清他的债，这傻瓜蛋！哼哼！为了二十一块钱东钻西钻，也有这样没出息的赌鬼！

哈啰，妈妈，你好吗？卡西米尔的好妈妈呀，你好吗？

妈妈疑心重重的目光从门缝里看了好一阵，才认出他来，于是就把门开大了。

孩子，都有一个月没看到你啦——她用波兰话说。

两个星期，一个月，还不是一样？你看我这不是来了吗？一点糖果，给！（看到她脸上疑惑的神气，他皱了皱眉。）你的牙齿还没有去补吗？

妈妈耸耸肩膀。我买了点东西把钱用掉了。

哎呀，妈呀，那你要等到什么时候才去补呀？

我买了几块衣料。

又是给玛利买的？

大姑娘没出嫁，总要做几件衣服吧。

唉！（玛利已经走了出来，冷淡地向他点了点头。）你近来在干些啥呀，还在吃闲饭吗？

不许你胡说，卡西米尔。

他拉了拉背带。你到底为什么不肯嫁人，让妈妈也轻松点儿？

因为男人都像你，你们都是安的一个心眼儿。

她想要去当修女——妈妈说。

当修女？我的老天爷！他把姐姐从头到脚打量了一眼。当修女！

史蒂维[1]认为恐怕也只能这样。

他平心静气地瞧了瞧姐姐瘦削憔悴的脸儿、眼眶下发黄的皮肤。是啊，看这光景恐怕也只能这样了。轻蔑的心理又在他胸中蠢动了，轻蔑中还隐隐有些可怜。妈妈，那我可就托她的福了。

你这个无赖——玛利骂了起来。

别嚷嚷——妈妈说。好吧，孩子，既然你愿意托她的福，也就是了。

唉！（都怪自己。怎么好说托她的福呢。）好吧，就当修女去吧……史蒂夫怎么样啊？

---

[1] 即史蒂夫，这是对史蒂芬的另一种昵称。

他干活够辛苦的。他的小儿子迈盖又病了。

我改天去看他。

你们兄弟妹妹几个，要互相团结才好啊。（两个已经死了，余下除了玛利和卡西米尔以外也都男婚女嫁了。）

是啊。妈妈这屋里的开销都是他负担的：东一张西一张的抽纱碗垫、簇新的软垫椅、五斗柜上的烛台，都是他买来的。可是这屋里总有股说不出的灰溜溜的味道。嘻，不好受！

你说什么，卡西米尔？

没什么，妈妈，我得走了。

你还才来呢。

对，我知道。喏，这几个钱你拿着。你的牙齿千万去补一补，好不好？

再见，卡西米尔。（这是玛利说的。）

啊，再见，亲爱的。他又瞅了她一眼。要去当修女？就去当呗。祝你幸运啦，亲爱的。

谢谢你，卡西米尔。

对了，我也有些小意思送给你。收下吧。他往她手里一塞，就匆匆出了门，下楼而去。看见几个顽童正在撬他汽车上的轮毂盖，他赶紧把他们轰开。还剩三十块钱。要维持三天可不大容易呢，近来他在"左撇子"家里打牌老是输钱。

波兰克耸耸肩膀。是赢是输，反正看运气吧。

他一把推开了坐在他膝头上的那个"黑里俏"的小女人，懒洋洋地走过去跟"左撇子"和卡勃里斯基帮的那位好汉相见。宴会上请来的四人乐队乐声柔婉，茶几上早已泼上了好些酒。

有什么见教，"左撇子"？

我请你来见见沃利·博勒蒂。彼此点了点头，寒暄了几句。

你是个可靠的人，波兰克——"左撇子"说。

那可不含糊。

卡勃里斯基想找一个人替他掌管他地面上南路的姑娘。

就为这事？

就为这事。

他寻思了一会儿。（干这档子事进账肯定要比现在大，而且要大得多，这他倒是用得着，可是……）这种事不好办哪——他不觉沉吟起来。（只要政界上风向一转，哪个部门把脸一变，他就难免要成为挨打的靶子。）

你今年多大啦，波兰克？

二十四——他撒了个谎。

还年轻着哪——那个叫沃利的说。

这事我要考虑考虑——波兰克说。这是他有生以来第一次遇事做不出决断。

不忙，不过下个星期说不定就要开张了。

那就让我考虑一下吧。

可是第二天，他正还委决不下，却收到了征兵局的通知。他轻轻骂了一声。他知道麦迪逊街上有个人会给人破耳鼓，就给此人打了个电话。

但是还没有到他那儿，波兰克半路上又改变了主意。

唉，见鬼，真是撞上晦气了！他掉转了车头往回开，心里倒平静了下来。从脑瓜子的背旮旯里忽然冒出了一个奇想。

一定是该我搞出大名堂来了！——他自言自语说。

可惜，他是想错了。波兰克没有听说过写小说常有所谓"救星一到，矛盾皆了"的手法，所以碰到了这样的事他就觉得新奇了。

考虑来考虑去，正在委决不下，忽然天外飞来了一个新的主意。他暗暗咧嘴一笑。看来我面前的路是绝不了的！

他的奇想却转眼就泄了气。虽说天外飞来了新的主意，可是再仔细一想，其实自己只要挖空心思想下去，窍门还怕找不到吗？

啵——他猛地一按喇叭，飞一般超越了前面的一辆卡车。

九

几小时以后，眼看已到中午时分，那几个抬担架的还在好几里以外苦苦地抬着威尔逊。热带的太阳从早就挟着耀眼的金光，火辣辣地逼人，他们抬了整整一个上午，体力和意志都随着汗水流完了。人早已走得昏昏沉沉，汗水迷糊了眼睛，干硬的舌头舔到的是枯焦肿疼的上腭，两腿老是一阵阵打战。到处散发出一派热气，草上袅袅升起炫人眼目的是热气，腻稠稠似油似水、缠着他们不放的也是热气。他们觉得脸上仿佛裹着一层丝绒，吸进的空气像是烧得烫烫的，带不来一丝凉快，里边似乎混杂着大量可燃性气体，一吸到胸膛里就爆炸开了。他们一路拖着脚步，耷拉了脑袋，抽抽搭搭，一出声就响得连耳膜都要震破，嗓子眼里痛得有如撕裂了一般。时间一长，真觉得像穿行在火焰中一样。

他们抬威尔逊，好比在拼命抬一块大石头。苦苦挣扎，一次勉强可以走上五十码、一百码，甚至可以走到两百码，走起来一步一挪，就像几个小工在搬一架大钢琴。走了一段就把他放下，可是站在那里两腿还是不停地晃，肩膀还是不停地起伏，只要在这铅灰色的天穹下，要喘过这口气来根本是休想。他们不敢休息，他们觉得自己跟威尔逊血肉相连，所以一会儿就又抬起担架，再勉力走上一段，就这样一点一点的，行进在不见尽头的黄绿相间的山冈上。上坡时他们常常会突然接不上力，抬着担架一时怎么也迈不开腿，过了会儿，下了死劲，才又勉强往上爬去，可是走不几步，就又站在那里面面相觑了。

下坡时得用足力气刹住下滑的势头，免得失去控制冲下山去，这时腿肚子和腿腕子里的肌肉就往往会发生强直现象，疼得他们恨不能往地下一滚，一动不动地就躺在草里，躺到天黑也别起来。

威尔逊又恢复了知觉，痛得难受。担架颠一下，他就要哼一声，身子在担架上不停地翻来搅去，弄得抬担架的把握不定，脚下直打趔趄。威尔逊还常常要骂他们，这使他们感到痛苦。他的大叫小喊穿透了罩着他们的层层热气，有如鞭子一鞭鞭打来，逼得他们只好咬咬牙再多走上几码。

"妈的，你们这些小子，你们以为我没看在眼里吗，你们这是干啥呀，欺侮一个受伤的弟兄，看把我颠的，连肚子里的脓水都泼出来啦，史坦利呀，你是存心要叫我吃点苦头啊，这样对待自己的弟兄，小子也未免太不仗义了吧……"他的声音愈说愈微弱，口气愈来愈暴躁。有时担架猛地一颠，他就哇的一声大叫。

"真要命，哥们儿，别再折磨我啦。"半是痛得受不了，半是热得受不了，他像个娃娃似的又哭又闹。"换了我的话，我就绝不会这样对待你们。"说完就直挺挺躺在那儿，张大了嘴巴，干渴的嗓子眼里喘出些微微的气息，仿佛水壶嘴里荡荡悠悠冒出些水蒸气来。"噢，哥们儿，轻点儿，真要命啊，哥们儿，轻点儿。"

"我们这已经是尽了最大的努力了。"这时布朗就会沙哑着嗓子说。

"你们这些小子，真损透了。威尔逊不会忘记你们的。我算是认得你们了，好小子！"

他们就这样又辛辛苦苦抬上了一百来码，等到把担架一放下，都呆呆地我看着你，你看着我。

威尔逊的伤口一阵阵抽痛。他死死地熬，熬得胃部的肌肉又疼又累。身上发了烧，却滴汗不出。烈日烤得他四肢沉甸甸地酸痛，肺里和喉咙都充了血，干枯了。担架每一颠，就像打了他一拳，使他一震。他这份筋疲力尽，就像跟一个比他大得多，也强得多的人死死相拼，一连搏斗了好几个钟头。他常常摆动在昏迷的边缘，可总是担架突然一晃，把他又晃醒过来，疼痛又随之而起。苦得他都快哭出来了。有时怕担架马上又要一颠，他就预先咬紧了牙关，绷紧了身子，等着等着，足足等了好几分钟。等到担架真的一颠，伤口种种潜伏的苦楚立刻又都纷纷震醒了过来，一下下直刺他已磨得那么脆弱的神经。在他的感觉里这种种苦楚似乎都是抬担架的人引起的，所以他把一肚子恶气都出在他们头上，正如一个人在家具上撞了一下，腿上擦去了一层皮，一时真恨透了这家具一样。"布朗，你这个王八蛋啊！"

"别嚷嚷，威尔逊。"布朗拖着歪歪斜斜的脚步往前走，可抓着担架的手却老是禁不住要渐渐松开。他只要一感到担架快有脱手的危险，就赶紧喊一声"放下"，担架一放下，他就跪在威尔逊的身边，歇上口气，用这只手的麻木的指头揉了揉那一只手，一边还会气呼呼地说："不要发火嘛，威尔逊，我们这已经是尽了最大的努力了。"

"布朗，你这个王八蛋，你是存心要颠得我不得安生啊。"

布朗真想哭，又想上去给他一个耳光。脚上的"丛林疮"都裂开了，在鞋子里淌着血呢，走路时顾不上这疮口的疼，只要一停下来，马上就会觉得像针扎一般其痛难当。他真不想再走下去，可是那另外三个都眼巴巴瞅着他呢。他只好轻轻吐出一声："走吧，弟兄们。"

他们就这样苦苦地走了几个钟头，中午的太阳当头高悬。他们的意志、他们的决心，眼看都慢慢地瓦解了。他们又困乏又冒火，根本谈不上齐心协力，只是勉勉强强在火烤般的烈日下一起挣扎前进。一个人打个跟跄，三个人就恨死了他，因为这一下三个人手上的分量就突然加重了，威尔逊痛极的号叫又震破了他们的恍惚，有如劈面一鞭，吓了他们一跳。他们的苦难一重接着一重。有时候胸口忽然一阵恶心，眼前便几乎什么也看不见了，几分钟都没有恢复过来。只觉得面前的大地一片昏黑，心头怦怦直跳，满嘴是胃里泛起的苦水。昏昏然不知有他，只知逼着自己苦苦往前走，那份痛苦比起威尔逊来真有过之而无不及。要是能换的话，他们谁都愿意跟威尔逊换个个儿。

到一点钟，布朗让大家停下。他的脚板已经麻木了好一阵了，人也快要垮下了。他们把威尔逊就丢在太阳下，自己在旁边就地一躺，脸儿几乎贴着了泥地，大口大口直喘粗气。中午刚过正是极热之时，四外的山风给烤得一派迷离，强烈的阳光在山坡间来回反射，无遮无挡。四下根本觉不到有一点风。威尔逊不时会咕哝几句，狂叫两声，可是谁也不去理他。他们虽说歇了下来，却歇不好；累到筋疲力尽之后，有些影响早已悄悄入了骨，起初还隐而不露，到这时才显了出来，使他们活生生地受罪了。他们想吐又吐不出来，时而浑身瘫软，昏昏然好半天，几乎到了人事不省的地步，时而又一阵阵剧烈发抖，仿佛身体里已经一点火力也不剩了。

过了很久，大概总有一个小时吧，布朗坐起身来，取了几片盐片吞下，又喝了近半壶水。盐片落了肚咕咕直闹，不过人倒觉得爽快了些。他就站起来去看看威尔逊，可是这腿伸出去总有些异样，软绵绵的，好像长期卧病乍一起床似的。他问威尔逊："伙计，觉得怎么样啦？"

威尔逊盯着他直瞅。他已经摸呀摸的，探起一只乱颤的手，把覆在脑门上的湿手绢拉掉了。他沙哑着嗓子有气无力地说："布朗啊，你们还是把我扔下了吧。"这一个钟头来他躺在担架上，一直是忽而清醒忽而昏迷，如今已是疲极乏透了。他觉得再抬着他往前走已经没有什么意义了。此刻只要能留在这儿，他就心满意足了。至于留在这儿会怎么样，他根本就没去想。他脑子里只有一个念头，就是：他可不想再往前走了，躺在担架上颠簸折腾的痛苦，他再也经受不起了。

布朗心里动了，动得还挺厉害，所以他一时竟不敢相信威尔逊说的是真心话。"伙计，你在胡扯些什么呀？"

"把我扔下了吧，哥们儿，把我扔下了吧。"威尔逊的眼里涌出了几滴不能自已的泪水。他摇了摇头，不过神情是淡漠的，简直像不大在乎似的。"我拉了大伙儿的后腿，还是把我扔下了吧。"他心里早已又糊涂了，他还当这是在执行任务，还当自己是因为发病才掉了队。"我的肚子不好，老是拉个没完，哪能不扯你们的后腿呢。"

史坦利早已来到布朗的身边。"他要我们干啥，要我们把他扔下？"

"嗯。"

"你看使得吗？"

布朗有些冒火了。"看你说的什么呀，史坦利，你这人怎么啦？"不过布朗的心里却又一动。他浑身上下已经使不出一点劲了，真不想再往前走了。不过他还是吆喝了一声："得啦，弟兄们，咱们走吧。"看见里奇斯在不多远以外睡着了，他来了气。"得啦，里奇斯，别再偷懒了好不好？"

768

里奇斯慢慢醒了过来，看去也真似乎有点不愁不急的样子。"我不过是歇会儿罢了，"他的口气里有些委屈的味道，"歇会儿难道也……"可是他没有说下去，把皮带一扣，走到担架旁边。"好，我准备完毕。"

于是他们又出发了，可是他们这一休息却休息坏了。本来倒有一种山穷水尽的危机感、紧迫感逼着他们向前，一休息这种心理就都消失了。他们走了几百码以后，又累得跟刚才歇下时几乎不相上下了，火辣辣的太阳更是烤得他们头晕腿软。威尔逊现在也呻吟个不停了。

威尔逊的呻吟叫他们头痛。他们本来就觉得手脚不灵、力气不济，如今威尔逊哼一声，他们就要打个闪缩，心里一阵内疚，设身处地一想，他伤口的剧痛似乎也就都通过担架的把手，传到了他们的胳膊里。起初半英里的路，他们走的时候勉强还有点说话的劲头，所以经常拌嘴。谁有点什么动静，都会惹别人生气，彼此骂骂咧咧，一路不断。

"戈尔斯坦你这个浑蛋！你干吗不小心点？"史坦利感到担架突然一震，就会这么嚷上一声。

"你自己小心点吧。"

"大家都别吵了，省点力气干活好不好？"里奇斯嘀咕了。

"啐，去你的。"史坦利嗓门还是很大。

布朗只好来干预了。"史坦利，你的话也太多了。为什么不省下点力气来干活呢？"

他们各不相下，都憋着一肚子气，继续赶他们的路。威尔逊又说胡话了，大家也都似听非听。"哥们儿，你们干吗不扔下我走你们的呢，我干不下去了，屁用也没有了，我只会拉你们的后腿。哥们儿，把我扔下吧，我对你们只有这样一个要求。你们不用操心，

769

咱老威尔逊一个人能自己对付。哥们儿，把我扔下了吧。"

"哥们儿，把我扔下了吧。"

这句话，叫他们听得肩膀痒痒的，一下子就传到了指尖上，抓着担架的手似乎有点放松了。布朗气喘吁吁地说："威尔逊，你在胡扯些什么呀？"人人都在心里打一场自己的仗。

戈尔斯坦打了个趔趄，威尔逊就冲着他大叫："戈尔斯坦呀，你这小子是饭桶，你是存心跟我过不去呀，我都看在眼里，你是饭桶。"本来，在威尔逊的心目中这名字早已变了意思，他只记得右脚的那个担架柄叫戈尔斯坦，只要担架朝那边一歪，他就大骂戈尔斯坦。不过这一回名字倒是跟人合了榫。"戈尔斯坦是饭桶，连酒都不敢喝的这么一个家伙。"他无力地嘻嘻一笑，干焦的嗓子眼里涌起了一小口血，腻稠稠的。"真格的，克洛夫特这老小子还不知道我白喝了他一壶酒呢。"

戈尔斯坦气得直摇头，他眼睛望着地，窝着一肚子的火往前走。心里不住念叨：这班异族人呀，他们才不会放过你呢，才不会放过你呢。他觉得他们全都是他的对头。就说这个威尔逊吧，你这样卖劲地照顾他，可他又有哪点儿感激了你？

威尔逊早已又直挺挺躺在那儿了，耳边只听见他们急促而紧张的抽噎。他猛然明白了过来：他们这样辛辛苦苦都是为了他呢。这个想法在他脑子里只停留了片刻就消失了，不过引起的激情却久久萦回在心头。"唉，你们为了我这样辛辛苦苦，我心里真是过意不去，可你们实在犯不上守着咱老威尔逊啊。把我扔下不就完了吗。"没听见人搭腔，他恼火了。"真要命，哥们儿，你们没听见我说吗，把我扔下吧。"他像个发烧的孩子似的，呜呜地哭了。

戈尔斯坦真想把担架放下。心里想：他不是叫我们停下吗。可是转眼听到了威尔逊的自白，他却又感动了。天是这么热，人又赶

770

得精疲力竭，昏头昏脑的，没法好好儿想一想，脑子里的念头都是直蹦出来的，就像肌肉的反应一样。他对自己说：我们可不能扔下他，他还是挺够朋友的。可是想到这儿戈尔斯坦的脑子里就是一片空白了，只觉得那条胳膊愈来愈难受了，从背上一直到累极的两腿没有一块肌肉不疼。

威尔逊拿舌头舔了舔干透的齿尖，拉着个调子说："哥们儿啊，我渴死了。"身子在担架上扭了一下，脑袋向那铅灰色的耀眼的天空微微探起，喉咙都做好了领受甘露的准备。只要他们来给他点水喝，他舌头和上腭的苦痛就可以马上解除。"哥们儿，给我点水喝，"他嘴里还轻轻地说，"快弄点水来喝吧。"

他的话他们却好像并没有听见。他已经讨了一天的水了，可他们压根儿没睬他。他只好把脑袋往后一靠，腻腻的舌头在焦枯的口腔里舔了一圈。"快弄点水来喝吧。"发出这一声哀鸣以后，他又只好耐心等待了。脑子里一阵眩晕，身子仿佛在担架上团团打转，他苦苦撑持。"哎呀，哥们儿，你们得给我点水喝呀。"

"别闹别闹，威尔逊。"布朗只是低声嘟哝。

"哎呀，给点水喝呀。"

史坦利站住了，只见他腿都发抖了，大家就把担架放下。史坦利嚷嚷着说："看在上帝分儿上，就给他点水喝吧。"

"伤在腹部，不能喝水。"戈尔斯坦不同意。

"你懂什么？"

"是不能喝水，"戈尔斯坦说，"一喝就没命啦。"

"水也快没了。"布朗上气不接下气地说。

"啐，碰到你们这些家伙，真是要命。"史坦利扯直了嗓子叫了。

"威尔逊喝点水有什么？"里奇斯也叽咕起来。他感到有点惊奇，还夹着些轻蔑。"人没水喝才活不了呢。"心里在想：什么事情，也值得这样大惊小怪的？

"布朗，我总觉得你这个人老是胆小如鼠。连伤员弟兄要点水喝都不敢给。"在太阳下史坦利站着也晃晃悠悠。"威尔逊都是这样的老弟兄了，可哪儿跑出来一个大夫说了一句话，你就一滴水也不给他喝。"他话是这么说的，骨子里却相当心虚。他尽管神困体乏，可也知道给威尔逊喝水是要闯祸的，是要闯大祸的，不过他回避了这个想法，硬是做出些义愤填膺的样子。"弟兄有疾苦，能减轻点儿就想法给他减轻点儿，这对你有什么不好呢？我真不明白，布朗，你到底想要干什么，你难道是安心要他吃苦？"他激动得止不住往下说，到了此刻他也不得不往下说，"给他一口水喝，又破费了你什么啦？"

"给他水喝就是害了他。"戈尔斯坦说。

"呸，你这个屁事也不懂的犹太小子，给我住嘴！"史坦利简直暴跳如雷了。

戈尔斯坦也提高了嗓门："你怎么能这样骂人！"现在他也气得发抖了，不过这背后其实还有个原因：想起了昨天晚上史坦利还是那么友好，他感到幻想破灭了。这帮人真是一个也信不得！——他呆呆地想。沉痛之中却又感到一点安慰：这一回他算是看准了。

布朗来干预了。"弟兄们，大家都别说了，还是走吧。"他不等他们再开口，就弯下腰去抓住了担架的一头，示意大家也都各就各位。于是一行人又顶着刺得人眼都睁不开的午后的大毒日头，跌跌撞撞向前走去。

"给我点水喝呀。"威尔逊还在哀号。

史坦利又站住了。"咱们就给他点水喝吧，也免得他这样痛苦。"

"不许多说，史坦利！"布朗轻轻挥了挥那只空手。"走吧，这事就不要再说了。"史坦利瞪了他一眼。他尽管已经没有一点力气，心里可还是把布朗恨透了。

威尔逊的心思又都渐渐集中到了他的痛苦上。神志恍恍惚惚，暂时已经不觉得担架在摇荡，脑子里也已经没有这身边的一切。昏昏沉沉中偶尔也渗进来一阵阵感觉。他感觉到伤口在搏动，眼前仿佛看见一只野兽的尖角在戳自己的肚子，戳戳停停，停停再戳戳。他听见自己"啊——"地叫了一声，可是喉咙里却并没有觉得声带在振动。他感到热透了，身子在担架上似乎飘飘荡荡了好一阵，舌头尽舔着齿根，拼命想找些水分。他相信自己腿上、脚上一定是着了火了，他就把脚扭扭试试，还相互擦擦，像是要把脚上的火灭掉似的。嘴里不时含糊咕哝："快把火灭掉，快把火灭掉。"

突然又起了另外一种疼痛，熟悉的然而又是难挨难熬的疼痛。只觉得小肚子里痛得像被绞了一样，脑门上顿时水津津的，沁出了一颗颗汗珠。他先还忍了一下，好像小孩子怕受责罚似的，可是不知不觉间只感到一阵轻松，热烘烘、美滋滋的，肚子里也就不那么难受了。他一时又恍如躺在爸爸的住房外，背靠着破栅栏，南方的太阳晒得他软绵绵地动了情。"嗨，黑小子，这头骡子叫什么名儿？"他还记得这句话，轻轻说出了声来，说完还无力地嘻嘻一笑：心里虽然快活，可是筋疲力尽。他还用手抓住了担架，扭着头看了一阵，这是他在看那个黑人姑娘走过。他觉得身边似乎还有个女人在抚摩他的肚子："伍德罗，你在撒尿之前总要先吐口唾沫吗？"

"唉，瞧我这倒霉劲儿！"他自言自语的，这回又想在担架上把小便解一解了。可是小肚子又是一阵难忍的剧痛。他想起来了，

773

不，应该说他小腹的肌肉又想起了排尿之苦，强直着不肯动了。脑子里的幻象顿时影踪全无，神志也清楚了，心中一阵焦急，惶惶不知所措，因为他到这时才意识到自己把屎拉在身上了。他想自己的生殖器官也许是烂了，内心感到极大的痛苦。这种事为什么偏要落到我的身上呢？我也没干过啥了不得的事，怎么会落得这样呢？他于是又探起头来，哼哼唧唧说："布朗，你说我肚子里的脓水都会从伤口里流掉吗？"

可是谁也没有搭理，他于是又躺了下去，想起自己的病来。一连串不愉快的回忆引得他心烦，由此又感觉到睡这担架实在难受，成天仰面躺着实在费劲。他想能不能翻个身，便稍微试了试，可是痛得不行。好像有谁靠在他肚子上似的。

"走开呀，哥们儿。"他大喊一声。

他忽然想起来了，这种压力他是领教过的。好几个星期以前，日本人渡河偷袭的那天晚上，他守在机枪工事里，胸口和腹部就感受到过这么一股压力。

"我们你抓来啦。"[①]当时日本人是这样向他和克洛夫特嚷嚷的，他现在一想起来还浑身打战，忙不迭地用手掩住了脸。身子在担架上晃荡，嘴里哭喊："把他们堵住呀，弟兄们，他们冲上来啦。"他还带着咯咯的喉音，学日本人冲锋时"万岁——万岁——"地呐喊。喊完又直嚷："快快，弟兄们，快上来，都快上来！"

抬担架的连忙站住，把他放下。布朗问大家："他在嚷嚷些什么呀？"

"我看不见他们啦，一点也看不见啦。哎呀，照明弹到哪儿去

---

① 意思是"我们抓你来啦"。参见第二部第五章注。

啦？"威尔逊还在狂叫。他左手握着机枪的把手，食指扣着扳机。"还有一个机枪阵地是谁在那里？我想不起来啦。"

里奇斯摇了摇头。"他说的是那天晚上日本人渡河进攻的事。"

威尔逊这种惊慌的情绪也感染了别人。戈尔斯坦和里奇斯那天就在河边。他们不安地瞅了瞅威尔逊。现在再看四外这一大片辽阔的荒山，似乎就感到有点凶多吉少了。

"咱们该不会撞上日本人吧？"戈尔斯坦说。

"不会的。"布朗安慰他们。他抹了一下流进眼里的汗水，怯生生地朝远处望望，喘吁吁地又接着说："这一带根本没有人迹。"不过心头还是涌起了一种力不从心的感觉、一种束手无策的感觉。现在要是万一遇上伏兵的话……他真又想哭了。肩上的责任是那样的重，可自己已经只能干瞪眼了。他只觉得一阵翻肠抖肚的恶心，想吐却又吐不出来，出了一身冷汗，身上才稍微好过了些。撒手是千万撒不得的。他听见自己的声音在说："弟兄们，咱们得往前走啊。"

威尔逊脑门上蒙着湿手绢，把眼睛遮得几乎什么也看不见。手绢是草绿色的，在阳光下发出黄的、黑的光彩，似乎都直往他的脑子里钻。他觉得真有点透不过气来。两条手臂又一次晃晃摇摇地伸起来向头上乱摸。"哎呀呀，"他又嚷嚷了，"弟兄们啊，咱们要弄点战利品留个纪念，就得把这些日本人都搬掉。"他又在担架上挣扎起来。"谁把那个袋子搁在我脑袋上啦？雷德呀，捉弄自己弟兄太不仗义了吧。这个鬼山洞黑乎乎的，我看不见呀，快把我头上的日本人搬掉吧。"

手绢顺着鼻子滑了下来，威尔逊对着阳光把眼睛眨了眨又重新闭上了。"留神，一条蛇！"他突然惊叫一声，吓得连身子都缩成了一团。"雷德，开枪要小心哪，瞄准些，瞄准些。"他又咕哝了一句什么，身子这才放松了。"我告诉你没错，死人也不过像半爿搁久了的羊肉。"

布朗重又替他把手绢蒙好，他还睥了一下。"我气也透不过来了呀。糟糕，他们向我们开火了，泰勒，你识水性吧，管他娘，我躲在橡皮艇背后再说！"

布朗打了个冷战。威尔逊这末一句说的是进攻穆托美岛的事。布朗似乎又觉得给海水呛得喘不过气来了，他似乎又尝到了生机断绝、只等一死的那份恐怖。这精疲力竭的境地，使他一时恍惚又有了那种落海吃水之感，他恍惚又像当初一样茫然不解了：怎么落到海里就会身不由己地吃起水来？水直往喉咙里灌，别想止得住它，也别想拗得过它。

他现在终于痛感到这就是一切苦恼的根源了。正是这一段记忆，老是使他心里这样惊慌、这样胆怯。他当时算是看透了一个道理，就是落在这席卷一切的战争的旋风里，自己是一点办法也没有的；这个想法后来就总是留在脑子里摆脱不开。他虽说不顾筋疲力尽，一直在死死敦促自己一定要把威尔逊送回去，可是事到如今，他已经实在没有一点信心了。

他们抬着担架一路走下去。下午两点左右天下雨了，地下很快就成了泥乎乎的一片。起初倒觉得像来了个救星，雨落在火烫的皮肉上挺惬意的，靴子里进了泥水还扭了扭脚指头，衣裳打湿了也感到蛮舒服。这样倒也享受了几分钟的凉快。可是这雨再落下去，地就烂得不行了，军服贴住在身上也觉得不是味儿。脚踩在烂泥里渐渐打滑了，靴子粘满泥巴也沉重起来，走一步就得给陷住一次。他们早已又走得昏昏沉沉了，神困体乏，也没有马上注意到脚下步伐的变化。可是过了半个小时，他们的速度终于慢到近乎停下了。他们腿里的力气已差不多等于零了，他们有时简直就会原地站上一两分钟，大腿和脚一时无法协调，迈不出步子。上山的时候走上一两尺就得停一停，大家呆呆地你瞪着我、我瞪着你，胸脯剧烈地起伏，脚在泥泞里愈陷愈深。每走上五十来码就得把威尔逊放一放，停上一两分钟，再苦苦往前走。

太阳又出来了，湿淋淋的白茅草一下子像着了火，地面也不一会儿就烤干了，水分化成了蒸腾的雾气，却迟迟不散。大伙儿透气都很困难，那空气又沉闷又潮湿，尽管拼命大口喘气，却还是不顶事。他们连哼带泣，一路拖着脚步往前走，那手臂总是慢慢愈垂愈低。起步的时候担架抬得有腰那么高，可是走上三四十码，等到把威尔逊放下，沉重的分量早已压得他们背屈腰弯，担架也快擦着地了。还有那草的干扰：草老是要勾住他们的脚，缠住他们的身子，打上他们的脸。他们是无可奈何、怒气冲冲地在苦苦往前走，走到怒气消尽，就再没有什么能驱使他们前进了。

三点左右，他们停在一棵孤零零的树下，又做了一次较长的休息。半个钟点里谁也没说一句话，他们尽管都累得瘫倒了，内心可还是有活动的。布朗趴在地上，瞅着自己的手发呆，手上的水疱惨不忍睹，好几个老疮疤、老伤口又开了裂，血迹斑斑。他猛然意识到自己已是灯尽油干了，自己也许还得起来，也许还能强忍难以忍受的痛苦，再走上里把路，可到头来总难免要垮下。他全身痛得像散了架，歇下以后一直想吐而吐不出来，眼前时而什么也看不见。他隔不了一两分钟就会两眼一黑，不知不觉昏了过去，背上直冒冷汗。他的手脚更是一个劲儿地打战，特别是手，抖得连点支烟都不行了。他恨自己，因为自己这样不争气；他也恨戈尔斯坦和里奇斯，因为他们两个还没有筋疲力尽到他这样的地步，他对史坦利更是讨厌，只希望史坦利比他更不济。一时间这满心的怨恨都一变而为可怜自己的不幸了——克洛夫特也真可气，只派了他们四个人来。克洛夫特明知道四个人是干不了的。

史坦利拿手掩着脸，在那里大咳而特咳。布朗对他看看，一肚子的怨气都落到了他的身上。布朗觉得史坦利背叛了他。他让史坦利当了下士，史坦利倒反过来咬他了。要是担架队当时没要史坦利，而另换个人来，这一路上也许就会顺利多了。

"怎么啦，史坦利，"他突然脱口说道，"你打算撒手不干啦？"

"啐，布朗你见鬼了！"史坦利心中愤愤。布朗是因为怕跟着队伍去继续执行任务，才带上了担架队的，都是这浑蛋，把他史坦利也拉下了水。他们在这里遭受的苦难，比起队伍那边来要厉害多了。他要是留在队伍里的话，肯定可以有很好的表现，克洛夫特说不定都会看在眼里。所以当下他就还嘴说："你以为你自己就行啦？告诉你，我知道你为什么要来抬这破担架！"

"为什么？"布朗料得来者不善，泄了气似的直愣愣听着。

"因为你是个胆小鬼，不敢跟着队伍去。中士带队抬担架，哼，天晓得！"

布朗一听，心想果然不出所料。比这再恶毒的话他也实在无法想象了，他担心已久的时刻终于来了，不过既然来了，倒也觉得并不是那么可怕。"史坦利，你又何尝不是胆小鬼，我们彼此彼此。"他想找一句话来狠狠刺他一下，到底想了出来。"你也太为你的老婆操心了，史坦利。"

"呸，闭上你的……"可是一句话早已击中了他的要害。他顿时感到无限心虚，相信自己的老婆肯定规矩不了，在短短几秒钟的工夫里眼前就一连串地闪过了许多扎心的镜头，似乎看到了老婆这也不老实，那也不老实。他忧心忡忡，无所适从，真想哭了。老天

778

没眼，害他落得这样求援无门！

布朗拿手掌抵着地，没精打采地撑起身来。"好啦，咱们走吧。"他站着觉得头昏眼花，好像早上睡梦方醒，手里软绵绵的没有一点力气，什么东西也攥不住。

他们都磨磨蹭蹭地爬了起来，紧了紧皮带，一屈腿抬起担架，又出发了。走了百来码，史坦利拿定主意不想再走下去了。他因为威尔逊打仗的资格比他老，对威尔逊确实一向有点不乐意，不过此刻他考虑的倒并不是威尔逊。他就是拿定主意不想再走了。他算是受够了，走下去还有什么意思呢？

趁他们又放下担架，略作休息的时候，史坦利往旁边晃了两晃，扑地倒下。他故意两眼紧闭，装作昏了过去的样子。大伙儿围集在他的眼前，望着他，却无动于衷。

"真格的，咱们把他就搁在威尔逊的身上得了，"里奇斯说，"再要有人倒下，就再往上堆。剩我一个人也要把你们都送回去。"他疲惫地打了个哈哈。史坦利常常挖苦他，他觉得这一下算是小小地出了口气。不过他马上感到一阵羞耻。他冷静了下来，对自己说：算了，骄者必败。他听着史坦利失神地抽泣，隐隐感到倒也有趣。这使他想起从前家里有一头骡子，一次在盛夏的烈日下耕完了地就倒下了，他现在的心情正和当时无异：觉得又有趣，又可怜。

"怎么办呢？"布朗喘吁吁地说。

冷不丁威尔逊却抬起了眼皮。他此刻看上去似乎相当清醒，原来胖乎乎的大脸盘儿显得那样萎靡而憔悴，简直叫人不敢相信。"哥们儿，不要管我了，"他有气无力地说，"咱老威尔逊已经不行了。"

布朗和戈尔斯坦动了心。不过布朗还是说："我们不能丢下你

779

不管。"

"别再抬下去了，哥们儿，算了吧。"

"这可怎么好呢？"布朗说。

戈尔斯坦突然一摇头，说："我们无论如何也要把他抬回去。"自己也说不出什么缘故，脑海里蓦地又出现了坦克炮摔下坡岸时的情景。

布朗又盯着史坦利看了一眼。"可我们也不能扔下他只管自己走路哇。"

里奇斯听得都不耐烦了。"做事嘛，总要有始有终。我们总不能为了他一个人，就都干搁在这儿吧。"

戈尔斯坦忽然得了主意。"布朗，那你何不就留下来照顾史坦利呢？"戈尔斯坦自己也累透了，简直都快虚脱了，不过要他撒手那是不可能的。布朗则差不多已经跟史坦利一样寸步难行了。所以眼下也只有这个办法，不过戈尔斯坦的心里是很不乐意的。我总得比别人多照顾点儿人家——他心想。

布朗问："可你们有谁认识回去的路呢？"他现在应该老老实实，有什么不可行之处就应该提出来。打了败仗，可不能忘记保持最后一丝尊严。

"路我认识。"里奇斯咕噜了一声。

"那好，我就留下吧，"布朗说，"史坦利也总得有个人来照应。"他把史坦利摇了几下，史坦利还是只管哼哼。"他今天恐怕起不来了。"

"我看这么办吧，"戈尔斯坦说，"等史坦利能起来了，你们就赶上来，帮帮我们的忙。你说这样总可以吧？"

"好，就这么办吧。"布朗说。其实两个人心里都知道这也不过是说说罢了。

里奇斯说了声："咱们走吧。"就跟戈尔斯坦一前一后费劲地抬起担架，挪动跟跄的步子出发了。走了二十码又把担架放下，在担架上只留了一个背包、一把枪，其余的都取了下来。戈尔斯坦说："布朗，这些家伙就请你们给带来好吗？"布朗点了点头。

他们又抬起担架走了，步子慢得叫人看着也难过。虽然卸下了大部分装备，担架上躺着个威尔逊还是有两百多磅重。半英里外横着一道小山坡，他们花了将近一个小时，才翻了过去。

等他们走到看不见以后，布朗便脱下靴子来，揉了揉脚上的水疱和肿处。他们还有近十英里的路要走呢。布朗叹了口气，慢慢捏了捏自己的大脚指头。我这个士官，也真应该辞职了——他想。

不过他知道自己是不会辞职的。我还是会一直这样混下去，混到有朝一日被革掉士官，当个小兵。他瞅了瞅史坦利，史坦利还在地上躺着。唉，我们两个真是彼此彼此。他过不了多久也就会有我这些烦恼的。

十

克洛夫特似乎生来就是个懂地质的。当初是什么样的内因外力引起的岩浆喷发形成了这样的地层构造，哪儿受过风蚀，哪儿受过水蚀，他都看得出来。他带的路还会有错？这种看法在侦察排里早已根深蒂固。他们相信由他领路万无一失，好比夜尽必然日出，长途行军之后必然感到疲劳，决计错不了，所以干脆连想也不再去想了。

克洛夫特自己也说不出个所以然来，譬如，他绕着一处悬崖转了一圈，发现有一高一低两道险坡同时贴着崖壁回旋而上，他就说不出是什么道理促使他决定攀登高坡，或者攀登低坡。他只知道他所不取的那道坡走到头来准是一落到底的断崖。登上低坡，他也许会攀到中途便坡尽路绝；登上高坡，他也可能会上了一座孤峰、一方危岩，就无路可走。换了一位研究多年、富有野外考察经验的地质学家，其选择的准确性也不过是如此，倒是选择起来更费工夫：先得等助手在他的行话术语里拼命兜上一阵圈子，权衡一下各种因素，估计一下无从确定的数据，把消长增减的情况一一标绘成图列在一起，这才由地质学家来决定，地质学家还会拿不定主意好一阵呢。自然界的情况可毕竟太复杂了。

克洛夫特似乎摸熟了岩石和土壤的脾性。就像了解自己如何练就了这一身肌肉一样，他完全了解那些光圆大石都是在亿万年的暴风雨中过来的，经历了无数的冲撞翻滚，一直摔打到大地成形。他只要一望着大地，心里自会想起那场混沌初开的急风暴雨；他只要看到一座山冈，通常总能知道这山冈的背面是怎么个模样。这同他找水的本领其实是一种能耐的两种表现——他不管到了怎样陌生的地方，只要就近有水，凭直觉都可以察觉出来。

这种本领也许是天生的，也可能是因为他在野外赶过许多年的牛，带了队伍搞过许多侦察活动，遇到过需要当机立断选定道路的千百次考验，才渐渐培养起了这样的本事。总之，当时他就毫不犹豫地带领侦察排上了山，从一道山梁翻上又一道更高的山梁，从一个峡谷拐进又一个峡谷，尽管很不乐意，还是得不时停停，等后面的人赶上来，歇口气。他停一次就要生一次气。他虽然前几天就已经够劳累了，可这时候仍然按不下、耐不住，只觉得自己内心有一股咄咄逼人的压力，驱策着他往前赶。他像一条嗅到了气味的猎狗，兴奋地钉住了这座大山死也不放。老是过了一道山梁又迫不及待地想再上一道山梁，急于要看看前边到底还有些什么。这么陡这么大的山，爬得他眼睛都红了。

他带领部队进了大山，先是顺着那条黏土沟往上爬，爬到顶上停了一会儿。那里，紧靠一堵三十英尺高的岩壁有一道坡，坡面虽陡却甚少巉岩，长满了白茅草，于是他就向右一转，把队伍带上了那道草坡。过了草坡又向左拐去，看到有一连串的板岩，可以爬得上去。板岩顶上乱石纵横，形成了一个尖细峭拔的山梁顶，逶迤通向大山的中腰。他就带领部队沿着这山梁顶走，一路跳上跳下的，穿过茂密的草丛往前闯，直要走到两边紧逼、中间极窄的险处，才勉强停一下。

山梁上光圆大石比比皆是，山梁的一侧几乎直削而下，下临一片悬崖。白茅草里有些地方立脚不稳，踩在草里就看不见膝头以下，所以他们只好把枪横在背包上，双手抓住高高的草梗，小心翼翼缓步前进。这样顺着山梁一直走了半个钟点，才休息一次。此时离克洛夫特带领他们爬上第一条深沟其实还不过一个小时，太阳仍然挂在东天，可是他们早已累透了。他们也真巴不得歇息一下，于是就在那窄窄的山梁顶上前前后后躺了下来。

这最后的二十分钟路，怀曼走得气咻咻的，喘得厉害，他一声不响，仰面朝天躺着，巴望那僵直的腿快快恢复弹性。

罗思问他："你觉得怎么样啦？"

"筋疲力尽。"怀曼不由得直摇头。今天就要这样走一天了，根据他这次行动中的切身体验，他知道这样下去自己是撑不到底的。他就对罗思说："我打算轻装了。"

可是背包里全是少不了的东西。怀曼盘算了一下丢掉干粮好还是丢掉毯子好。他们出来时都带了二十一盒干粮，至今只吃了七盒。不过假如他们翻过了大山，深入日军后方去侦察，那至少要一个礼拜才能回去。可不能冒这个险。怀曼就从背包里抽出了毯子，就近一扔。

正好给克洛夫特看见了，他就走过来问："那是谁的毯子？"

"是我的，上士。"怀曼说。

"去拿来装在背包里。"

"我实在用不着了呀。"怀曼轻声说道。

克洛夫特对他一瞪眼。侯恩一死，军纪如何现在就是他的事了，他可不容许手下的人目无纪律。侯恩当家的日子里惯成的懒散习气，他非得整一整不可。再说，他看见乱糟蹋东西就要生气。"你这家伙，没听见我说吗？去捡起来！"

怀曼叹了口气，站起身来，把毯子重新捡了回来。克洛夫特看着他折好毯子，态度才放温和了些。怀曼一下子就听话了，他觉得很满意。"听我说，这条毯子你还是少不了的。等到半夜里你冻醒过来，裹着毯子谢天谢地还来不及呢。"

"是。"怀曼可是一点劲头也提不起来。他在想的是这条毯子有多少分量。

"罗思，你觉得怎么样啊？"克洛夫特又问。

"没什么，上士。"

"今天可别再给我偷懒啦。"

"是。"罗思嘴上应着，骨子里却是怒不可遏。他看着克洛夫特大摇大摆走去跟旁人说话，气得抓住了一把草，连根拔了起来。"这家伙可是不肯饶人的。"他悄没声儿地对怀曼说。

"哎，也真是，偏偏少尉又……"怀曼突然心里一阵闷闷不乐。他觉得对这件事他现在看得愈来愈清楚了。以前在侯恩的手下，日子至少还不会这么不好过。"真是倒运啊。"

罗思点点头。少尉给人的印象，好像对手下人还不至于会叫人过不去，可克洛夫特简直是狼心狗肺。"要是这支队伍交给我带的话，"罗思的口气总是那么缓慢而自负，"我就决不会跟弟兄们过不去，做事总要讲公道、凭良心。"

"对，要是我的话我也这样。"怀曼大有同感。

"唉，真是从何说起。"罗思叹息了一声。其实那样的处境他以前也经历过。那是在经济萧条时期，他在失业了两年之后，谋到的第一份差事是替一家房地产公司当经租员。他管收租。这份差事他始终干得很不称心，那些房客见了他就恨，恶言相对，他也不知挨过多少骂。可有一次他奉命来到一套公寓，公寓里住的是一对老年夫妇，已经欠了好几个月租了。老夫妇俩一叹苦经，确也够凄惨的——当时他听到的情况哪一家不是这样。银行倒闭，老夫妇俩的积蓄顷刻化为乌有。罗思本来倒很想再宽限他们一个月，可是那天他一文租金也没有收到，不敢空手回公司去。所以，为了掩饰自己的同情，他就故意摆出严厉的样子，扬言要把他们撵走。他们苦苦哀求，他那个角色也愈演愈来劲了。他就百般恐吓他们：一旦无家可归，看他们怎么得了？临了他说："你们上哪儿去弄钱我可不管，反正要拿钱来。"

现在他想起了这件事，心里倒一时有些不安了，他后悔当时没有对他们厚道些，似乎当时厚道些的话此刻自己也就不至于会如此倒运了。可是随后一想：哪有这个道理呢，迷信罢了。两件事根本扯不到一块儿。他又想起，那么克洛夫特凶相毕露的时候，骨子里会不会也是这样的心情呢？不，鬼才相信哩。他对自己说，得了，过去的事啦，不要再想了。不过心里却总觉得害怕。

这时候怀曼想起的则是他当年在郊外一片空地上打的一场橄榄球。这是他那个街区的球队跟另一个街区球队的比赛，他打的是跑锋①的位置。赛到下半场时，他脚下已经一点气力都没了，对方

---

① 跑锋是美式橄榄球赛中前锋的一员。全队十一人，锋线上七名队员，为：左边锋、左跑锋、左护卫、中锋、右护卫、右跑锋、右边锋。

的带球队员简直可以随心所欲地在他前后左右直穿而过，他只好勉强拖着脚步跟东跑西，眼看对方一次次进攻得分，他想起这段事来就要脸红。他本来是想换下去的，却偏偏没人替补。结果对方几次冲过底线得分，把他们打败了，可是他队里有一个小伙子，却说什么也不认输。对方进攻一次，那小伙子总要大喊加油，奋不顾身地扑上去拦截一次，对方得分愈多，他却打得愈猛。

怀曼心想：自己可就不是这样的人。自己不是英雄好汉一类的人物。他今天对这一点领会得很突然，也很透彻，事情要是放在几个月以前，他早就受不住了，可是今天这只是引起了他的沉思。像克洛夫特那样的人，他永远也休想理解，对他们他只想避开点儿，能别碍着他们就行。不过他总觉得想不通：他们的动机是什么呢？他们到底老是在那里追求些什么呢？

"这座要命的大山我简直恨透了。"他对罗思说。

"我也是。"罗思又叹了口气。这山范围好大，顶峰好高。他仰面朝天躺着都还望不见那高山之巅呢。只看见头顶上山势巍峨，重重叠叠，从这儿再上去，似乎都是清一色的嶙峋山石了。在丛林里的时候他讨厌丛林，只要有条虫子爬在身上，有只鸟儿在矮树里突然唧啾几声，他就要吓上一大跳。密密层层的树遮得他什么都看不见，只觉得充天塞地尽是各种各样的奇臭异味，把鼻子眼儿都快堵住了。可是尽管丛林里闷得简直连气都透不过来，他现在倒是宁愿再待在丛林里。这光秃秃的山峦，这凄凉怪谲的石天一体的拱顶，相形之下倒还远不如丛林里安全呢。他们还有那么高而又高的山要爬，那更是凶多吉少。在丛林里虽说也尽多形形色色的危险，可现在看来那里的危险却似乎并没有这么严重，至少他都已经提防惯了。但是在这儿，一失足就会粉身碎骨。与其走钢丝，倒还不如闷在地窖里。罗思又气冲冲地拔起草来。克洛夫特为什么不往回走呢？他还在妄想些什么呢？

　　马丁内兹觉得浑身酸痛。昨天晚上累了一宿，如今反应来了：上午跟着队伍上了山，一路上走得吃力极了，心里又急得慌，手脚尽打哆嗦，身上汗水淋淋。他的内心活动自然也免不了要跟他捣捣乱。他这次夜出侦察跟侯恩的死，其间的联系幸而倒还不大看得出来，至少从表面上是看不出来的，可是自从第二次遭遇伏击以后，他就一直感到满心疑惧，正如一个人身在梦中，梦见自己犯了罪，正在听候惩处，可是又记不起自己干下的到底是什么坏事。

　　刚上山的时候，马丁内兹一边苦苦地往上爬，一边还默默地尽自回想昨晚杀死的那个日本兵。那个日本兵的脸儿又清楚地出现在他的眼前了，此刻虽然一轮朝日刺得人眼花缭乱，可是那张脸儿看去倒远比昨晚来得真切。他还细细回想了那日本人的一动一静。他似乎又觉得自己手指上染满了血，黏糊糊的。他看了下自己的手，这一看可吓坏了：手指缝里还有一丝干结的血，都发黑了。他一阵恶心，像捏死了一条虫子似的，竟然也会毛骨悚然起来，喉咙里不觉咕噜了一声：啊……！面前立刻又浮现出那个日本兵挖鼻子的情景。

　　都怪自己。

　　怪自己什么呢？队伍现在上了山了，可假如当时自己不……假如当时自己没有……唉，一句话，不杀日本人，就回海边去了。哎，又胡思乱想了。他心里一焦急，只觉得背上像有针刺。他索性不去想了，就夹在队伍中间，只顾闷头往前赶，登高爬坡把劲绷足了，却还是丢不开烦恼。走得愈累，神经愈是紧张。就像发了高烧似的，四肢极度敏感，怎么也不是，难受极了。

　　休息时他就在波兰克和加拉赫身旁扑腾躺下。他觉得有些事

787

想找他们谈谈，可是又说不准想谈的到底是什么事。

波兰克对他笑笑。"怎么说啊，我们的侦察兵？"

"喔，没啥。"他低声说。听到"怎么说啊"这样的话他总是感到不自在，不知道该怎么回答好。

"今天真应当让你休息一天才对。"波兰克说。

"是啊。"他这个侦察兵昨晚可没当好，干得一无是处。要是他没杀死那个日本兵该有多好呢——他的一切错误，关键都在这里。他虽然说不上自己干错了哪些事，可是相信自己肯定出了很多错。

"哦，真的没事？"加拉赫问道。

马丁内兹耸耸肩膀，看见波兰克正瞅着自己手上的血迹。那血迹看去跟污垢倒也挺像，可是嘴里的话已经情不自禁地流了出来："山口里有日本人，我给宰了一个。"一说他顿时就觉得轻松了。

波兰克"哦"了一声，赶紧问道："到底怎么回事？少尉明明对我们说山口里没人。"

马丁内兹又耸耸肩膀。"这只呆鸟！他还跟克洛夫特争呢，说山口里没有人，那时我已经回来了，都见到日本人了。克洛夫特对他说马丁内兹是靠得住的，马丁内兹还会看错？可少尉他就是不听，这只呆鸟，脾气也真够犟的！"

加拉赫啐了一口唾沫。"你把个日本佬都报销了，他居然还不信？"

马丁内兹点点头，他现在相信实际情况也就真是那样了。"他们说话我都听了，那家伙真是只呆鸟，我一句话也没说，都是克洛夫特跟他说的。"其实事情的先后次序他脑子里早已都搞乱了。要他百分之百地肯定他是不敢的，不过此刻他觉得克洛夫特跟侯恩争论他还是记得的，侯恩说他们应该过山口，克洛夫特不赞成。"克洛夫特关照过我，他跟侯恩说话的时候，让我别开口，他知道侯恩是只呆鸟。"

加拉赫摇了摇头，不大相信。"少尉这人也太蠢、太倔了。唉，把命都送了。"

"是啊，把命都送了。"波兰克说。他简直给弄糊涂了。怎么也会有这样的人，明明告诉他山口里有日本人，他还是按无人据守的情况做了部署……那也未免太蠢了点儿吧。波兰克觉得说不上来。他好像本来掌握了什么疑点，看出了什么问题，这一下全吹了，真是扫兴。心里莫名其妙地生起气来。

"这么说你还把个日本佬报销了。"加拉赫是一副又羡又妒的口气。

马丁内兹点点头，他杀害了一个人，如果他死期到了，或是死在这山上，或是死在山那边，那他的灵魂就要带着洗不掉的罪孽，永远堕入地狱了。"是的，我宰了一个，"他此刻都还感到有些骄傲呢，连气都壮了些，"我悄悄摸到他背后，咔嚓一下……"嘴里做了个清脆的刀刺声，"那日本佬就……"他两指一捻，叭地打了个响。

波兰克笑了起来。"那可真得有些胆量哩，你不含糊，'日本囝子'。"

他害羞地低下头去，接受了赞扬。他正不知道是喜是愁，忽然又想起自己还在战场上敲下过死人嘴里的金牙，于是心头陡然罩上了一片忧悒的乌云，无法解脱。那个罪他都还没有做过忏悔，现在又添上了这一条。他顿时感到苦恼极了。就近又没有个随军神父可以听他忏悔，替他洗罪，他想这真是跟他作对。马丁内兹脑子里蓦地闪过一个念头，他想到了溜，想要回头穿过丘陵地带，溜到海边去，只要到了海边，他就准能平安归去，找神父去忏悔了。不过那只是一刹那的念头，他马上明白这根本是不可能的事。

他也终于悟过来了。自己所以要到波兰克和加拉赫身边来躺下，正是因为他们俩都是天主教徒，自己的这种心情只有他们能够理解。他一个心眼儿尽想着自己的心事，未暇思索，只当他们的心里也都在想这些事儿。他说："唉，咱们这些人呀，不定哪天就会吃上一枪，呜呼哀哉，可连个神父也找不到。"

一听这话，加拉赫好似冷水浇头。"嗯，嗯，是这话。"他嘴上这么叽叽咕咕应着，内心却突然涌起了一连串忧虑和不祥的预感。他情不自禁地一一想起了侦察排里那些死伤的弟兄打死打伤时的模样，然而更触目惊心的是，他仿佛还看见了自己倒在地上血流如注的情景。高山似乎在头顶上摇摇晃晃打起转来，加拉赫觉得心都寒了。脑子里霎时掠过一团疑虑：不知道马莉做过了忏悔没有？①他敢说肯定没有，因而对她也就有些怨恨。她的罪孽眼看都要报在他的身上了。不过这股怨气很快就云消雾散了，他心里反而很后悔：怎么可以恨已经故去的人呢？——此刻在他的脑海中可并没有妻子两个字。

这次前来执行任务，他本来摆出了冷漠的神气、无动于衷的态度，作为自保之计，然而这些都在迅速瓦解了。眼前就因为马丁内兹说了那么句话，他把马丁内兹恨透了。他本来还不至于如此失控，不至于会流露出这种恐惧。他气冲冲地说："这鸡巴军队就净办这号事。"可是说了句下流话，他又觉得是条罪过。

"你们乱叫乱嚷些什么呀？"波兰克问道。

"就为没有神父。"马丁内兹赶紧说。听波兰克的口气挺自信的，马丁内兹相信他一定有些见解，不至于就学着教义问答手册，

———————————

① 这是说，加拉赫疑心他妻子临终前并没有做过忏悔。

干巴巴地照搬几句拿来搪塞。

"你说这难道是件小事？"加拉赫也说。

"那么要不要我来给你们开导开导？"波兰克说，"我说那一套玩意儿你们干脆就甭理它。全是不要脸的骗人把戏。"

两个人听得都吓坏了。加拉赫本能地就回过头去对大山偷看了一眼。他和马丁内兹都懊悔了：真不应该跟波兰克在一起。"怎么，你他妈的就不相信有神啦？"这下子骂娘也不在乎了。加拉赫心想：意大利佬和波兰佬信天主教最不虔诚，这话不假。

"那种屁话你们也相信？"波兰克说道，"跟你们说，我是个过来人了，内情我都清楚。那是个骗人的鬼把戏，赚钱的门槛可精着哩。"

马丁内兹索性不去听他了。

波兰克愈火就愈要说。长期压抑在胸中的敌对情绪都爆发出来了，当然他也不免有些虚张声势，好壮壮胆子，因为他心里其实也很害怕。他觉得像是在奚落"左撇子"里佐那样的人物。"你们一个是墨西哥佬，一个是爱尔兰佬，你们信这劳什子可以得到好处。可我们波兰人连个屁也捞不到。你几时听说美国有波兰人的后裔当红衣主教的？从来没有！我会不知道？我有个姐姐就是修女。"他一时又想起了他这个姐姐，心里又起了一种说不上来的感觉，扰得他不得安宁。他瞅了瞅马丁内兹。这到底是怎么回事？"我才不会让他们封住我的嘴呢。"他自己也不明白说这句话到底是什么意思，指的是什么事。他简直气昏了。"晓得了里边的黑幕，只有傻瓜蛋才会乖乖儿地甘心去上他们的当。"他怒不可遏地说。

"你简直是一派胡说八道。"加拉赫咕哝了一句。

"好啦，弟兄们，准备出发啦。"又是克洛夫特在嚷嚷了。波兰克吓了一跳，扭头看了看，等克洛夫特走开了，才摇了摇头，故意挖苦挖苦他："知道啦，上山咯——走吧，走吧。"其实他气得连手都有点发抖了。

一场谈话就此给打断了，可是走在路上，三个人心里都乱糟糟的。

这天上午，队伍一直顺着山梁往上爬，再也没有停过。山梁似乎永远也没有个尽头。他们过了一架架山石嶙峋的危岩，攀上一道道上锐下削的险坡，这么陡直的险坡也亏了长着白茅草，他们才一把把抓着草根，像爬梯子一样爬了上去。他们还经过了横跨山梁的一片树林，树林过了山梁便急转直下，直奔脚下的深壑里。他们往上爬了又爬，爬到后来手脚都打战了，背着个包像压着百来磅重的一袋面粉。他们每次登上一座小山峰，总以为主峰已近，可没想到面前竟又是曲曲弯弯半英里长的一道山梁，紧连着另一座山峰。克洛夫特告诫过他们。这一早上他曾几次特意站住了说："大家心里还是早些有个准备，这座鬼山可大着哪，不是三下两下就能爬得到顶的。"对他的话他们都听而不信。他们认定这苦差使很快就会结束，要没有这个希望给他们以力量，爬这座山那真是太痛苦了。

中午时分，他们终于爬到了山梁的尽头，一看全惊呆了。尽头下面是深可数百尺的巉岩，连着一个石谷，石谷正好插入大山的半腰，只见穴河山的主峰就在对面拔地而起，层层叠叠一眼望不尽的密林丛莽、丹崖苍壁，真不知有几千几万尺高，简直叫人看得头晕目眩。他们连个山顶的影儿也没见到，山顶还在云端里呢。

"老天乖乖，就叫咱们爬这玩意儿？"有人气都喘不过来地说。

克洛夫特不安地瞅着他们。不用说，这句话也就表达了他们大家的想法。他自己也累了，他简直从来也没有这样累过，他知道现在再要他们上山，就每一步都得由他在背后赶着走了。"咱们就在这儿吃一顿干粮，吃完了继续赶路。大家都听清楚啦？"

又是一片低声嘀咕。他只管在一块大圆石上坐了下来，顺着他们来的方向举目眺望。远处，他依稀看见了他们遭遇伏击的那一带嫩黄色的山冈——眼下布朗和他的担架队也不知奔走在这连绵的冈峦的哪一段。再往远看，他依稀还看见了沿海的那一带丛林，再过去就是他们乘船而来的大海了。四外一片荒凉，渺无人烟，似乎也没有一点鸟踪兽迹。此时此刻，连山那边的战事都觉得遥远极了。

背后的穴河山像是活了，在他背上刺了一下。他清醒了过来，扭过头去望了望，他只要一望着这座大山，就会这样感到一阵完全发自内心的说不出的激动。他暗暗起誓：他一定要爬上去。

可是他又感受到了周围这许多弟兄的压力。他知道他们本来谁也不喜欢他，那他倒也不大在乎，可如今只是恨他了，给他的感觉简直就像一派沉闷的空气压得他窒息。

无论如何得叫他们上去！要是他们上不去的话，那他对付侯恩的一招就亏了理了，他这就是反军的行为，就十足是违抗命令的罪名了。克洛夫特不由得上了心事。他只好把侦察排简直一股脑儿全背在自己背上了。事情真不好办哪。他啐了口唾沫，一把撕掉了干粮盒的盖子。连撕盖子也不脱他的一贯作风，干得那么利落，那么熟练。

里奇斯和戈尔斯坦抬着威尔逊，到很晚还挣扎着往前走。他们的步子慢得叫人看着委实难受，抬着担架一次走上十码，至多十五码，就得放下歇一歇。就是一只蚂蚁，直线爬行的话也实在不会比他们慢到哪里去。他们脑子里根本不考虑停还是走的问题，也从来不去听威尔逊的胡言乱语，他们发了愤，拼了命，什么也不管，只知抬着担架闷头走下去。他们也不说话，他们已经连说话的力气都没了，他们只是晃晃悠悠往前走，好像两个盲人在过一条人地生疏、车马喧阗的街道。他们的疲惫一再升级，知觉已经大半磨钝，机体只维持着最低限度的生存。除了抬这担架，他们已经不知世上还有其他了。

他们就这样苦苦走了几个小时，一路上随时都有可能垮下，可是不知怎么却也始终没有当真昏过去。后来他们反倒暗暗感到奇怪了：折腾得这样厉害，这身子怎么倒还撑得下去？

威尔逊发起烧来了，迷迷糊糊的，恍若腾云驾雾。他觉得担架好像不是颠得那么凶、那么猛了，晃呀荡地似乎倒也蛮舒服。偶尔他也听见里奇斯和戈尔斯坦嘶哑着嗓子喘吁吁地相互关照一两句，有时却又听见了自己的声音，不过他的种种感觉都是各自通过不同的途径传入大脑的，好像分设了好几道门，各自通一个小室似的。他的感觉现在灵敏得出奇，在担架的晃荡中他连抬担架人肌肉的收缩都感觉得到，倒是自己伤口的疼痛，却变得似乎很遥远了，好像成了身外之事。不过有一样东西他却已经没有了。他已经没有主意了。他已经什么都懒得过问，浑身疲乏却陶然如醉，想开口要点什么，想伸手到脑门上去赶只虫子，都得花上好几分钟才能办到。虫子赶掉了，手却还会在脸上一动不动地搁上几分钟，才又放下。这境界，他觉得似乎倒也美滋滋的。

他脑子里想到什么就说什么，一说上嘴就胡话连篇，总要讲上好几分钟才罢，声音微弱而刺耳，有时却又会纵声大叫。那两个抬担架的也听不懂他说的是什么意思，或许他们也压根儿不想要听懂。

"我驻扎在堪萨斯的赖利堡那阵子，认识当地的一个女人，她总是招我到她家去住，跟我就像夫妻一样。我从来不住那要命的营房，我骗他们说我老婆就在镇上。那女人总是烧好吃的给我吃，替我缝缝补补，浆得军装笔挺，服侍得那个周到啊。真是没说的。"说到这里他朦胧一笑，"我还带着她的照片哩，等一等，我拿给你们看看。"他伸手到口袋边摸了摸，却又把这事给忘了。"她还以为我是没有老婆的，我也就索性将错就错，等这仗打完了，我倒还很想跟她同居下去，这么好的一个女人不要，那不是太傻了吗？我犯不上做这种傻事。我骗她说我是大学毕业生，她也相信了。女人嘛，你只要经常跟她在一起睡觉，你说什么鬼话她都会相信你。"他叹了口气，无力地咳了两声，嘴角边又挂下一道细丝般的血来。他心中有些害怕，不过他把头摇摇。身子疲软，这气可决不能泄。"等我回到部队，那帮大夫替我治好了伤，我还不照常没事儿？"他摇了摇头。尽管这颗子弹打得他够呛，叫他断断续续流了一天半的血，尽管他在担架上又震又颠，尝够了伤口的剧痛，他可始终没有起过撒手的念头。他还有那么多的事情想做。

"不瞒你们大家说，我也认为跟黑女人睡觉是要不得的，可我有时候碰到黑女人还是有点按捺不住。当初我爸爸家的门前就有个黑妞儿差不多每天都要走过，走起路来屁股摆呀摆的，那模样儿我到今天都还记得。"

他探起身来，用胳膊肘儿半撑着，神情安详地对里奇斯望了片刻。

"你跟黑婆娘睡过觉吗？"他问里奇斯。

里奇斯收住了脚步，放下了担架。威尔逊这句话他听明白了。他冲着威尔逊喝一声："你给我少说这种话。"他气喘得像大声的抽噎，两眼直愣愣望着威尔逊，仿佛怎么使劲也聚不拢自己的目光似的。"你这种话我听够了！"他尽管精疲力竭，还是大为震惊，所以话都不觉冲口而出。"说这种话，也不知道害臊！"他上气不

795

接下气地说。

"里奇斯，你这人就是没有种。"威尔逊说。

里奇斯气得直摇头。他从小就懂得有许多事是做不得的。在他看来，弄个黑女人玩玩不仅是一种罪过，也是一种花大钱的玩意儿，做这种过于出格的事，是要短寿的。"别胡扯啦，威尔逊。"

可是威尔逊早已迷迷糊糊了。身上热烘烘的，四肢懒洋洋、美滋滋的，使他错以为又已临到销魂落魄的时刻，心头无端升起一股炽烈的欲火。他闭上了眼，回想起一个明月夜，在家乡镇外的河滩边。他有气无力地扑哧一笑，不防喉咙口却咕嘟冒起了一口痰。他把痰往肚里一咽。这时他只感到两颊一缩，竟身不由己地轻轻哭了出来。他自己也觉得哭得奇怪。

他突然又感到了嘴里的难受，觉得嗓子眼儿里都干焦了。"哥们儿，给我点水喝好吧？"没有人搭理他，他就耐着性子再央求："只要喝一口，喝一口怎么样，哥们儿？"

他们总是不搭理，威尔逊生了气。"真要命！哥们儿，给我点水喝呀！"

"忍着点儿。"里奇斯嘶哑着嗓门说。

"哥们儿，只要你们给我点水喝，要我怎么都行。"

里奇斯把担架放下。威尔逊的喊叫吵得他心里烦躁。除了威尔逊的喊叫，现在也已经没有别的能惊动他了。

"你们这些家伙，真是浑蛋啊。"

"你不能喝水。"里奇斯说。其实他并不认为给威尔逊喝水就有什么害处，所以格外觉得于心不忍，但是对威尔逊他却又有股怨气。心里说：我们都还喝不上呢，又有谁嚷嚷过？"威尔逊，你不能喝水。"他的口气是斩钉截铁的，威尔逊只好又昏昏沉沉地做他的乱梦去了。

他们抬起担架，勉强走了几码，就又放了下来。西斜的太阳已经悄悄接近天边，天气比较凉些了，不过他们也不大在意。他们有威尔逊这个包袱要背；他们得一直这样走下去、走下去，永远也别想把他甩掉。他们并不是一下子就明白过来的，但是在筋疲力尽之余渐渐就有了体会。他们只知道自己一定得走下去，因此也就硬撑着走下去。里奇斯和戈尔斯坦跌跌撞撞地从下午一直走到天黑，虽然一次走不了几步，但是一点一点积少成多。到他们停下过夜、把自己的两条毯子抽一条给威尔逊盖上、两个人肩挨肩挤在一条毯子里昏昏睡去的时候，他们俩已经撇下布朗和史坦利抬着威尔逊走了五英里路了。丛林已经不远了。他们虽然并没有说，可是在翻过最后一道山冈的时候两人都曾在山顶上看了一眼丛林的影子。明天他们就可以睡在海滩上，等登陆艇来接他们回去了。

十一

达尔生少校简直不知如何是好。那天早上——也就是侦察排出发后的第三天早上——将军为了要弄一艘驱逐舰来配合坊远湾的登陆作战计划，专程到兵团司令部去了，这样一来，留在岛上指挥作战的实际上就是达尔生了。虽说四六〇团团长纽顿上校以及康安中校论军衔都要高于达尔生，但是将军不在，指挥作战却是归达尔生负责的，现在他这个负责人就遇到了一个非常棘手的问题。

正面战场上发动攻势以来已经连续推进了五天，直到昨天才停了下来。攻势受阻也是意料中事，因为五天来的进展早已超过了预定的计划，看这形势日本人的抵抗可能还会加强。为此将军在临行前嘱咐达尔生不妨原地踏步。"今天估计不会有什么重大的情况，达尔生。我看日本人总要发动一两次反击，但是那也无须担心。只要前线总的说来能够保持一定的压力就行。等我搞到了一两艘驱逐舰，咱们一个星期就可以结束战事。"

指示是简单明了的，但是战事的发展可就不那么简单了。将军的飞机起飞后不过一个小时，少校就接到了一份大伤脑筋的军情报告。五连的一个班深入丛林侦察，在离他们最新的阵地一千码处，发现一个日军营地上已经空无一人。要是他们报告的方位没有什么大错的话，这个营地已经接近远役防线的后方了。

少校起初根本不相信这个报告。他还记得蓝宁中士作假汇报的事，这说明有许多班、排长并不真在那里执行任务。不过今天这个报告倒又不见得是假的。真要是谎报军情的话，说遭遇敌人抵抗啦，部队被迫撤回啦，那才差不离。

少校搔了搔鼻子。十一点钟了，高高的太阳已经在作战处的帐篷顶上烤了好半天了，帐篷里热得难受，还有一股烫帆布的干臭。少校汗水直流，从旁边卷起的帐篷布下看得见营地的一角，笼罩着一派迷离的热气，强烈的反光刺得他两眼发花。他感到口渴，空着个肚子在那里思想斗争了好一阵，决定不了要不要派个文书兵到军官食堂去取一杯冰啤酒来，军官食堂里有冰箱。可是连这他也觉得太费事了。这种天气，最好是什么也别干，就在办公桌后边坐着，等下面把报告送上来。不多远以外有两个军官在那里窃窃私议，说的是下午不知能不能坐吉普车到海边去游泳。少校打了个嗝。他觉得肚子里不舒服，逢到特别热的大热天他肚子里总是这样不舒服。他把扇子慢慢地扇了两扇，心里有点焦躁。

一个中尉懒声懒气地说："听到有个小道消息，当然要问根据的话是完全没有根据的，说是等这一仗打完以后，上面就要派一些女护士到咱们这个部队里来了。"

"咱们还应该在海滩上弄个浴场，造上两间更衣室。这样一弄还蛮不错咧。"

"可那时候咱们又要开拔出去了。步兵总是最倒霉。"那个中尉点上了一支烟。"不过说心里话，这儿的仗我是真不想再打下去了。"

"为什么？名垂史册的时刻到了，当仁不让。这种时候往往也最艰苦。"

少校又叹了口气。他们已经在等这一仗结束了，他听得不禁犯了愁。那份军情报告怎么处理好呢？他感到隐隐有些内急。要没有这些烦心事的话，带着这么一种想上厕所的感觉在这里熬会儿倒也不失为一种乐趣。远处打炮了，低沉的回声在午前闷热的空气中震荡。少校抓起桌上的战地电话机，摇了两下，对接线员咕噜了一声："给我接'潜力红五号'。"

他指名要五连连长来接。"喂，'风车'吗，我是'拉火绳。'"他用的都是代号。

"什么事，'拉火绳'？"

"我今天早上接到你的一份报告，编号三一八，你还记得这个报告吗？"

"记得呀。"

"这玩意儿是真的吗？话可要跟你说清楚，'风车'。如果查出来是你的部下虚报军情，你给他打了掩护，小心我叫你吃不了兜着走。"

"没有的事，肯定确实。我亲自核实过，我盘问过那个带队的班长。他一口咬定绝非谎报。"

"好吧，那我就——"少校想了想他经常听到的那句话是怎么说的，"那我就假定你所报属实，而后决定对策。如果所报不实，可不是闹着玩的！"

799

少校又抹了一下脸上的汗水。将军怎么早不走晚不走，偏偏在今天走了呢？他暗暗埋怨将军缺少远虑。如今报告已经证实，那就应当立即采取行动，可是他真不知道该从何入手。不管它，还是先上厕所去吧。

坐在木板圈上，露出的肚子给太阳烤得烫乎乎的，少校想静下心来考虑考虑。可是又有别的事来分了心。大热天粪坑里臭气冲天，他在上面也闻到了，心里就暗暗决定，下午要派一些人再给挖一个军官厕所。烈日当头一晒，他那张红脸给晒得满脸是汗。这一回厕所顶上可要有个遮盖才好。他望着厕所外的竹篱笆，心中愁闷。

唉，他还能有什么高招呢？看来也只好调一个排去占领那个空营地了。如果能够顺利占领，下一步如何行动，就到时候再伤脑筋吧。一阵微风拂面，勾起了他的思念，他想起了海滩和凉快的海水，想起了棕榈林立的海边景色。藏在远方丛林里的日本人也不知发生了什么情况。说不定，他们的作战处长这会儿也正在出恭呢。想到这里少校不觉咧嘴一笑。

不过日本人是肯定出了什么问题。近日打死的日本兵显得愈来愈瘦了。这一带的岛屿按说都在封锁圈内，日本人是根本得不到半点给养的，不过海军也不见得就那么靠得住，对这种事他们未必就肯说实话。少校感到厌烦透了。这样的难题为什么偏要由他来做出决定呢？木板圈下苍蝇嗡嗡地叫得正欢，他听得连时间都忘了。有两只苍蝇还擦着他的屁股飞过，他感到一阵腻味，鼻子里哼了一声。是真该挖个新的了。

他撅起身来，马马虎虎拿手纸一揩，因为纸是湿的，昨天晚上下雨，淋湿了。应该想个办法把手纸藏得好些，就这样用个蹩脚铁皮罐可不行。少校想了一下，也想不出有什么好办法可使手纸免遭淋湿。这个鬼天气，熏得人都懒洋洋的！

起来以后，他就到军官食堂去了下，要一杯冰啤酒喝。一个炊事兵问他："你好吗，少校？"

"好。"他抹了抹下巴。心里嘀咕了一下。"啊，对了，奥布赖恩，这两天我的肠胃又有点儿不舒服。你们的锅盆都擦洗干净了吧？"

"你还会不清楚吗，少校？"

他鼻子里又哼了一声，看了看帐篷里还没坐上人的木桌子和两边的板凳。军官用的灰色金属菜盘早已在桌上摆好。少校就说："盘子不能摆得太早。摆在那儿不是引苍蝇来撒野吗？"

"是，长官。"

"好，要改进。"他等奥布赖恩动手收了盘子，才穿过营地，回作战处的帐篷里去。看见有几个士兵躺在他们的小帐篷里，他很生气。正在嘀咕这不知是哪个排里的士兵，猛地又想起了那份报告。他就赶紧回到帐篷里，拿起电话，命令"风车"派一个排携带全副装备去占领日军撤出的那个营地。"你要跟他们随时保持联系，半个钟点后向我报告。"

"赶到那儿就得半个钟点。"

"那好吧。反正占领营地以后，立刻向我报告。"

发烫的帆布下，时光过得好慢。少校简直如坐针毡，心里暗暗希望派去的部队最好完不成任务退回来。不过，他们真要是占领了那个营地，下一步又当如何呢？他给四六〇团后备营营长挂了个电话，要他抽调一个连的兵力，在一小时内准备完毕待命。

"我只好把他们从筑路工地上拉下来了。"

"拉就拉吧。"少校吼了一声，还轻轻骂了一句。要是忙了半天结果落个一场空，筑路工地上就要白白损失一连人半天的工时。

可是他不这样又能怎么样呢。因为，派去的那个排如果能把远役防线的这个中心点占领下来，那就理应乘虚而入。少校现在都是在按军事教本上的原则行事了。

三刻钟以后"风车"来了电话，报告说派去的那个排一路没有遭遇抵抗，已经占领了日军的阵地。少校伸起粗大的食指挖了挖鼻子，真想象不出被这大毒日头烤得火烫的丛林那头到底是怎么回事。

"好，那你这个连就留下一个班，其余全部开上去，炊事人员可以留在后边。你那里还有干粮吗？"

"有。可我的背面和两翼怎么办？这么一来我们突出在三连和六连的前面就足有一千码啦。"

"那我自有安排。你只管去吧，限你在一个小时里带领部队到达。"

挂上了电话，少校心里直叫苦。这下子就得来个全面调动了。四六〇团待命的后备连也只好派去填补突出部两翼和背面的空缺了，一连人拉上去都还嫌单薄呢。日本人为什么撤走了呢？莫非是个圈套？

少校想起，正是这个空无一人的日军阵地，昨天晚上曾经挨过炮兵一顿狂轰。可能营地上的日本守军指挥官偷偷把部队撤到了别处，谁也没让知道。日本人是有这种情况的，他也听说过不止一回了，可是总觉得似乎有点难以相信。

真要是这样的话，那他就必须在远役发觉以前派一支部队插入这个突破口。将军要他今天按兵不动，可是他这支部队一插进去，就势必得在正面重新发动进攻，而且下手还一定要快，不然到天黑只怕还是一事无成。这也就是说，他现在得让后备营全营紧急待命，其中一部分部队得马上出发，因为这么多人要一次运上前沿，车辆也不够。少校心神不定地拉了拉腋下湿漉漉的袖管。这一下筑路工地上一天的活儿全泡汤了。什么也干不成了。他还得把全师所有的车辆都调集起来，向前线补充干粮，还要运送今天临时需要的计划外弹药。运输肯定紧张得要命。他不禁恨起那个班长来了，都是他，今天早上惹出了这许多麻烦！

他打了个电话给霍拔特，要求他安排运输，然后又到二处的帐篷，找康安谈了一下，把发生的情况都给他讲了。

"哎呀呀，你这不是自讨苦吃吗？"康安对他说。

"叫我有什么办法呢？你是主管情报的，你倒说说那个营地上为什么空无一人？"

康安耸耸肩膀，"日本佬摆了个圈套呗。"

少校回到自己的帐篷里，垂头丧气到极点。就算是圈套，也只好往里头钻了。他不禁又暗暗叫起苦来。霍拔特的手下已经在安排运输，准备把给养送到前沿部队的新阵地上去了；康安的班子也已经在重新审查这几天的情报了。可是不知怎么，他总觉得情况似乎有些不妙。好吧，只能糊里糊涂撞运气了！把大半个军械库都往前沿新打开的口子里送，但愿别处的阵地可别弄得弹药不继、出了什么娄子才好。

少校通知了后备营全体待命，同时命令第一批部队先头出发。快到午餐时间了，可是这顿饭他也只能不吃了。肚子里冰啤酒做了怪，一阵阵绞痛。想起蓝色干粮盒里的罐头干奶酪，他不由得皱了眉。闹肚子，只好吃这东西代饭了。

"我们帐篷里有'拔力高'吗？"他喊一声。

"没有，长官。"

他就打发一个文书到救护所去取一点来。一股股热气，挨着他懒懒荡漾。

电话响了。这是"风车"来汇报他已经带领全连到达指定阵地。几分钟以后，先头出发的后备连连长也来了电话，报告部队已经开抵两翼，正在构筑工事。

这就该把后备营主力投进去了。少校觉得头都痛了。让他们干什么去呢？前面采取的种种措施多少都还有例可援，可是这个他就茫无所据了。日军的主要补给站位于五连新阵地过去约一英里半处，这倒不失为一个进攻的好目标。要不，也可以推动侧翼来一个"卷击"。不过对此少校就无法想象了。他心目中的所谓缺口，其实也只是一个抽象的概念。前方的阵地他都去视察过，营地是怎么个样子他也都清楚，可是这仗到底是怎么个打法，他就心中无数了。各连的阵地之间是有间隔的。前方战线也并不真是一条连续不断的线，那不过是一串互不相连的点。目前他已有一部分部队突入到日本人那一串点的背后，随后还将有部队继续突进去，可是让他们去干什么呢？这侧翼的"卷击"到底是怎么进行的呢？脑海里掠过的画面是部队在丛林小道上气呼呼地行进，热得咒天骂地，可是心里总觉得那跟地图上的符号怎么也连不到一块儿。

办公桌上有只虫子在慢慢地爬，他轻轻用手一拂。唉，怎么办好呢？到了夜里，情况肯定就会乱成一团。谁也不知道谁在哪儿，电话线也不一定都能架好。有时碰到静电干扰，或者有哪座要命的山作怪，说不定连无线电都会联系不上。无线电往往就是这样，愈到要用的时候就愈是联系不上。他今天做出的部署尽管都很有分寸，可看来还是免不了要劳动通信主任穆尼。四处为了安排运输早已忙得不可开交了。情报处今晚也该陪着他熬一夜了。唉，真伤脑筋。早不来晚不来，遇上这么个日子，偏偏就来了这么一大堆工作。要是到头来落个一无结果，还得让人笑话一辈子。

少校心里简直想笑。就像一个人投了一块小石子下山，眼看着一路连滚带撞变成了一场山崩，他不由得傻乎乎的，感到有些可乐。遗憾的是这些将军都没有看到。

这一切也必然反映在周围，他感到周围的人员忙碌多了。作战处的帐篷里人人都在埋头工作，营地上匆匆来去的人显然也都有事在身。远远可以听见卡车队车声隆隆，震破了这热带倦怠的空气。这一切，都是他调动起来的呢。他简直不敢相信。

他咬了一口奶酪，奶酪干得很。从帐篷里望出去，看见几顶小帐篷里有几个士兵还在那儿打瞌睡，他看得很生气。不过现在没有工夫管这个。真是顾了这头管不了那头。少校觉得就像手里捧了十几个大包小包，已经有几个包包快要捧不住了。这样耍杂技似的，要他耍到什么时候算了呀？

忘了，还有炮兵哪。炮兵也得协调行动。他暗暗叫起苦来。老爷机器不灵了，齿轮、弹簧、螺丝之类时刻都会飞出来。他竟然把炮兵压根儿给忘了！

少校支着脑袋，想要考虑考虑，可是脑子里是一片混沌。根据刚才得到的报告，后备营的先头部队已经到达五连的新阵地上。大部队到齐以后，下一步怎么办呢？日军的补给站在一座小山的后山，隐藏在山洞里。派这个营去进攻补给站倒是个主意，可是再下一步呢？他感到兵力还是不足。

如果他头脑清醒的话，他可能就犹豫了，可是现在他满脑袋就只知道调兵遣将。他命令三连同后备营合兵一处，三连的阵地移交给左翼的二连防守。这样的部署，可以减少些头绪。本来三个连的阵地让两个连给顶下来，这一路就可以按兵不动，他也可以无需为他们操心了。右翼则大可以发动一场正面攻击。让部队全力扑上去，炮兵如何支援可以让炮兵自行决定。可以在步炮协同下，用一个营的兵力先夺取补给站；下一步如何，可以看联络的情况，有无临时发现的目标，到时再行裁处。

他打了个电话给师里的炮兵部队："我要你们下午出动联络飞机。两架飞机都要起飞。"

"我们的飞机前几天损失了一架，你不记得了吗，还有一架无法起飞。"

"为什么不早报告？"少校吼起来了。

"报告啦，昨天就报告啦。"

他骂了一声。"那好吧，派前进观察员到四六〇团一、二、三、四连和四五八团三连。"

"怎么联络？"

"那是你的事情！我伤脑筋的事情还不够吗！"汗水淌得他背上怪痒痒的。已经一点钟了，太阳好似一团闷火，烤逼着帐篷的帆布顶。

下午过得好慢。一直等到三点钟，后备营和三连才完成了调动，那时少校也已经没有多大兴致了。他调集了上千部队准备开始行动，可是到现在还没有最后决定行动的目标。他一度打算派他们向左路推进，直逼海边，这样日军防线上将有一半部队被分割出来，可是他偏偏就忘了自己的左翼已经抽掉了一个连。要是真把左边的日本人逼紧了，说不定反而会危及自己的前沿阵地。少校觉得就像一头撞在办公桌上。太鲁莽了！

他也可以派他们向右路进攻，直指大山脚下，不过这样虽然可以切断日军的后路，自己的军械弹药却也很难运上去，部队插到了那么远的地方，补给线就不能拉得很长。马丁内兹单身夜探山口时体会过的那种恐慌的心理，他也感受到了。那么多明显的问题他都没有想起来！

电话铃又响了。"我是'冰糖酒①'。我们十五分钟以后就可以出发了。请问我们的任务是什么？我总得先给部队布置一下呀。"

这个把钟头以来，这样的问题已经不知问过他多少遍了，他每次的回答总是一声大吼，"这个任务一定要等候良机。你给我耐心等着。"可是这一次他只好正面回答了："你们暂时停止使用无线电联络，悄悄摸到日军的补给站。"少校报了补给站的方位。"一等做好进攻的准备，马上报个信回来，我们这里先用大炮轰击。具体联络可以通过你们那里的前进观察员。万一你们的无线电联系不上，我们这里就在整一小时后开始炮轰，大炮一停你们就冲上去。你们务必要把补给站摧毁，行动一定要神速。下一步如何，到时候再听候我的指示。"

他挂上电话，望着手表发呆。帐篷里笼罩着一派热气，有如沉甸甸的帷幔悬在空间。帐篷外天色在阴下来了，树叶已经明白地探到了一丝微风的信息，都有气无力地打着呵欠。前线一片寂然。平时在这样的下午，大雨前半小时左右，前线有什么声音都听得很清楚，可是今天却没有半点动静。炮兵是在等候命令，忙着测定集中轰击的目标位置，可是他连机关枪、步枪都听不到一声。听到唯一的声响就是附近偶尔开过一辆坦克，地都给震动了，尘土也扬起来了。前沿的突破口上是用不上坦克的，因为那一带没有路，开不过去，所以他就把坦克都派去掩护减少了兵力的左翼阵地。

少校猛然想起他忘记给出击部队配备一支反坦克兵了。这一回他真的叫起苦来。现在再派去的话，进攻补给站的行动是赶不上的了，不过万一日军反扑的话，或许还能赶上对付日军的反扑。所以他就让二营的反坦克排做好准备，调他们去增援第一批部队。真

---

① 四六〇团一营营长的代号。

不知道自己还会找出多少漏洞来？

　　他虽然还按住性子等着，却渐渐沉不住气了，心里暗暗直骂。他的情绪已经低到了极点，只觉得一切都非碰壁不可，他就像一个小孩子踢翻了一桶漆，只敢偷偷抱着一丝希望：但求能侥幸免了挨骂。此刻他心里最着急的，倒是进攻一旦失败以后，部队撤回来重加整顿又要花费多少时间。至少又得一整天吧——这样筑路工地上就要足足损失两天的工时。那才是少校最感到着急的事。他想想倒也吃了一惊：自己一手发动的攻势，居然有这样大的规模！

　　差十分钟就是一小时了，暂停使用的无线电联络突然来了报告。出击部队已经到达离补给站两百码处，敌人至今尚未察觉。于是大炮开始轰击，轰了足有半个小时之久。大炮一停，步兵上去，只花了二十分钟，就把补给站拿了下来。

　　详细的情况，少校也不是一下子都清楚的。后来才发现，原来那天下午补给站一仗缴获了日军全部军需的三分之二，不过当天晚上少校却连想都没有想到过这一点。头条新闻，则是远役将军连同他的半个参谋班子都在这次进攻中给打死了。远役的秘密指挥所就设在补给站后不过几百码的地方，部队把敌人的这个巢穴也给捅了。

　　这么大的新闻，少校一时还消化不了。他命令部队宿营过夜，同时把一切能够搜罗到的人员都搜罗来，统统派往前线。直属连和勤务连除炊事员以外，一个都没留下。这样到第二天早上，他在敌后的兵力就已经达到了一千五百人，到下午，两翼也就都推动了。

　　也就在同一天，将军从兵团司令部回来了。费了多少口舌，郑重表明了不开辟坊远湾战场就无法迅速结束战事的意见，才算得到了上面的首肯，准予派一艘驱逐舰协助登陆。驱逐舰已尾随将军出发，预计第二天清晨即可到达半岛附近海域。现在再要请人家回去也办不到了。

将军也不想请人家回去，他让手下连夜把丛林中的部队调到了半岛的顶端。等天一亮，他就派出两个步兵连乘登陆艇到坊远湾沿岸登陆。驱逐舰准时到达，先向海滩上猛轰了一顿，然后又迫岸直接用火力支援。

第一批部队上岸时遇到了一些狙击兵，日本人零零落落打了几枪，就都逃了。半个钟点以后，这支登陆的军队就跟攻破防线深入敌后的一些兄弟部队会了师。到那天天黑，岛上的战事也结束了，剩下的事就是肃清残敌了。

根据正式上报兵团的作战过程总结，远役防线之所以能够攻破，坊远湾登陆作战成功是主要的因素。当然总结里也得表示一下：在正面战线上对日军局部防区发动猛攻，造成若干处突破，也起了配合的作用。

到底是怎么回事，少校始终弄不明白。时间一长，他也终于相信了登陆成功才是这一仗打赢的决定性因素。反正他也没有什么奢求，只要战后整编时能给他个正式的上尉当，也就很满意了。

在一片胜利的兴奋中，大家都把侦察排给忘了。

十二

就在达尔生少校发动进攻的那天下午，侦察排又继续攀登穴河山了。半山腰里热得好似一片火海，跳了进去就出不来。经过洼洼沟沟时，那扑面而来的气流仿佛都是从白热的岩石上弹回来的，他们只好老是眯着眼，过了一阵，便眯得两颊的肌肉都疼了。按说这种疼痛并不算厉害，比起大腿抽筋，比起背上那顽固而苦恼的疼痛来，真不在话下，可是在行进中这却成了最大的折磨。强烈的光芒像细木刺儿刺进了柔嫩的眼球，只觉得红光四迸，金星乱冒，在脑底团团飞舞。他们已经根本不计较走过的路长路短了，脚底下的一切早已都模糊不清了。他们已经忘了什么样的地形有什么样的磨难，也不在乎前面的一程路是光秃秃的岩坡还是林木丛树了。反正到一处就有一处的艰难，只会给他们苦楚。他们就像一行醉汉，摇摇晃晃的，耷拉着头，苦苦往前走，手臂时不时就会撞在自己的身上。一身的配备都成了累赘，遍体的关节都生出种种痛来。肩膀给背包带磨出泡来了，腰里子弹带一颠一颠的，碰出了紫血块，枪把磕磕撞撞，在屁股上擦出了大血泡。衬衫上汗水干处，泛出了白白的长长的一条条。

他们攀着一块块岩石往上爬，距离早已拉开了，动作也都木僵僵了，一路累得抽抽搭搭，直喘大气。克洛夫特不得已，只好隔不了几分钟就让他们休息一次；现在他们歇息的时间跟行进的时间可是一样长了，一歇下来就摊开了手脚，仰面朝天躺在那里，不出一声。他们也跟担架队里那几个人一样，早已累得把什么都抛在九霄云外了。在他们的心目中自己已经不再是个有灵有性的人了。他们无非是些专门吃苦受罪的苦包袱。他们已经忘记了这趟侦察任务，忘记了这场战争，忘记了自己的过去，连脚下的地都是爬过就忘。前后左右的弟兄也似乎不过是些偶然撞上的看不清的可气的绊脚物。那耀眼的炎日晴空，那火烫的岩石，跟他们才亲近多了。他们的心思就像晕头转向的耗子在体腔里乱窜乱跑，这边有一条腿累得在哆嗦，那边有个痛处如同针刺，但是这些都顾不上注意了，要紧的还是得喘过这口气来，那就够他们苦苦挣扎上好半天了。

只有两种想法还是要来干扰。一是对克洛夫特感到害怕，愈累就愈怕。现在他们随时都得提防克洛夫特的声音，克洛夫特一声令下，他们自会往前一冲，多走上几步。他们的心灵蒙上了一重茫然而又苦恼的忧虑，对他怀着一种无言而又几近无穷的恐惧。

第二种想法正相反，是想停下。这个心愿之强烈，超过了他们平生的任何欲望。只要一步跨出去，只要肌肉一抖，只要胸口一疼，这强烈的愿望马上就在他们心头涌起。一路走去，他们对这个带队的人都默默地怀着切齿的痛恨。

其实克洛夫特自己也差不多一样累得够呛，他现在也跟他们一样深感这中途歇一口气之可贵，也简直巴不得每次休息都能延长一倍的时间。他已经忘了大山的顶峰，他也很想停下，每次歇息到了时限，他思想上总要急遽斗争一番，经受过了各种各样引诱的考验，这才重新起来赶路。他之所以继续前进只是由于一个原因，那就是他心底深处有道命令，要他非爬上这座大山不可。他还是在下面山谷里下定决心的。一旦下了决心，头脑里就像拴上了一条往前拉的铁索。要他向后转就跟要他自杀一样，都是绝对办不到的了。

他们七零八落地走了一个下午，碰到不太陡的山坡还可以勉力往上走，遇上险一些的崖壁那就只有一块岩石一块岩石地往上攀了。他们过了一道又一道山梁，磕磕绊绊地拼命翻过了几座小山峰，经过潮湿的黏土地带时都还摔了好几跤。那高高的山却似乎永远矗立在他们的头顶上。他们抬起累得发花的眼睛看了一眼高处的山坡，便又找出一条弯弯曲曲没完没了的路，一个跟着一个继续往上爬，一旦走上了平坦些的地段，心里真觉得谢天谢地。

米尼塔、怀曼和罗思三个人最狼狈了。他们落在队伍的后边已经有好几个小时了，真是千辛万苦好不容易才算没有掉队。三个人的心都拴在一起了。米尼塔和怀曼觉得罗思可怜，对他非常同情，因为他的情况比他们还要糟糕。罗思也只能指望从他们那里得到支持，他根据自己精疲力竭的切身体验，知道他们是不会嘲笑他的，因为他们俩自己也都困乏不堪，比他好得有限。

他这辈子从来也没有这样拼过死命。补充到侦察排这些个星期、这些个月以来，罗思忍受凌辱，忍受训斥，只觉得一次比一次痛苦。他并没有因为挨骂一多而就若无其事，也并没有抱着拒而不理的态度作为抵制，相反，愈骂他的脸皮就愈薄。这几天来的奔波侦察，使他的心理已经紧张到了再也受不了半点辱骂的地步，他现在拼命逼着自己往前赶，正是因为他深知自己停留的时间一长，全排人的怒骂嘲弄就会都落在他的头上。

但是，尽管他心里都明白，他还是渐渐支持不住了。他终于到了两腿再也不听使唤的田地。即使站着不动，腿都禁不住像要屈下去。到傍晚时分，他开始垮了。他是一步步垮下来的，先是摔了几个屁股墩儿，进而又从打个趔趄、滑上一跤，渐渐发展到直挺挺扑面倒下。他现在走不上几百尺就要摔一次，起初弟兄们倒还不无感激之意，等他慢慢挣扎着爬起来再跌跌撞撞朝前走。可是摔跤的间隔时间一次短似一次。他简直已经是在无意识地往前闯了，脚下踩得一不得法，腿就要往下屈。到半个小时以后，他一倒下去要是没有人来扶他一把的话，他就再也起不来了。他跨出去的每一步都是摇摇摆摆、晃晃悠悠的了，那真像个小娃娃没人把着手，在屋里自己走路一样。连他倒下去的姿势也活像个小娃娃似的：两脚一叉蜷在身下，屁股着地，满脸发呆，自己也有点弄不懂：走着走着怎么就不走啦？

时间一长，他就惹得大伙儿生了气。克洛夫特不许他们坐下，罗思又不能不等，这一来他们都恼了火。他们时时刻刻都得防备罗思摔跤，如此三番五次，左等右等，心里都焦躁起来。一肚子的火，都从克洛夫特身上移到了罗思身上。

山势也愈来愈险了。克洛夫特带领他们走上了一条紧贴着巉岩峭壁的天然石径，走了十来分钟还没有走完。这条石径有的地方才几英尺宽。右边不过一两码以外，就是百尺危崖如削而下。在这里走，他们自会身不由己地不时往外一冲，差点儿冲到悬崖边。那又使他们多了一重恐惧，罗思一停再停，叫他们好不耐烦。他们巴不得能快些过了这条石径。

半路上罗思又摔倒了，他想爬起来，可是这次没有人来扶他，他手脚一伸又倒了下去。岩石表面是烫的，可是他觉得贴上去倒挺惬意。下午的雨这时还刚开始未久，他觉得雨点似乎都钻进了皮肉，渐渐打得岩石也凉了。他是不打算起来了。麻木的知觉中不知从哪里又冒起了一股愤恨来。再走下去又有什么意思呢？

有人在拉他的肩膀，他一甩手推开了，上气不接下气地说："我走不了了，我走不了了，实在走不了了。"说着有气无力地一拳头捶在岩石上。

想拉他起来的是加拉赫。"快起来，你这个浑蛋！"加拉赫忍不住直嚷了。为了使劲扶起罗思，他绷得浑身生疼。

"我走不了了。你们走吧！"

罗思不觉失声哭了出来。他模模糊糊理会到弟兄们大多已围在他的身边，正瞧着他呢。可是那也不起作用了。在大伙儿面前这样丢人现眼，他倒觉得有一种奇怪的痛苦的满足，有一种掺和着羞愧和疲乏的得意之感。

反正事情已经到了这步田地，再丢人还能怎样丢人呢？让他们看见他哭吧，让他们再触动这么一次，知道他是这支队伍里最可怜的人吧。他也只能作为这样一个最可怜的人而受人注意。一直那样默默无闻，一直那样招人讥笑，恐怕倒还不如这样好哩。

加拉赫又在拉他的肩膀了。罗思大叫一声："我起不来了，你们走吧。"

加拉赫抓住了他使劲摇，心里觉得又是厌恶又是可怜。不仅如此，他还觉得害怕。他身上每块肌肉的每根纤维，都要求他也挨着罗思躺下。他每叹一口气，胸口的痛苦和恶心就逼得他也直想哭。他知道，罗思要是不起来的话，他自己也准得跟着垮下。

"起来，罗思！"

"我起不来了。"

加拉赫双手往他腋下一插，想要抱他起来。那抵死不动的沉重的身子，惹他冒了火。他一撒手，对着罗思的后脑勺上就是一巴掌。"起来，你这个犹太畜生！"

这一巴掌，这一声骂，仿佛使罗思通了电。他发现自己居然爬了起来，跌跌撞撞地又往前走了。这是他第一次听到有人用这样的话骂他，一连串忍辱含垢的新的前景就从此展现在他的面前。如果是他自己有错，是他自己无能，那他们指责他倒还犹有可说，可现在，明明他不信这一门教，明明并不存在这么一个种族，人家的不是，竟也把他给攀扯上了。他嘴里嘀咕了一句："简直是希特勒的一套，血统论！"一路磕磕绊绊走去，他默默不作一声，极力想把这个打击引起的震动平息下去。他们干吗要这样骂他呢？他们干吗不睁开眼睛看一看，这些其实都跟他不相干呢？

另外还有一个想法也起了作用。他踏上社会后安下的种种防护设施，撑在那里的一切门面，接触了侦察排里那带有腐蚀性的空气后，本来就已经在慢慢锈烂了；这一回累得筋疲力尽，等于是抽掉了大厦的支柱，加拉赫的一巴掌，就把这座架空的大厦打得彻底倒塌了。如今他又多了另一种赤条条的感觉。他心里恼火极了，而且使他窝囊的是他又不能跟他们谈一谈，把情况讲清楚。他脑子深处想：笑话！犹太人又不是一个种族，也不是一个民族。不信犹太教的人，怎么好算作个犹太人呢？可是他这根支柱已经垮了，他尽管累得要死，还是领悟了戈尔斯坦向来就很明白的一个道理。今后他就得多多为自身而战斗了。人家不仅不喜欢他，原来还对他"另眼相看"呢。

好吧，随他们的便吧。一股救命的怒火，一股庄严的怒火，来帮了他的忙。他有生以来第一次真正怒火中烧了，怒火把他的身子烧活了，推动他走了一百码，一百码，又一百码。后脑勺挨了加拉赫一巴掌虽然挺疼，步子虽然东倒西歪，可此刻要不是在行军的话，他真会扑过去跟那班人拼了，不拼到两眼发黑就没有个完。他罗思干出来的事就没有一件是好事！没有一件能合他们的意！他情绪激动，不过现在他的心情已不止是自己可怜自己了。他明白过来了。骂人不可没有对象，他就是挨骂的对象。他们不能没有出气筒，犹太人就是个出气筒。

他长得也确实太瘦小了。他这种激动的心情自是伤感，但是流于如此凄惨却未免过分了。其实他要是强壮些的话，也还是能有所作为的。不过尽管心下如此凄楚，他跟在队伍后面沿着山路一路苦苦走去，胸中还是涌起了一种不同寻常的感觉，一种震撼心灵的感觉。在那短短的几分钟里，他就不怕那班人了。虽然身子一步一歪，脑袋耷拉在胸前，他却是摆脱了遍体的疲劳而在那里搏斗，忘却了自身的躯壳而在那里拼命追赶队伍——独自个儿，沉浸在心头新涌起的这一片激情里。

克洛夫特当时可发了愁。罗思垮下来的时候他并没有来过问。这一回他可真是没了主意。带领侦察排成年累月地操劳，与侯恩相处三天的神经之紧张，如今都在他身上显出了影响。他疲乏了，看到不对劲的事就心里烦躁。弟兄们一个个虎起了脸，筋疲力尽，不想再走，这些早就叫他伤透了脑筋。马丁内兹侦察回来以后他做出那个决定，更是耗尽了他的心力。罗思末一次倒下的时候，克洛夫特本来已经转过身来，想过去看看，可结果还是打住了。当时他累成那样，也真懒得去管。要是加拉赫不打那一巴掌的话，他本来也许没法不管，可是情况既然如此，这一回他也就乐得看一看了。他对自己的一些小疏忽、小过失，是看得很重的。他老是抱着深以为恨的心情，想起那一次日本兵向他隔河呼喊、吓得他骨软筋麻的情景；他还常常想起其后的战斗，想起自己临事仓皇、茫然失措的种种小关节。这一回他竟又拿不定主意了。那大山还在挑他逗他，还在招他往前跑，但是他的两条腿早已拖拖拉拉，只是无意识地在那里挪动了。他知道自己错误估计了这班弟兄的体力，也错误估计了自己的能力。离天黑只有一两个小时了，天黑以前怎么也到不了山顶了。

脚下的石径也愈来愈窄了。一抬头，约一百来尺高的头顶上是巉岩嶙峋、简直无法攀缘的山梁顶。往前，石径一路升高，一直跨过山梁，山梁那边该就是顶峰了。那估计最多还有一千英尺高。他打算等看见了山顶再下令宿营过夜。

可是路却愈来愈难走了。一团团雨云有如一只只吹足了气的大气球，笼罩在他们头上，他们简直像在雾中行路。这儿的雨也凉。打在身上觉得挺冷，而且把岩石都打湿了，脚下滑不唧溜的。又过了几分钟，雨雾把头顶上的山梁都遮得看不见了，他们只好脸对着岩壁，小心翼翼的，顺着石径一步步摸过去。

石径只有一英尺宽了。队伍只好慢慢儿、慢慢儿走，幸而岩壁上的石罅里横生出一些杂草小树，总算可以搭一把手。他们走每一步都得吊起了心、捏着把汗，可是愈往前走，就愈不敢再作后退之想。他们只希望脚下的石径快些再宽起来。因为有几个地方他们人虽然过来了，可真不敢设想还能由这原路回去。路途险绝，连疲劳也暂时忘了，个个打足了精神应付，一溜队伍拉了足有四十码长。他们偶尔也向下望一眼，可是一看吓得魂都飞了。尽管雨雾蒙蒙，还是可以看见那危崖直落而下，足有百余尺深，给人以另一种头晕心虚之感。那岩壁也不放过他们，那是一种表面发黏而又不太硬的灰色岩石，似乎有股味道像海豹皮。手摸上去腻味得像摸着块肉，使人心里发慌，所以他们也真想快些过去。

石径窄到只剩九英寸了。克洛夫特透过雾气不住向前探望，想判定一下前边的路是不是会阔一些。上山以来还是头一次碰上这样的险处，得有些技巧才能对付过去。在这以前基本上还不过是山高一些罢了，可到了这里那就巴不得手里能有根绳子，或者有把登山镐来帮一把了。他张开了手脚，紧贴着岩壁，继续一点点挨过去，指头拼命在那里寻找石头隙缝，好有个攀手的地方。

石径上忽然出现了一个约有四英尺宽的缺口。缺口里空空荡荡，没有一棵矮树，没有半点草木，可以拉一把的东西什么也没有。石径在这边突然断了，到那边才连下去。从缺口里往下望，只见直削削的崖壁。要是在平地上，那只要一纵身就跳过去了，步子跨得大一点的话一步也就跨过去了，可是在这里，那就得左脚踩地右脚腾空来一个横跳，等右脚在对面一落地，就赶快把摇摇晃晃的身子稳住。

他小心脱下背包，交给了背后的马丁内兹。他提起右脚伸到缺口上，犹豫了一会儿，这才横着身子纵身一跳，在对面晃了好几晃，方才站稳。

"我的老天爷，这老虎口谁跳得过去？"他听见有人这么叽咕了一声。

克洛夫特就说："大家先等一等，我过去看看前边的路是不是要宽一些。"他往前走了五十英尺，发现路又渐渐宽了。心上一块大石头总算落了地，因为，要不然的话他们就得回过头去另找别路了。他是不是还能鼓动大家重新寻路上山，心中已经没有一点把握了。

他回来隔着缺口，从马丁内兹手里接过自己的背包。这么一点距离，两人的手还是够得到的。然后他把马丁内兹的包也接了过去，让出几码地来，招呼说："好了，弟兄们，大家一个个过来吧。这边的空气都要清香好多呢。"

对面是一阵不安的傻笑。他听见雷德说："嗨，克洛夫特，你那边路宽点儿吗？"

"宽，宽了还不止一点儿呢。"不过克洛夫特一回答又懊悔了。对雷德就应当喝一声少啰唆。

在队伍末尾的罗思，听得都吓坏了。他跳起来很可能会踩空呢，当下就不由得有些暗暗发急。他的怒气可并没有消退。只是已经化为一股默默的决心。身上已经一点力气都没有了。

他看着他们一个个递过背包，跳了过去，心里越发害怕了。这种事他从来就干不来，小时候上体育课等着依次上单杠的那种惊慌的心情又隐隐约约来折腾他了。

终于，该就要轮到他了。他前面一个是米尼塔，米尼塔在缺口边上略一迟疑，蹦了过去，还干巴巴地笑了笑。"哈哈，耍杂技呢。"罗思清了清嗓子，轻轻地说："让开点儿，我来了。"他把背包递了过去。

米尼塔以安慰牲口那样的口气，安慰他说："哎，老弟，别紧张。没什么了不得的。只要别紧张，你一定跳得过来。"

他听了很不愉快，说："我不紧张。"

可是他挨到缺口边上朝对面一看，两条腿就再也挪不动了。对面落脚的石头远着哪。脚下，则是空落落、光秃秃的峭壁巉岩。

818

"我来了。"他又咕哝了一声，身子却一动也不动。临到要跳的时候，他失去了勇气。

他心里想：我数到三就跳。

一！

二！

三！

可还是提不起腿来。这关键的一秒钟一拖再拖，终于拖得气全泄了。身子不听使唤呀。他是想跳的，可是身子却知道他跳不过。

他听得见对面是加拉赫的声音："靠拢点儿，米尼塔，注意拉住那窝囊废。"只见加拉赫从米尼塔的胯下钻了出来，向他伸出了手，对他怒目而视。"来，你只要抓住我的手就行。这么大的口子，要不你会摔倒的。"

他们的样子多怪啊。加拉赫屈着腿趴在米尼塔的脚下，从米尼塔的腿裆里伸出了脸和手。罗思瞅着他们，满心鄙夷。这个加拉赫他现在算是看透了。是个欺软怕硬的，又吓破了胆。罗思心里倒有个想法想告诉他们。只要他不跳，克洛夫特就得向后转。这趟侦察行动就得收场。罗思此刻看到自己的力量了，他突然觉得，对付克洛夫特他不是没有办法的。

可是弟兄们是不会懂得的。他们只会嘲笑他，只会辱骂他，好掩饰自己的弱点，聊以自慰。他觉得满腹辛酸。他突然大叫一声："我来了。"不如此他们就不甘心啊。

他只觉得左腿把他往外一送，自己手忙脚乱地就向前一冲——那疲惫的身子实在使不出力气啊。他看见加拉赫一脸惊异，直瞅着他，可那只是一眨眼的事，他没有抓住加拉赫的手，只冲着岩石乱抓了几下，便什么也抓不到了。

罗思掉下去时，只听见自己一声愤怒的巨吼，他惊奇的是自己的声音居然能有这么大。他茫然，他不信，他在撞上崖底的满地乱石之前心里始终抱着个想法：我要活下去。一个小人儿，就在空中翻了几个筋斗，一直下去了。

戈尔斯坦和里奇斯第二天一清早又抬着担架出发了。清晨凉快，脚下如今也终于都是平地了，不过这也不见得就能让他们轻松。他们的体力迅即直线下降，走不到一小时，早又跟昨天一样昏昏沉沉了。他们又是那个老样子了，苦苦地走上几步，就得把担架放一放，一会儿再强打精神往前走。举目四望，尽见缓缓起伏的低矮丘陵，纷纷朝北面大山的方向退去。四野一片无边的嫩黄，安谧宁静，好似连绵不绝的沙丘一直伸向天边。哪儿也没有一点声息打破这一派沉寂。他们被担架压得背屈腰弯，连喘带哼，一路累死累活地往前走。晨空是淡蓝色的，蓝得那么飘逸，丛林背后的遥远的蓝天有一串团状云，一团团你推我拥。

今天他们这昏昏然的感觉又不同于昨日。威尔逊烧得更厉害了，哼哼唧唧的老是在那里要水喝，讨啊求啊，再不然就大叫大骂。他们受不了。他们仿佛已经没有了其他的感觉，只剩下耳朵在听了。便是听也都是偏听，听不见嗡嗡的飞虫，听不见自己抽抽搭搭的粗声喘气，只听见威尔逊的声音，威尔逊那要水喝的哼哼吵得他们心烦，他们想不听也不成，那一声声粗浊的喉音总是直刺他们的耳鼓。

"哥们儿，你们总得给我点水喝啊。"威尔逊嘴角边上还留着一摊淡红色的痰痕，眼珠子不安地四下乱转。他有时还在担架上翻来覆去折腾，不过实在也已经没有多大力气了。他看去总像一下子缩小了很多，魁梧的骨架上肌肉全瘪了下去。他往往会眯缝着眼，呆呆地对着天空瞅上好大半天，还嫌臭似的嗅嗅周围的气味。他不知道，他闻到的气味其实都是他自己身上的。他受伤已有四十个小时，在这期间屎啊尿啊经常拉在身上，再加上出血、出汗，昨天晚上睡在潮乎乎的地上又饱吸了一身阴湿的泥土味儿。他有气无力地扭了扭嘴，特意做了个表示厌恶的鬼脸。"哥们儿，你们都发了臭啦。"

他们听在耳里，也并不怎么生气，又只顾喘起气来。他们过惯了丛林里的生活，身上一直是湿漉漉的，连干衣干裤穿在身上是怎么个滋味都已经记不得了，同样的道理，他们现在也早已记不得从从容容吸一口气是怎么个感觉了。他们从来不去想这些，他们自然也从来不想自己要走到什么时候才算完。现在除了赶路，活着还有什么呢？

那天上午戈尔斯坦打足了精神，居然想出了一个救急的办法。这一路上最拖他们后腿的事情，莫过于十指发僵了。他们抓起担架杆走不上几秒钟，那沉甸甸的担架就会逼得他们渐渐把十指松开。因此戈尔斯坦就割下背包上的带子，结成了一条绳，往自己肩窝里一套，两头在担架杆上拴紧。手指抓不住担架杆了，就让分量都落在带子上，对付着走上一阵，等指头缓了过来，再用手抓住。不久里奇斯也学了他的办法，两个人就像牲口上了笼头一样，一路千辛万苦地往前走，那沉重的担架就夹在他们中间慢慢晃荡。

"真要命，给我点水喝呀，你们这些浑蛋……"

"不给。"戈尔斯坦喘吁吁地说。

"你这个该死的犹太崽子呀。"威尔逊又咳嗽起来了。他觉得两腿疼痛，脸上拂过的气流火热滚烫，好似厨房里烘炉烧得时间过久，而窗门又都关得密不透风一般。他恨这班抬担架的。他活像个小孩子受了欺侮，嘴里还一个劲儿嘀咕："戈尔斯坦就爱扫人的兴。"

戈尔斯坦嘴角边上浮起了一丝淡淡的苦笑。威尔逊的话使他不快，他内心突然起了一丝妒意：威尔逊倒好，说啥，干啥，从来都用不着有一点顾虑。他咕噜了一句："你不能喝水。"巴巴儿地就等着威尔逊再来给他一顿臭骂。他像挨惯了鞭子的牲口，觉得鞭子可以给他力量。

威尔逊却冷不丁狂叫一声："哥们儿，你们总得给我点水喝啊。"

威尔逊不能喝水到底原因何在，戈尔斯坦如今已经回想不起来了。他只知道喝水是禁止的，可恼火的是自己又记不得那里边的道理。这使他心中惶惶不安。威尔逊的痛苦对戈尔斯坦的影响也很奇妙，随着自己疲劳的加深，他对威尔逊的痛苦也渐渐都体会到了。威尔逊哇哇一叫，戈尔斯坦就一阵心痛，担架猛地一侧，戈尔斯坦就像乘高速下降的电梯，心陡地往下一沉。他只要一听到威尔逊讨水喝，就又感到口枯唇焦了。他每次拧开自己的水壶盖子，心里总有一种内疚之感，所以他宁可几个钟头不喝一滴水，免得惹威尔逊发火。仿佛他们只要一拿出水壶来，威尔逊就是神志再糊涂些，也不会看不见似的。威尔逊已经成为他们甩不掉的包袱了。戈尔斯坦觉得这担架只怕就得永久抬下去了，除了抬担架，在他的心上已经再没有第二件事了。此刻他的所见所感，只限于三样东西：一是自己的身子，二是这担架，三是里奇斯的背影。他不去看那黄山冈，也不去想他们还得走多远。戈尔斯坦偶尔也想起自己的妻儿，可是一想起来总有恍若隔世之感。妻儿们离自己太遥远了。如果此刻有人来给他报信，说他的妻儿都已去世的话，他也至多不过是两肩一耸。眼前威尔逊才是现实问题。也只有威尔逊才是现实问题。

"哥们儿，你们要啥，我没有什么舍不得的。"威尔逊的声调变了，几乎已成了凄厉的哀嘶。现在他说起话来总要絮絮叨叨拉上一大串，到后来就只听见一片嗡嗡声，简直听不清他在说些什么。"你们要啥，只管说好了，哥儿们，我一定给，什么好东西都可以给，要钱的话就送你们一百镑，可只求你们把我放下，给我喝点水。只要给我喝点水就行，哥儿们。"

他们又停了下来，准备歇上一会儿。戈尔斯坦冲出几步，扑面倒下，动也不动地就地躺了好几分钟。里奇斯呆呆地对他瞅了半晌，又回过头来看看威尔逊。"你要什么，要喝点水吗？"

"对，喝点水，给我喝点水。"

里奇斯叹了口气。最近两天连他这矮壮的身板似乎也瘪下去了。耷拉的大嘴巴越发闭不拢了。腰板也短了几分，胳臂却长了出来，垂下的脑袋离胸脯更近了。稀疏的沙色头发没精打采地披在斜斜的前额上，身上的衣服是湿瘪瘪的。他看去就像半截粗大的树桩上，安着一只没有煮硬的特大鸡蛋。"真格的，我也不知道为什么你就不能喝水。"

"只要给我水喝，你要我怎么都行。"

里奇斯抓了抓脖颈子。要他独立决断，他可没有这样的习惯。他活了这么些年纪，从来就只知道听从人家的命令，所以现在觉得怪别扭的。他就咕噜了一声："这我得去问问戈尔斯坦。"

"戈尔斯坦这小子没有种……"

"这是什么话。"里奇斯说着嘻嘻一笑。这一笑，似乎是从他内心一个非常遥远的角落里发出来的。他也不知道自己笑的是什么。很可能是因为有些尴尬吧。他和戈尔斯坦实在太累，这一路上彼此也没说过什么话，不过即使如此，他还是把戈尔斯坦当成了带队的，尽管认得路的是他。里奇斯认得路也从不指手画脚；他出于习惯，总觉得凡事应当由戈尔斯坦来做出决定。

可是戈尔斯坦这会儿却脸贴着地，倒扑在十来码以外，几乎已是人事不知了。里奇斯摇了摇头，心想：他太累了，别叫他伤脑筋了。不过，不让人喝水似乎总有些不通人情吧？喝口水又碍得了什么事呢——他心里想。

可戈尔斯坦终究是个读书人啊。里奇斯踌躇了，生怕那浩瀚神秘的书天报地里倒真有那么一条规矩，自己可别犯了禁忌才好呢。但是里奇斯又想：爸爸倒是常说要给病人多喝水呀什么的。可惜他已经记不清了。所以他就犹豫不定地问了一句："伙计，你觉得怎么样啦？"

"千万给我点水喝，我浑身好像火烧。"

里奇斯又只有摇头的份儿了。威尔逊这一生罪孽深重，现在就尝到"地狱火"的滋味了。里奇斯不禁有点凛然生畏。一个人带着一身罪孽去见上帝，当然要受到上帝严厉的惩罚了。不过里奇斯又想：基督还为可怜的罪人舍身呢。对人没有一点宽恕之心，本身也就是一种罪过。

于是里奇斯就叹息一声，说："我看你要喝就喝吧。"他悄悄取出自己的水壶，朝戈尔斯坦又瞟了一眼。他可不想挨戈尔斯坦的骂。"喏，都喝了吧。"

威尔逊捧着水壶狂喝，水从嘴里溅出来，顺着下巴往下淌，把衬衫领子都淋湿了。"嘿，好家伙！"他大口大口拼命喝，猴急得喉咙里直打咕噜。"你真是个好小子。"他连喝带说，不防一口水呛着了，大声咳嗽起来，咳完了这才惴惴不安地偷偷用手抹了抹下巴上的血。里奇斯见他还抹漏了一滴。他眼看着这一滴血在威尔逊潮润的腮帮上慢慢化开，渐渐消融在愈来愈深的红晕里。

"你看我还能行吗？"威尔逊问他。

"哪儿的话呢。"话一出口里奇斯却打了个寒噤。他以前听过一个牧师布道，说落在"地狱火"里的人总要千方百计挣扎。记得当时那牧师还说来着："这是绝对逃不过的。是有罪的人就绝对逃不过。"所以自己说的分明是一句谎话，然而他还是又说了一遍："哪儿的话呢，你当然会好起来的，威尔逊。"

"我也这么想。"

戈尔斯坦拿手臂撑着地，慢慢支起身来。他真巴不得趴在那里再也别起来。他不胜依依地说："咱们该走了吧。"于是两个人就又把绳子往头颈里一套，抬起担架苦苦往前赶了。

"你们两个真是好人，比你们再好的人就没处找了。"

这话使他们感到羞愧。当时他们刚又上路，那种起步的苦楚还折磨着他们，心里正把他恨得要死呢。

"这算不了什么。"戈尔斯坦说。

"不，我说的都是心里话。像你们这样的好人，在咱们这个排里再也找不出第二双了。"说完他就不作声了，那两个也就恍恍惚惚只管走他们的路。威尔逊昏迷了好一会儿才又清醒过来。伤口痛起来了，痛得他又大叫大嚷了，嚷嚷之中少不得又给了他们一顿臭骂。

现在倒是里奇斯比戈尔斯坦更心烦了。这长途跋涉的苦楚，他本来倒也并没有想得很多；他本来总以为这样的事也很平常，比起他以前干过的活儿来固然可能要艰苦一些，不过他从小就明白了一个道理，懂得人活一天就得花大半天工夫去干活，偷懒取巧那都是不足为训的。活儿不称心，费力气，那也没办法。派上了这个差使，就只好干这个差使。可是现在他破题儿第一遭真打心眼儿里恨起这个差使来了。可能是他肌体里产生的"疲劳素"过多了，也可能是积在他骨子里的劳累一下子都分解扩散了，打乱了他的脑组织，总之现在他对这个差使已经怨透了。他由此也就忽然意识到在老家干农活也真苦，长年累月、没完没了，老是跟一片穷荒地拼命，这种日子他从来就没有喜欢过！

这个弯转得太大了，他受不了，得退回来。好在退回来也不难。他遇到问题本来就没有反复推敲的习惯，何况此刻脑子钝了，又筋疲力尽，要想也想不过来。他刚才这一闪念，就像在脑子里炸响了一颗炸弹，动摇了原有的许多一定之规，但是硝烟很快消散了，如今在惴惴之余，似乎只模模糊糊意识到眼前有些残骸，发生了一些变化。又过了会儿，剩下的便只是一些不自在了。他只知道自己起过一个罪过的念头，可到底是怎么回事，也就无暇细想了。他的心思又都在担架上了。

但是这心思里总还夹杂着些别的想头。他没有忘记他给威尔逊喝过水，他也记得威尔逊说过那么句话："我浑身好像火烧。"他们抬的是一个早已活不了的人，所以此事看来就大有深意了。想起他们弄不好会传染上什么病，他固然也有些不安，不过他心中的疙瘩其实倒并不在这儿。天道深远，此事恐怕另外有一种含意。看来这是上天对他们的儆戒，甚至可能是他们自己造下的罪孽招来了报应。里奇斯也不去多费心思寻求这个答案了，可是心里终不免肃然生畏，同时还有一种疲劳过度造成的异样的亢奋。我们一定要把他送回去。他也跟布朗一样，种种复杂的心理和矛盾的打算到这时候统统抵消了，心中只剩下了这样一道简单的命令。他低下了头，又发狠走了一程。

"哥们儿，你们还是把我丢下吧。"威尔逊流出了几滴眼泪，"犯不上为我拖垮了自己。"高烧又折磨着他了，烧得他恍恍惚惚，只觉得浑身沉甸甸的疼痛。他说什么也要表白一下自己的心意。"哥们儿，你们丢下我走你们的吧。"他把拳头都攥紧了。他多么希望能送他们一点礼物，他心里感到遗憾极了。他们都是那样

826

的好人哪。"不要管我了。"那种伤心的口气，就像个小孩子哭着要一件永远也要不到的东西似的。

戈尔斯坦听着威尔逊的话，心里有点动了，他也跟史坦利一样，少不得给自己找了那么一大套理由。他一时也拿不准这意思怎么透给里奇斯好，因而并没有作声。

里奇斯却叽咕开了。"你别胡扯了，威尔逊。我们才不会丢下你不管呢。"

这样戈尔斯坦也就只好打消了撒手的念头。反正他是决不先开这个口的，因为他总不免有些担心，万一自己一提这话，里奇斯说不定真会背起威尔逊就走。戈尔斯坦一赌气，也真想假装昏过去。不行，这种丑事他不能干，不过他还是很生布朗和史坦利的气：怎么好半路溜了呢！他们能撒手不管，为什么我就不能？可戈尔斯坦也知道自己是不会这么干的。

"哥们儿，放下我走你们的吧。"

"我们一定要把你送回去。"里奇斯这话只是小声地咕哝。他脑子里也闪过了撂下威尔逊的念头，但是又忽然感到可耻，就把这念头赶跑了。撂下威尔逊就是杀害他，对基督徒见死不救那是天大的罪过。里奇斯想起，他要是这么干的话，灵魂就要沾上个大黑点。他自幼就有个想法，认为自己的灵魂准是一片雪白，形状大小跟足球差不多，就长在胃的左近。只要他有了一点罪孽，雪白的灵魂上就会沾上个去不掉的黑点，罪孽愈重黑点也愈大。一个人到临死的时候，如果那只雪白的足球上黑点的面积过半，那就只有打入地狱的份儿了。里奇斯相信他要是撂下威尔逊的话，这罪孽之大，至少也可以把他小半个灵魂给染黑了。

戈尔斯坦却想起了外公的一句话："耶胡达·哈莱维有句名言：犹太人者，乃天下各族人民之心脏。"此刻他抬着担架一步一冲，已经完全是习惯使然了，对浑身的苦楚也早已木然不觉了。他在埋头想他自己的心思，即使双目失明，也不会想得比此刻更专心了。他眼睛根本不看前方的去路，他就知道跟着里奇斯走。

"犹太人者，乃天下各族人民之心脏。"心脏，也就是良心之所在，最最敏感的神经之所在，一切感情都在这里产生。不仅如此，只要身体上有哪个部位一旦得了病，受累的也总是心脏。

眼下威尔逊就好比是颗心脏。这并不是戈尔斯坦的自思自忖，他根本连想都没有想一下，然而内心却直接就有了这样的意会，完全无须用语言来表示。这两天来他受的痛苦实在太大了，先是累极而引起一阵阵恶心，随后就陷入了昏昏沉沉的状态，时而又亢奋到近乎狂热的程度。吃苦，也同享乐一样，是难以穷其极的。戈尔斯坦一旦咬紧了牙关，决心不让自己垮下，他发现自己竟能在困乏、痛苦的深渊里一直沉下去、沉下去，永远也没有个底。不过如今他到了这步田地，固有的一套长短大小的观念早已荡然无存。他的眼睛现在自有另一种奇妙的功能，走到哪里都能自动知晓；一些无关大局的小事他都能凭耳朵听出，凭鼻子闻到；连自己那散了架似的身体上的疼痛他也都能感受到一些，不过那都已成了身外之物，仿佛竟可以用手一把抓来似的。他的脑子变得迟钝了可也明白了，清晰了可也懵懂了。

"天下各族人民之心脏。"顶着热带的烈日跌跌撞撞地撑了两天，走了足足十五英里路，在荒无人烟的他乡异土无休无止地抬着威尔逊这样拼命，他除开偶尔几个小时的例外，总的说来对此也真可以当之无愧了。知觉打了折扣，神志有些迷糊，戈尔斯坦却还在琢磨，看这里边是不是还有什么深意可寻。依他看威尔逊是绝对放手不得的。一种他所无法理解的恐惧，把他跟威尔逊紧紧连在一块儿。假如他一旦放手的话，假如威尔逊抬不回去的话，那就糟了，

828

他觉得那就要命了。威尔逊可是心脏啊。心脏一旦死了的话……可是走一步一使劲，昏昏乱乱之中，他的思路理不清了。他想：他们抬着威尔逊走一程又一程，威尔逊就硬是不死。肚子上开了个大窟窿，身上又流血又拉屎，凶险的高烧一再出现，加上担架简陋，山地崎岖，一路受尽了颠簸折腾，威尔逊都没有死呢。他还在他们手里抬着呢。这事就意味深长了，戈尔斯坦苦苦思索着其中的含意，脑子忙不迭地乱转，有如一个人误了火车，没命地想追上去一样。

"我是喜欢干活的，我从来不爱偷懒，"威尔逊在那里喃喃自语，"我总觉得，有差事就应该好好儿干。"他喘起气来喉咙里又咯咯有声了。"布朗和史坦利那两个小子呀，真是狗屎不如！"他轻轻扑哧一笑。"我那小丫头梅，小时候常常把屎拉在裤子里。"他又朦朦胧胧想起了女儿娃娃时代的一些往事。"小鬼可是再机灵也没有了！"女儿长到了两岁，就会偷偷把屎拉在门的背后，要不就悄悄拉在壁橱里。"真要命，一不小心踩着了，就是两脚的屎！"他想得笑了起来，可声音听起来更像无力的喘息。当年看见女儿弄得屎尿遍地时的那种好气又好笑的情景，一时又历历如在眼前。"该死，爱丽丝不发火才怪呢。"

他到医院探望妻子时妻子生过一次气，后来查出他有病，妻子又一次生了气。"我总觉得得了白浊其实也碍不了什么事。小毛小病的，有啥了不得？这种病我前后发过五次，也没要了我的命。"只见他身子猛一绷紧，像是跟谁争论似的，在担架上嚷嚷起来。"只要给我弄几片叫必尔定什么的，就行了嘛！"他一扭身，一个胳膊肘儿支着担架，几乎就把身子撑了起来。"肚子上受了伤，开了个窟窿，也许我就可以不用动手术了呢，这一下肚子里的脓都可以流掉啦。"他要呕却呕不出来，朦胧的眼神看着嘴角淌下的血滴滴答答落在身下的橡皮布雨披上。虽然看去觉得那么遥远，他还是不由得浑身打个战栗。"你说呢，里奇斯，能流掉吧？"

可是他们根本没有听见他的话，他就看着嘴里的血一滴滴往下掉，一会儿才又颓然躺了下去。

"我要死了。"

他感到微微一震：他害怕，他不想死。嘴里舔到一股血的滋味，他哆嗦起来。"不不，我不能死呀，我不能死呀。"他哭起来了。一口黏痰堵在喉咙口，哽得他泣不成声。他听得吓坏了。他猛地觉得此身恍如倒在茂密的草丛中，淌下的血不断渗入晒得烫烫的泥土，旁边还有日本人叽叽呱呱。一会儿他忽然连声大叫："我要给他们逮住啦！我要给他们逮住啦！哎呀，哥们儿，千万不能让我死啊！"

这一回里奇斯终于听见了，他昏昏然收住脚步，放下担架，脱下脖子上的吊带。仿佛一个醉汉慢慢地、用心地去门前开锁，里奇斯转到威尔逊的头前，凑在他身边跪下。

"我要给他们逮住啦。"威尔逊还在那儿哼哼。只见他脸扭嘴歪，眼角挂下了两道泪水而不自觉，眼泪顺着两鬓直往下淌，流进了耳前乱纠纠的鬓发里。

里奇斯呆呆地捻着自己杂乱的胡须，俯下身去，嘶哑着嗓子，带一点命令的口气，喊了一声："威尔逊！"

"啊？"

"威尔逊，现在回头还来得及。"

"你说啥……？"

里奇斯的主意已经打定。此刻回头大概还不算太晚。威尔逊的灵魂大概还没有被打入地狱。"你应该回到主耶稣基督那里去。"

"嗯。"

里奇斯把他轻轻摇了摇，一副口气是严肃而伤感的："现在回头还来得及。"戈尔斯坦在一边木然看着，态度之中依稀有些不满。

"你还是可以上天国的。"里奇斯的嗓音深沉极了，深沉到几乎都听不出来了。威尔逊只觉得声音嗡嗡地在脑海里震荡，好似低音提琴的琴声萦回不散。

"嗯嗯。"威尔逊只是含糊答应。

"你忏悔吗？你要求宽恕吗？"

"能行？"威尔逊小声说。是谁在跟他说话？是谁这样缠着他不放？他只要答应下来，他们就不会跟他纠缠不休了。于是他就又含糊应道："那好。"

里奇斯的眼里含着几滴热泪，他觉得兴奋极了。心想：妈妈跟我讲过一个故事，说一个有罪的人临终之前咽不了气，是如何如何痛苦。他始终没有忘记妈妈的这个故事，可也绝没有想到自己居然也会干上这样一件大好事。

"滚开点儿，你们这些天杀的日本佬！"

里奇斯吃了一惊。难道威尔逊忘了他刚才已经归依了主？可是里奇斯怎么也不敢相信会有这样的事。威尔逊如果忏悔之后又推翻了，受到的惩罚就会加倍严厉。这样的事，是谁也不敢做的。

"你别忘了自己说过的话，"里奇斯这轻声的嘱咐，听来口气却挺凶似的，"可要小心点哪，伙计！"

他怕再听威尔逊说什么话，就站起身来，走到担架头上，把威尔逊脚上的毯子盖了盖好，然后拿带子往脖子上一套，在腋下一夹。一会儿戈尔斯坦也准备好了，于是他们就又继续前进了。

又走了一个小时，就到了丛林边上，里奇斯让戈尔斯坦看着担

831

架，自己去探路。他一直朝右走，走了不过两三百码远，就把部队四天前开出的小路找到了。里奇斯见自己找得这样准，心里不免有点喜滋滋的。实际上他之所以能找到，几乎完全是凭的直觉。碰上固定的营地，穿林而过的公路，空旷的海滩，他往往容易认错，觉得看上去都差不多，可是一到了山里，他走起路来心里就又踏实又自在了。

他回到戈尔斯坦那儿，两个人就又出发了，不一会儿便到了丛林里的小路上。砍掉的枝叶草木又长起了不少；因为下过了几场雨，地面上是泥乎乎的。他们一路磕磕绊绊走去，一不小心就要滑跤，脚上粘了两脚板的泥巴，踩进滑腻腻的泥浆就想站得稳。他们要是不那么疲乏的话，也许就会注意到钻进了丛林是有利有不利的：不受烈日的烤逼了，对此他们会感到高兴，可是脚下站立不稳，荆棘藤蔓、矮树乱丛一路拉拉扯扯，这些又会使他们恼火。不过他们也没有心思注意这些。他们现在已经深深地领会到，要抬这担架就非得付出艰苦的努力不可，绊脚石多一块少一块已经无所谓了。

可是他们行进的速度却更慢了。这小路原先就只有一个人的肩膀宽，如今担架抬到有些地方简直就给卡住了。个别路段根本无法抬着担架通过，里奇斯只好把威尔逊抱下来，驮在背上，一步一歪地背过这一段。戈尔斯坦就提着担架跟在后面。

到了小路尽头的河边，他们作了一次较长的休息。他们也不是自己决定要多休息会儿的，他们本来只想停下来歇歇腿，不想一歇就歇了半个钟点。临了却是威尔逊闹了起来，在担架上翻呀扭的。他们就爬到他跟前，想哄他安静下来，可是他却像着了什么魔，挥舞着粗大的胳膊，发狂似的把他们乱打。

"静一静。"戈尔斯坦说。

"他们要来打死我啦！"威尔逊号啕大哭了。

"没有的事，没有人会来打你的。"里奇斯想按住他的胳膊，可是他死命挣脱了。只见他脑门上又挂满了汗珠。他一边哭哭啼啼喊着"哎呀"，一边就要逃下担架，他们便硬是按着他躺下。他两腿不住地抽搐，隔不了多久总又想坐起来，可是刚一探身却又哼一声倒了下去。一会儿又用胳膊护住了脑袋，学着迫击炮的声音，"卜——隆恩——""卜——隆恩——"地瞎咕哝。咕哝完又哭了起来："哎呀，他们冲上来啦，他们冲上来啦。真他妈的活见鬼，我跑到这儿干什么来啦？"

他们想起那一仗，都吓坏了。他们就都坐在他的身边不吭一声，彼此连正眼都不敢瞧一下。他们重新进了丛林以后，还是第一次这样感到心惊肉跳。

"别嚷嚷，威尔逊，"里奇斯只好劝他，"你要把日本人都引来了。"

"我要死了。"随着这一声嘟囔，威尔逊霍地跳了起来。身子都快坐直了，却又噗地倒了下去。抬眼再看他们时，虽说还看得清楚，眼力却已十分不济了。半晌他才又开口："哥们儿，我不行了。"他吐口唾沫试试，唾沫却过不了下巴。"肚子上的伤口都发木了。"手哆哆嗦嗦地伸向伤口，伤口上的绷带血污斑斑，都凝结成块了。

"尽是脓啊。"他叹息一声，干焦的舌头舔了一下嘴唇。"我渴呀。"

"你不能喝水。"戈尔斯坦说。

"是啊，我知道，不能喝水。"威尔逊淡淡一笑。"戈尔斯坦，你这人就是太婆婆妈妈了点。你要不是这样没有种的话，本来倒是挺不错的。"

戈尔斯坦没有应声。他神疲力乏，一点也没有领会这话的意思。

"你想要什么，威尔逊？"里奇斯就问他。

"想喝点水。"

"你喝过了。"

威尔逊咳了两声，黏糊糊结了血痂的嘴角边上又挂下血来。他哼哼着说："我屁股眼儿里也流出血来了。我说哥们儿，你们还是走你们的吧。"他好一会儿没有出声，木呆呆的，只有嘴唇在那里抽动。"我真不知道是回到爱丽丝那儿去好，还是回到那个相好身边去好。"他感到身上似乎发生了一连串新的变化，伤口的破皮烂肉似乎都穿过体腔沉了下去，手似乎可以探到留下的窟窿里，却什么也掏不到了。"喔！"他雾眼蒙眬地望着面前的两个弟兄，定了定神，才把他们看清楚。戈尔斯坦的两颊凹进去了许多，越发显得颧骨突出，一颗鼻子好似鹰喙。那熬红的眼球上，蓝蓝的虹彩明亮中透着焦灼，金黄的胡子邋邋遢遢，看上去像是赤褐色的了，乱蓬蓬的一团，把下巴上的"丛林疮"都遮没了。

里奇斯却像一头劳累过度的牲口。那粗眉大眼的脸儿比平常更没精神了，嘴巴张得大大的，下唇耷拉了下来，嘴里很有节奏地喘着粗气。

威尔逊很想对他们说上两句什么。他心里想：他们都是好人哪。要不是心好，也不会把他一直抬到这儿了。他就小声说："哥们儿，你们这样待我，我太感激了。"可是这还不能表达他的心意。他总得送他们些什么才好。

"我说，哥们儿，我一直很想在那边的林子里弄个地方酿点酒，可偏偏就是咱们调动多，待不长。不过我早晚还是要搞它一个。"他提起了最后一点虚劲，说着说着就像真有那么回事似的。

834

"只要搞上一个，你就可以要赚多少有多少。只要酿出酒来，自己想喝个痛快就可以喝个痛快。"他扯远了，就又把话头硬是收回来。"等咱们一回到部队，我一定要去搞一个，那时我就请你们每人满满地喝一壶。我请客。"看见两人憔悴的脸上没有一点表情，他摇了摇头。酬谢他们每人一壶，未免太小家子气了。"哥们儿，你可以随时来喝，要喝多少有多少，没关系。只要你们肯赏光，我一定请客。"他说的都是心里话，唯一的遗憾就是没有把酿酒的地方早点搞起来。"我一定管你们喝够。"他感到自己的肚子似乎又在往下沉了，接着他突然浑身一阵痉挛，觉得身子往旁边一歪，只来得及发出一声吃惊的哼哼，人又昏了过去。舌头吐在嘴外，喉咙里嘎嘎地最后响了几声，他就翻出了担架。

他们赶紧把他按回到担架上。戈尔斯坦抓起他的手腕，想按按还有没有脉搏，可是五个指头直发软，抓起了却拉不住。他只好放下，就用食指在威尔逊的手腕上掐了几下。然而指尖都木了，触到皮肤没有一点感觉。弄了一阵，最后只好对他看看。"八成儿是死了。"

里奇斯"嗯"了一声，叹了口气，脑子里隐约掠过个念头，似乎觉得应该给他做个祈祷。

"唉，刚才还在……还在说话呢。"戈尔斯坦终于晃晃悠悠地从震惊中恢复了过来，许多说不出口的想头一时都汇集在心头，不能不斟酌一下。

里奇斯小声说道："咱们还是走吧。"他费劲地站起身来，拿起担架上的带子，往脖子上套去。戈尔斯坦迟疑了一下，终于也照办了。各就各位以后，他们就拖着踉跄的脚步，踩进小河平缓的浅流，朝着下游的方向走去。

他们也不觉得这样抬着个死人走有什么可怪之处。他们早已习惯成了自然，每次歇息完了总要把他再抬起来，他们脑子里只有一条，就是非把他带着走不可。岂止如此，其实他们心里根本就不信他已经死去。从理智上说是知道的，可是心里却怎么也不信。这会儿他要是大声嚷嚷要水喝的话，他们才不会感到吃惊呢。

他们也谈起过他的善后问题。一次休息时里奇斯说："咱们把他送回去以后，还是应该用基督徒的葬礼把他安葬，因为他毕竟做过忏悔了。"

"嗯，嗯。"不过话虽是这么说了，实在并没有印进他们心里。戈尔斯坦的心里很不愿意承认威尔逊已经死去；他坚决不让自己的脑子领会这一层意思，他干脆什么也不去想，只是一步一滑地踩着河底溜平的岩块，蹚着那浅浅的上游的河水，埋着头往前走。领会了这一层意思的话他是受不了的。

里奇斯心里也乱糟糟的。他说不准威尔逊到底是不是算已经要求宽恕他的罪孽，他脑子里已经都搞糊涂了，他只能抱住一条：只要他能把威尔逊送回部队，好好安葬，那威尔逊也就算是归了上帝。再说，好容易把威尔逊抬到了这里，结果威尔逊却死了，他们两个自然也有一种前功尽弃之感。他们多么希望能胜利完成这不平凡的长途跋涉啊。

抬着晃晃荡荡的担架，拖拖沓沓地踩着水花，他们现在走得慢极了，走得比以前什么时候都慢。头顶上，两岸的树木枝叶搭连，这小河蜿蜒如同丛林中开出一条隧道的景象，又呈现在他们的眼前。他们低垂着脑袋，直挺挺地挪动着双腿，仿佛生怕膝头一弯，就会彻底垮下似的。如今他们歇息起来就扑通一声往浅水里倒去，威尔逊半淹在水中，他们则把手脚一摊，躺在担架的旁边。

他们简直已经没有什么知觉了。脚板简直是在河底瞎闯乱撞，踹得河里的小石子嘎嘎直响。从脚跟边流过的河水是凉凉的，可是他们却毫无知觉。密林蔽天，夹道里一片幽暗，他们默默无言地随着流水磕磕绊绊向前走去。鸟兽见远远来了人，都热闹了起来：猴子抓着屁股哇哇乱叫，鸟儿叽叽喳喳此呼彼应。一会儿人到跟前，却就鸟止兽息，直到他们走过了好久，还是鸦雀无声。里奇斯和戈尔斯坦跌跌撞撞好似瞎子，可是他们的身上却自有一股默默的感人的力量。所过之处鸟兽一片肃静，那等于是在音信难通的密林丛莽中一路向前通报。这，也许可以说是一首特殊的丧礼进行曲吧。

他们过了一道小瀑布，这就得翻下一方齐腰高的大平石，跳到底下的岩块上。里奇斯先跳下去，站在水花里，等戈尔斯坦递下担架，然后也跟着跳下。下面的水深多了，挣扎着走去时，水直冲到大腿上，把担架都淹起来了。他们就紧靠岸边走，那里的水还比较浅。一路趔趔趄趄，摔了好几跤，连威尔逊的尸体都差点儿给冲走。他们走不了几步就得停一下，抽泣声跟丛林里的簌簌声和成一片，然而耳边更响的却是那哗哗的水声。

他们已经离不开这担架、这尸体。摔一跤爬起来，头一桩事就是要赶紧护住威尔逊，看到威尔逊没丢，这才回过神来，发觉自己的嘴里灌了一嘴的水。护住威尔逊已经成了他们最强烈的本能。现在他们根本不去考虑到了目的地把他如何安葬，他们甚至已经完全忘了他的死。要紧的，是这副担子一定得扛住。威尔逊虽然死了，在他们的感觉中却还是跟先前一样活生生的。

然而他们终究还是把他丢了。事情发生在侯恩当初跨河斜系藤索的那一段激流上。侯恩系上藤索是四天前的事了，如今藤索早已冲走，河水在礁石间狂冲乱涌，河面上却已经没有东西可以搭一把手了。他们哪里知道这里边的厉害。跨下激流，才走上三四步，卷起的旋涡就把他们掀翻了。无力的手指抓不住，担架就漂了出去，套在脖子里的带子把他们也一起拖着走。他们在汹涌的水流里连翻带滚，接连擦过了几块礁石，水一个劲儿往嘴里灌，呛得他们气也透不过来。他们想挣脱带子，却力不从心，拼命要站住脚跟，可水势实在太猛。于是就只能淹得半死不活的，由着急流把他们冲走。

担架撞上一块礁石，只听见嚓的一声，担架底上的毯子雨披裂开了，可是他们给水这么一灌，心里早发了慌，听见了也顾不上。他们又是一阵拼命挣扎，结果担架干脆裂成了两半，脖子里的带子也猛地脱开了。他们气喘吁吁的，简直是昏昏沉沉的，随着河水冲过了最险的一段激流，这才磕磕绊绊向着岸边靠去。

他们就剩两个人了。

他们在迷迷惘惘之中慢慢看清了这个现实。他们觉得简直难以相信。威尔逊刚才还抬在手里，可一转眼就失去了影踪。他们现在只落得两手空空了。

"糟了，把他丢了。"里奇斯低声嘀咕。

他们就拖着趔趔趄趄的脚步，顺河而下追去，跌倒了就爬起再追。转过一个弯来，前面几百内一览无余，远远可见威尔逊的尸首刚刚绕过一个弯子漂走。里奇斯声嘶力竭地喊了声："来，把他追上！"一步跨出去，不防扑面一跤，摔倒在水里。他好不容易才爬起来，又继续往前走。

到了那个转弯处，他们不由得站住了。一过这个弯子，河水就灌入了一片沼泽地，中间的水流像一条细带，两边都是泥沼。威尔逊给冲到泥沼里去了，在这片树木丛生的沼泽地里，谁知道他落在哪儿呢。即使不沉下去，找起来也得花上几天。

"唉，"戈尔斯坦说，"找不到了。"

里奇斯含糊"嗯"了一声。他往前走了一步，脚下一绊，又是一跤摔在水里。水打在脸上挺舒服的，他真不想再起来了。戈尔斯

838

坦急了："快走吧！"

里奇斯忍不住哭了。他挣扎着坐了起来，抱住双臂，埋倒了头大哭，水绕着他的屁股和两脚直打旋涡。戈尔斯坦晃晃悠悠的，站在旁边对他直瞅。

"真是倒他娘的霉！"里奇斯低声骂了一句。他长大成人以来这还是第一次骂娘，话是一个字一个字从胸腔里挤出来的，挤空了的胸腔里于是就只剩下一片怨愤。威尔逊得不到安葬了，然而也怪，他现在却又觉得这无关紧要了。现在梗在他心头的，是自己挑了这么重的担子，坚持了这么长的时间，走了这么多的路，结果被水一冲，前功尽弃。他这辈子干的就尽是这样劳而无功的事，从爷爷到爸爸，一直到他，总是苦苦地干，想改变那种收成微薄、长年贫困的局面。可是干了又有什么用呢？"人一切的劳碌，就是他在日光之下的劳碌，有甚么益处呢？"①他又想起这话来了。以前读《圣经》读到这一段，他总觉得不是滋味。里奇斯觉得肚子里新冒出一股强烈的怨气，再也别想排解得开。太岂有此理了！好容易有一次地里的庄稼总算长势不坏，却又偏来了一场狂风暴雨，给卷个精光。这就是上帝之道了。他突然觉得好恨。凡事最后总要耍你一下的上帝，能算个什么上帝？

说是个恶作剧大王还差不多。

他哭，是因为怨恨，因为想家，因为灰心；他哭，是因为筋疲力尽，是因为觉得无能为力，是因为看透了一个道理而感到心寒：敢情这世上什么都是空的。

戈尔斯坦还站在他的旁边，因为给河水冲得有些立脚不稳，所以一手扶着里奇斯的肩膀。他不时动一下嘴唇，还轻轻地在脸上挠

---

① 语出《圣经·旧约·传道书》一章三节。

挠。"犹太人者，乃天下各族人民之心脏。"

可是现在竟有了这样的情况：心脏死了，而躯体还活着，犹太人受苦受难，结果还是等于零。牺牲都白白牺牲了，谁也没有从中得到教训。历史上那一笔笔残害犹太人的账，全都白记了。历来的一切种族隔离，一切精神支解，一切屠杀迫害，煤气室、石灰坑——这些根本没有触动一丝一毫的人心，吃了这么多苦都白费了。这些还会一直传下去、传下去，直到有一天重得后人承受不了，才只好放手。事情不外就是如此。他已经哭不出来了，他就站在里奇斯的身旁，无限痛苦，有如发觉自己所爱的人原来已经死了一样。此时此刻，他剩下的就是一片空虚，只隐隐有些气愤，又按不住有股痛恨，另外似乎还有个根子，萌发出一阵阵绝望，渐渐弥漫在胸中。

他嘴唇微微一动："咱们走吧。"

里奇斯终于站了起来，他们就摇摇晃晃地蹚着水缓缓走去，渐渐觉得水退到了脚踝上，自己又到了浅水里。河开阔起来了，河水潺潺地在小石子上流过，河底先是泥土，后来就变成了沙子。他们跌跌撞撞拐了个弯，眼前忽然一派阳光，远处赫然就是大海。

不一会儿他们就一步一歪地来到了海滩上。尽管精疲力竭，他们还是又走了约一百码远。留在这条河的附近总觉得不是个滋味。

两个人不约而同地都往沙滩上一扑，把脸埋在胳臂里，一动不动地就躺在那儿，听任太阳把背上晒得热烘烘的。那时正是下午三四点钟光景。他们也只有守在这儿，等会合了队伍，让登陆艇来接了。枪支、背包、干粮，都已丢了个精光，不过他们也无心去想这些。他们都快累死了，回头再到林子里去设法找些东西吃吧。

他们就这样一直躺到傍晚，动弹不得。在阳光的抚慰下这样休息休息，觉得倒也不无快意。他们也不说话。心中的怨恨如今都落到了伙伴的身上。一起办事，事办砸了，见不得人，难免会这样恨恨的，憋着一肚子的闷气。几个小时过去了，他们睡了又醒，醒了又睡，最后胸口感到一阵恶心，就此醒了过来。在日光下打盹，当然要引起恶心了。

戈尔斯坦终于坐了起来，东摸西摸，找到了自己的水壶。他像第一次用水壶喝水似的，慢吞吞旋开了盖子，又慢吞吞凑着嘴巴举起了水壶。他真没想到自己竟会渴成这样。第一口水喝下去，甜得他魂都飘了。他强自抑制，慢慢地一口口喝，喝一口就把水壶放一放。喝到剩下不多时，才注意到里奇斯在那里望着他。一看这模样，就明白里奇斯的水壶里已经没有水了。

按说里奇斯到河边去自己灌一壶也不是不可以，可是戈尔斯坦知道这谈何容易。他自己就已经没有一丝力气了。一想到要爬起身来，少说些就是走上一百码吧，他都觉得受不了。里奇斯肯定也是一样。

戈尔斯坦不觉来了气：里奇斯为什么不考虑得周到些，自己留下点水呢？犟劲一发，他又举起水壶来喝了一口。可是这水的味道突然不行了。戈尔斯坦这才意识到原来水都发烫了。他逼着自己又喝上一口。

他觉得说不出的惭愧，终于把水壶递给了里奇斯。

"给，喝一口吧？"

"好。"里奇斯捧住水壶狂喝。壶里的水快见底了。他望了望戈尔斯坦。

"喝吧，喝完算完。"

"明天咱们得到丛林里去找些东西吃了。"里奇斯说。

"是啊。"

里奇斯淡然一笑。"咱们死不了。"

十三

罗思一跃踩了个空，大伙儿当时都吓得魂飞魄散。他们在山崖腰里挤作一堆，好像挨了一闷棍，心里直发毛，足足有十分钟走不了一步。个个感到有一种难以言传的恐怖。他们紧贴着崖壁，直挺挺站在那里，手指抓住了石缝，两腿只觉得发软。克洛夫特下过命令，几次要他们走，可他们就是不走，他们一听到他的声音就吓得发愣，好似一群给主子踢怕了的狗。怀曼已经完全泄了气，有一声没一声的，一直在那里悄悄地哭，在这不绝如缕的低声呜咽中，还不时夹有他们发自内心的声音，或是一声咕哝，或是一声轻微的呻吟，或是一句歇斯底里的咒骂，都是随口而出，不相衔接，然而又是那么调和，简直连出声的人都不知道自己开过了口。

后来惊魂稍定，他们终于又往前走了，可是步子慢得出奇，遇上一点小小的障碍，就好一阵子不肯举步，一到石径窄处，便死命贴住石壁。这样花了半个小时，克洛夫特总算带他们出了险境，石径开阔了起来，终于跨过了山梁。可是山梁那边无非还是个深深的山谷，山谷对面还是一道陡坡。他带领他们下到谷底，打算再上对坡，可是他们这一下却不跟他走了。他们一个接着一个，都手脚一摊躺倒在地下，瞪圆了眼睛呆呆地望着他。

天已经快黑了，他知道他也赶不动他们了。他们精疲力竭，已是惊弓之鸟，弄得不好还会出事。他只好承认既成事实，下令停止前进，自己也在大伙儿中间坐了下来。

明天天一亮就得爬对面的山坡，过几道山沟，再翻主峰背。那大约花两三个钟头就行了，只要……只要他有法子能叫他们再起来走。不过他现在对自己已经很没有信心了。

大伙儿都没睡好觉。这儿很难找到一方平地，当然还有一个原因是他们都疲劳过度，手僵脚直了。大部分人都乱梦颠倒，叽叽咕咕说梦话。加以克洛夫特又派了他们每人一小时的警戒，有些人没到时候就醒了，惴惴不安地等了好久才上了岗，等值完班回来却又睡不着了。这情况克洛夫特也了解，他知道他们能多歇这个把钟头也好，他也知道山上其实是不可能有日本人的，可是他觉得规矩不能破坏，这一点更重要。罗思的死使他的威信暂时受了极大的损害，着手补救是当务之急。

加拉赫值最后一班岗。天亮前的半小时清寒袭人，他醒来以后脑袋里就迷迷糊糊，如今裹着毯子坐在那里直打哆嗦。他有好一阵子简直什么也辨不出来，四外连绵不断的庞大山影he还只当是夜色的浓处。他只是一个劲儿地打战、瞌睡，耐着性儿等天亮，等暖人的太阳出来。他完全处于一种漠然的状态，罗思的死似乎也无关痛痒了。他始终就是那样恍恍惚惚，那几乎已经不大转动的脑子只是昏昏沉沉地憧憬着过去欢乐的日子，仿佛他心底的深处怎么也得保存一把小小的火种，好顶住这凄冷的黑夜、这无边的山岭、这变本加厉的疲劳、这队伍里愈来愈多的伤亡。

山上天亮得慢。五点钟，空中透出了一些亮光，连绵的山岭就清楚地露出了顶部的轮廓，可是此后却足有半个小时没起多少变化。他这时实际上还什么都看不见，只是内心在那里静静地期待。太阳不久就要爬过东边的千嶂万崖，照临他们的这个小山谷了。他向天空里细细寻找，终于发现较高的几座山峰顶上若隐若现地射出了几抹淡红的激光，把细细扁扁的几片朝云染成了紫色。山看去高极了。加拉赫简直不敢相信太阳能爬得过这些高峰。

四下里终于渐渐亮了起来，不过亮得也真有些玄妙，因为太阳仍然没有露面，光线似乎都来自地上——一派柔和的玫瑰红。睡在四周的弟兄，身影都已经历历可辨，他看着他们，感到真有点唯我独尊的味道。晓色中他们显得那么憔悴、凄楚，连天亮了都还浑然不觉呢。他知道再稍过一会儿他就得去叫醒他们了，他们醒过来要不哼哼才怪呢。

回望西天，依然可见一片昏黑，这使他想起了有一次坐运兵专列横越内布拉斯加大平原的情景。当时正是黄昏时分，只见苍茫的暮色在后面紧紧追赶这列由东而来的火车，赶上以后又继续席卷向前，过落基山脉直扑太平洋边。那真是奇观，此时此刻真使他无限神往。他突然怀念起美国来了，一颗火热的心多么想再见一见美国啊，他似乎连夏日早晨南波士顿带雨的铺路石子的那股味道都闻到了。

太阳已经贴近东边的山梁顶了，天空显得那么辽阔，却又充满了朝气和欢乐。他想起他和马莉有一回在山上野营，睡在一顶三角形的小帐篷里，他现在就恍惚觉得自己像是刚刚一觉醒来，妻子的胸脯挨着他的脸，软软痒痒的。他似乎听见她说："该起来啦，你这个睡不醒的，看天都亮啦。"他瞌睡蒙眬地哼了一声，还只顾紧紧依偎着想象中的妻子，后来勉强退让了一步，睁开一只眼来。太阳居然爬上山梁了，虽然山谷里光线还暗，他倒并没有怀疑自己看花了眼。天确是大亮了。

就这样，马莉给他带来了黎明。山峦抖散了夜雾，露水一片晶莹。在这短短的一瞬间，周围的崇山峻岭仿佛也变得温和而柔媚了。四下里东一个西一个的弟兄却显得又湿又冷，看上去只是雾气蒸腾的黑乎乎的一团团。方圆多少里以内就他一个人醒着，他一个人独占了这一派清晨的朝气。

黎明的曙光里，山那边远远传来了一阵隆隆的炮声。炮声打破了他的梦幻。

马莉早已不在人世了。

加拉赫咽了口唾沫，愣愣地直伤心，心想他要到什么时候才能再不痴心妄想呢。他现在已经没有什么盼头了，他也终于明白自己真已经累得不行了。他四肢生疼，睡一觉好像也毫不顶事。曙光似乎顿时变了气氛，他裹着夜露湿重、又潮又冷的毯子，在曙光里战栗了。

他还有个孩子呢，还有个从没见过的儿子呢，可是，那也并不能使他感到快慰。他知道自己永远也见不到儿子了，他心里有数，死下这条心了，所以也几乎谈不上有什么痛苦。那么多人已经打死了，我的死期也快到了。他像入了邪魔似的，心目中只看见一个工厂，他看着自己的送命子弹造了出来，装进了箱子。

我只要能见一见孩子的照片就心满意足了。他的眼睛都模糊了，这个要求不算太高呀。他只希望能渡过这一关，回到驻地，他只希望能挨到哪一班邮件把他儿子的照片送到，这样他就死而无怨了。

可是他又伤心了起来，他敢断定这是妄想。他吓得发抖，忧心忡忡的，望了望四面八方攒簇而起的群山。

罗思是被我给害了。

他知道自己有罪。他还记得自己吆喝一声要罗思快跳时的那一刹那的心情，那时他只觉得自己强而有力，罗思太不中用，喝上一声真是无比痛快。他想起了罗思一脚踩空时脸上的那副凄惶挣扎的表情，他扭了扭身子，坐不安生了。他似乎看见罗思一直在往下掉啊，掉啊，那往下掉的人影儿就活像在刮他的脊梁骨，刮得吱吱直响，有如粉笔在黑板上打了个滑擦似的。他犯下了罪，他要受罚了。马莉的死就是第一个先兆，可是只怪他没有理会。

摆在他面前的这座山峰看上去是那么高峻，黎明的柔和的线条如今早已无影无踪，耸立在他眼前的是山外有山、峰上有峰的穴河山。他看得见就在离顶巅不远处，有一重环形的悬崖围住了山峰。这样一座近乎直上直下的悬崖，他们怎么也别想爬得上去。他又不寒而栗了。他从来也没有见过这样的穷山恶水，这样荒凉，这样可怕。连长着些丛莽矮林的山坡都简直要人的命。他今天可休想挺得过去，他的胸口早已在发疼了，等他背上了背包再往上爬，管保要不了几分钟就得累倒。他们实在没有再走下去的理——还要弄死多少人才算完呀？

他弄不懂：克洛夫特为什么要这样死心眼儿呢？

要杀死这家伙还不是容易？克洛夫特总是要领头走的，他只要举起枪来瞄准一枪，那就不用再爬山了。他们马上可以往回走。他慢慢地擦了擦大腿，这个想法倒真使他动了心，叫他想得很起劲，也很不安。唉，真要命！

不行，起这样的念头是罪过的。迷信的想法又引起了他的恐惧。起一次这样的念头，就是让自己多招一份天罚。不过话说回来……罗思的死，责任可完全在克洛夫特。那其实是不能怪自己的。

加拉赫听见背后有个响动，吃了一惊。原来是马丁内兹，心神不定地在那里揉脑袋。"真该死，睡不着觉。"马丁内兹轻声说道。

"可不。"

马丁内兹在他身旁坐了下来："尽做噩梦。"他闷闷不乐地点上了一支烟。"一合眼……唉……就听见罗思的号叫。"

"是啊，是够叫人难过的。"加拉赫咕咕哝哝说。他想把话尽量说得自然一些。"我对这个弟兄虽没有什么特别的好感，可也实在不忍心看他这样下场。我真不愿意看人家遭难。"

"是这话。"马丁内兹接口说。他轻轻按摩着脑门，像是在头疼。加拉赫看见马丁内兹的脸色这样难看，倒吃了一惊。瘦瘦的面庞凹陷了下去，直愣着的两眼没有一丝神采。脸上胡子已经长得不像话，皱纹里都嵌着黑黑的一条条污垢，使他显得苍老了许多。

"真受不了。"加拉赫又咕噜了一声。

"是啊。"马丁内兹小心地喷出了一口烟，看着那白烟在清晨的空气中轻轻散去。"这么冷。"他低声说道。

"放哨可真够呛。"加拉赫嗓音都嘶哑了。

马丁内兹又点了点头。他那一班岗是在半夜，值完班就再也睡不着了。毯子都冰冷了，他格格发抖，翻来覆去一夜不得安宁。这会儿天虽然亮了，苦恼却还是摆脱不了。害得他一宿没有合眼的那股紧张劲儿依然留在身上，缠着他的还是夜来渗遍了他全身的那份恐怖。恐怖压得他像发了烧似的简直动弹不得。这一个多钟头来，眼前老是看见他捅死的那个日本兵的脸儿，说什么也赶不开。脸上的表情全都看得分明，使他恍若又手握刀子伏在矮树丛里，觉得浑身都僵木了。没刀的鞘子冷不防在屁股上一撞，他像戳痛了似的蓦地一震，自己也感到有点不好意思。他就伸手去摸了摸，可是手却在抽动。

加拉赫问他："这刀鞘你干吗还不丢掉？"

"是啊，是该丢掉了。"马丁内兹急忙答道。他觉得很窘，显得有些腼腆。把钩在子弹带洞眼里的刀鞘解下时，他的指头在抖动。他把刀鞘扔了，可是听见空套子落地噗噜噜一阵响，他不觉打了个闪缩。两个人都吓了一跳，马丁内兹更突然感到一阵透心彻骨的焦虑。

加拉赫却仿佛听见了汉奈西的钢盔在沙滩上打了个滚。他叽咕了一声："我真是垮了。"

马丁内兹不知不觉又伸手去摸刀鞘了，摸了个空才醒觉。他猛然觉得遍体一阵冰凉，眼前仿佛又看见了克洛夫特在嘱咐他，夜探山口的情况可能不能告诉人。昨天早上侯恩出发的时候还以为……马丁内兹摇了摇头，欣慰、恐惧，一齐涌上心来，把嗓子眼儿都堵住了。上山的事是怪不到他头上的。

身上的毛孔猛一下子全张开了，汗水都渗了出来。他在冷飕飕的山风里格格发抖，心里那股压不住的焦虑，跟大军登陆前几小时他在运兵船上的那种心情完全一样。他身不由己地抬眼望了望山梁高处的累累怪石和丛杂林木，闭上眼睛，仿佛看见登陆艇放下跳板了。他浑身紧张，等着机枪兜头扫来。可是毫无动静，他失望极了，睁开了眼来。他真巴不得能遇上点什么情况。

加拉赫却在寻思：要是能见一见儿子的照片该有多好啊。他嘟囔了一句："上了这座山，真他妈的走上死路了。"

马丁内兹点点头。

加拉赫伸出手去，碰了碰马丁内兹的胳膊肘儿，说道："咱们为什么就不能向后转呢？"

"我也不知道。"

"这不明明是在找死吗！把咱们当成了什么啦？咱们又不是山里的野羊！"他摸了摸下巴底下那乱碴碴发了痒的胡子。"我看哪，咱们这些人全都得掉了脑袋才算完。"

马丁内兹在靴子里扭脚指头，觉得在凄苦中这倒不失为一种乐趣。

"你就情愿自己的脑袋瓜子搬家啦？"

"别胡说。"马丁内兹摸了摸口袋里的小烟袋，他从死人身上弄来的那几枚金牙就藏在那烟袋里。恐怕还是扔了的好吧。可这么精巧、这么值钱的玩意儿，又怎么舍得呢。马丁内兹踌躇了好一阵，毕竟还是没有舍得丢。他还拼命壮了壮胆子：他不信这东西真有那么灵，到谁身上就会送了谁的命。

"唉，咱们这就算死定啦。"加拉赫的声音都发抖了，声到心应，马丁内兹立刻也起了共鸣。他们坐在那里相对而视，一种共同的恐惧把两个人串在了一起。马丁内兹默不作声，心里可真巴不得能有什么办法平平加拉赫的这股焦急的情绪。

"你干吗不叫克洛夫特趁早撒手呢？"

马丁内兹一哆嗦。这家伙倒挺精灵哩！他马丁内兹可以叫克洛夫特向后转。不过他觉得自己摆这副架势未免太别扭，他有点害怕，算了吧。还是找克洛夫特问去，或许还使得。他心里便天真地起了一个新的想法。记得他在杀死那日本岗哨前曾经迟疑了一下，当时他有过一个一刹那的感想，觉得自己也是个人罢了，人杀人岂不是荒唐？如今他看这趟侦察任务倒真十足是胡闹了。假如他去找克洛夫特问，说不定克洛夫特也会意识到那是胡闹。

他就点点头说："好吧。"他站起身来，看了看都还裹着毯子躺在那里的那班弟兄。有几个弟兄已经在准备起身了。"咱们去叫他起来。"

他们走到克洛夫特跟前，加拉赫摇了摇他。"起来了，起来了。"看见克洛夫特到这时还在呼呼大睡，他有点吃惊。

克洛夫特咕噜了一声，一骨碌坐了起来。只听他嘴里做了个怪声，简直像是吐出了一声呻吟，身子马上扭了过去，直瞪瞪地瞅着大山。原来他又在做噩梦了。他时常梦见自己躺在个深渊里，眼睁睁地等着岩石砸来，巨浪打来，而自己却动弹不得。自从那一回日军渡河夜袭以来，他老是会做这样的梦。

他啐了一口，"嗯"了一声。大山还在原处。石头一块也没有动过。他感到有些诧异，因为刚才的梦还如在眼前。

他完全以机械的动作，一掀毯子，伸出腿来，穿上靴子。那两个人则沉住了气在一边看着。他从垫毯底下抽出了夜不离身的枪，检查了一下有没有受潮。"你们干吗不早一点来叫醒我？"

加拉赫看了看马丁内兹。马丁内兹开口了："咱们今天该回去了吧？"

"什么？"

"咱们该回去了。"马丁内兹马上结结巴巴了。

克洛夫特点上了一支烟，空着肚子抽烟才真叫辣呢。"你在胡扯些什么呀，'日本圈子'！"

"咱们恐怕还是回去的好吧？"

克洛夫特像是挨了一闷棍。马丁内兹难道是在要挟他？他愣住了。他本来还一直以为这支队伍里只有马丁内兹是不会不听他话的。愣过以后，紧接着就来了火。他不声不响地盯住了马丁内兹的喉咙，要不是强自忍住，他真会朝马丁内兹扑过去。他队伍里仅有的一个朋友居然也来要挟他了。克洛夫特啐了一口。这世界上真没有一个信得过的人，除了自己，谁都信不得。

他从来也没有觉得面前的山峰有这样高、这样险。他心里大概也确实有了几分想向后转的意思，他就一发狠，拼命顶住这股诱惑。要是向后转的话，侯恩的事就算是白操了心了。他又觉得背上的皮肉里像有许多无形的针在刺，痛得难受了。那高高的山峰还在那里招他逗他呢。

他可不能操之过急。既然马丁内兹干得出这种事来，这就说明处境可危。万一真要叫大伙儿看出了其中的……他就以和婉的声气说道："好家伙，'日本圈子'，你也来跟我作对啊？"

"没有那个意思。"

"那你说这话是什么意思？你是个中士，伙计，你可不能跟着这样胡闹。"

马丁内兹不知怎么好了。他的忠诚受到怀疑了，他惴惴不安，非要听听克洛夫特的下文不可，只怕克洛夫特就要骂出他最怕听的那话儿来了：你这个中士可是个墨西哥佬！

"咱们的交情一向还挺不错吧，'日本圈子'。"

"是不错。"

"伙计，我倒一向当你是个天不怕地不怕的汉子呢。"

"我是什么都不怕。"他的忠诚、他的友谊、他的勇敢，全都成问题了。他瞅着克洛夫特那对冷冰冰的蓝眼睛，内心又升起了那种自惭形秽的寒碜之感，只要说话对方是……是白人新教徒，他总不免有这样一种自卑的心理。不过这一回还不止是这种心理。他还觉得，他时刻隐隐感受到的那种危险如今一下子严重起来了，分明摆在眼前了。他们会拿他怎么样呢？他们会让他吃多大的苦头呢？他害怕得都快透不过气来了。

"好了好了，'日本圈子'跟着你走就是。"

"这就对了。"克洛夫特一下子收不起那副连哄带骗的腔调，显得有些尴尬。

加拉赫急了："跟着他走，你这是什么意思？我说，克洛夫特，你到底为什么不肯收兵回去？你他妈的得的奖章还嫌少吗？"

"加拉赫，你少给我放屁。"

马丁内兹恨不得想溜。

"啊——！"加拉赫又是心惊胆战，又想一跺脚豁出去，心里乱得团团转。"我告诉你说，克洛夫特，我是不怕你的。你在我眼里值几个钱，你心里有数。"

这时大伙儿多半已经醒了，正睁大了眼睛瞧着他们。

"不许你胡说，加拉赫。"

"你小心着点，我看你能一辈子不背过身去！"加拉赫说完就走了。他鼓足勇气吐出了这几句话，激动得浑身都哆嗦了。他只当克洛夫特会追上来，一把扳过他的身子，给他当胸一拳。提心吊胆的，连背上都起了鸡皮疙瘩。

可是克洛夫特却毫无动静。马丁内兹流露的异心给了他很大的刺激。弟兄们的对抗情绪又给了他前所未有的沉重压力。他前有大山要搏斗，后有弟兄们拖后腿。一时真觉得困难山积，心下茫然，不知所从。

"好了，大家听着，我们过半个小时出发，大家抓紧点，别磨蹭了。"回答他的是叽叽咕咕的一片抱怨，不过他心想还是别挑出谁来追究了。他内心的那股劲头已经都快掏完了。他自己也筋疲力尽了，老没洗澡的身上又是这样痒得难受。

真要是翻过了大山的话，他们又干得了点什么呢？现在就只剩下七个人了，其中米尼塔和怀曼是顶不了什么事的。他打量了一下波兰克和雷德，两个人都绷着脸在那里吃早饭，见他在打量他们，也瞪圆了眼睛对他瞧。不过他终于还是把这些心思硬给推开了。其他的事还是等过了山再操心吧。眼前最要紧的就是要想法翻过山去。

雷德倒是对他看了好几分钟，隐隐含着一股恨意，把他的一举一动都看在眼里。可恶到像克洛夫特那样的人，他以前真还从来没有见过。早餐的干粮盒子里是罐头火腿蛋，雷德吃了一点，却只觉得倒胃口。干巴巴的，淡而无味，嚼着嚼着，也决定不了是咽下去好，还是吐出来好。每一口都要在嘴里搅拌上半天，却还是化不开、嚼不烂。后来他索性把罐头扔了，坐在那里呆呆地望着脚下。

空空的肚子里一阵阵蠕动，真忍不住想吐。

目前还剩下八盒干粮，里面的罐头：三盒是干酪，两盒是火腿蛋，还有三盒是肉饼子。他知道这些罐头自己反正是不会再吃的了，装在背包里也无非是多增加一份负担。去，滚他妈的蛋！他就把干粮盒一股脑儿取了出来，用刀子一盒盒把盒盖挑开，只要了里面的糖果和香烟，把罐头和饼干都丢下了。他刚要扔掉，忽然想起有些弟兄说不定要呢。他想问一问，可是脑海里立刻闪过了一个画面，仿佛看见自己手里拿着罐头挨个儿问过去，只招得大伙儿一阵嘲笑。他心想：算了，管他们呢，反正这不干他们的屁事。他就把东西都扔在背后不远的一丛野草里。自己一时就呆呆地坐在那里，火冒得心头怦怦乱跳，半晌才平静了些，于是就理起背包来。他心里思量：这下子总该轻点了吧？可是那火马上又冒起来了。轻了又怎么样呢，总之这军队浑蛋！这瘟军队！这臭军队！浑蛋！浑蛋！照说这种吃的，喂猪都还不配呢。他的呼吸又急促起来了。就为了这点猪食不如的馊货，去杀人！去挨杀！脑海里一时迷迷糊糊，声影迭起，他似乎看见了工厂里把这些吃食捣啊磨啊，加压蒸煮，装进了罐头，似乎也听见了一颗子弹噗的一声打中了一个人，甚至还听见了罗思的喊叫。

啐啐，都见鬼去吧，这些臭玩意儿！连三顿饭都管不好，这帮家伙还不该死吗？全都该死！他气得一阵乱颤，只好坐下来定一定神。

不过他也不能无视现实。他在部队里吃过多少苦头了。以前他一贯抱定宗旨，如果这帮家伙实在欺人太甚，那他就等机会干他们一下。比如眼下的情形……

昨天他跟波兰克谈过，谈话中两个人都点过一点侯恩的事，可两个人都没有把话挑明。他自有办法。遇到这样的事假如撒手不管，那不成胆小鬼了吗。马丁内兹是主张收兵回去的。马丁内兹劝过克洛夫特，他肯定知道些情况。

这时灿烂的阳光已经照亮了他们所在的山坡，山峰深紫色的浓影已经渐渐淡褪，只剩下一片隐隐的紫青色。他眯起眼睛抬头望了望山顶。还得爬上一个上午呢，可爬到了顶上又怎么样呢？对面山下是日军的阵地，下去就得被彻底歼灭。他们再也休想翻山越岭回来了。他心里一动，就往马丁内兹跟前走去，马丁内兹正在那里理背包。

半路上雷德迟疑了一下。弟兄们差不多都已经准备好了，他耽搁不得了，一耽搁克洛夫特准要冲着他大声吆喝了。他的毯子还没有装进背包呢。

可是再转念一想：呸，去他的！心里觉得又生气，又惭愧。

到了马丁内兹面前，他却踌躇了：怎么说好呢？"你还好吗，'日本圈子'？"

"还可以。"

"你和克洛夫特不能再好好商量一下吗？"

"也没什么了不起的事儿。"马丁内兹把眼光避开了。

雷德点上了一支烟：干这号事可真没趣儿。"'日本圈子'，你好像有点怕事呢。你心里是想别再往前走了，可你连说出口来的胆量都没有。"

马丁内兹一声不应。

"听我说，'日本圈子'，咱们俩都是见过点世面的人了，咱们总还看得出点风色。你以为今天爬那座山峰就那么有趣吗？不定到了哪座山崖边，咱们又得摔下两个去，也许是你，也许是我。"

"别再跟我叨叨了。"马丁内兹低声说。

"咱们可不能睁着眼睛不看现实，'日本圈子'，就算咱们翻

854

过了大山吧，到了山那边十之八九也要弄个缺胳膊断腿的。你难道愿意挨枪子儿？"雷德嘴上虽然侃侃而谈，心里却感到有些羞愧。其实他分明还另有个可行之道。

"你难道愿意做个瘸子？"

马丁内兹摇了摇头。

雷德的话自然而然都到了舌尖上，说得头头是道："你杀了那个日本兵，是不是？你知不知道你这是自己在找死？"

这话打中了马丁内兹的要害。"不知道呀，雷德。"

"你杀了那个日本兵，可是你回来放过个屁吗？"

"我说了呀。"

"哼，侯恩晓得了这事，他会明知山口里有日本兵，还往山口里闯？"

"是这话呀。"马丁内兹渐渐动摇了。"我是告诉他的，我都对他说了，可这人就是那么个昏了头的傻瓜蛋。"

"胡说八道！"

"我不骗你。"

雷德还没有充分的把握。他顿了一下，决定再另外换个办法。"你还记得我在穆托美岛上弄到的那把嵌宝石的军刀吗？你要的话就给你吧。"

"哦？"马丁内兹的眼里顿时放出了光彩，像是看见了那把珠光宝气的军刀。"肯白给？"

"奉送了。"

冷不防克洛夫特却喊了起来："好了，弟兄们，该出发啦。"

雷德转过身去。他的心在翻腾，双手慢慢地在大腿上揉呀捏的。"我们不走了，克洛夫特。"

克洛夫特向他大步走了过来。"你当真不打算走啦，雷德？"

"假如你真是一个心眼儿要干下去，就请你一个人去干吧。'日本圈子'可要带我们回去了。"

克洛夫特对着马丁内兹直瞪眼。他轻声说道："你又变了主意啦？你这个人怎么搞的？臭娘们似的？"

马丁内兹慢慢摇了摇头。"我啥也不知道，我啥也不知道。"他的脸都抽动了，说完就背过了身去。

"雷德，快把背包打好，不许再这样胡闹了！"

雷德看得很清楚：找马丁内兹谈是错打了算盘。一席话等于说给小孩子听，简直可气！找容易的路走，走不通。还是得跟克洛夫特当面对阵。"上那座山，得你一路拉着我。"

有几个弟兄也在那里愤愤不平。波兰克喊道："咱们回去吧。"米尼塔和加拉赫也给他助威。

克洛夫特对他们几个人一瞪眼，从肩上脱下枪来，不慌不忙地把枪栓一拉。"雷德，你去给我把背包背上。"

"好哇，趁我手里没枪，想下毒手哇。"

"雷德，你给我背上背包，不许啰唆。"

"除掉我一个人有什么用，你能把我们全枪毙吗？"

克洛夫特转过身去盯住了大伙儿。"谁想跟雷德一路？"一个人也不动。雷德瞧着，心都冷了，不过还是暗暗希望也许有个人会拿起枪来。克洛夫特背过身去了。这是个机会。他可以扑过去，一拳把他打倒，那时大伙儿就都会来帮他收拾这个家伙。只要一个人动了手，大伙儿都会跟着干。

然而毫无动静。他连连催促自己快向克洛夫特扑过去，可是那脚就是不肯动。

克洛夫特又转过身来了。"好啦，雷德，去把背包背上吧。"

"滚你的蛋。"

"我只等你几秒钟了，再不去我就崩了你。"他离雷德只有六英尺，枪已经齐腰举起，枪口渐渐对准了雷德。雷德一看到克洛夫特脸上的那副表情，他的眼光不由得凝住了。

猛地他全明白了，他知道侯恩是怎么死的了。他只觉得两腿一阵发软。他心里清楚，克洛夫特是下得了这个手的。他瞅住了克洛夫特的眼睛，直愣愣地僵在那儿。"嘿，你就打算这样随便打死一个人啊？"

"对。"

拖延战术不起作用，克洛夫特一心要打死他。他一时又恍若扑面倒在地下，眼睁睁等着日本人的刺刀从背后刺来了。他感觉到头颅里血流的搏动。等着等着，一股决心渐渐都冰消瓦解了。

"怎么样，雷德？"

枪口画了一个小小的圈儿，仿佛克洛夫特还在那里瞄准，想要瞄得更准些。雷德两眼盯住了他按在扳机上的指头。看见指头渐渐扣紧，他突然一阵紧张。"好吧，克洛夫特，算你赢了。"他吐出来的声音都嘶哑了，有气无力。要不是极力稳住自己，他真会浑身打战。

他看到四下里弟兄们都松了口气。他觉得自己周身的血流似乎一度凝滞了，停顿了，到这时才重又流动起来，流进身上的哪一根筋脉他都可以辨得清清楚楚。他垂下了脑袋，走过去捡起背包，把毯子往包里一塞，扣好了背包带，又站起身来。

他给打瘪了。就是这么回事，还能有什么呢？羞愧之外如今又添了一份内疚。内疚的是他心里居然会有庆幸之感：好了，事情总算了结了，他跟克洛夫特的长期争斗也终于结束了，今后他可以顺顺从从俯首听命了，不会再觉得非反抗不可了。这是他新添的一份屈辱，给他以毁灭性打击的一份屈辱。难道他真的就这样完了？难道他一生的努力真的就这样完了？难道他干什么事都得撂挑子完事？

他站了队，夹在队伍中间费力地迈开了步子。他对谁也不看一眼，也没有谁对他看一眼。他们个个都很尴尬、很狼狈。大家都巴不得把自己刚才想要打死克洛夫特而又终于不敢举枪的心理快快忘了。

一路走去，波兰克气鼓鼓的，一直在那里不断地低声骂街，听那声气却大有自怨自艾的味道。胆小鬼，没种的畜生！他吓得有点痴痴癫癫，是在骂自己呢。这么好一个机会，却眼看着放过了，枪明明拿在手里，却不敢动一动。胆小鬼啊……胆小鬼！

克洛夫特这时却又满怀信心了。今天上午可以翻过主峰了。一路来到处碰到难关，到处撞上对头，可现在还能有什么来拦路呢？他的面前再也没有障碍了。

队伍顺坡而上，又翻过了一道山梁，经过一片乱石坡，又下到一个小山谷里。克洛夫特领着他们穿过谷底的小石沟，又登上了一道山坡。他们一块一块岩石往上攀，苦苦地爬了个把钟头，特别是来到了一条深涧顶上，沿着涧边走不完的艰难险路，有时就得手膝并用，爬上个几百码。九十点钟的太阳早已很猛了，大伙儿又一次累得筋疲力尽。克洛夫特只好带他们尽量走慢些，隔不了几分钟就得歇一下。

他们终于到了一个山头上，拖着无力的脚，又磨磨蹭蹭地顺着一道缓坡下去。出现在面前的是个巨大的空谷，宛如一座古代的圆形竞技场，对面是林木葱葱的高高的峭壁，大致占了空谷周界的一半。这一大片莽莽苍苍的山崖，直陡陡的有五百英尺高，说少也及得上一座四十层的摩天大楼，顶上就是最高峰了。克洛夫特早就注意到这一道看台般的峭壁了，远远看去那就像是个墨绿的领子，围在大山的脖子里。

这个关口可是躲不过的。空谷的左右两边都是直下千尺的断崖。他们只能往前走，只能爬这座山崖、过这片林莽。克洛夫特让部队在空谷里歇歇腿，可是没有地方避太阳，歇着也没多大意思。过五分钟他们就又出发了。

走近一看，这草木翳然的峭壁倒也并不如原先想象的那么难以对付。草木之中自有一棱棱山石形成无数粗糙的梯级，如一盘道曲折而上。蓊蓊郁郁之中有竹林，有树丛，有杂草，有藤蔓，还有一些较大的树，根子横扎在山壁里，树干则成"L"形蜷曲而上，向着天空发展。当然还少不了长年累月随着雨水顺着山石冲刷下来的泥土，中途都叫那些枝叶杂草、荆棘野蔓给截住了。

虽说有一棱棱岩石如同梯级，却也并不那么好走。压在背上的分量足有一只小提箱那么重，从下到上又足有四十层楼那么高。更伤脑筋的是每一级又都不是一样高低。有时爬的是齐腰高的岩石，有时好长一道坡上尽是小石子、小岩块，有时竟又是一块石头一个大小、一个模样，前后各各不同。一路上自然又都是一片芜杂，往往得拨开枝叶、斩断藤蔓，才爬得上去。

克洛夫特起初估计爬这一道峭壁需要一个小时，可是过了一个小时却还只爬到一半。大伙儿跟在他后面，像一条受了伤的毛毛虫在那里苦苦挣扎。现在再也看不到他们一溜儿同时往上爬了。爬上了前面岩石的，总要歇一会儿，等后面的人上来。他们的行动倒像风送涟漪：克洛夫特往前挪了几码，其余的人也就像通了电似的，一跌一撞的，一个个去弥补那个差距。有时候克洛夫特或者马丁内兹在乱竹丛中慢慢地挥刀开路，他们就干脆停下。有的地方两棱山石之间一跳就是十来尺远，中间却是一大片软泥地，他们就只好抓住一些草木藤蔓之类设法攀登上去。

大伙儿又一次感到累得入了骨了，不过对此他们在过去几天里早已领教够了，几乎都习惯了，可以将就了。他们好像毫不奇怪似的，觉得两条腿渐渐麻木了，拖着腿就像小孩子牵着根线，拖着个什么玩具一般。他们现在的爬法，已经不是从一块大岩石跨上另一块大岩石了。他们得先把枪放在上面的石头上，身子爬了上去，再把腿拖上去。他们已经连最小的岩石都跨不过去了。他们得用手来帮腿的忙，脚要踩在哪里就得按在哪里。东歪西倒的，就像卧床的老人硬是起了一小时床似的。

往往隔不了一两分钟，就会有个人一动不动地扑倒在石头上，累得连声抽泣，不能自已，听来真像有说不出的伤心。一阵头晕目眩，也会像心心相通似的，一下子传染给大家。那催人心碎的干呕声更是叫大家听得怔怔出神——他们老是好像要吐，此起彼伏，声声不断。摔跤成了家常便饭。泥厚苔滑的岩石难爬，丛杂的竹子爱乱刺人，脚一不小心就会给乱藤野蔓绊住——多少阻碍一时交集，真是苦不堪言。叫苦声、骂娘声一路不绝，人动不动就会扑面倒下。就这样连跌带滑的，一块一块岩石爬上去。

朝前望去，根本看不到十英尺以外，所以他们也已经把克洛夫特给忘了。既然一肚子怨恨不能往他身上发泄，无可奈何，他们就只好把怨恨都发泄在这山的身上。他们恨什么人也不会恨到这样咬牙切齿的程度。他们觉得面前这岩梯似乎活了，似乎有了灵性，似乎这梯子每一级都在嘲弄他们、哄骗他们，这恶毒的山石每一块都在跟他们过不去。他们又把日本人忘了，把这一趟侦察任务忘了，几乎连自身都忘了。要说他们心目中还有一件大快事的话，那就是快让他们别再爬这座山了。

便是克洛夫特也精疲力竭了。他还得带他们走，遇到草木稠密难以通行的地方还得在前开路。为了把他们拉上山去，他费了九牛二虎之力。他觉得自己拖着的不仅有自己沉甸甸的身子，还有他们那么多人的分量，那沉重的感觉，真无异套着挽具拉着他们一样。他们却吊住了他的肩膀，拉住了他的后腿，给他来了一个倒拖。体力的消耗这么大，脑力的疲劳也一样厉害，因为他还得时时捉摸他们会不会垮下，这可是够他紧张的。

他心上还有一重压力。他愈是接近山顶，心里就愈担忧。这岩梯多拐一个弯，他就得多咬一次牙。几天来在这半边岛上步步深入，他心底的恐怖也与之俱增。那么一大片异乡异土虽然是走过来了，可也销蚀了他的意志，惹得他的神经已经有点经不起刺激了。在这情况下还要翻过许多深山野谷，从侧面插上一座险阻重重的千古荒岭，其费力是可以想见的。飞来一只小虫撞在脸上，脖子一不留神擦着了一片树叶，如今都会叫他吓上一跳，这在他可还是有生以来第一遭的事。他不惜榨尽自己的最后一点精力，逼着自己往前走，到歇息的时候往地下一倒，早已连一丁点儿力气都不剩了。

可是每次只是那样匆匆歇息了一下，他马上又会决心陡增，于是又能往上爬几码了。他也差不多把一切都忘了。侦察任务，以至这座大山，如今都已不大能使他动心了。他所以还能一步步往上爬，只是因为内心在进行一场斗争，似乎是想看看，他性格中的两个方面到底哪一边会占得上风。

他终于感觉到顶峰已经近了。密密的枝叶丛中隐隐可以看到阳光了，像是地道快到出口了。这就越发使他发狠向前，可也累得他真到了山穷水尽的地步。一步步愈是接近山顶，他心里就愈是害怕，生怕到不了山顶就得撒手认输。

可惜他是永远也上不了山顶的了。他晃晃悠悠爬上了一块岩石，看到面前有只什么窝，淡黄中带一点棕色，形状有些像橄榄球。他爬得身困体乏，一头撞了上去。等到他马上明白过来那是什么窝，已经来不及了。只听窝里轰的一声，窜出来好大一只大黄蜂，简直有一枚半块钱的银币那么大，后面一只又一只接连而出。几十只大黄蜂围着他的脑袋团团乱舞，叫他看得张口结舌。这种大黄蜂的特点一是奇大，二是色彩艳丽，滚圆的黄肚子，彩虹一般的翅膀。这个印象是他事后才另外回想起来的，好像跟随后发生的事儿完全是两码事似的。

当时大黄蜂来势汹汹，有如点着了一根引线，一转眼就烧到了整个队伍里。克洛夫特觉得耳边有只黄蜂扑来，他急得直哼哼，赶忙挥手打去，可是耳朵上早已给螫了一下。那个疼，简直能疼得人发疯。耳朵立刻像冻僵一样失去了知觉，疼痛却呼地一下痛彻了全身。一只螫了不算，第二只、第三只又跟着来螫。他痛得大吼大叫，像发狂一样拼命扑打。

对大伙儿来说，不堪忍受的苦难挨到了这一步，也真是到了顶了。他们站在原地半晌抬不起腿来，黄蜂来螫，他们只会抡着臂膀乱打。给螫一口，就仿佛挨了钻心的一鞭，激得他们横下了心，又鼓起了拼命的劲头。他们个个如痴若狂。怀曼有气无力地抱住了一块石头，像个小孩子似的大哭大闹，气疯疯地一个劲儿乱拍乱打。

"我受不了啦！我实在受不了啦！"他大声嚷嚷。

两只大黄蜂差不多同时刺着了他，他把枪一扔，吓得尖声大叫。这一叫，大伙儿可就炸了窝了。怀曼拔起脚来就往下跑，大伙儿也一个个都跟着他跑了。

克洛夫特高声叫他们站住，可他们听也不听。最后他只好骂了一声，冲着几只黄蜂空挥了几拳，也跟在后边去了。不过他的心还是没有死，他还存着最后一线希望，打算到下面空谷里再重振队伍。

大黄蜂对这些大兵紧追不舍，顺着这满崖的林莽、盘曲的岩梯，把他们一路往下赶，赶得他们把命都豁出去了。他们逃起来却灵巧惊人，顺着一块块石头纵身往下跳，碰到林木挡路便一钻身闯了过去。他们什么都不觉得了，唯一的感觉就是大黄蜂的狂螫猛刺，连一路里翻爬蹦跳的剧烈震动都算不得什么了。他们一路跑，一路把身上累累赘赘的东西全扔了。枪不要了，有些人把背包也脱下来丢了。他们朦朦胧胧意识到，东西丢得一多，这趟侦察任务自然也就干不下去了。

大伙儿涌进那竞技场般的空谷时，波兰克跑在最末，他的后面就是克洛夫特了。波兰克朝前面匆匆掠了一眼，看见大伙儿摆脱了大黄蜂以后就都乱纷纷地停在那里不走了。他回头望了下克洛夫特，赶快冲到人群里，嚷嚷开了："你们还在等挨刺还是怎么着？哎呀，马蜂来啦！"说完就发出一声尖叫，气也不歇地直冲了过去，大伙儿顿时又惊惶起来，都跟着他一哄而逃。他们乱七八糟涌过了空谷，连气也没敢松一下，又一股劲儿涌过了前面那道山梁，顺坡而下冲入山谷，一直趁势冲到山谷对面的高坡上。这样，不过一刻钟的工夫，他们就又逃回到了当天早上出发的地方，而且还冲过了头呢。

等到克洛夫特好容易追上了他们，集合了队伍，一点数，已只剩下三支枪、五只背包了。他们已经不行了。他知道他们再也爬不上去了。他自己也挺不住了。他无可奈何地只好承认了这个事实。累到这个地步，已经不知道什么叫懊悔，什么叫痛苦了。平静的口气，疲乏的声音，传下命令，叫大家先就地休息，等休息过后再往回撤，到海边去守候接应的舰艇。

归途一路无事。大伙儿都累得狼狈万状，好在回去走的都是下坡路了。又经过了罗思摔死的石径上那个缺口处，他们都一一跳过，没有出什么意外。到下午三四点钟，便下了最后一道峭壁，出了大山，转入了嫩黄色的丘陵地带。走了一下午，只听见山那边隆隆的炮声没有断过。那天夜里他们露宿在离丛林约十英里处，第二天就到了海边，跟担架队会合了。布朗和史坦利也从山峦里出来了，比部队只早到了几个小时。

戈尔斯坦把他们丢失威尔逊的经过报告了克洛夫特，他奇怪的是克洛夫特居然一句批评的话也没有。其实克洛夫特是在想另外的事。今天没有能翻过这座大山，克洛夫特心底深处倒是暗暗松了口气。舰艇预定要次日才到达，部队只好守候在海边，克洛夫特那天至少也安静了一个下午，因为他虽然还不肯承认，不过心里却明白了：自己的欲望终究不能没有个边。

十四

次日登陆艇来接，他们就动身回去了。这次派来的登陆艇两壁设有一十八个固定铺位，大伙儿把剩下的装备往空铺上一搁，就手脚一伸，睡起大觉来。前一天下午他们从丛林里出来以后，就一直在那里睡大觉，如今只觉得手僵脚直，浑身发痛。

有些人当天早上没吃早饭，可是也不觉得饿。这样艰苦的侦察任务，弄得他们真是彻底的心力交瘁了。在回去的路上他们又昏昏沉沉一连睡了好几个钟头，就是偶尔醒来，也是躺在铺上，透过敞开的舱顶，呆呆地直望着天空。小艇又颠又晃，浪花越过两侧的航墙和船头的跳板飞进舱来，可是他们似乎也并不在意。发动机的喧闹他们倒是觉得很中听，听着心就定了。在后岛经历的种种早已在心上淡褪，变成了许多印象模糊的大杂烩，乱纷纷的，都失真了。

864

到下午，大部分人都醒了过来。人还是疲乏得不行，却再也睡不着了。他们浑身酸痛，也不想在载兵舱那点有限的空间里走动，不过总依稀有一种坐卧不宁之感。任务，算是这样结束了，可是以后呢，依然没有一点盼头。瞻望前途，那是明摆着的。他们还得没完没了地干下去，还得忍受这种苦难，这种无聊，这种畸形的恐怖环境……不管经了多少事，过了多久，反正永远也别想看到希望，看到奔头。有的只是一派浓浓的愁云惨雾，笼罩着一切。

米尼塔闭着眼睛，躺在铺上，下午就这样迷迷糊糊地过。有一个怪念头，老是要引他想入非非，这事说起来非常简单，也非常好笑。米尼塔想在脚上做个自伤。哪天擦枪的时候，只要把枪口对准脚踝的正中，把扳机一扣。这一来脚骨准会被打得稀烂，截肢也罢，不截肢也罢，反正他们就得送他回国。

米尼塔斟酌利害，考虑再三。真要是这么一办，他这辈子就再也不能奔跑了，可不跑就不跑吧，有谁稀罕那个？至于跳舞嘛，他看见人家也有装了假肢跳舞的，他可以装一只木脚，勉强将就。对，这个办法好，这个办法可行。

可他又有些心神不定了。打左脚打右脚，一样吗？他是个左撇子，恐怕还是打右脚好吧？还是打左右脚都一个样呢？他想向波兰克请教，可是马上又把这念头打消了。这种事情请不得参谋。过两个星期，哪天要是闲着没事，他可以把这个小问题好好琢磨一下。那当然得住一阵医院，也许三个月，也许六个月，但是出了医院就可以……他点上了一支烟，看着天上的白云相互吞逐，想起自己要无辜失去一只脚，虽然觉得有些难过，心里还是蛮情愿的。

雷德手上有个痛处，他捏了又捏，怜惜的目光细细端详着指关节上浮起的皮肉和皱纹。可不能再欺骗自己了。他的腰子已经病情很重了，两腿也快要垮下来了，身上从头到脚都可以感受到在后岛走这一趟所造成的损害。恐怕他这一次的消耗，是今生再也无法弥补的了。唉，"中彩"的总是老人马，在穆托美岛是麦弗森，这一回轮到了威尔逊，这大概也应该说是在情理之中吧。当然枪挨得巧，得了个千金难买的伤，乘机溜之大吉，这样的可能性也总是有的。可是即便如此，又有什么好呢？做个人要是没有了骨气，那还……他咳嗽起来，仰面躺着，咯痰不大容易。他咬紧牙关，好容易才用胳膊支起身来，咔的一声，咳出一口痰来就地吐在舱里。

"嗨，这位弟兄，"船尾驾驶舱里一位驾驶员嚷了起来，"要保持艇内的清洁哪。你们乘了我们的船，难道完了还要叫我们擦舱板？"

"呸，你少放屁！"波兰克也拉开了嗓门。

从一个铺位上传来了克洛夫特的呼喊："弟兄们，不要再乱吐痰了。"

谁也没有搭腔。雷德暗暗点了点头。心想：唉，我还是这个老毛病！刚才他先是有些担心，以为这又有克洛夫特说的了，后来见克洛夫特没有指名训斥他，又不觉舒了口气。

自己就好比下等客店里的酒鬼，没有喝醉的时候畏畏葸葸，灌饱了酒就又什么都骂得出来。

开头，总想单枪匹马，独自奋斗，可是渐渐地就感到力不从心，挺不下去了。开头，遇事看不惯就要顶，可总是顶得头破血流，顶到后来，仿佛成了机器上一只小小的螺丝钉，机器转得飞快，要命的螺丝钉受不了，又挣不脱，只能吱吱直叫。

想要一点不靠别人是不行的，他现在觉得少不了别人了，可又总有一种茫然不知从何入手之感。内心深处是迷迷糊糊有那么一点极朦胧的想法的，可是苦于说不出来。是不是可以这样说，就是假如大家拧成一股绳……

哎呀，得了吧。那班人懂得个屁，他们就知道相互算计。他心里还是没有一点谱儿，多想想不是长了志气，而是愈想愈灰溜溜了。那么，找洛侬丝如何？他心里一动，一时倒真想给她写一封信，跟她再续前情，可是他马上就把这念头打消了。好马不吃回头草！再说，现在再去找她，也难保不会碰一鼻子灰。想到这里他又咳嗽起来，这回他把痰吐在手里，若无其事地等了半晌，才把痰偷偷抹在身下的帆布床上。那个船老大要擦就让他去擦吧。他觉得总算出了口气，不禁做了个苦笑，不过总带着些惭愧。

这不成促狭鬼了吗！咳，他这辈子什么事都干过，要促狭可还是第一次。

戈尔斯坦胳膊枕着头，躺在铺上，迷迷糊糊地在那里想妻子和孩子。丢失威尔逊的那份伤心痛苦都暂时被封存在脑子的一个角落里，弥漫在他全身的是一派昏昏沉沉的感觉。他已经睡了一天半的觉了，抬担架跋山涉水似乎是很遥远的事了。就是见了布朗和史坦利，他也不觉得他们讨厌了，因为他们见了他倒有些尴尬，似乎也不大敢来惹他了。他还得了个好伙伴。他跟里奇斯成了知心朋友。前一天他们俩做伴在海滩上等部队，过得就挺不错的。所以两个人一上登陆艇，自然而然地也就挑了相邻的两个铺位。

不过他也有想想不痛快的时候。自己的外族朋友竟是这么个人才——是个庄稼汉，是个十足的下等人。他大概也只配有这样的朋友。不过想到这里他又感到一阵羞愧，好比有时脑子里偶尔闪过一个怨恨妻子的念头，怨恨之后也会产生类似这样的心理。

这一来他反倒不服气了。有个没念过书的人做朋友又怎么样？里奇斯的心地可好了。他身上有一种不可磨灭的光辉品质。戈尔斯坦觉得，这样的人才是高尚的人。

登陆艇一路驶去，跟陆地始终保持着一英里左右的距离。天色渐渐晚了，大家也起来走动走动，望望船外的景色了。只见远处的陆地缓缓掠过，海边尽是丛林，看上去永远是那么密不透风，永远是那么一派浓浓的绿。小艇驶过了一个小半岛，他们来时就曾经注意到有这么个所在，所以有人就据此来推算还要多久可以回到部队驻地。波兰克爬上船后的驾驶舱，在帆布篷下找个地方坐坐。阳光在海面上抖荡，每一道轻浪都会送回一束夺目的光彩，空气里含着草木和海洋的幽微的芳香。

"嗬，这儿真不错啊。"波兰克对那个驾驶员说。

那人只在鼻子里哼了一声。他因为搭船的弟兄在船舱里乱吐痰，心里正恼火着呢。

"哟，什么事这么不高兴啦，老兄？"波兰克问他。

"刚才你不也是吗，一面孔了不起，神气活现开口就骂人。"

波兰克耸耸肩膀。"行了呗，老兄，何必这样较真呢？你不知道我们吃了多少苦头，这会儿心还在半空里悬着哪。"

"这倒是真的，你们这一次大概苦头吃了不少。"

"可不。"波兰克打了个呵欠。"可明天照样要派我们的差，你瞧着吧。"

"大不了是些扫荡的任务呗。"

"扫荡的任务？你这话从哪儿听来的？"

驾驶员对他瞧瞧。"哎呀对了，我忘了你们都已经出来六天了。告诉你，伙计，这要命的仗算是了账啦。远役都叫我们给打死啦。再过一个礼拜这岛上就剩不了十个日本佬啦。"

"你说啥……？"

"不骗你的。我们拿下了他们的补给站。现在他们只有挨打的份儿了。昨天我倒是亲眼见了那条远役防线。机枪工事都是混凝土的，火网一封滴水不漏，厉害的名堂多着哪。"

868

波兰克咒天骂地了。"这么说，这仗真打完啦？"

"差不离。"

"那我们跑断了两条腿都是白跑的啦？"

驾驶员咧嘴一笑。"上面的计谋深着哪，咱们不懂。"

波兰克一会儿就回到下面舱里，告诉了大家。事情，似乎是再称心不过的了。

他们勉强算是笑了两声，在铺上翻了个身，就又盯着舱壁出起神来。可是他们很快便都想到战斗一结束，他们至少就要有几个月不打仗。他们感到不知所措了，甚至还有些心烦，他们不知道听到了这消息到底算是喜欢还是不喜欢。他们这一趟出来，难道真是跑得这样冤？疲劳没有消除，又加上这内心的矛盾，弄得他们都想歇斯底里大发作，但是过不了一会儿却又一变而为兴高采烈了。

"嗨，你们知道吗，"怀曼尖着嗓门说，"临出发前我听到了一个小道新闻，说是上面打算把咱们这个师调到澳大利亚去，要训练咱们当宪兵。"

"妙，妙，当宪兵！"大家一听就哄地闹开了。"怀曼呀，没准儿他们还要调咱们回国哩。"

"咱们侦察排索性去给将军当贴身警卫吧。"

"麦克阿瑟不定会派咱们到荷兰地亚①去替他再盖一所住宅哩。"

"咱们干脆当护士去得了。"波兰克大叫了。

"最好派咱们这个师全部去当火头军。"

他们的神经好像都乱了套。本来几乎是悄无人声的登陆艇上，一时笑声震天。一方面是由于兴高采烈，一方面也是由于气愤，他

----

① 荷兰地亚是当时新几内亚岛上的一个重要基地，已见前注。盟军于1944年4、5月间收复该地。

们沙哑的嗓音都激动得发了抖，老远地一直传到海面上。只要有一个人一开口，船舱里马上就会重新掀起一阵狂笑。连克洛夫特都卷进来了。

"嗨，上士大人，我要当火头军去了，真遗憾哪，要跟你分手了。"

"啐，都给我滚吧，谁稀罕你们，都这样娘们似的！"克洛夫特有一声没一声地说。

在他们听来克洛夫特这句话可算是绝了。他们笑得都抱住了床柱子，动弹不得。

波兰克嚷起来："你这就叫我走吗，上士？这么大的海你让我跳下去？"热烈的情绪一浪叠一浪，好比池塘里一颗石子激起的涟漪还没有消失，第二颗石子的波纹又串进来了。只要有人一张嘴，总是哄地一阵大笑，那都是歇斯底里狂笑，笑得眼泪都快流出来了，笑得登陆艇都震动了。

后来笑声渐渐平息了下去。好像快被扑灭的火堆钻出火舌来最后蹿了两蹿一样，临了又爆发了几阵大笑，这才终于消声止息。如今他们只感到浑身疲软，先还觉得让笑酸了的面部肌肉松弛一下、让笑痛了的胸口得到平复、把明亮了些的眼睛再擦擦，倒也不失为一种小小的愉快。可是愉快的感觉很快就消失了，取而代之的是无限的愁苦，茫茫一片横在心头。

波兰克想重新活跃一下空气，就唱起歌来，但是跟着一起唱的人不多。

我要翻过身来
睡个舒坦。
快快让我躺好，

我要翻过身来
把好梦再找。

三点半已到
见她坐在我膝头上摇。
快快让我躺好,
我要翻过身来
把好梦再找。
我要翻过身来
睡个舒坦……

　　他们的歌声很轻,碧波万顷的大海虽然风平浪静,歌声浪声还
是很难分清。登陆艇一路驶去,嘎嘎的机器声把这些几乎全淹
没了。

四点半已到
见她坐在地一角。
快快让我躺好,
我要翻过身来
把好梦再找。

　　克洛夫特起来向船外眺望眺望,瞅着大海不觉闷闷地出起神
来。刚才的消息没有说这仗是在哪一天打胜的,他便想当然地错以
为这就是他们上山功亏一篑的那一天。那天他们要是能翻过山去
的话,这一场胜仗还是他们的头功哩。对此他是深信不疑的。他觉
得实在可惜,这本来是十拿九稳的事嘛。他往舷墙外啐了一口唾

沫，只见那嘴边的肌肉都在微微抖动。

　　　五点半已到
　　　见她和我把舞跳……

　　唱歌的波兰克、雷德、米尼塔三个人，都聚集在船尾，像在那里表演蹩脚的合唱。

　　一到该奏过门的当口，波兰克便鼓出了腮帮，"哇哇"地嚷上一阵，好像一只安了弱音器的小号。大家渐渐地也都跟着他们唱了起来。忽然有人叫一声："威尔逊在哪儿啦？"大家都打了个愣。威尔逊的死讯他们都已经听说了，但是当时听了也没经心。如今这么一提，才猛然省悟过来：威尔逊已经死了呢。他们觉得一震，一想起打仗、死人，那熟悉的依稀若梦之感又悄然而至，歌声也跟着抖了两下。"这老小子怪叫人想念的。"波兰克说。

　　雷德咕噜了一声："唱下去，唱下去。"排里的弟兄来去匆匆，日子一长，连名字都忘了。

　　"我要翻过……身……来睡个舒坦。"

　　登陆艇顺着岛子拐了个弯，他们远远望见了穴河山。看上去真是雄伟。怀曼说："伙计哎，咱们爬的就是这玩意儿？"

　　有几个人爬上了舷墙，冲着高山坡上指指点点，他们是在那里争辩这一道道的山梁有没有都爬到。言语之间都流露出一种自豪，还夹着些惊异。"好大的家伙！"

　　"咱们能走这么多路，蛮不错了。"

　　他们的看法总的说来就是如此。内心，都早已在盘算回头见了兄弟部队的弟兄这话该怎么说了。

　　"咱们这不过是忙中有错。老实说这一次咱们哪一个也不含糊。"

"就是。"

这样一来他们心里也高兴了。临了还不免要靠两句瞎话来鼓鼓气！

歌还在往下唱。

> 六点半已到
> 见她耍了俩大花招。
> 快快让我躺好，
> 我要翻过身来
> 把好梦再找。

克洛夫特对着这巍巍高山瞅了好久。那好比一头凛然不可侵犯的大象，俯视着脚下的丛林和小冈小丘。

多么纯净，多么遥远。在夕阳映照下，绿处如丝绒，青青的是苍崖，赭黄的是沙土，跟脚下的丛林一清一浊，截然分明。

先前的那种痛苦又折磨着他了。他觉得喉咙口默默一阵搏动，心头又起了那么一种熟悉而又不可思议的热血沸腾之感。只要一见这座大山，他总会热血上涌：恨不得爬上去！

可是他没有能爬上去，这对他真是个致命的打击。失败的苦闷又冒了起来。他再也没有机会爬这座大山了。不过他又犯了疑：这座大山他前天真爬得了吗？攀登岩梯时的那种焦急恐怖的心情，他都还记忆犹新。他如果是一个人去的话，别人走不动拖他后腿的事固然是不会有了，但是他也就没有人做伴了。他现在忽然看得很清楚了：没有人做伴的话他是绝对去不了的。一进这渺无人烟的荒山，胆量再大的人也会把胆子磨破的。

七点半已到

　　她觉得好不逍遥……

　　再过几个钟头他们就要回到驻地了，回到了驻地还得摸黑把小帐篷搭起来，能弄到的话再去弄一杯热咖啡喝。到明天，又要开始过那种平淡得难受的日子，干那些干不完的例行公事。这一趟侦察任务早已恍若是隔世的事了，都简直叫人不敢相信了，然而摆在他们面前的军营生活却也一样如梦如幻。在这船上，他们感到军队中的一切无不如梦如幻。他们唱歌，也不过是为了做点声音出来罢了。

　　……我要翻过身来

　　把好梦再找。

　　克洛夫特还是尽盯着大山瞧。他心里只觉得干着急：这一次他意外地对自己有了些理解，怎么一下子想不起来了呢？

　　不只是理解了自己，还理解了很多很多。理解了人生。

　　理解了一切。

＊　　＊　　＊

大家的心里话：

谈谈退伍以后怎么办

（有时说出声，多半却是在心中思量，因事而异，各随所宜。）

874

雷德：我是原来干啥还干啥。还有什么好干呀？

布朗：等咱们一到旧金山，我领了退伍金就先请大家痛痛快快喝一场，闹它一个翻天，然后再去找个女人陪我一块儿住，我就啥事也不管，喝够了就搂着她睡觉，睡够了就再喝，玩它整整两个星期，这才优哉游哉回堪萨斯去。一路上想要下车玩玩就玩玩，喝它个不亦乐乎，等玩够了才去看我老婆。我事先也不通知她，我要给她个措手不及，妈的把证人也带去跟她当面对质，我要把她从家里赶出去，让大家都知道对付坏婆娘就得这样。咱们在这儿有家归不得，没完没了地受罪，白天不知道夜里，真叫度日如年，可家里却闹出这种名堂来，不是要活活地气死人吗？

加拉赫：我只知道有笔债得还，有笔债得还。欠账总得有人去还，当了老百姓就得像个老百姓的样。

戈尔斯坦：哎，回国以后的事我只能作些设想。我要乘火车在清早到站，从中央火车站①出来就雇一辆出租汽车直奔郊外。我们的家在平林镇②上的一座公寓里，一下汽车我就上楼，按按门铃，娜塔丽一定感到纳罕了，心想是谁呀，她就出来开门……我这都是瞎想，事情还早着哪。

马丁内兹：我回到圣安东尼奥，可能先到家里看看，然后到外边兜兜。圣安东尼奥有的是漂亮的墨西哥姑娘，我攒了不少钱，还立了功，我总还得上教堂去祈祷祈祷，我打死的日本人太多了。这以后的事那就难说了，不定还是得当兵吃饷，这部队真是又不好又好——到底还是部队里挣的钱多啊。

米尼塔：我要到百老汇大街去，看到有穿军装的狗当官的就走

_____

① 中央火车站在纽约市中心的曼哈顿。
② 平林镇在纽约布鲁克林东南约四英里处。

过去骂他一声"傻瓜蛋"，见一个骂一个，我还要把部队里的丑事都兜底儿捅出来。

　　克洛夫特：想这些都是浪费时间。这仗还有得打啦。

第四部　尾波

扫荡战进行得异常顺利。远役防线上的缺口打开后才一个星期，安诺波佩岛上残余的日本守军就已经被切成了成百截，乃至上千截。日军的建制彻底崩溃了，先还是成营、成连的兵力被切断包围，到后来就只剩下了班排小部队，甚至三五人、两三人一股，分散隐藏在丛林里，以避如潮水般涌来的美军的歼击。到最后几天，双方的伤亡数字对比简直叫人不敢相信。比如第五天，击毙日军两百七十八人，美军仅两人阵亡；第八天，也就是作战以来战果最辉煌的一天，毙敌八百二十一名，俘敌九名，而美国方面只牺牲了三名士兵。新闻公报总是老一套，用语简洁，措辞谨慎，叫人听得都快腻了，可又不能说它讲得一点都不对。

　　"麦克阿瑟将军今日宣布安诺波佩岛上战事已基本结束。扫荡仍在进行中。"

　　"我爱德华·卡明斯少将所部宣布，今日攻克敌据点五处，缴获大量弹药给养。残敌现正在继续肃清中。"

　　惊人的报告继续不断地送到卡明斯将军的办公桌上。对寥寥可数的几名俘虏进行审问的结果，发现日军的口粮减半发给已有一个多月，特别是到了最后几天，日本人差不多就断了粮。五个星期前日军有一个给养库被炮火击中烧毁，对此美国方面竟一无所知。日本人的医疗用品早已用完，远役防线上出现了几处漏洞，七八个星期来也一直无力修复。还发现，早在美国方面发动最后进攻前一个星期，日军的弹药就差不多已经耗尽了。

　　将军找来了以前的军情报告，把近一个月来所有的前线敌军动态记录都重新审阅了一遍。连一些次要的情报分析结论也都又约略看了一下。日本人竟会陷于这样的境地，从中可实在看不出一点线索来。看了这些报告，只能做出他原先做出的判断，即日本人依然有很强的实力。他心乱了，吓慌了，虽说一次战役总有一次战役的教训，可是这一次给他的教训最深刻了。本来，他对下面送上来的军情报告虽也打着折扣听，可终究还当它一回事。现在看来，这些情报全是白搭！

达尔生少校这一场胜仗给他的震动，更是使他难以自解。头一天早上动身，前线还是平静无事，可第二天回来一看，仗也差不多都打完了，这真有点像一个人回得家来，看到家里已经烧成一片白地，怎么也不敢相信自己的眼睛。当然随后的扫荡战他还是指挥得极其出色的。日军打晕了以后就再也没有机会重整旗鼓了，不过打这种胜仗实在没有多大意思，好比从火里只抢出了几件不值钱的家具。他心里暗暗生气，只怪达尔生冒冒失失触发了这场战斗；日军的土崩瓦解是他苦心经营的结果，这引爆的乐趣理当由他来享受。最使他恼火的是，他还得向达尔生表示祝贺，说不定还得把他提升。在这种当口对达尔生表现冷淡，未免太显眼了。

一桩扫兴事还没有排解开，一桩扫兴事又上了心头。那天即使他不走，促使形势急转直下的最后一仗即使由他亲自指挥，那又怎么样呢？那实际上又有什么意思呢？日本人早已不堪一击，只要作战配合得当，根本不需要使用什么高级的战术，就可以把他们的防线摧垮。他还是抱定那个看法，认为无论谁来指挥，都可以把这一仗打赢，只要拿出耐心来，用砂纸一点一点地磨就行。

想到这里，他可以说已是承认这次打胜仗实在跟他关系不大，甚至可说毫无关系——其实哪次打胜仗又不是如此？这一次胜利，不过是俗话所说的碰巧走运，又有种种偶然的因素几下相凑，这样的因素也真是太多、太玄了，他理不清楚。为此他苦思不止，一度还差点儿就要在言谈中吐露这样的意思，后来总算又把话硬是咽了下去。不过心中总觉得快快不已。

可惜他没有早一点想到绕道后岛去敌后侦察，没有来得及制订一个比较周密的方案。结果事情办拙了，侯恩也死了。

当然，侯恩的死实在也说不上使他感到震动。不过他觉得，这个师里毕竟也只有侯恩才能理解他胸中还怀有更大的雄心壮志，甚至还颇能理解他的为人——尽管这段关系为时不长。可惜侯恩气魄欠大。他探头张了一下，先就吓坏了，于是就骂了几句难听的，溜之大吉了。

将军惩治侯恩是有他的道理的，他派侯恩到侦察排也不是偶然的心血来潮。所以侯恩的下场并不是始料未及的。将军起初还曾为此而感到微若游丝的那么一丁点儿快意呢。

不过……将军乍一听到侯恩的死讯，当时毕竟也难受了一下，像是狠命一拳，捣了他的心窝。他简直为侯恩感到伤心了，可是这种心情转眼就让另外一种心情，一种复杂得多的心情，压根儿淹没了。以后一连好几天，将军只要一想起少尉，总免不了有一种又难过又称心之感。

归根到底，要紧的还是算算自己的利害得失。结束战斗的时间已经超过了期限一个星期，这对他自然不太有利。不过也不能忘记，才一两个星期前的形势估计是没有一个月的工夫他还解决不了问题呢。这是一。其次，就兵团司令部而言，他们得到的印象还是坊远湾的侧面登陆作战促成了胜利。这一点无疑对他有利。总的说来，安诺波佩岛一役对他虽无大损，也无大利。到将来移师菲律宾的时候，他就可以把整个师的兵力都用上，那时也许就可以取得比较引人注目的战绩了。不过要做到这一点，部队务必先加以整顿，给以严格的训练，军纪也还亟须提高。想到这里，他这一仗打到最后一个月时禁不住冒起来的那股火又露头了。部下不愿意听他的话，不愿意改变现状，那懒劲真能逼得人发疯。不管你怎样催逼，他们总是推一推才勉强动一动，等你的手一松，他们又把你的部署都打乱了。你做他们的工作也好，哄他们也好，弄到后来有时真会从根本上产生了怀疑：这些大兵到底还能不能改变？到底能不能真的教育好？将来打到了菲律宾，只怕还是会重犯这个老毛病。兵团司令部里对头冤家那么多，他要在进攻菲律宾之前再添一颗星已经希望不大了，这样一来，要在大战结束以前升任兵团司令也就根本不可能了。

　　时间，在悄悄消逝；机会，也在渐渐流失。战后能在历史上占一席之地的，看来还是非吃政党饭的莫属，总是那帮神经容易"搭错"、说好说坏没个准谱的糊涂蛋。自己年纪渐渐大起来了，快成为过时的人了。到将来该跟俄国打仗的时候，他势必还不会有太高的地位，不会太接近权力的中心，那样也就轮不到他来做出这伟大的决策、实现这伟大的飞跃了。看来等这次大战结束以后，聪明些的办法还是到国务院去干一下试试。自己的大舅子，总不会刁难自己人吧？

　　未来的时代是个充满矛盾的时代，了解这一点的美国人是不会多的。要想抓权，最好的办法是打出保守的自由主义这个旗号。反动派和孤立派看来是成不了事的，他们虽然长处不少，可是引起的麻烦也多。想到这里将军把两肩一耸。要是还能给他个机会的话，他一定可以大展宏图。唉，真是扫兴！满腹经纶，就是没处施展。

　　为了排遣这种灰心丧气的情绪，他就集中心思做好肃清残敌的工作，一味在细节上下功夫：

第六天：毙敌三四七名，我军牺牲一名

第九天：毙敌五〇二名，我军牺牲四名

一支支部队，顺着丛林小路纷纷渗入敌后。无数人马，梳遍了这迷宫里的每条通道，甚至披荆斩棘闯进了林木密处，看看有没有漏网的敌人钻进了野兽踩出的暗径。部队从清早到黄昏一直在外边执行任务，而且执行的都是同一个任务。

任务很简单，还挺好玩呢。几个月来他们就知道到晚上要值班放哨，白天巡逻在小路上不定什么时候就会一头撞上敌人的埋伏，现在相比之下打这场扫荡战就好办多了，简直还挺来劲呢。他们完全放开了手杀人，比掐死几只爬上铺来的蚂蚁还要远远来得爽快。

有些是属于"标准操作法"。日本人在作战后期搞起了许多小小的救护所，临撤退前他们把伤员大部分都枪杀了。美国兵一到，就把剩下没死的伤员全数报销，不是一枪托把脑袋砸得稀烂，就是兜头一枪送他们上天。

不过也有一些做法，算得上比较别致了。有一支小部队拂晓出发执行任务，发现有四名日军迷迷糊糊地竟当路躺在一条丛林小道上，身上都盖着雨披。带队的美国兵赶紧站住，捡起几颗小石子远远扔去。小石子有如一阵冰雹，噼噼啪啪落在还在那里蒙头大睡的头一个日本兵身上。那人慢慢醒了过来，在雨披里伸了个懒腰，打了个呵欠，还哼了一声，清了清嗓子，就像早上起床一样伸伸手舒舒腿，窸窸窣窣瞎忙乎了一阵。忙乎完这才从雨披里探出头来。带队的美国兵等他看见了自己，就在他想嚷而还没来得及张嘴的当口，端起冲锋枪给了他一梭子。然后枪口一转，对着路中一顿猛扫，一排雨披上顿时整整齐齐地出现了一大串洞眼。只有一个日本人没有当场毙命，雨披里伸出一条腿来，还在那里乱抽，仿佛一头奄奄一息的野兽，临死前止不住浑身战栗。这时又走上来一个美国兵，拿枪口伸进雨披，挖出那个受伤的人来，对准他的脑袋，扣动了扳机。

类此种种，不一而足。

他们偶尔也抓俘虏，不过如果天色晚了，而部队又急于要在天黑之前返回驻地，那就最好别让俘虏耽误他们赶路。有支队伍一天傍晚捡到了三名俘虏，给他们拖住了后腿，心里怨透了。三名俘虏里，一个病得很重，走路都困难；一个绷着脸的大个子，探头探脑的，看样子想逃；还有一个睾丸肿得奇大无比，因为实在痛得难受，所以把裤裆也剪开了，就像得了拇指囊肿胀的人找只旧鞋剪掉了鞋尖穿在脚上一样。此人走起路来确实够惨的，双手捧住了睾丸，一步一拐，痛得直哼哼。

带队的排长终于看了看表，叹了口气，说："得把他们打发走。"

那绷着脸的日本人似乎马上明白了他的意思，因为他走到了小道旁边，背过身去等在那儿。一枪打在他的耳后。

另一个美国兵走到那个"大卵脬"俘虏的背后，使劲一推，把他摔倒在地。那人只来得及痛叫一声，就给打死了。

还有一个俘虏本来就昏昏沉沉，所以连命都是送得糊里糊涂的。

两个星期以后，达尔生少校坐在他那间刚造好的棚屋——作战训练处里，美滋滋地想想过去，看看现在，望望将来。战事结束以后，师部就搬回来了，新址就在一片阴凉的椰林边上，离海边不远。入夜以后，凉风习习，睡觉真是一种享受。

训练计划定于明天起开始执行，少校觉得在部队生活中最合乎他心意的一件事就是搞训练了。眼下一切都已准备就绪，部队都已建立起固定的营地，士兵都已住进了大帐篷，营地上的走道都已铺上了小石子，各连都还在每个士兵的铺位顶上搭了搁架，各人的装备都可以放得整整齐齐。练兵场也已经竣工，对此少校还颇为得意，因为工程是在他亲自主持下进行的。三百码长的一片丛林只花了十天时间，就除尽了榛莽，平整了地面，没有点儿本领哪能办得到啊。

明天就要举行第一次出操检阅了，少校按捺不住他焦急盼望的心情。看到部队穿上整洁的军装列队而过，他就像小孩子一样从心里感到快乐，他还喜欢随意找上一支队伍，检查检查他们的枪支。他决心要在进军菲律宾以前，把这一师人的操步重新训练得像个样子。

他一天的工作十分忙碌。有待办理的琐细小事多如牛毛，制订训练方案还碰上了许多具体困难。由于缺乏应有的设备器材，他想开的训练项目要开全也困难得多。步枪射击当然是非开不可的，还有机枪的型别名称、操作保养，也得教一教。专门武器可以开一课，还可以开一课教如何识方位、看地图。开一课讲讲军纪。平日的出操、检阅，当然是多多益善。可是其他许多项目也应该安排训练。反正他有的是办法，真要出现了空当还可以让部队搞拉练去。

他就喜欢搞这种训练，不训练是绝对不行的。虽说他连拟个连队的训练方案都伤透了脑筋，可是他却乐此不疲。这有点像做填字游戏。少校点上一支雪茄，眼光飞出了这作战处的铁皮板壁小屋，越过好几百码宽的丛林，落在轻轻拍打着沙滩的汪洋大海上。他深深地吸了口气，闻了闻从海上飘来的刺鼻的鱼腥味儿。他办事向来尽心竭力，这是谁也不能否认的，一种甜丝丝的得意之情，顿时在他心头漾起。

突然灵机一动，他主意来了。教士兵看地图的课，他有个办法可以上得生动活泼：他可以去弄一张蓓蒂·葛兰宝①的泳装彩色照，要有她真人那么大，把透明的坐标方格就安在这张照片上。教官就可以指着她的各个部位，叫士兵："把坐标报出来！"

　　好，太妙了！少校乐不可支，扑哧笑了出来。这一下那班大兵上地图课就管保精神集中，再也不会打瞌睡了。

　　可是像真人那么大的照片，上哪儿找去？少校拿雪茄头贴着烟灰缸口转了转，褪下了一圈灰。按说是可以交代军需部门去办的，可是提出这样的申请，难免要落人家的笑话，他才不干呢。不如去请台维斯牧师办一下，台维斯牧师是个好人——不，不，还是别惊动他。

　　少校搔了搔头皮。对了，他可以写信给兵团司令部的特别服务处。就算是没有蓓蒂·葛兰宝的，只要是漂亮的姑娘，谁的照片都行。

　　对，就这么办。写信给兵团。同时再写封信给陆军部训练辅助设备处，他们就专门喜欢搞这种改进。少校心想，说不定将来全军都会采用他这种办法呢。他兴奋得把两颗拳头攥得紧紧的。

　　那才叫有劲哩！

----

① 蓓蒂·葛兰宝（1916—1973）：好莱坞电影女演员，主要演一些歌舞片，以此在二十世纪四十年代相当走红。特别是在第二次世界大战期间，美国兵常爱把她的照片贴在营房里。

译后记

曾经有一些美国作家来我国访问，他们听说诺曼·梅勒的《裸者与死者》还迟迟没有介绍到我国来，止不住表示了惊讶和惋惜之意。诚然，要了解和研究美国的现当代文学，这部巨著应该说是属于"必读"之列的。但是，像这样一本书在二十世纪五六十年代要翻译介绍到国内来是不可想象的。现在当然是有这种可能了，可是那浩繁的卷帙，不羁的文笔，又着实令人望而生畏，煞费踌躇。不过不管怎么说吧，时至一九八六年的春日，经过了几度寒暑，勉竭驽钝，我好歹算是来填补了这个空白。

用一句时髦话来说吧，诺曼·梅勒在美国，在全世界，都是一位"知名度很高"的作家。他是美国"全国文学艺术院"的院士，国际笔会美国分会的主席，近又被选为"美国文学艺术研究院"的院士，驰骋文坛，也活跃于政治舞台，写小说，更爱写其他体裁的作品，计算起来至今已不下三四十部。但是要说到他的代表作，则还当推他出版于一九四八年的成名作《裸者与死者》。这本书一出版就震动了美国文坛，高踞十大畅销书的首席达十多个星期之久。名作家辛克莱·刘易士读后赞扬梅勒是"他那一代里最了不起的一位作家"。

诺曼·梅勒于一九二三年出生在新泽西的长枝镇，从小生长在纽约的布鲁克林，十六岁进哈佛大学，一九四三年获航空工程学士学位。当时正是第二次世界大战期间。一九四四年他入了伍，分在太平洋战场，曾在菲律宾的莱特岛和吕宋岛服役（年纪大一些的人大概还记得当年这是菲律宾两个最激烈的战场）。日本投降后他作为一名占领军在日本驻守过一个时期。一九四六年退伍后回到了纽约，从当年夏天起他就埋头写书，到次年秋天一部分量很重的小说就送到了出版社。

如果以为梅勒这部小说是他投笔从戎的一件"副产品"，以为这只是一位远征归来的战士讲了一个战场上的故事，那就错了。事实上，早在一九四一年十二月八日或九日，即珍珠港遭袭后还不满四十八小时，当时还在哈佛校园内的梅勒，就已经在暗暗考虑要以大战为题材写一部小说了。他琢磨过是写欧洲战场好，还是写太平洋战场好。他在学校里发奋学写小说，可以说就是一种预习。他后来的参军，则是为实现这个创作计划迈出的第一步。他读到了当时不绝涌现的一些战争文学作品，特别是读了约翰·赫尔赛的《入谷》和哈利·布洛姆的《阳光下的散步》以后，胸中的创作蓝图也愈加具体了，他决心要写侦察兵艰苦的长途侦察。如果我们注意一下梅勒在部队中的经历，就可以发现他除了当过文书兵、架线兵、炊事兵、空中摄影师等等之外，还曾志愿到一个侦察排里去当过一名侦察兵。《裸者与死者》中的侦察排，以及小说后半部中侦察排在后岛跋山涉水的长途侦察，早在这时候就已有意识地开始在梅勒的心中孕育了。

梅勒把他构思的故事安排在一个虚构的热带小岛上，名之为安诺波佩岛。根据小说中间接提供的背景来判断，小岛位于赤道以南的南太平洋，是进军菲律宾的前站，美军登陆的时间当在意大利战场开辟后，诺曼底登陆前。作者通过两条平行的线索来展开复杂的情节。一条是侦察排里的士兵。排里的"当家"上士克洛夫特颇有作战经验，但心狠手辣，凶横跋扈，是压在其他士兵头上的一霸。此人是个十足的权力狂、阴谋家，没有一点文化，却深得上司的赏识，爬到军官队伍里已只是个时间问题了。排长（应由少尉充任）长期出缺的侦察排，久已被他视为个人的禁脔。他手下的侦察兵是复杂的，这里边有混日子的（布朗），有一心想往上爬的（史坦利），有满脑袋糊涂思想以至反动思想的（加拉赫），也有成天想女人的（威尔逊），但大多数则是一些在国内地位低下、到部队上遭受屈辱而无可奈何的小人物。在克洛夫特的铁腕下过日子，他们都有个不平的火种深埋在胸中，却绝少发而为反抗的烈焰，即或给压得怒火中烧，彼此的火也始终汇合不到一块儿。其中只有做过矿工、当过流浪汉的雷德，常常意识到自己会忍不住要做克洛夫特的对立面。这个潦倒半生的老兵，自然也就被克洛夫特看成了眼中钉。

另一条线索是指挥部里的军官。美军登陆部队的指挥官卡明斯，论官职是少将师长，论作战本领则说得上是众口交誉，声名久著。这个表面上风度翩翩、和蔼可亲，而实则极端专横的职业军人，虽然带领部队在同日本法西斯作战，实际上他自己就是一脑袋的法西斯思想。在对副官侯恩少尉讲私房话的时候，他就曾毫无忌讳地以"反动派"自诩（当然旗号还是打"保守的自由主义"为宜），鼓吹："今后这个世纪就是反动派的天下，说不定从此千年万载就是反动派坐定了江山！"他主张美国应该把法西斯所追求的目标吸收过来。他作战并不是为了反对法西斯，在他的心目中这场战争不过是一次权力集中。他对人民群众极端蔑视，认为"这满世界的人差不多已经全是坟中枯骨，只有等着做出土古尸的份儿"。他也跟克洛夫特一样崇拜权力，但是他还有克洛夫特所没有的一套理论，宣称将来的道德规范只有一条：就是权力第一。"谁不能适应这一条，谁就活该倒霉。"为了要底下的人老老实实，做到毕恭毕敬、有令必从，他不惜把手里的权力极而用之，不怕用到滥用的地步，因为他看准了权力有个最大的特点，就是只能由高处顺流而下，"中途万一遇到小小的逆流，那就只有加大力量向下冲击，务必把一切阻梗彻底铲平"。他理想中的军队应当等级制度森严，对上级害怕、对下级蔑视应当是军队中的天经地义，上下级的关系应当像梯子那样一级畏惧一级。这种道德规范，这种制度，军队不过是先走了一步，在将军看来军队的现在就是世界的将来。

先是受到将军的特殊赏识，尔后却成了将军那一套"权力论"牺牲品的侯恩少尉，是个哈佛出身的年轻自由主义分子（也有评论家认为，侯恩还称不上是自由主义分子，而只能说想要做个自由主义分子。罗伯特·梅尔列尔（1944— ）在《诺曼·梅勒》[1978]一书中就持这样的观点）。他一调到师里，就被将军破格录用为贴身的副官。将军和少尉都是中西部新兴资产阶级家庭的子弟，在这一点上他们按说似乎应该有共同的语言，这大概也是将军本来所以一眼便看中了他，并把他日益引为心腹的一条重要原因吧。将军觉得侯恩此人不俗，才气绝不在自己之下，觉得这个师里"只有侯恩才能理解他胸中还怀有更大的雄心壮志，甚至还颇能理解他的为人"。侯恩呢，却是个意外复杂的人物，他接触过一些"左派"的思想，从这点上说他同将军是格格不入的，可是他虽然已经同家庭决裂，接受了为家庭所不容的思想意识，却从来没有真正扔下过前十八年的生活留给他的感情的包袱。他觉悟到自己有罪（"当官是一种犯罪"，"有个阔老子，上的是贵族学府，干的是好差事"，都使他"有个犯罪的想法老是在头脑里打转"），他为社会的不平义愤填膺，然而这些从来都不是掏出真心。他只能远远绕开自己的切身利益，指靠一些抽象的概念、并不牢固的感情基础，来设法继续保持他那种特殊的孤立的"左派"立场。从这个立场出发，他在将军的手下处处感到别扭（虽然他也有佩服将军的时候），任性起来他就要顶撞，甚至对抗，对将军手中的大权表示蔑视，甚至挑衅。将军则采取旁敲侧击、步步紧逼的手法，晓之以个人的利害，诱之以特权的妙处，想以此来迫使他就范。

两条线索，围绕着安诺波佩岛战局的发展而同步展开，平行而不游离。作者巧妙地利用书中出现的第一个高潮，把两条线索有机地结合了起来。侯恩爆发了公开的反抗，明知将军有洁癖却故意把烟头、火柴梗乱扔在将军的帐篷中央，向将军的权威提出了尖锐的挑战，这是小说的第一个高潮。将军感觉到这是部下不服他约束的一个信号，断乎不能容忍，也采取了一个象征的手法，迫使侯恩承认不能不在他的权力面前低头。受了折辱的侯恩，虽然从来没有带过兵，还是被辗转调到了侦察排去当排长，并且立时受命要去执行一个至艰至险，成功之望极其渺茫的侦察任务。侦察排历尽艰险绕道后岛、企图潜入敌后的一段情节，把小说推到了第二个，也是最精彩的高潮。这是一段足使作者不朽的文字。从侦察排原来的头头克洛夫特上士身上，我们看到的几乎就是卡明斯将军的影子。侯恩固然是死于克洛夫特的借刀杀人之计，但是将军听到了他的死讯，觉得这个下场也"并不是始料未及的"，甚至还"感到微若游丝的那么一丁点儿快意呢"。

梅勒要写侦察兵艰苦的长途跋涉，这是他的既定方针。写后岛侦察的那段文字，也确乎说得上已完满地实现了他的夙愿，而小说中将军和他的副官这一条线索，则有点像是意外收获了。据梅勒自己说，他写出的《裸者与死者》第一稿并不是这样的布局。第一稿的重心完全放在侦察排身上。推测起来，梅勒大概是想模仿多斯·帕索斯的手法，以侦察排的这十几个人作为美国国内社会各色人等的典型代表，结合他们的出身经历写出他们在危急关头思想上是如何活动的，行动上是如何表现的。可是写到第二稿时，梅勒又把卡明斯将军和侯恩少尉这两个侦察排以外的人物发展了起来。这一发展，便意外地塑造出了两个有血有肉的军官形象。在第一稿中这原是两个不起眼的陪衬角色，到第二稿中他们的重要性却已经不下于原来的两个主角——侦察排里的克洛夫特和雷德了。梅勒自己也说："如果不写第二稿，就把这部书出版，那充其量也只能成为一部有趣的战争小说，至多是有一些精彩的情节而已。"卡明斯和侯恩两个形象的树立，他们这一对矛盾的介入，不仅扩大了舞台的空间，更深化了作品的主题，使作品的内涵更丰富、更深刻了。若非如此，梅勒的这部小说也就不可能成为这样一件不同凡响的艺术珍品。

假如说从克洛夫特上士的身上我们看到了存在于美国军队中的那股黑暗势力，那么从卡明斯少将的身上我们便隐隐看到了这股势力的根子所在。将军和侯恩少尉之间的斗争，将军的代理人克洛夫特和侦察排士兵之间的斗争，虽然发生于南太平洋的一个荒僻小岛上，但是我们如果视之为美国国内社会斗争的延伸，那也是完全合乎逻辑的。侦察排里那一群行动粗鲁、说话下流、沉痛愤激的士兵，他们本来在国内都属于社会的下层，甚至是那喧嚣动乱的美国社会的弃儿。透过他们在海外的作战生活和思想活动，联系关键时刻作者让他们"飞回到过去"的特写式"亮相"（这是作者仿效多斯·帕索斯《美国》三部曲而采用的一种奇特的倒叙手法），我们不只看到了美国军队内部官与兵、人与人之间的关系，而且还依稀看到了美国社会的一个缩影。从这一点来看，说梅勒的这部小说已经超出了战争文学的范畴，也并不是没有道理的。

对于这部小说，历来有一些争议。有的评论家得出结论，认为小说的主调是悲观的、绝望的，理由是书中的人物个个都以失败或幻灭而告终。(这种观点可以说"源远流长"。直至一九七七年，纳尔廷在《当代文学概览》一书中还持这种观点。)侯恩少尉到处碰壁，不但受辱于将军，连性命也糊里糊涂断送在克洛夫特的手里。雷德在同克洛夫特的最后较量中"给打瘪了"。将军赢得了攻岛战的胜利，但是他心里明白胜利的取得却并不是由于他的指挥。克洛夫特眼看大功告成，穴河山征服在望，最后却还是不得不逃下山来。其他一些士兵最后也都成了人生战场上的失败者，个个都失去了自尊和信心。仗虽然打胜了，却并没有一个胜利者。不过，小说的作者可不是这样看的。早在一九四八年，他在接受《纽约客》杂志的一次采访时就坚决不承认这部小说是悲观主义的。他说："有人说从这部小说里看不到一点希望。……其实这部小说是很想说明前途大有希望的。我的本意是想用这个故事来比喻人的历史发展进程。我想探索一下在一个病态的社会里，因与果、劳与酬之间的关系是如何的荒谬绝伦。书中固然写出了人的堕落、糊涂简直已经到了令人绝望的地步，但是也写出了人之甘受驱策并不是漫无止境的。人尽管是堕落了、变态了，然而胸中还是向往着一个比较光明的世界。"事实上，作者也决不会希望读者不带一点是非善恶的标准，完全用超脱的眼光来看待小说中每一个人物的成败，如上述论者那样。有些评论家得出的结论就和上述论者完全不同，例如赖德奥就认为这是一部积极的书、乐观的书（见《1900—1954年的美国激进小说》，第270页）。他认为，将军满心想以前后夹攻一举击破日军防线，而日军早已崩溃在先，作者安排这样一个结局，显然是想表明这些权力论者终究不能违背群众的意志，任意操纵历史发展的进程。将军不能不忧心忡忡地看到，侯恩一个人他还对付得了，而他手下却有六千之众，这么些人他就无法对付了。克洛夫特对付得了一个侯恩，却对付不了不想翻越大山的那班部下。在赖德奥看来，一个不是那么腐败、不是那么病态的社会，其种子就埋在那些满嘴脏话、摇摆不定的士兵身上，尽管他们自己并不知道。

也有评论家认为：这部小说"缺少了一个真正具有战斗性的主人公"。当然，用这个标准来衡量，同法西斯将军对抗的侯恩是显得很软弱，自知难免要跟骑在大家头上的"当家"上士爆发一场冲突的雷德是斗争得不够坚决。但是，我们似乎也应该看到作者塑造这些人物的初衷。作者在书中第三部的卷首引用了尼采一段不大好懂的话，倒是可以让我们窥知一些作者的心意。尼采的话是这样说的："你们中间第一等的贤者，也不过是草木与幻影两者杂糅、混而不和的产物。可是我又何尝要你们成为单纯的幻影？又何尝要你们成为单纯的草木？"梅勒并且就以"草木与幻影"作为小说第三部的标题。草木与幻影，在这里是对立的两个方面，我们如果把这对矛盾理解为有形的肉体与无形的精神、俗世的东西与理想的东西，大概还是比较符合引用者的原意的。《当代名人传记》上提到，梅勒曾经表示过这样一种看法，就是《裸者与死者》是一部带有象征意义的书，主题在于表现野兽与先知（兽性与理想）在人类心灵中的搏斗。这就更可以为上面一段引语添上个注脚。所以作者创作时的主导思想，已经决定了他笔下的人物不会高大到近乎理想，也不会坚强到足以成为英雄。因此侯恩也就不免要感叹："要是不算环境留在他身上的种种痕迹，不算他顺手捡来的那种种混乱谬误的看法，他基本上就跟将军一个样。"调到侦察排以后，他又觉得"认真检查起来，他自己俨然也就是一个克洛夫特"。雷德也会叹息："人，敢情就是这样万分脆弱的东西！"我们看到他有时还会起"贪生怕死之心"，到后岛走了一趟回来，"心里还是没有

894

一点谱儿"。想在作品中寻找作者根本无意提供的东西，那当然要失望了。

最后还有一个对书名中"裸者"二字如何理解的问题。"死者"，这和原文中的"the Dead"引起的联想是完全吻合的。打一仗死了好多人，这是一种理解；为了人类的未来有些人牺牲了，这又是一种理解；在卡明斯之流看来那些小人物"差不多已经全是坟中枯骨，只有等着做出土古尸的份儿"，这也是一种理解；还可以有其他的理解，其他的体会。"裸者"，跟原文中的"the Naked"基本上也能引起同样的联想，只是"naked"还有一层"defenceless"（无遮无掩）的意思，从一个"裸"字要想到这上头来，还得稍稍转一下弯才行。所以"裸者"固然可以理解为"人性已经暴露到赤裸裸的地步"，又何尝不可以理解为"感到精赤条条、无遮无掩、任人摆布、毫无保障"？书中的马丁内兹登陆前在运兵船的甲板上不是有一种"赤条条无遮无掩之感"吗？罗思在穴河山上爬得筋疲力尽，倒地不起，挨了加拉赫的一巴掌以后，不是又多了另一种"赤条条的感觉"吗？值得玩味的是，梅勒在学校里读书的时候，也就是远在本书出版以前，还曾写过一个以精神病院为背景的剧本，剧本的名字也叫《裸者与死者》。这个书名他后来就移用于本书，剧本则改写为长篇小说，直到一九七八年才易名《化仙记》出版。可见，对《裸者与死者》这个书名作者有他特殊的偏爱，说不定还别有他独特的体会呢。